Federica de Cesco

Samira
Hüterin der Blauen Berge

Unionsverlag
SANSIBAR

Die Autorin
Federica de Cesco, geboren 1938 in Pordenone (Norditalien), wuchs mehrsprachig auf und schrieb mit fünfzehn Jahren ihr erstes Buch, »Der rote Seidenschal«. Sie lebt seit 1962 in der Schweiz und ist eine der erfolgreichsten Jugendbuchautorinnen deutscher Sprache. Das Abenteuer fremder Kulturen und der Lebensweg starker, außergewöhnlicher Mädchen sind die zentralen Themen ihrer Bücher.

Über dieses Buch
Die Lage der Tuareg verschlechtert sich zusehends. Samira – halb Belgierin, halb Tuareg – versucht ihrem Freund Adon die Flucht aus Algerien zu ermöglichen, denn seine Zukunft sieht düster aus. Nur das ungewisse Schicksal seiner Schwester Atara hindert sie daran, das Land sofort zu verlassen. Doch dann gewinnt Atara mit einer verzweifelten Tat ihre Freiheit und Adon und Samira fassen zusammen einen mutigen Entschluss, der ihr weiteres Leben bestimmen wird.

Stimme zum Buch
»Das Buch ist nicht nur ein spannender Jugendroman, sondern darüber hinaus ein Aufruf, die Rechte der Minderheiten zu achten.« *Das neue Buch*

Von Federica de Cesco sind in der Reihe Sansibar außerdem lieferbar: »Samira – Königin der roten Zelte«, »Samira – Erbin der Ihaggaren« sowie »Im Wind der Camargue«.

Mehr Informationen auf Internet:
www.unionsverlag.ch

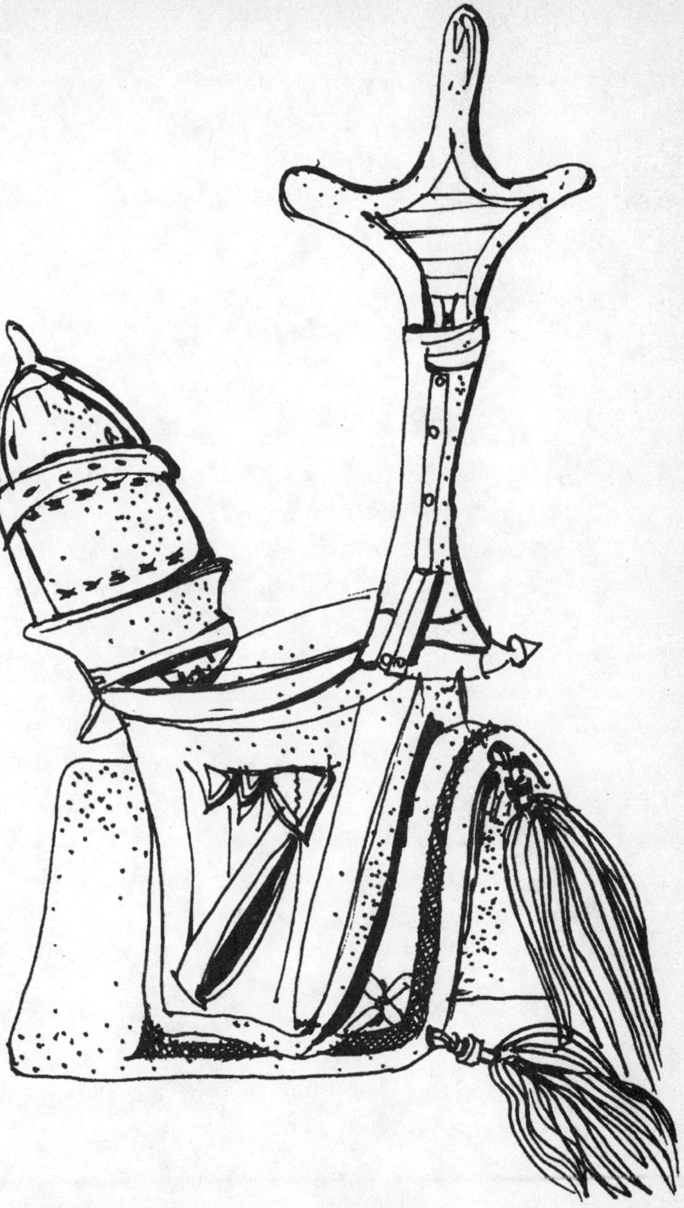

Federica de Cesco

Samira
Hüterin der Blauen Berge

Unionsverlag

Auf Internet
Aktuelle Informationen
Dokumente über Autorinnen und Autoren
Materialien zu Büchern
Besuchen Sie uns:
www.unionsverlag.ch

Unionsverlag Taschenbuch 1058

Rieterstrasse 18, CH-8059 Zürich
Telefon 0041-1 281 14 00, Fax 0041-1 281 14 40

Umschlaggestaltung: Heinz Unternährer, Zürich
Umschlagfoto: Carol Beckwirth and Angela Fisher
Foto der Autorin: Kazuyuki Kitamura
Druck und Bindung: Nørhaven, Viborg
ISBN 3-293-21058-9
Die äußersten Zahlen geben die aktuelle Auflage und deren Erscheinungsjahr an:
1 2 3 4 5 - 03 02 01 00
Gesetzt nach den Regeln der neuen Rechtschreibung

Für Madeleine Merian

Dort oben im Taubenschlag
regen sich Flügel, die Freiheit beginnt;
genauer gesagt, sie bereitet sich
auf den Anfang vor

Assia Djebar, »Die Schattenkönigin«

I

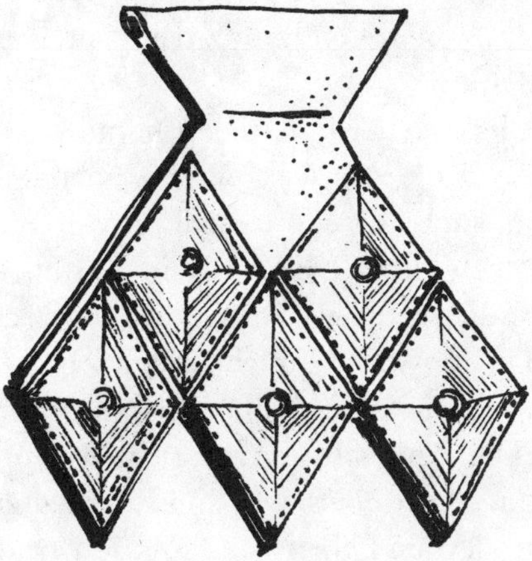

Es war kurz vor Weihnachten. Ich saß im Haus der »Kleinen Schwestern« auf meinem Zimmer. Unzufrieden mit mir und meiner Lage, kam ich immer häufiger ins Grübeln.

Nun wohnte ich schon seit fünf Monaten hier in diesem Haus in Tamanrasset, kochte, schrubbte die Fliesen und kümmerte mich um die Wäsche. Die Stadt, von allen nur Tam genannt, war von Baggerlärm erfüllt, Lastwagen brausten durch die Straßen, Betonklötze schossen wie Pilze aus dem Boden, aber in den Vierteln der Armen schien sich seit hundert Jahren nichts verändert zu haben. Die Lehmmauern, die die Gässchen säumten, bröckelten weiter ab, und in den grün gestrichenen Räumen der alten Hütten und Häuser roch es nach Gips.

Ich war nervös. Um mich abzulenken schrieb ich meiner Mutter einen Brief:

Liebe Eliane,
hier im Süden von Algerien habe ich manchmal das Gefühl, dass die Zeit stillsteht. Dann überkommt mich das heulende Elend und ich frage mich, was ich hier eigentlich zu suchen habe. Was mit mir los ist, weiß ich nicht. Ich weiß nur, dass ich solche Seelenzustände früher nicht kannte. Sie treten immer dann auf, wenn ich Adon ein paar Tage nicht sehe.

Adon arbeitet jetzt an der Tankstelle. Oft muss er mit Brahim weg, um irgendwo am Ende der Welt einen Wagen instand zu setzen. Häufig kommt es auch vor, dass ein Fahrer von der Piste abkommt und im Sand stecken bleibt. Bis Ersatzteile da sind, können Wochen vergehen, und Adon muss diese Wagen deshalb abschleppen.

Er findet sich in der Wüste zurecht wie in seiner Hosentasche. Ich frage mich oft, wie diese Begabung der Nomaden besser genutzt werden könnte. Die Fähigkeit, sich zu orientieren und unter schwierigsten Bedingungen zu überleben, müsste erhalten bleiben, ja, sie sollte auch im modernen Leben ihre Funktion erfüllen können. Ich finde es schade, wenn dieser fast magische sechste Sinn verkümmert, nur weil er heute nicht mehr gebraucht wird. Und das geht sehr schnell. Mein Vater war ein Kel Rela, aber schon ich bin in der Wüste verloren.

Inzwischen treten die Algerier aus dem Norden hier großspurig auf, reden von Fortschritt, Industrialisierung, Fünfjahresplänen, pferchen die Nomaden in Zwangslager und Betonsilos und benehmen sich den Tuareg gegenüber ungefähr so, wie sich die Kolonialmacht Frankreich vor fünfzig Jahren in diesem Land aufführte: überheblich, anmaßend und belehrend. Dazu kommen die Verfechter des »reinen Islam«, die sich und andere mit der Vision einer weltrettenden Wahrheit betrügen. Zum Glück geben sie hier weniger lautstark den Ton an als anderswo – der Sandwind weht und man schreit sich schnell heiser.

Wie du siehst, bin ich niedergeschlagen. Algerien wirbt für den Fremdenverkehr: Wüstenromantik, Biwak unter den Sternen, Gastfreundschaft der Tuareg im Alles-inbegriffen-Pauschal-Angebot.

Das klingt für Außenstehende zwar sehr verlockend, wenn man aber hier leben muss, sieht es nüchterner aus: Von Romantik bleibt nicht viel übrig; ich sehe den Schmutz, die Fliegen, die Fahrlässigkeit der Behörden, die Unwissenheit, die Anbetung der Technik. Für sich genommen, sind es Kleinigkeiten, doch auf die Dauer zermürben sie einen ganz schön.

Ich will nicht hier bleiben und Adon auch nicht. Er will nicht nur weg, weil er mich liebt, sondern weil er hier sein Leben vergeudet. Hier lebt man in den Tag hinein und verliert nicht viele Gedanken an die Zukunft. Dieser Fatalismus passt überhaupt nicht zu den Tuareg, im Gegenteil, er geht ihnen ganz schön auf den Wecker.

Auch Atara muss weg, denn bleibt sie hier, dreht sie durch und stirbt. Sie hat bereits einmal damit gedroht, sich das Leben zu nehmen, und so, wie die Dinge stehen, traue ich ihr das durchaus zu.

Ich selbst habe mir die »Paris-Dakar-Rallye« als letztes Datum gesetzt. Wenn sie vorbei ist, haue ich ab. Warum erst danach?, wirst du fragen. Nun, es geht mir um Atara. Sie braucht die Ausreisegenehmigung. Ich muss Onkel Moktar mürbe machen, koste es, was es wolle. Das ist ein reiner Dressurakt mit Zuckerbrot und Peitsche. Doch zur Zeit hat er nur noch seine Rallye im Kopf, er organisiert ja das Ganze. Außerdem ist er viel in der Hauptstadt Algier, ich kriege ihn wochenlang nicht zu Gesicht. So warte ich eben, bis »Monsieur le Député« wieder geruht, seinen Blick wohlwollend auf die alltäglichen Dinge zu richten.

Du weißt, dass Schwester Claire von Adons bevorstehender Abreise alles andere als begeistert ist. Sie bildet sich ein, er könnte hier etwas bewirken. Aber vor einigen Tagen, nachdem Adon im Schwesternhaus mit uns einen Kaffee getrunken und offen über seine Pläne gesprochen hatte, sagte sie zu mir: »Wenn er wirklich die Freiheit sucht, hat er noch einen langen Weg vor sich und es mag sein, dass für ihn der Umweg über Belgien notwendig ist.« Sie spricht manchmal in Rätseln und ich habe es satt ihre Worte hin und her zu drehen und mich zu fragen, was sie damit sagen wollte. Immerhin nehme ich an, dass das ihr schwesterlicher Segen war.

Meinen Großeltern geht es schlecht. Hiram ist jetzt völlig erblindet und hustet wieder stark. Schwester Claires Antibiotika helfen ihm nicht mehr viel. Auch Tabelhuit sieht in letzter Zeit schlecht aus. Sie weiß, dass es mit Hiram zu Ende geht. Das so untätig miterleben zu müssen ist für mich schlimm, denn in Europa wäre alles ganz anders; Hiram könnte operiert werden und würde wieder sehen. Einige Wochen im Krankenhaus würden auch seine Tuberkulose eindämmen. Wie alt ist der Mann? Ich schätze ihn auf Anfang siebzig; er selbst konnte es mir nicht sagen. Es ist einfach niederschmetternd, dass hier, im algerischen Süden, keine Hoffnung mehr für ihn besteht und dass ich das hilflos mit ansehen muss. Von sozialer Versorgung haben die Menschen noch nie etwas gehört.

Ich selbst habe meinen Idealismus längst verloren und sehe die Dinge jetzt sehr nüchtern. Ich habe eingesehen, dass ich die Welt nur in meinem privaten Bereich ändern kann, und da – glaube mir – ist mir schon einiges gelungen! Moktar und verschiedenen anderen bin ich ein Dorn im Auge. Denn, offen gesagt, es macht mir Spaß die Scheinheiligen und Würdevollen vor den Kopf zu stoßen, ihre Gefühle für Anstand zu verletzen und dabei ihre Mienen zu beobachten, weil sie nicht wissen, wie sie darauf reagieren sollen.

Liebe Eliane, es tut mir Leid, dass ich dich darum bitten muss, aber ich brauche dringend neue Turnschuhe. Meine stinken inzwischen zum Himmel; ich schäme mich jedes Mal, wenn ich meine Schuhe irgendwo ausziehe. Und das muss ich ja die ganze Zeit, weil man die Häuser mit bloßen Füßen zu betreten hat. Und schicke doch bitte wieder ein paar Socken für Hiram mit. Der Mann schlurft nur noch in seinen Socken umher und verschleißt sie sehr schnell.

Wie geht es meinem Bruderherz Teyoub? Wächst er immer noch so schnell? Sag ihm, er soll nicht zwei Meter anpeilen, ein Meter fünfundachtzig sei bereits eine gute Durchschnittslänge für einen Targi.

Ich umarme dich.

Die Antwort meiner Mutter ließ nicht lange auf sich warten.

Mein Liebes,

wie stets bin ich glücklich, wenn du von dir hören lässt. Mir ist aufgefallen, dass sich der Ton deiner Briefe verändert hat. Eigentlich neigtest du nie dazu, dich der »Wüstenromantik« hinzugeben. Es ist nicht deine Art mit offenen Augen zu träumen und ich war immer froh, dass du mit beiden Beinen in der Wirklichkeit stehst. In dieser Beziehung kommst du nach deinem Vater. Sich zuerst an der Wirklichkeit zu orientieren ist ein typisches Merkmal der Nomaden. Wollten sie überleben, mussten sie praktisch denken. Insofern hast du Recht, man kann die Welt nur innerhalb seines eigenen Wirkungskreises verändern. Immerhin hast du schon Bemerkenswertes erreicht.

Ich stimme dir zu, dass der Kampf gegen Dummheit und Rückständigkeit zu den Pflichten aufgeklärter Menschen gehört. Was mich beunruhigt, ist das Gefühl, dass du, vom Erfolg beflügelt, gewisse Grenzen missachtest. Vergiss nicht, dass Dummheit und Bosheit oft eng verbunden sind. Fanatiker wehren sich umso heftiger, als sie ihre Niederlage vorausahnen. Das hindert sie jedoch nicht daran, sich selbst und andere zu betrügen. Großmütige Menschen sind selten erfolgreiche Ränkeschmiede. Dies bedenke, bevor du das Fass zum Überlaufen bringst. Das Gleiche gilt auch für Adon. Ihr habt, scheint mir, beide die Neigung alles auf eine Karte zu setzen, ohne euch vorher zu fragen, ob diese Karte dann auch wirklich sticht. Aber vielleicht sehe ich alles etwas zu schwarz. Ich bin zwanzig Jahre älter und dementsprechend vorsichtiger. Tut, was ihr für richtig haltet, aber treibt es nicht zu weit.

Ich habe dir ein Paket abgeschickt: Turnschuhe, Socken, Strumpfhosen und zwei grosse Gläser Pulverkaffee. Ich kann nur hoffen, dass das Paket nicht einen Monat unterwegs ist und dass nicht irgendein Postbeamter findet, was er schon lange suchte.

Trage Sorge zu dir. Ich umarme dich.

Eliane

PS: Jonas kommt jetzt oft abends vorbei. Teyoub freut sich, wenn er da ist.

Bevor ich den Brief zusammenfaltete, warf ich nochmals einen Blick auf die klare Schrift. Meine eigene war das Gegenteil – unordentlich und schwer zu entziffern. Ich versuchte zwischen den Zeilen zu lesen. Klar, Mutter machte sich Sorgen, aber ihre Moralpredigt hielt sich in Grenzen. Sie wusste, dass ich einen harten Schädel hatte. Ihre Bemerkung über Jonas ... Sollte das vielleicht ein Signal sein? Jonas war Lehrer im gleichen Schulhaus wie Mutter. Er hatte eine siebenmonatige Ehe mit einer unmöglichen Frau hinter sich und war in meine Mutter verliebt. Es wäre eigentlich schön, dachte ich, wenn sich die beiden fänden. Doch gleichzeitig wusste ich, dass Mutter nicht wollte. Die Erinnerung an meinen Vater ließ sie nicht los; inzwischen leuchtete mir auch ein, warum. Armer Jonas!, dachte ich. Was nutzte es, wenn Teyoub ihn mochte? Meine Mutter lebte in ihren Träumen und diese waren stärker als die Wirklichkeit.

Ich will nicht so werden wie sie, dachte ich einmal mehr. Ich will leben, ohne einem Phantom nachzurennen. Ich will, dass Adon bei mir ist, dass wir gemeinsam etwas aufbauen. Ich will ... so vieles!

Wieder brach die Ungeduld durch. Was vergeudete ich hier meine Zeit?

Ich war froh, dass mich der Brief meiner Mutter heute Morgen auf andere Gedanken brachte. Ich saß im Schwesternhaus. Die Schwestern arbeiteten zur Zeit fast rund um die Uhr auf der Krankenstation, denn eine Grippeepidemie war ausgebrochen. Einmal mehr bewunderte ich, wie zäh und gelassen sie ihrer Arbeit nachgingen, und sie blieben es auch, wenn sie vor Müdigkeit fast umfielen. Dass Schwester Claire überarbeitet war, merkte ich nur daran, wie sie sich wiederholt über die Dummheit der Menschen ausließ. Und darunter verstand sie vieles: die Schnoddrigkeit der Behörden, die nur auf Prestige bedacht waren, und die Kleinlichkeit von »Spendern«, die Algerien Medikamente schenkten, deren Verbrauchsdatum längst abgelaufen war. Doch sie ereiferte sich auch über Unfähigkeit, Pfuscherei und Geldmangel, die in solchen Ausnahmezuständen besonders deutlich wurden. Gegen neun, ich hatte eben den Brief meiner Mutter fertig gelesen, kam sie schnell vorbei.

»Ich brauche dringend einen Kaffee und den trinke ich lieber hier«, seufzte sie, nahm ihren Umhang ab und ließ sich erschöpft auf den Küchenstuhl fallen.

Ich wusste, dass sie seit mehr als vierzig Stunden nicht geschlafen hatte. Ihr Gesicht wirkte eingefallen und grau, unter ihren Augen lagen tiefe Schatten. Ich schöpfte Wasser aus unserem Reservebehälter in die Pfanne und drehte den Butangaskocher an. »Sie sehen schlecht aus«, sagte ich. »Sie sollten sich hinlegen.«

»Ich kann jetzt nicht, erst heute Abend, wenn Schwester Pia mich ablöst.« Sie lockerte die Schultern mit kreisenden Bewegungen. »Unglaublich, in acht Tagen ist Weihnachten. Aber wer hat schon Zeit Zimtsterne zu backen? Von ›Stille Nacht‹ keine Spur. Wir hatten schon wieder zwei Todesfälle.«

Ich schüttelte den Kopf. »Ich verstehe nicht, wieso die Menschen hier über so wenig Abwehrkräfte verfügen. Klar, bei uns sterben sie auch an Grippe. Aber die Nomaden sind doch so stark und gesund!«

»Das Grippevirus, das jetzt grassiert, ist importiert, das Immunsystem der Saharabewohner ist ihm nicht gewachsen«, antwortete Schwester Claire. »Früher war das nicht weiter tragisch, denn die Tuareg isolierten ansteckende Kranke. Doch weil sie heute so eng aufeinander wohnen, geht das kaum noch. Man muss sich das vorstellen: Vor zwanzig Jahren lebten in Tam etwa zweitausend Menschen. Heute sind es fast zwanzigtausend. Wir müssten mehr tun, viel mehr.«

»Sie können sich nicht zu Tode schuften«, sagte ich. »Damit ist den Kranken am wenigsten geholfen.«

»Ach, Unkraut vergeht nicht.« Sie sah mich aus geröteten Augen blinzelnd an. »Die Kranken müssen wissen, dass man sich um sie kümmert. Vertrauen in das Pflegepersonal gehört zur Genesung. Das Problem ist nur, dass es uns an allem fehlt; genügend Geld erhält nur das Militär. Aber das ist ja auf der ganzen Welt so. Um ›Menschenmaterial‹ in die Luft zu sprengen sind Kredite vorhanden, nicht aber um besagtes Material wieder instand zu setzen.«

Ich hatte mich an ihre Art die Dinge darzustellen längst gewöhnt. »Sie werden langsam verbittert.«

»Wenn ich es nur fertig brächte«, seufzte sie und fuhr sich mit der rechten Hand über die Augen. »Dann könnte ich mich auf Statistiken beschränken und das Elend übersehen. Vermutlich würde ich bessere Arbeit leisten. Aber Gott gab mir ein weiches Herz und damit muss ich fertig werden, selbst auf die Gefahr hin zu versagen oder gar zu zerbrechen.«

»Sie versagen nicht«, sagte ich. »Stahl biegt sich, bricht aber nie.«

Schwester Claire hob die Brauen. »Hübsch gesagt, mein Kind. Die Tuareg haben alle eine poetische Ader und die kommt jetzt auch bei dir zum Vorschein. Immerhin, ich danke dir für das Lob. Sehr wahrscheinlich halte ich aus Selbstachtung durch, aus Liebe zur Menschheit ganz gewiss nicht.«

»Vielleicht«, sagte ich, »aus Liebe zu Gott?«

Ein Funke sprühte in ihren Augen. Sie lächelte, doch sie antwortete mir nicht.

Das Wasser kochte. Ich holte eine Tasse und den Zucker aus dem Schrank und stellte beides vor Schwester Claire auf den Tisch. Ich selbst verzichtete auf den Kaffee. Wir hatten nur noch wenig davon und in Tam gab es zur Zeit keinen zu kaufen.

»Von meiner Mutter ist ein Paket unterwegs«, sagte ich. »Pulverkaffee ist auch dabei.«

»Gott segne sie«, brummte Schwester Claire. »Hoffentlich bedienen sich nicht zuerst die Zöllner.«

Sie sprach aus Erfahrung; es war selten, dass ein Paket ungeöffnet bei uns eintraf.

Ich gab drei gehäufte Löffel Pulverkaffee in ihre Tasse und goss das kochende Wasser darüber.

Schwester Claire rührte um und schlürfte das heiße Getränk. »Ach, tut das gut! Diese fünf Minuten gönne ich mir jetzt. Sag mal, wie geht es Atara?«

»Ausgezeichnet. Sie ist dabei, ›Le Petit Prince‹ auf Französisch zu lesen und mit der Übersetzung in Tamahaq zu vergleichen.«

Dieses Märchen, das der französische Flieger und Schriftsteller Antoine de Saint-Exupéry in den dreißiger Jahren geschrieben hatte, war aus dem Französischen in die Tuaregsprache Tamahaq übersetzt worden. Doch diese Fassung war schon lange vergriffen. Schwester Claire hatte uns beide Ausgaben aus ihrer kleinen Bibliothek zur Verfügung gestellt, mit der inständigen Bitte sie nicht mit schmutzigen Händen anzufassen, keine Fettflecken zu machen, kurz, sie wie ein rohes Ei zu behandeln.

»Unglaublich, was du bei ihr zustande gebracht hast!« Schwester Claire betrachtete mich anerkennend. »Wenn ich bedenke, in welch hoffnungslosem Zustand sich Atara noch vor einigen Monaten befand ...«

»Sie redet jetzt kaum noch von früher«, sagte ich.

Schwester Claire nippte an ihrem Kaffee. »Die entscheidende Wende zu ihrer Genesung fand statt, als sie den Mut hatte ihre verdrängten Erinnerungen aufzuarbeiten und dir anzuvertrauen.«

»Sogar ihre eigene Familie hielt sie für geistesgestört«, sagte ich. »Selbst Adon. Deswegen will er nichts vom Islam wissen. Er kann nicht vergessen, dass es diese Lehre war, die seine Schwester an den Rand des Wahnsinns getrieben hat.«

»Adon sieht die Dinge immer noch etwas einseitig«, erwiderte die Schwester. »Ich versteh ihn ja nur zu gut, aber er sollte das Kind nicht mit dem Bade ausschütten. Die arabische Kultur hat unendlich viel Großes und Bewundernswertes geleistet und die Gesetze, unter denen die Frauen heute leiden, wurden ursprünglich aufgestellt um sie zu schützen. Auf der sozialen Ebene stellten sie damals einen bedeutenden Fortschritt dar. Aber in jeder Kultur folgt nach Aufschwung und Blütezeit der Niedergang. Die arabische Zivilisation stieg nach dem Untergang des Römischen Reiches auf ihren Höhepunkt. Unter ihrer Schirmherrschaft konnten sich Medizin, Astronomie, Physik und weiter Wissenschaften frei entfalten, während in weiten Teilen Europas Aberglaube und Dummheit herrschten. In Europa war man noch lange davon überzeugt, dass die Erde flach sei und sich im Zentrum des Universums befinde, derweil die arabische

Kultur die Bahn der Sterne bereits exakt zu bestimmen vermochte. Es war die islamische Welt, die fortschrittliche jüdische und europäische Gelehrte vor der Verfolgung ihrer Landsleute schützte.«

»Heute sieht die Wirklichkeit aber anders aus! Wenn ich an die Algerier denke und was sie mit den Tuareg machen«, wandte ich entrüstet ein.

Schwester Claire zuckte mit den Schultern und nahm einen Schluck Kaffee. »Ja, leider ist die islamische Kultur im Begriff uns auf der barbarischen Stufe abzulösen, auf der wir uns einmal befunden haben. Islamische Potentaten übertreffen sich in Kriegsdrohungen, hunderttausende von Menschen ziehen im Namen Gottes brüllend durch die Straßen, für die Ermordung von Schriftstellern werden Prämien ausgesetzt und Frauen werden gesteinigt. Sie leiden unter der Machtsucht der Männer immer am meisten. Dies alles hat unsere westliche Welt auch erlebt, nur fand es sechshundert Jahre früher statt. Aber das ist der Lauf der Welt, mein Kind.«

Scheinbar gelassen trank Schwester Claire ihren Kaffee aus. »Die eine Zivilisation löst die andere ab, jede hat ihre Zeit. Heute treiben Wirtschaftskrisen und Zukunftsangst sie noch schneller dem Untergang entgegen; doch bevor es so weit ist, herrschen Unruhe und Unsicherheit, die Gefängnisse füllen sich, grausame Urteile werden gefällt.« Sie sah mich an und lächelte. »Ich bin mal wieder in Fahrt gekommen. Ich hätte nie zu den Klarissen gehen können, denen Schweigepflicht obliegt. Die Gedanken nur nach innen zu wenden und nur mit sich selbst und Gott im Gespräch zu bleiben ist zwar eine bewundernswürdige, aber auch harte Prüfung, und es gibt Augenblicke, wo nicht einmal Gott zuhört.«

Ich schwieg und kam mir kindisch vor. Ich bewunderte, wie nüchtern sie denken konnte, ohne gleichgültig oder verdrossen zu sein. Sie verstand alles, was ich ihr sagte, und vieles, was ich ihr nicht sagte, ja mehr, als mir lieb war.

Nach kurzem Schweigen erhob sie sich und stellte ihre Tasse ins Spülbecken. »So, und jetzt muss ich gehen. Danke für den Kaffee, er war ausgezeichnet.«

»Nehmen Sie doch einen zweiten«, sagte ich. »Adon muss jeden Augenblick hier sein. Er würde sich freuen Sie zu sehen.«

»Ganz meinerseits, aber inzwischen ist es höchste Zeit für meine Runde, ich bin sogar schon zehn Minuten zu spät.«

Schwester Claire rückte ihr Kopftuch zurecht und warf sich den Umhang über die Schultern. Er roch nach Desinfektionsmittel und wies an manchen Stellen Löcher auf. Ich nahm mir vor ihn gelegentlich zu stopfen.

»Es war nett ein Weilchen mir dir zu plaudern.« Ihre müden Augen ruhten auf mir. »Du bist ein bemerkenswertes Mädchen.«

Ich grinste zurück. »Manchmal komme ich mir wie ein Trampeltier vor.«

Schwester Claire warf den Kopf zurück, als wolle sie ihre Müdigkeit abschütteln.

»Ich habe viel über dich nachgedacht, ich glaube dich jetzt zu kennen. Wer sich einmal von der Wüste verzaubern lässt, bleibt bis zu seinem Lebensende in ihrem Bann. Du aber bist hier geboren und hast diesen Zauber mit der Muttermilch aufgenommen. Dass du später nach Europa gingst, spielt keine Rolle. Du bist und bleibst eine Targia. Und gerade deswegen – so paradox das klingt – würdest du hier nie glücklich sein. Früher ja, aber heute nicht mehr. Du gehörst einer Welt an, die im Wüstensand begraben liegt.«

Ich spürte, wie sich mein Herz verkrampfte. Was hatte Adon damals gesagt? Ich versuchte mir seine Worte in Erinnerung zu rufen. »Sehnsucht nach einer versunkenen Zeit, nach einer verlorenen Lebensweise …«

Schwester Claire schaute mich an. Verlegen hielt ich inne, denn unwillkürlich hatte ich laut gedacht. Doch Schwester Claire wusste sofort Bescheid. »Adon sollte etwas weniger träumen und sich auf seine Pflichten besinnen.«

Ich brauchte zwei Sekunden um darauf zu reagieren, und zwar empört. Sie wusste doch, dass ich auf dieses Thema allergisch war.

»Welche Pflichten?«, schnaubte ich.

»Nun, das weiß er selbst am besten«, entgegnete sie ungerührt. Sie lächelte mir zu und war draußen, bevor ich mir mit einer bissigen Antwort Luft machen konnte.

Mit dem Durchzug schlug die Haustür ziemlich heftig hinter ihr zu. In die nachfolgende Stille hinein quietschte der Esel im Nachbarhof. Eine Fliege stieß mit heftigem Gebrumm an das feinmaschige Fenstergitter. Ich knallte das Geschirr in die Spüle, dass es klirrte. Wieso konnte sich Schwester Claire nicht damit abfinden, dass Adon nach Europa ging? Adon schätzte es ebenso wenig wie ich, wenn man über ihn verfügen wollte. Und das begann bei Onkel Moktar. Wozu finanzierte er ihm sein Studium? Doch nur, um aus ihm einen »echten« Algerier zu machen, ein Schoßhündchen, das vor ihm und seiner Clique ergeben kuschte. Aber Adon war kein zahmer Wauwau. Er knurrte, wenn jemand ihm zu nahe trat. Und bei Gelegenheit zeigte er auch die Zähne.

Ich wunderte mich, dass er noch nicht hier war. Die Tuareg hielten ihre Verabredungen immer pünktlich ein, und zwar auf die Minute genau. Auch diese Eigenschaft hob sich wohltuend von der Angewohnheit der Algerier ab, die Verabredungen einhielten, wie es ihnen gerade passte. Wenn Adon in der Werkstatt aufgehalten wurde und wusste, dass ich auf ihn wartete, schickte er einen kleinen Jungen, der mir mit wichtigtuerischer Miene »le Monsieur, il est un peu en retard« ausrichtete. Ich versuchte meine Unruhe loszuwerden, indem ich mit gewohnter Energie an die Arbeit ging. Es war abgemacht worden, dass ich den Kleinen Schwestern den Haushalt führte; als Gegenleistung konnte ich bei ihnen wohnen und essen. Dieser Handel bewährte sich bestens. Die Schwestern waren beinahe rund um die Uhr in der Krankenstation beschäftigt und ich hatte schnell gelernt selbständig zu wirtschaften. Auch ans Essen stellten sie mit ihrer einfachen Lebensweise nur geringe Ansprüche. War die Arbeit erledigt, blieb mir genügend Zeit zu meinen Großeltern zu gehen und Atara Französisch beizubringen. Wegen ihr war ich ja hier geblieben. Ich wusste immer noch nicht, ob ich das Ganze als Witz oder höhere Fügung nehmen sollte, denn eigentlich hatte ich ja nur zehn Tage Ferien machen wollen, um meine Großeltern kennen zu lernen, und im Herbst hätte ich mit der Uni begonnen.

Aber dann kam alles anders.

Wieder ging mir durch den Kopf, wie alles begonnen hatte: Atara, Adons Zwillingsschwester, war als Dreizehnjährige an einen Hadj Ben Sowieso verkuppelt worden, der sie vergewaltigt und eingesperrt hatte. Eine empörende, doch hierzulande alltägliche Geschichte. Da Atara ihre Situation nicht hatte ändern können, war sie in tiefe Depressionen geraten und hatte eine Fehlgeburt nach der anderen erlitten. Nun herrscht in Algerien der Aberglaube, dass unfruchtbare Frauen Unglück über ein Haus bringen. Atara war beschimpft und gedemütigt worden, bis die Verzweiflung ihre Kräfte überstieg und sie an den Rande des Wahnsinns gebracht hatte. Nach ihrer letzten Totgeburt hatte sie ihr Mann verstoßen und meine Großeltern hatten sie bei sich aufgenommen. Bei unserer ersten Begegnung hatte sie mir fast Angst eingeflößt. Sie hatte in einer Ecke gekauert, stumm und hasserfüllt, als wäre in ihr ein geheimes Uhrwerk stillgelegt worden.

Mit der Zeit begann sie mir zu vertrauen, und von da an machte ihre Genesung rasche Fortschritte. Doch für sie gab es nur eine Lösung: Sie musste fort, nach Europa, in ein Leben, das ihr neue Chancen bot. Deshalb kämpfte ich schon seit Wochen um ihre Ausreisegenehmigung, und damit hatte ich mich in ein Wespennest gesetzt: Als Regierungsabgeordneter war mein Onkel Moktar zwar durchaus in der Lage Atara einen Pass auszustellen. Leider aber steckte er mit Ataras geschiedenem Mann unter einer Decke. Statt Atara zu helfen faselte Moktar von verletztem Ansehen und angeschlagener Mannesehre – und die war nun wirklich nicht unser Problem! Jetzt musste ich sehen, wie ich mit seiner Borniertheit zurechtkam. Aber ich kannte Moktar inzwischen besser. Mochte er noch so scheinheilig tun, er war ein Kel Rela und berief sich auf Theorien, die seinem ursprünglichen Wesen eigentlich zuwider waren. Seine Gefühle mir gegenüber waren ebenso widersprüchlich und gespalten wie sein eigenes Selbst: Ich gefiel ihm, wie ich bin, aber er wollte nicht zulassen, dass ich ihm gefalle. An mir war es nun, aus diesem Zwiespalt Nutzen zu ziehen.

»Wir werden es schon schaffen«, murmelte ich für mich, während ich auf den Knien lag und den Boden schrubbte. »Irgendwie werden wir uns aus der Klemme ziehen und diesen Moralaposteln das Maul stopfen!«

Außer Atem krabbelte ich unter dem Tisch hervor und wrang den Scheuerlappen über dem Eimer aus, als mich Adons Stimme herumfahren ließ.

»Samira!«

In Gedanken vertieft, hatte ich ihn nicht kommen hören, obwohl er gewiss geklopft hatte. Lachend richtete ich mich auf und strich mir mit dem Unterarm das Haar aus der Stirn.

»Tut mir Leid, wenn ich dich als Putzfrau empfange, aber das ist hier mein Job!«

»Du solltest mich mal in der Werkstatt besuchen!« Er wies auf seinen von Schmieröl schwarzen Overall. Seine Fingernägel konnte er bürsten, so lange er wollte, er brachte das Schwarze nicht weg.

Ich hob den Eimer schwungvoll auf und goss das Wasser in die Spüle. »Auf die Geduld kommt es an. Im nächsten Jahr sind wir Millionäre!«

Er versuchte zu grinsen, aber es gelang ihm nicht. Unsere Blicke trafen sich. Ich bemerkte das Flackern in seinen Augen und auf einmal wurde mir flau im Magen. Etwas war vorgefallen. Ich stellte erschrocken den Eimer hin.

»Adon, was ist los? Sag bloß, du wirst eingezogen!«

Wir lebten in ständiger Angst, dass sein Aufgebot kam. Adon war fest entschlossen keinen Militärdienst in Algerien zu leisten. Die Folgen wollte ich mir lieber nicht ausmalen.

Doch er schüttelte den Kopf. »Ich habe Jugurtha getroffen.«

Ich atmete auf. Wieder ein paar Tage Galgenfrist. Doch die Nachricht über Jugurtha war wenig erfreulich.

»Wo hast du ihn gesehen? Hier in Tam?«

Er nickte ruhig, fast abwesend; er sah mich an und gleichsam durch mich hindurch. Ich kannte diesen Blick, der sich ins Leere verlor, während in seinem Innern ein Sturm von Empfindungen tobte. »Das Lager wurde aufgelöst«, sagte er.

Mein Herz wurde schwer. Ich erinnerte mich an die Nacht in der Schilfhütte, als wir uns ums Feuer geschart und Lamia von der Vergangenheit erzählt hatte; an den Klang der Trommel; an den Tanz der Kamele im purpurnen Abendlicht. Doch Jugurtha hatte schon damals gewusst, dass seine Freiheit und die seines Stammes bedroht war, dass ihm nur noch wenig Zeit blieb um seine Sippe in einem Registrierungslager zu versammeln. Für die Nomaden bedeutete diese aufgezwungene Sesshaftmachung, dass sie mit ihren Lebensformen brechen mussten, mit ihren Sitten, Gebräuchen und Gedanken. Und das bedeutete für sie ein kaum zu bewältigendes Trauma. Doch Jugurtha hatte seinen Schmerz in Schach gehalten, ihn durch seine zur Schau getragene Furchtlosigkeit in Bann geschlagen. Mit den Reiterspielen, die er uns zu Ehren veranstaltet hatte, wollte er gleichsam von der Freiheit Abschied nehmen. Er war ein Edler aus dem Großen Zelt; in früheren Zeiten hätte er nicht gezögert sein Leben aufs Spiel zu setzen. Heute war es seine Seele, die er kaltblütig in die Waagschale warf.

Adon hatte mir mal ein Gedicht beigebracht. Ein Gedicht, das auf eigentümliche Weise den Umständen entsprach. Die Worte kamen mir in den Sinn; ich sagte sie leise auf.

»Imochar Mehara ierha?
Amis beidedjen
Takuba-nil
Ed esahar n ahal.«

»Was wünscht der Edle?
Ein weißes Mehari,
einen roten Sattel,
sein Schwert,
und ein Liebeslied …«

Ein Funke leuchtete in Adons Augen auf; ein Funke, der sofort wieder erlosch.

»Ach«, sagte er bitter, »das ist vorbei.«

»Ja, ich weiß«, seufzte ich. »Aber was nun?«

Er hatte sich wieder gefasst. Seine Antwort klang ironisch. »Nun, die Regierung verwirklicht ihr Vorhaben, dass es in diesem Land keine Tuareg und keine Berber zu geben hat, sondern nur Algerier. Integration nennen sie das.«

»Und Lamia?«, fragte ich. »Wie geht es ihr?«

»Nicht gut. Jugurtha sagte mir, dass sie krank sei.«

»Auch das noch!«, murmelte ich. »Und er? Wie sieht er aus?«

Ein unfrohes Lächeln hob Adons Lippen. »Nicht anders als sonst. Du kennst ihn ja. Es ist nicht seine Art, es mit beiden Seiten zu halten. Ich vermute, dass sich die Algerier die Zähne an ihm ausbeißen werden.«

»Haben sie eine Unterkunft gefunden?«

»Ja, in Idelès, ganz in der Nähe des Flughafens.«

»Setz dich«, sagte ich, wütend und erschüttert. »Schwester Claire war gerade hier. Nimmst du auch einen Kaffee?«

Er schüttelte den Kopf. »Ich habe keine Zeit, Brahim wartet schon. Der Tankwart hat Grippe und ich muss ihn ersetzen. Aber Jugurtha fragte nach dir. Wenn du willst, besuchen wir ihn heute Abend.«

»Einverstanden!«

»Geht es um sechs bei deinen Großeltern? Brahim wird mir seinen Landrover leihen.«

Ich nickte. Wir blickten uns an, Verzweiflung in den Augen. Ich ging zu ihm hin und lehnte den Kopf an seine Brust. Er legte beide Arme um meine Schultern und drückte mich an sich, so fest, dass ich sein Herz schlagen hörte.

»Ich mache mir so viele Gedanken«, seufzte er. »Wir werden als die Schande einer fortschrittlichen Gesellschaft hingestellt; schlimmer noch, als eine Art Geistesschwache, die man zwingen muss, wenn nötig mit Gewalt, sich den Gesetzen eines Staates zu unterwerfen. Doch was haben wir davon? Außer Elend und Scherereien – kaum etwas!«

»Nur in Entwicklungsländern ist man heute noch so naiv, an diese Art Fortschritt zu glauben«, erwiderte ich aufgebracht. »Die Industriestaaten haben inzwischen gemerkt, wohin das führt. Aber die Dritte Welt sieht ihr Heil immer noch im Nachäffen unserer Fehler! Die Kultur der Tuareg sollte wie ein kostbares Erbe gehütet und weitergegeben werden. Aber nein! Sie passt nicht in die politische Landschaft und soll deshalb von der Bildfläche verschwinden, doch möglichst ohne viel Aufhebens oder Geschrei. Aber ein ehemals kolonisierter Staat, der seine eigenen Minderheiten unterdrückt, kann keine großen Reden über die Abschaffung von Ungerechtigkeiten schwingen.«

Während ich sprach, spürte ich seinen Atem, roch sein warmes Hemd und sein Haar. Dann nahm er meine Hand zwischen die seinen und presste sie an seine Wange. Er blickte mich ruhig an und auch ich sah ihm in die Augen.

Seine Stimme war nur noch ein Flüstern. »Ein Leben ohne Freiheit ist für mich undenkbar. Und obwohl ich nicht mehr die geringste Hoffnung habe, kann ich nicht gegen Visionen leben.« Ein tiefer Atemzug hob seine Brust. »Du weißt nicht, wie oft ich träume. Ich träume von Karawanen, die so weit wandern, wie die Störche fliegen; von blau verschleierten Reitern auf weißen Rennkamelen; von schönen Frauen im Schatten der roten Zelte ...« Er stockte; sein Auflachen klang beinahe verlegen. »Und all das, während ich Zündkerzen auswechsle und Benzinkanister fülle!«

Ich streichelte sein Gesicht; meine Fingerspitzen folgten den Umrissen seiner Stirn, seiner Wangen, seines Mundes. »Du sollst nie aufhören zu träumen«, sagte ich. »Niemals!«

Sein in der Ferne verlorener Blick kehrte zu mir zurück; das Lächeln, das seine Lippen bewegte, wanderte hin bis zu seinen Augen, die plötzlich grün und sprühend aufleuchteten. »Da besteht keine Gefahr«, antwortete er. »Ich hatte schon immer die Neigung, mitten im Sonnenschein mondsüchtig zu werden.«

Er küsste meine Handflächen und verschwand ebenso schnell, wie er gekommen war, in seinem leichten, lautlosen Gang.

Nun stand ich wieder allein – allein und wie betäubt. Ich biss mir auf die Lippen und in meinen Ohren brauste es. War Adon wirklich hier gewesen? Oder war ich einer Täuschung erlegen? Doch meine Hand war noch warm von seiner Haut; wenn ich die Augen zumachte, konnte ich mir vorstellen, dass er vor mir stand, und ich schloss meine Hand ganz fest. Seine Traurigkeit wirkte noch nachträglich wie ein Schlag auf mich. Furcht ergriff mich. Sie galt einzig und allein Adon. Ich hatte das Bedürfnis den Arm um ihn zu legen, ihn zu beschützen, damit er nicht verletzt werde. Aber war meine Liebe stark genug um Schmerz und Leid von ihm fern zu halten? Und was wurde aus mir? Daran wollte ich lieber nicht denken.

Die dicke Fliege, die wie besessen am Fenstergitter hin und her wirbelte, riss mich aus meiner Benommenheit. Ihr Brummen machte mich fast toll. Da ich mich ekelte sie totzuschlagen, jagte ich sie zur offenen Tür hinaus. Dann ging ich nach draußen, nahm die trockene Wäsche von der Leine, faltete sie zusammen und legte sie in ein Plastikbecken. Die Sonne brannte, kein Lüftchen wehte; nichts regte sich, sogar der Esel im Nebenhof ließ nichts mehr von sich hören. Plötzlich überwältigte mich das Gefühl des Verlassenseins, ich fühlte mich wie eine Ameise, die in einem Fluss ertrinkt. Ich hatte es satt, ich hielt es nicht mehr aus, die ganze Schufterei hing mir zum Halse heraus! Mit zusammengebissenen Zähnen trug ich die Wäsche ins Haus, ließ stehen und liegen, was noch hätte gemacht werden müssen, und begab mich zu meinen Großeltern.

2

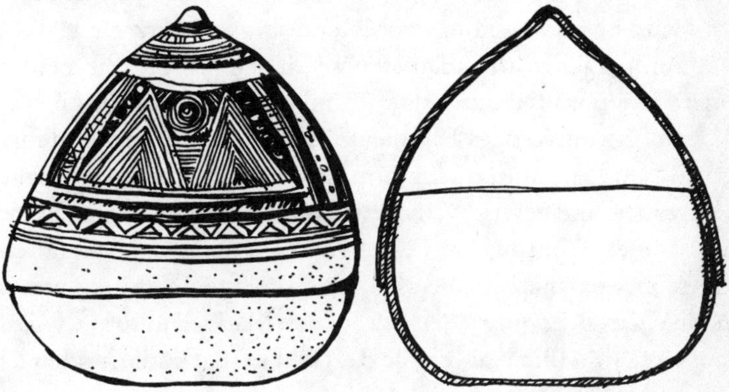

Meine Großeltern bewohnten eines der Lehmhäuser mit Flachdach, die hinter morschem Gemäuer die sandigen Gässchen säumten. Es waren jene Häuser, die die ersten Nomaden in den frühen siebziger Jahren bezogen hatten, als sie sesshaft wurden. Für europäische Begriffe sahen diese Behausungen armselig aus, aber im Gegensatz zu den neuen Betonsiedlungen passten sie sich ihrer Umgebung an. Es war eine bittere Tatsache, dass sich Algeriens sozialer Fortschritt eher als Rückschritt erwies, dass die Regierung die Probleme der Landflucht, der Arbeitslosigkeit und der Preissteigerung immer weniger meisterte. Vetternwirtschaft und Bestechung hatten zur Folge, dass Gelder verschleudert wurden, dass sich die Mitglieder angesehener Familien an Hilfslieferungen bereicherten und sich im Norden prachtvolle Villen leisteten. Ja, Afrika …, dachte ich. Eine im wahrsten Sinne des Wortes zusammenbrechende Welt, und wir lebten mittendrin.

Ich stieß das morsche Holztor auf. Im Hof wuchsen einige verdorrte Feigenbäume und Oleandersträuche. Im Halbschatten war ein Zicklein angepflockt und meckerte kläglich. Chittou hatte es auf dem Markt erstanden; meine Großmutter jedoch hatte sich nicht entschließen können es zu schlachten und zog nun das Zicklein zur allgemeinen Heiterkeit mit unserer kostbaren Milch groß. Eben als ich eintrat, kam Chittou mit einer Plastikschale in den Händen aus dem Haus. Er war ein fast zwei Meter hoher Schwarzer, ein »Iklan«, Abkömmling jener im Sudan erbeuteten Sklaven, die seit mehreren Generationen im Dienst unserer Familie standen. Er selbst betrachtete sich als vollwertiges Familienmitglied und sein etwas despotisches Wesen kam umso mehr zum Ausdruck, als meine Großeltern älter wurden und gewisse Veränderungen um sich herum nicht mehr wahrnahmen. Chittou befasste sich mit allen Dingen des praktischen Lebens: Er verwaltete das Haushaltsgeld, kochte und kümmerte sich um die Wäsche. Er ging jeden Tag auf den Markt, kaufte ein, feilschte dabei um jede Münze, als würde das Geld ihm gehören, und brachte den neuesten Klatsch mit nach Hause. Damit vertrieb er meinen Großeltern in ihrer Einsamkeit die Zeit.

Von Tabelhuit wusste ich, dass die sesshaft gewordenen Tuareg gewisse Gewohnheiten beibehalten hatten. Sie besuchten sich gegenseitig – am liebsten in den frühen Morgenstunden –, tauschten Neuigkeiten aus, erzählten sich ihre Sorgen und ihre Freuden. Dabei waren Erwachsene, Jugendliche, Kinder, alte Menschen, Männer und Frauen bunt gemischt, eine Sitte, die für die Algerier schamlos war. Da aber in letzter Zeit immer mehr Soldaten nach Tam kamen, wagten sich die Frauen, besonders die jüngeren, nicht mehr auf die Straße. Aus Angst, angepöbelt zu werden, verloren sie die Unbekümmertheit ihrer Vorfahren. Tabelhuit fiel es nicht im Traum ein sich zu verschleiern; gleichwohl war sie ans Haus gefesselt, weil Rheumaschmerzen ihr seit längerem jeden Schritt zur Qual machten. Mein Großvater selbst hatte schon seit Monaten seine vier Wände nicht mehr verlassen und empfing nur noch seine engsten Freunde, ältere Männer wie er, die die neue Zeit nicht mehr verstanden und sich ihr Unbefriedigtsein in bitteren Reden von der Seele redeten.

So lange ich ihn kannte, hatte ich Chittou immer nur schwarz gekleidet gesehen, wobei ich nicht wusste, ob er sein Gewand jemals wechselte. Sein ebenfalls schwarzer Gesichtsschleier auf jeden Fall war derart verschlissen, dass er im Laufe der Zeit eine steingraue Farbe angenommen hatte. Ein rotes Lederetui, das nach alter Sitte ein Amulett gegen die »Kel Es Suf« enthielt, gegen die bösen Geister der Wüste, baumelte um seinen Hals. Als seine blutunterlaufenen Augen auf mich herabblickten, merkte ich sofort, dass er traurig war, und glaubte auch zu wissen, warum.

»Jugurtha?«, fragte ich. »Weißt du schon Bescheid?« Obwohl ich mittlerweile mit der Sprache der Tuareg ziemlich gut zurechtkam, sprachen wir weiterhin französisch. Die ältere Generation liebte diese Sprache, die sie an bessere Zeiten erinnerte. Mehr noch: Französisch zu sprechen – wenn auch nur gebrochen – galt auch als eine Art Widerstand gegen die Zwangsarabisierung, die für die Kinder im Schulalter bereits Wirklichkeit war.

Statt mir zu antworten neigte Chittou den schwarz verschleierten Kopf. Er litt an Asthma, und wenn er erregt war, mischten sich seltsame Pfeiflaute in sein Keuchen und Röcheln. »Viele Leute jetzt wie Jugurtha«, stieß er schließlich hervor. »Kein Essen im Bauch, keine Kleider, kein Holz, Inschallah! Was sollen wir nur machen?«

Allah aus dem Spiel lassen, dachte ich erbost, der hat mit der Dritte-Welt-Bürokratie nichts zu schaffen. Die Politik wurde von einigen hohen Tieren bestimmt – dazu gehörte auch mein lieber Onkel Moktar –, die in viel zu weichen Sesseln saßen und über das Schicksal der so genannten »Gruppierungen« des Landes bestimmten. Sie schlürften genüsslich Cola und Fanta, Alkohol war ja offiziell verboten, und sprachen von »nationaler Versöhnung« und der »Wahrung der Menschenrechte«, während die Tuareg aus ihren angestammten Weidegründen in das Elend der Städte zwangsumgesiedelt wurden. Dabei durfte ich Moktar nicht einmal meine Meinung sagen, ich musste sein empfindliches Ego schonen, bis er Atara den Reisepass ausgestellt hatte. »Küsse die Hand, die du nicht abhacken kannst«, sagt eines unserer Sprichwörter. Nur Geduld!, dachte ich, eines Tages, wenn ich habe, was ich will, beiße ich ihm die Finger ab!

Doch Chittou hatte noch etwas anderes auf dem Herzen. »Licht … weg!«, krächzte er.

»Kein Licht mehr?«, fragte ich beunruhigt. Mein erster Gedanke war, dass sie die Elektrizitätsrechnung nicht bezahlt hatten und ihnen der Strom abgestellt worden war.

In dem Augenblick trat Atara aus dem Haus; sie musste mich gehört haben. Sie trug Adons verwaschene Jeans und dazu ein Baumwollshirt, das ihr meine Mutter aus Belgien geschickt hatte.

Wie sie in der sonnenbeleuchteten Türöffnung stand, überschlank und noch größer als ich, fiel mir einmal mehr ihre außergewöhnliche Anmut auf. Ihre wunderschönen Zöpfe reichten fast bis zur Taille. An ihrem Hals funkelte ein rautenförmiges Silbergeschmeide, das einst ihrer Mutter gehört hatte. Zwei ebenfalls silberne Armspangen umschlossen ihre zarten Gelenke.

Ich lächelte sie an. »Ça va?«

»Ça va«, erwiderte sie leichthin. Doch ich fühlte, dass sie zornig war. Ihre Wangenknochen traten deutlich hervor und ich sah den Abdruck ihrer Zähne auf den vollen Lippen.

Umständlich bückte ich mich und knotete die Bänder meiner Turnschuhe auf, bevor ich hinter ihr das Haus betrat. Der Geruch nach Gips, der den Saharabehausungen eigen ist, stieg mir in die Nase. Es war sehr düster im Raum. Ich drehte den Lichtschalter – doch es blieb dunkel. Mein Blick wanderte zu der Glühbirne hinauf, die an einem Stück Kabel von der Decke hing. Ich stellte mich auf die Zehenspitzen und es gelang mir die Glühbirne herauszuschrauben.

Ich schüttelte sie und wandte mich an Chittou, der dastand und die Arme hängen ließ. »Kunststück! Die Birne taugt nichts mehr.« Ich kramte einige Münzen aus meinem Portemonnaie und reichte sie ihm mitsamt der Birne. »Sieh zu, dass du die gleiche auftreibst.«

Chittou gluckste wie ein Schuljunge, rückte seinen Gesichtsschleier zurecht und machte sich sofort auf den Weg. Ich hatte mich bereits daran gewöhnt, dass ältere Leute wie er, die es verstanden in der Wüste unter härtesten Bedingungen zu überleben, vor einfachen technischen Dingen wie vor einem Buch mit sieben Siegeln standen. Aber was war wichtiger? In vielen Belangen kam ich mir neben Chittou hilflos und unwissend wie ein Säugling vor. Trotzdem wusste ich nicht, ob ich lachen oder weinen sollte, wenn Menschen mit einem jahrtausendealten Erfahrungsschatz vor einer Glühbirne weiche Knie kriegten.

Inzwischen ließ sich Atara mit anmutiger Bewegung auf ihren untergeschlagenen Beinen nieder. Über ihr hing die Kleidertasche aus senfgelbem Leder, die meine Großmutter eigenhändig angefertigt hatte. Unter den purpur und türkis gefärbten Fransen konnte ich den »Tenest« sehen, das kupferne Schloss, zu dem einzig Tabelhuit den Schlüssel besaß. Jedes Mal, wenn ich diese Tasche betrachtete, tat mir das Herz weh. Sie erinnerte an die Weite der Wüste, an die Zelte, an die verlorene Freiheit. Sie war ein Symbol für das ungebundene Nomadenleben; noch barg sie die Geheimnisse der Erinnerung. Eines Tages aber wird sie vielleicht in einem Museum hängen, überlegte ich mir, Volkskundler werden über dieses Objekt aus Leder und über die Techniken zu seiner Herstellung kluge Abhandlungen verfassen; allmählich aber werden die Farben verblassen, das Leder zusammenschrumpfen, zu Staub zerfallen und die Erinnerung an die schöne junge Frau, die einst dieses Werk angefertigt hat, im Strom der Vergangenheit versinken …

Ich schüttelte diese Gedanken ab und setzte mich Atara gegenüber. »Adon war eben bei mir«, sagte ich. »Er hat mir erzählt, dass Jugurtha sein Lager räumen musste.«

Ihre schwarzen Augen blitzten. »Ja, ich weiß.«

Ich spürte plötzlich eine Kloß im Hals. »Dass sie damit auch unsere Kultur zerstören, kümmert die Algerier nicht. Was mit uns geschieht, danach fragen sie nicht. Adon ist völlig durcheinander und ich habe Lust alles kurz und klein zu schlagen.«

Atara hob den Kopf, einer Schlange gleich, die im nächsten Augenblick zustoßen will. »Die Algerier fürchten uns. Schon lange.

Schon immer. Deswegen zählen sie uns. Sie wollen wissen, wie viele Feinde sie haben. Sie sind die ›Menschen der Ziffern und des Siebes‹.«

Ich wusste von Adon, dass die Tuareg heute diesen Spitznamen, mit dem sie früher ihre Kolonialherren lächerlich gemacht hatten, auf die Algerier bezogen.

»Diese Leute«, fuhr Atara voller Zorn und Verachtung fort, »krabbeln wie Ameisen auf den Rücken der Wüste. Sie versuchen unseren Weg mit dem Stacheldraht ihrer eigenen Ängste zu verbauen. Der Gott aber, dessen Zorn sie zu bannen suchen, besteht schon lange nicht mehr. Die Termiten ihrer Zunge, die seinen Namen von früh bis spät wiederholen, haben ihn längst zernagt! Wir aber sind ›Imohag‹ – die Freien – und legen vor keinem Gott unser Haupt in den Staub. Wir leben und glauben nach unserer Art, mit ungebeugtem Kopf und ungebeugten Knien, schauen Himmel und Erde furchtlos ins Angesicht, denn es wird eine Zeit kommen, wo sie nicht mehr bestehen …«

Ataras Augen starrten seltsam entrückt in die Ferne, wie ich es schon oft an ihr beobachtet hatte. Mein Herz begann zu hämmern. Wieder fragte ich mich: Wer ist sie? Wo kommt sie her? Ja, sie war in der Wüste geboren wie ein Vogel oder eine Gazelle oder der Geist der Berge, gegen den sich die Menschen mit Talismanen und Amuletten schützen. Dieser Stolz, dieser Mut, dieses Geheimnis auch, wie tief waren sie in ihrer Seele verwurzelt? Im jahrelangen Kampf gegen Not und Schmerz, gegen Tod und Entsetzen hatte sich ihr inneres Wesen gehärtet. Jetzt vermochte sie ihre Gedanken in Worte zu kleiden, jetzt war sie bereit zu kämpfen. Es war, als wüchse aus ihr ein anderer Mensch, dessen Gesicht mir erst nach und nach vertraut wurde. Ich schwieg, erschüttert und fasziniert, während Ataras Augen, ihrer Vision folgend, umherwanderten und ihre monotone Stimme den Raum mit ihrem heiseren Klang erfüllte.

»Nachts, in meinen Träumen, sehe ich vieles. Einst sah ich ein Ungeheuer, mächtig wie ein Berg, das Menschen und Tiere vernichtete. Ich stand vor ihm und war seinem brennenden Atem ausgeliefert.

Das Ungeheuer öffnete seinen Rachen, verschlang mich. In ihm war es dunkel, dunkel wie die schwärzeste Nacht. Doch ich hatte Zeit gehabt mich mit spitzen Kieselsteinen zu bewaffnen. Im dunklen Magen des Ungeheuers riss ich seine Gedärme auf, tötete es und entkam …«

Atara lehnte sich zurück; ein schelmisches, fast boshaftes Lächeln bewegte ihr Züge und sie atmete ein paar Mal tief ein und aus. Ihr Körper schien mir verkrampft, unter Spannung stehend. Ich wusste nicht, was ich sagen sollte und ob ich überhaupt etwas sagen musste, bis das trockene Husten meines Großvaters im Nebenraum erklang. Da bewegte sich Atara, wie aus einem Traum erwachend. Wir tauschten einen Blick. Auf meine stumme Frage hin nickte sie kummervoll.

»Es geht ihm nicht gut. Er hat fast die ganze Nacht gehustet.«

Schlurfende Schritte wurden hörbar, meine Großmutter öffnete die Tür. Ich erhob mich schnell, um sie zu begrüßen. Sie nahm meine Hand, streichelte sie und lächelte mir müde zu. Schmerzlich wurde mir bewusst, wie stark sie in letzter Zeit gealtert war. Ihre Haut wirkte stumpf und grau und das Leuchten in ihren Augen war erloschen. Das Indigoblau ihres Gewandes war durch das viele Waschen verblichen. Die Nähte ihres Schleiers hatten sich gelöst. Einzig ihr Silbergeschmeide, das sie mit größter Hingabe pflegte und polierte, funkelte strahlend und verlieh ihrer Erscheinung die Aura einer Wüstenkönigin.

Ich erkundigte mich nach dem Befinden meines Großvaters. Tabelhuit schüttelte traurig den Kopf. Als sie sich auf den Teppich niederließ, sah ich in ihrer gleitenden Bewegung, trotz der Unbeholfenheit des Alters, noch etwas ihrer einstigen Geschmeidigkeit.

»Er hat den Mut verloren«, sagte sie tonlos. »Seine vertraute Welt stirbt. Weswegen sollte er den Willen haben weiterzuleben?«

Ich schwieg bedrückt. Antibiotika waren in Tam kaum noch aufzutreiben, aber auch die nutzten nichts, wenn die Seele erkrankt war.

Nach einer Weile fuhr Tabelhuit fort: »Mir wurde berichtet, dass sich Lamia und Jugurtha in Tam aufhalten. Ich hätte sie gerne besucht. Aber ich kann deinen Großvater nicht alleine lassen, auch nicht für kurze Zeit. Hör nur, wie er hustet!«

»Adon und ich besuchen sie heute Abend«, sagte ich.

Tabelhuit neigte den Kopf; die ganze Anmut einer Tochter aus dem Großen Zelt spiegelte sich in ihrer Bewegung wider. »Überbringt ihnen meine Grüße und meine Wünsche für Wohlbefinden und gute Gesundheit.«

Meine Kehle wurde eng. Ich nickte nur. Tabelhuit stieß einen Seufzer aus. Ihre empfindlichen Lider zuckten. »Unser Leben ist nicht mehr, wie es einst war. Auch für Lamia und Jugurtha hat sich vieles verändert. Ihre Kräfte sind erschöpft, ihre Seelen mutlos. Wir kommen aus dem Sonnenlicht. Doch vor uns liegt die Nacht.«

Ich entdeckte Tränenspuren auf ihren Wangen. Und Tabelhuit versuchte nicht sie zu verbergen. »Lasst mich weinen, meine Töchter«, sprach sie dumpf. »Eine Träne für meinen Mann, eine Träne für mein Volk ... und eine Träne für die Freiheit ...«

Eine Weile weinte sie still vor sich hin. Ich fühlte, wie es auch mir heiß in die Augen stieg.

Ataras Antlitz blieb unbewegt, ihr Mund fest zusammengepresst. Auf ihrem Gesicht war nicht die leiseste Regung zu erkennen. Doch dann sprach sie; ihre Stimme klang ruhig und kühl, fast unbeteiligt: »Ich sah Lamia und Jugurtha im Zelt meiner Mutter. Lange ist es her, aber heute Abend wird es sein, als wären die letzten zehn Jahre nicht vergangen.«

Sie blickte zu Tabelhuit hinüber; ihre Lippen deuteten ein Lächeln an; ein Lächeln besonderer Art, zärtlich, beschützend und verschwörerisch. Sie schien eine Gewißheit zu besitzen, die sie vor der Verzweiflung bewahrte, und es war, als wolle sie uns in dieses Geheimnis mit einbeziehen. Eine Kraft ging von ihr aus, die weder mit dem Alter noch mit der Vernunft zu erklären war. Sie schien mit tieferen Dingen vermischt, doch davon redeten wir nicht. Ich sah nur, wie Tabelhuits Tränen trockneten. Ein Atemzug hob ihr Brustgeschmeide, ließ es blitzen wie ein Splitter des Mondes, während ich mich auf eigentümliche Weise gestärkt und getröstet fühlte.

3

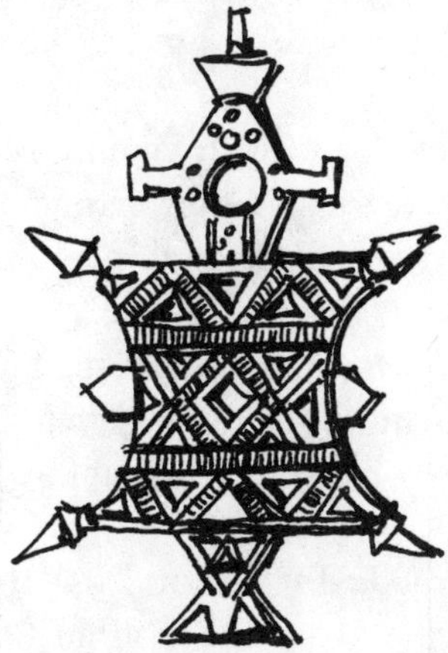

Als Schwester Pia und Schwester Laetizia gegen Abend aus der Krankenstation kamen, hatte ich das Essen gekocht und den Tisch gedeckt. Beide sahen erschöpft aus. Sie würden jetzt essen und sich für einige Stunden ausruhen. Schwester Claire und Schwester Romana lösten sie in dieser Zeit ab. Schwester Laetizias Augen wirkten eingefallen hinter den Brillengläsern. Schwester Pias ausgeprägte Züge, vor Müdigkeit verhärtet, ließen ihren italienischen Typ stärker als sonst hervortreten. Ich sagte ihnen, wo ich hinging und dass sie das Geschirr einfach in die Spüle stellen sollten, ich würde mich später darum kümmern. In meine Bewunderung für die Kleinen Schwestern mischte sich Scheu und schlechtes Gewissen. Unter ihren nachsichtigen Augen kam und ging ich, wie ich wollte, und fühlte mich dabei ziemlich selbstsüchtig. Denn ihre Tage hatten nie genug Stunden für ihre Aufgabe. Niemals hatten sie Zeit, auch nur für einen Augenblick an sich selbst zu denken. Das raue Klima und ihr entbehrungsreiches Leben zehrte an ihnen, ließ sie älter erscheinen, als sie waren. Und doch strahlten ihre Gesichter jene Herzensgüte aus, die sie manchmal fast kindlich erscheinen ließ.

»Keine Sorge! Wir kommen schon zurecht«, antwortete Schwester Laetizia, als ich mich wortreich zu entschuldigen versuchte.

Und Schwester Pia fügte verschmitzt hinzu: »Ob du es glaubst oder nicht, wir können unsere Spaghetti selbst aus dem Kochtopf holen!«

Durch den glutroten kurzen Sonnenuntergang machte ich mich wieder auf den Weg zu meinen Großeltern; ich hatte das Gefühl, dass das Verkehrschaos in Tam täglich zunahm; nur in den kleinen, sandbedeckten Nebenstraßen herrschte Ruhe. Der Himmel war von der Zauberfülle glutroten Lichtes überflutet, die Lehmmauern leuchteten kupfern. Dann tauchte die Sonne in jähem Sturz hinter den Horizont; Finsternis, vom trüben elektrischen Licht erhellt, breitete sich über die Stadt aus.

Ich stieß das knarrende Tor auf und trat in den dunklen, nach Staub riechenden Vorhof. Aus der Türöffnung fiel grünliches Licht; Chittou hatte, noch bevor ich gegangen war, eine neue Glühbirne gebracht. Ich musste sie einschrauben, denn er selbst hätte sich das nie zugetraut. Mein Großvater ließ sich auch jetzt nicht blicken; ich wusste, dass ihm sein Gefühl für »aschek«, das Gefühl der Tuareg für Anstand, verbot, krank und vielleicht sogar ungepflegt vor mir zu erscheinen. Doch Tabelhuit war anwesend. Als ich den Raum betrat, saß sie neben Atara und wickelte ein Päckchen Tee und einen Zuckerstock in ein Stück Zeitungspapier. Die Gaben waren für Lamia bestimmt. Zucker und Tee waren teuer; ich wusste, dass meine Großeltern selbst kaum das Nötigste zum Leben hatten. Ich las in Ataras Blick, dass auch sie sich dessen bewusst war. Zu ihren Jeans trug sie eine frisch gewaschene Bluse und darüber eine meiner Windjacken. Ihre Zöpfe waren durch den Kragen verdeckt. Wieder hatte ich das Gefühl, dass mir in ihr Adon oder sein Gegenbild gegenübersaß. Bruder und Schwester wurden sich umso ähnlicher, je mehr Atara an Selbstsicherheit gewann. Ihre Geschmeidigkeit zeigte sich in jeder ihrer präzisen Bewegungen. In ihr vereinten sich die

Anmut eines Mädchens und die selbstverständliche Ungezwungenheit eines jungen Mannes und dieses Gleichgewicht ihres Seins übte auf den Betrachter einen unwiderstehlichen Reiz aus.

»Adon wird gleich hier sein«, meinte sie.

Sie täuschte sich nicht; schon wenige Minuten später knarrte das Tor. Ich erkannte das Geräusch von Adons Schritten im Vorhof. Noch vermochte ich mich nicht daran zu gewöhnen, dass Adon jetzt hier war, dass wir uns täglich sehen konnten. Und jedes Mal ließ bereits das Nahen seiner Schritte mein Herz schneller schlagen. Und dann erschien er an der Tür, groß, schlank, mit schulterlangem Haar. Er schlüpfte aus seinen Sandalen und trat auf meine Großmutter zu. Der Respekt, den die jüngeren Tuareg den Älteren zollten, beeindruckte mich stets aufs Neue. Nur drei Schritte trennten Adon von meiner Großmutter, drei Schritte, in denen sich seine stolze Haltung in Ehrerbietung verwandelte. Er neigte sich der Älteren entgegen, beugte vor ihr das Haupt. Sie blieb sitzen und ergriff seine Hand, streichelte liebevoll die empfindliche Innenseite. Aus ihren Augen leuchtete das Wohlgefallen und die Nachsicht, die jede Frau einem hübschen jungen Mann entgegenbringt.

»Wie geht es ihm?«, fragte Adon und bewegte den Kopf leicht zum Gemach meines Großvaters hin.

»Heute Abend ein bisschen besser«, sagte sie, aber ich wusste, dass sie log. »Setz dich«, fuhr sie fort, »du siehst müde aus. Hast du schon gegessen?«

Adon sah auf seine Uhr. »Wir sollten besser nicht zu spät fahren.«

Ich wusste, dass die Saharabewohner früh schlafen gingen. Besuche zu später Stunde waren zwar nicht unwillkommen, aber die Höflichkeit gebot, dass man, wenn man sich schon hingelegt hatte, wieder aufstand um die Gäste zu bewirten. Und das wollte Adon Jugurtha und Lamia ersparen.

Tabelhuit wechselte mit leichter Grimasse die Stellung um ihre schmerzenden Knie und Füße zu erleichtern. »Werden Lamia und Jugurtha jetzt in Tam bleiben?«

Adon schüttelte finster den Kopf. »Ich weiß es nicht. Man wird ihnen die Entscheidung vermutlich ersparen«, fügte er sarkastisch hinzu. Mit dem zweiten Satz hatte er sich an mich gewandt.

Doch Tabelhuit hatte den Sinn herausgehört. Ihr Kopf richtete sich auf. »Die Algerier wollen uns wie Ziegen anpflocken. Dies wird ihnen niemals gelingen!«

Der Stolz ist immer noch da, dachte ich. Er lauert unter der Oberfläche.

»Nein«, erwiderte Adon. »Nicht solange noch Blut in unseren Adern fließt.« Zu mir gewandt, sagte er: »Einen Augenblick bitte, ich ziehe mich nur schnell um.«

Ich wusste, dass er Lamia und Jugurtha gegenüber gewisse Formen einzuhalten hatte. Ein Sohn aus dem Großen Zelt besuchte seine Verwandten nicht im verschmutzten Overall. Er verschwand in der kleinen Kammer, in der er auf einer alten Matratze schlief.

Einige Minuten später war er wieder da. Und wie jedes Mal, wenn er in der Kleidung der Tuareg erschien, erschauerte ich und erlag dem Zauber, der ihn umgab. Nie würde ich die seltsame Erregung vergessen, die mich immer dann ergriff, wenn ich Zeugin seiner Verwandlung wurde. Der Neunzehnjährige, der in Jeans und Lederjacke schlacksig und ungezwungen auftrat, wurde mit seiner angestammten Kleidung auch zu einem anderen Wesen. Verschwunden war der junge Mann aus der Gegenwart; an seiner Statt trat ein Prinz der Wüste, ein zu Fleisch und Blut gewordener Traum. Sein Gewand mit den hohen Gehschlitzen, »Gandura« genannt, bedeckte die locker über die Fußknöchel fallenden, schwarzen Pluderhosen. Das etwa sechs Meter lange, leichte Baumwolltuch, in der Sprache der Tuareg »Tagelmust« genannt, war in kunstvollen Falten um seinen Kopf geschlungen und bis zu den leuchtenden Augen hinaufgezogen. Er war so groß, dass er beim Näherkommen die Glühbirne streifte, die leicht auf und ab schaukelte und die dunklen Schatten an den Wänden zum Tanzen brachte.

Tabelhuit betrachtete ihn, das Kinn nach Art der Tuaregfrauen auf den Handrücken gestützt. Plötzlich hob ein schelmisches Lächeln ihre Lippen. »Als ich jung war«, sagte sie, »waren die Männer schön wie flatternde Vögel, schöner als die Schilder aus Antilopenhaut an den Flanken ihrer weissen Meharis. Heute aber sind ihre Finger ungeschickt. Keiner vermag seinen ›Tagelmust‹ zu knüpfen, wie es einer Frau gefällt.«

Sie winkte ihn mit kurzer, herrischer Bewegung zu sich. Er beugte vor ihr das Knie. Lächelnd, mit zusammengekniffenen Augen, zupfte sie geschickt die Falten seiner Kopfbedeckung zurecht, wobei sie sich mehrmals zurückneigte um ihn zu betrachten. Schließlich nickte sie zufrieden.

»Jetzt kannst du vor Lamia und Jugurtha treten, ohne dass sich ihre Behausung vor Scham verdunkelt.«

Adon dankte ihr mit einem Lächeln der Augen. »Enda kmet!«, gehen wir, sagte er.

Atara erhob sich ebenfalls; sie trug ein verschnürtes Stoffbündel im Arm, vermutlich ein Geschenk. Tabelhuit reichte mir den Zuckerstock und den Tee und entließ uns mit einer müden Handbewegung. Ihr Frohsinn war ebenso schnell verschwunden, wie er zum Vorschein gekommen war. Sie wirkte plötzlich in sich zusammengesunken. Ihr Kopf hing herab und die Falten ihres Schleiers verbargen ihr Antlitz. Das Husten meines Großvaters begleitete uns, als wir das Haus verließen. Chittou schloss hinter uns das Tor.

Inzwischen war es Nacht geworden. Die Dezembersterne funkelten wie glühende Kohlen, die der Wind weit über den Himmelsherd verstreut hatte, und schwammen um den abgeflachten Kamm des Hadrian-Berges. Wie immer bei Nachteinbruch war die Temperatur stark gesunken; ich zog den Reißverschluss meiner Windjacke hoch. Der Landrover war breit genug, Atara und ich nahmen neben Adon auf der vorderen Sitzbank Platz. Adon startete den Motor, legte den ersten Gang ein und fuhr los. Der Wagen zog eine weißliche Staubfahne hinter sich her. Wir folgten eine Weile der Asphaltstraße. Wie gewohnt, hatte der Verkehr bei Nachteinbruch nachgelassen und das gelbe Licht der Scheinwerfer beleuchtete nur einen heftig strampelnden Radfahrer, den die Dunkelheit gleich darauf wieder verschluckte. Nach kurzer Zeit verließen wir die Asphaltstraße in östlicher Richtung. Hier begann die »Wellblechpiste«: Der Wind und die Temperaturschwankungen hatten den Sand in wellenförmigen Rippen hart gepresst, sie verliehen der Piste die Struktur eines Waschbretts oder eines quer zur Fahrtrichtung gepflügten Ackers. Befahren ließ sich diese Strecke nur im Schritttempo oder mit Vollgas. Wie alle Bewohner der Sahara hielt sich Adon an die zweite Möglichkeit. Der Wagen ratterte, als bräche er in der nächsten Sekunde auseinander. Ich hatte das Gefühl, dass meine Knochen splitterten und sich meine Zähne aus dem Kiefer lösten.

»Verdammte Wellblechpiste!«, zischte Adon. »Die Reifen habe ich hart gepumpt, aber hoffentlich halten die Stoßdämpfer durch.«

Plötzlich sah ich mitten auf der Piste ein Schlagloch. Adon riss im gleichen Augenblick das Steuer herum, der Wagen dröhnte unter der Erschütterung und ich flog mit dem Kopf fast gegen die Windschutzscheibe. Das Getöse war ohrenbetäubend.

»Meinst du«, schrie ich Adon zu, »dass wir die Fahrt überstehen?«

»Wir schon«, schrie er zurück. »Aber für diese Kiste kann ich nicht garantieren!«

Atara saß still und hielt das Bündel fest auf ihren Knien. Ich betrachtete ihr Profil, abwechselnd in Licht und Schatten getaucht. Wir versuchten nicht mit ihr zu sprechen, wenn sie es nicht tat. Ihr Schweigen war uns vertraut.

»Zum Glück kommt gleich die Abzweigung«, sagte Adon.

Er kannte die Strecke gut; knapp eine Minute später erreichten wir die Stelle, wo eine noch schmalere Piste abzweigte. Hier wurde der Sandboden weich. Die Scheinwerfer ließen einige Sträucher aus dem Dunkel hervortreten, die mit schleifendem Geräusch die Fenster streiften. Plötzlich sahen wir vor uns einen Feuerschein.

»Wir sind da«, sagte Adon.

Nach etwa zweihundert Metern hielt er an und stellte den Motor ab. Im Lichtkegel konnte ich die Umrisse einiger Lehmbauten erkennen. Adon löschte die Scheinwerfer. Wir stiegen aus. In der Finsternis, die uns plötzlich umgab, bellten Hunde. Einige Stimmen riefen sie zurück. Die Hunde knurrten noch eine Weile, dann hörten wir nur noch das Zirpen der Grillen – ein Zeichen, dass es in der Nähe Wasser gab.

Ich bemerkte hinter einer Anhöhe einen schwachen weißlichen Nebelhof. »Wo sind wir hier?«, fragte ich.

»Direkt neben dem Flugplatz«, erwiderte Adon. »Die Landepiste verläuft dem Hügel entlang. Tagsüber könntest du sie sehen. Die Flugzeuge starten ungefähr einen Kilometer von hier.«

Ich war fassungslos. »Der Lärm muss ja unerträglich sein!«

»Die Siedlung bestand schon lange, bevor das Fluggelände vergrößert wurde«, sagte Adon. »Nicht weit von hier fließt eine kleine Quelle. Die Bewohner der Hütten werden erst dann gehen, wenn das Grundwasser versiegt ist.«

Ich schwieg empört. In der Wüste war Wasser kostbarer als Gold. Eine Quelle, und wenn sie auch nur ein Sickerloch war, bedeutete Leben für Mensch und Tier.

»Als ich klein war«, fuhr Adon fort, »floss ein Bach durch Tam mit frischem, klarem Wasser. Nachts quakten dort die Frösche und die Libellen waren so zahm, dass sie auf unseren ausgestreckten Fingern landeten. Heute ist nur noch das sandige Bett übrig geblieben; Bäume und Büsche sind längst verdorrt ...«

Er ließ den Satz in der Schwebe; aus der Finsternis tauchten die verschleierten Gestalten einiger Männer auf.

»Komm!«, flüsterte Adon.

Wir gingen ihnen entgegen. Vor uns angekommen, streckten die Männer ihre schmalen, sehnigen Hände aus, die wir nach Art der Tuareg streiften. Wir wechselten die üblichen Begrüßungsworte und ich blickte ziemlich verunsichert in die vermummten Gesichter. Wer von ihnen war Jugurtha? Noch während ich zögerte, trat eine Gestalt mit langsamen, weit ausholenden Schritten auf uns zu und ich erkannte ihn. Und zwar erkannte ich ihn an seiner stolzen Haltung, die seinen baumlangen Körper fast nach hinten bog. Gleichzeitig wurde mir schmerzlich bewusst, wie mager er geworden war; er schien unter seiner Gandura fast nur noch aus Haut und Knochen zu bestehen. Doch schon der schwarze Tagelmust, der Gesichtsschleier, kennzeichnete seinen Stand – hier hieß uns ein echter »Sohn des Tobols«, ein Fürst der Wüste, willkommen. Und so berührte ich scheu seine trockene Hand, sprach ehrerbietig die ihm gebührenden Begrüßungsworte.

Jugurtha neigte den Kopf. Die leuchtenden Augen funkelten mich an und auf einmal vernahm ich sein vertrautes Kichern. »Du hast Fortschritte gemacht«, stellte er fest. »Du sprichst jetzt besser Tamahaq als ich.«

Obgleich ich wusste, dass er mich neckte, freute ich mich über das Lob und fühlte, wie meine Wangen heiß wurden. »Ich habe eine gute Lehrerin«, sagte ich und deutete auf Atara, die ebenso groß, ebenso aufrecht wie Adon neben ihm in der Dunkelheit stand.

Jugurtha wandte sich ihr zu mit einer langsamen Drehung seines Körpers. Und ich merkte, wie sich fast gleichlaufend mit seiner Bewegung alle Augen auf sie richteten. Alle wussten, wer sie war. Und für einige Sekunden kam eine Stimmung auf, die zu deuten mir schwer fiel. Kein Strauch bewegte sich und trotzdem war es, als berühre ein Windhauch die Gruppe dieser Männer. Ihre Augen ruhten auf Atara, ließen nicht von ihr ab. Und sie, diesen Blicken preisgegeben, senkte nicht den Kopf und schlug auch nicht die Augen nieder. Gelassen stand sie da, ihr edles Gesicht von den langen Zöpfen umrahmt; das verschnürte Bündel hielt sie an ihre Brust gedrückt; sie hielt es, wie eine Mutter ihr Kind hält. Endlich rührte sich Jugurtha, trat langsam auf sie zu. Doch die Worte, die er nun sprach, hätte ich nicht verstanden, wenn Adon, der dicht neben mir stand, sie mir nicht übersetzt hätte.

»O Geist der Leere«, sagte Jugurtha, »wann überbringst du uns die Antwort, die wir von den Sieben Schwestern erbitten?«

Sie blickte zu ihm empor; ihre Augen glänzten wie dunkle Spiegel. »Ich bin die Antwort«, lauteten ihre Worte, die sie mit ihrer rauen Stimme deutlich in die Stille sprach.

Mein Haar sträubte sich; nicht nur Tiere wittern gewisse Veränderungen in ihrer Umgebung. Das, was hier vorging, vermochte ich weder zu benennen noch zu begreifen, sondern lediglich wahrzunehmen. Ich wusste zwar, dass die Tuareg die Pleiaden die »Sieben Schwestern« nannten und dieses Sternbild als Achse und Kern des Himmels bezeichneten. Aber mehr wusste ich nicht; umso fassungsloser bemerkte ich, wie die müden, zerlumpten Männer sich wie unter Zwang verwandelten; als befreie ein Zauber sie von jeder Niedergeschlagenheit. Ihre Schultern strafften sich, ihre Haltung drückte Stolz, ja beinahe Anmaßung aus. In ihren Augen stand, fast hätte ich meinen können, eine Art Triumph. Doch dieser Augenblick währte nur Sekunden; schon nahm Jugurtha das Wort wieder auf und jetzt glaubte ich aus seiner Stimme einen Schimmer von Ironie herauszuhören:

»Willkommen! Die Erde ist kalt. Mögt ihr unserer armseligen Behausung die Ehre antun darin zu ruhen.«

Er wandte sich um und schritt den Hütten entgegen, dabei raffte er die Falten seines Gewandes mit der gewohnten Geste der Saharabewohner auf dem Rücken zusammen.

Die Siedlung bestand aus einigen jener Strohhütten, die die Tuareg »Seribas« nennen, und aus wenigen niedrigen Lehmbauten, deren Öffnung sowohl als Eingang wie auch zur Lüftung diente. In einem von Dornbüschen abgegrenzten Innenhof meckerte eine Ziege. Offenbar waren uns die Männer ein Stück des Weges entgegengekommen, damit die Frauen Zeit hatten sich auf unsere Ankunft vorzubereiten. Jetzt traten auch diese aus der Dunkelheit näher. Die Nacht verhüllte gnädig das Elend und die Ärmlichkeit der Siedlung. Trotz ihrer zerlumpten Gewänder bemerkte ich die Grazie und die vornehme Haltung der Frauen. Ich erkannte einige der Nomadinnen, die mir damals im Lager begegnet waren: die alte schwarze Dienerin und Lamias beide Kusinen mit ihren Kleinkindern. Doch selbst im schwachen Sternenlicht sah ich, wie abgemagert und müde diese Frauen waren. Der Stolz leuchtete nicht mehr in ihren Augen; selbst die Kinder mit ihrem schüchternen Lächeln schienen diese Saat der Hoffnungslosigkeit bereits in sich zu tragen. Die Kleinen hatten kaum etwas am Leib; ihre Nase lief und die winzigen Fäuste rieben unaufhörlich die entzündeten und verklebten

Augen. Wie immer, wenn ich erschüttert war, spürte ich ein Würgen in der Kehle. Das Los, das diese Menschen erwartete, war schlimmer als ein rascher, gnadenvoller Tod; es war ein langsames Dahinsiechen, ein Absterben der Seele, ein Dasein ohne Zweck und Sinn.

Jugurtha, der vorausgegangen war, bückte sich und trat in eine der Behausungen ein, in deren Eingang es rötlich schimmerte. Während Adon und Atara mühelos aus ihren Sandalen schlüpften, tanzte ich – wie gewohnt – von einem Bein aufs andere, während ich die Bänder meiner vergammelten Turnschuhe aufknotete.

Die Lehmhütte war voller Rauch; hustend trat ich hinein. In der Mitte des Raumes brannte zwischen den üblichen drei Steinen ein kleines Feuer. Außer ein paar zusammengerollten staubigen Decken sah ich nur wenige Plastikschüsseln, eine Blechkanne und eine Anzahl beschädigter Schalen aus billigem Steingut. Auf dem Boden verstreut lagen einige der Ledertaschen, die früher an den geschnitzten Zeltpfosten hingen. Plötzlich erinnerte ich mich so deutlich an Tamars wundervolles rotes Zelt, dass ich es zu sehen vermeinte. Traurig dachte ich an das Sonnensegel mit den purpurnen Fransen, an die reich bestickten Lederkissen, die weichen, farbenprächtigen Teppiche. Vor meinem inneren Auge erschien die Vision einer Frau; ihre Augen leuchteten, schwarzen Sternen gleich, und ihre Stimme klang wie ein Glöckchen, kühl, rein und silberhell. Ach, Tamar, dachte ich voller Wehmut, und das Knistern des Feuers schien den Namen zu wiederholen. Tamar, Tamar: ein Name, so alt wie unser Volk, das älteste auf dieser Erde, ein Name voller Leben, sanft wie Honig und schön wie ein Lied. Nein, dachte ich, sie ist nicht gestorben. Sie erlosch wie eine Sternschnuppe, zerstäubte wie ein Funke im Nachtwind, aber ihr Geist lebt weiter, so lange die Welt besteht.

Der schwere Geruch nach Talg, Holzkohle und schmutzigen Gewändern holte mich zurück in die Wirklichkeit. Der Zauber war verflogen, der Traum zerstört. In dieser Hütte lebte nichts als Armut, Krankheit und Elend. Einige dunkle Gestalten kauerten mit dem Rücken an der Mauer. Im Helldunkel rührte sich eine der sitzenden Frauen. Als sie den Kopf hob, zog der kupferne Schlüsselbund, der an einem Zipfel ihres Schleiers befestigt war, den Stoff zurück und ich erkannte Lamias Gesicht. Ihre Haut war nicht mehr bernsteinfarben, sondern grau und spannte sich maskengleich über die hart hervortretenden Wangenknochen. Ihre Augen lagen in dunklen Höhlen. Während ich die Hand zur Begrüßung streifte, bemerkte ich, wie mager die Hand war: Sie erinnerte mich an einen Hühnerfuß; steif und krallenartig verdreht. Ihre Haut fühlte sich trocken und heiß an und ich wusste im selben Moment, dass sie unter hohem Fieber litt. In dieser Hütte muss es von Bazillen nur so wimmeln, war mein zweiter, eigennütziger Gedanke, hoffentlich werde ich nicht angesteckt! Doch daran ließ sich nichts ändern, ich saß hier fest! Und so tröstete ich mich damit, dass die Kleinen Schwestern die Kranken rund um die Uhr pflegten und bis heute noch keine im Bett lag.

Bei der Berührung unserer Hände hatte sich Lamias Blick plötzlich belebt. Ich sah, dass die eingefallenen Augen die gleichen geblieben waren: sprühend, verwegen, fast trotzig. Ihre starken weißen Zähne blitzten, als sie lächelte. Nein, sie lässt sich nicht unterkriegen, dachte ich. Sie nicht. Dazu ist sie zu stark.

Sie sprach mich an; und obwohl ihr das Atmen sichtlich schwer fiel, hatte ihre Stimme nur wenig von ihrer einstigen Klangfülle eingebüßt. Adon übersetzte.

»Lamia meint, dass du dich seit dem Fest verändert habest.«

»Inwiefern?«, fragte ich überrascht.

»Du kannst jetzt denken und weißt, wer du bist.«

Ich war nicht sicher, ob ich Adon richtig verstanden hatte, und lachte verlegen auf. »Das hilft leider nicht viel!«

»Weil du noch jung bist«, lautete die Antwort der alten Frau.

Doch ihre Worte klangen zerstreut; ihr Blick glitt an mir vorbei und richtete sich auf Atara, die als Letzte eingetreten war. Vielleicht hatte Lamia die überschlanke Gestalt in Hosen zuerst für die eines Mannes gehalten, denn ich sah, wie ihre Augen sich überrascht weiteten. Sie richtete sich auf, indem sie sich mit dem Rücken an die Lehmwand presste. Auf ihrem Gesicht erschien ein derartiger Glanz, dass es plötzlich wie von innen erleuchtet wirkte.

»Ich kenne dich«, sprach sie. »Du bist Atara, die, die aus dem Jenseits kommt.«

Etwas Unerwartetes geschah: Atara fiel auf die Knie. Sie legte das mitgebrachte Bündel vor sich hin und neigte sich ehrerbietig der alten Frau entgegen. Diese streckte ihre dünnen Arme aus, Atara erhob sich wieder und Lamia umarmte sie wie eine Tochter. Atara hatte den Kopf an die Brust der Älteren gelegt. Ihre Lippen zitterten leicht und sie hielt die Augen geschlossen, als müsse sie die Tränen zurückhalten. Adon stand schweigend neben mir, doch ich hörte ihn atmen.

Lamia streichelte Atara lange, sie wiegte sie wie ein Kind, bevor sie zu sprechen begann. Ihre Stimme, rau und zärtlich, heiser und weich, erfüllte die verräucherte Hütte. »Nun ist alles gut. Wir Alten müssen gehen. Wir sind bald fertig mit den Dingen hier. Doch wir hinterlassen keine Waisenkinder. Wo unser Pfad endet, beginnt ein neuer Weg. Ist es nicht so?«

Sie hob ihre hell flackernden Augen zu Adon empor, als richte sie ihre Frage an ihn. Doch er wich ihrem Blick aus und schwieg. Ich spürte, wie sich sein ganzer Körper versteifte. Es war nicht das erste Mal, dass Lamia ihn wütend machte, obwohl ich mir die Ursache seines Zornes nicht erklären konnte. Die Art, wie sie mit ihm umging, musste herausfordernd auf ihn wirken. Indessen starrte die alte Frau zu ihm empor, mit einer Hartnäckigkeit, die eine Antwort nicht nur erwartete, sondern forderte.

Missmutig und schroff brach er schließlich das Schweigen. »Das geht mich nichts an. Ich habe was anderes vor.«

Lamia grinste. Sie war nicht beleidigt. Im Gegenteil, ich hatte das Gefühl, dass sie seine Unhöflichkeit mehr amüsierte, als sie es zeigen wollte.

»Wenn alle warten, bis sie denken, dass es sie etwas angeht, wird es niemals besser.«

Adon schüttelte den Kopf. »Ich bin nur ein Mann. Dies hier ist Sache der Frauen.«

»Glaubst du das wirklich?«, spottete sie.

Adon gab keine Antwort. Ich sah trotz des Schleiers, wie er sich auf die Lippen biss.

Doch ihr Wortwechsel hatte einen Bann gebrochen. Atara und Lamia trennten sich ebenso selbstverständlich, wie sie sich umarmt hatten. Allerdings lächelten jetzt beide, als würden sie ein Geheimnis teilen.

Lamia gab ein Zeichen. Die schwarze Dienerin brachte ein Becken voll glühender Kohlen, ihr halbwüchsiger Sohn ein Tablett mit gespülten Gläsern. Wir setzten uns im Kreis ums Feuer und eine Zeit lang brach nur das Seufzen und geräuschvolle Atemholen der Kleinkinder die Stille. Die traditionelle Zeremonie des Teezubereitens begann. Ich erlebte sie täglich, aber jedes Mal intensiver und bewusster. Sie war ein Augenblick der Ruhe, des Innehaltens, der Gäste und Gastgeber zur festen Gemeinschaft zusammenschloss; diese Zeremonie war ein Sichfinden, ein Sichverbünden, aus der neue Kräfte für alle wuchsen.

Mir fiel auf, dass Lamias große blecherne Teedose fast leer war, und freute mich umso mehr, dass ich ihr Tabelhuits Geschenke überreichen konnte. Lamia freute sich offen, während sie die grünen Blattkugeln in die Dose umfüllte und den Stockzucker mit einem kleinen Kupferhämmerchen zerkleinerte. Ich lehnte stumm an Adons Schulter, während Lamia ein wenig Wasser in einer Blechkanne auf der Glut heiß werden ließ und darauf die Kanne mit frischem Wasser wieder auffüllte. Als das Wasser kochte, gab Lamia in die zweite Kanne einige Stücke Zucker und schüttete den Tee aus der ersten Kanne hinein. Sie ließ diese Kanne kurz stehen, füllte die andere Kanne mit den inzwischen stark aufgequollenen Teeblättern wieder mit Wasser und stellte sie aufs Feuer. Dann ließ Lamia den Tee aus hoch erhobener Kanne in die kleinen Gläser laufen. Immer noch schweigend, genossen wir den Tee, wobei Jugurtha seinen Schleier dazu nach alter Sitte mit zwei Fingern lüftete. Ich spürte, dass sich auch Adon allmählich wieder entspannte. Sein Zorn, der vorhin kurz und heftig in ihm aufgeflackert war, schien verflogen und ich fragte mich, ob ich ihn mir nur eingebildet hatte.

Warum bin ich glücklich?, dachte ich, während ich den wunderbar süßen, schäumenden Tee schlürfte. Die Menschen hier waren krank und ohne Hoffnung, ihre Armut war grenzenlos. Ein kleiner Junge hustete, sein Husten tat mir am eigenen Leib weh, und trotzdem war ich glücklich. Vielleicht hing es damit zusammen, dass ich bei Adon war, seine feste, warme Schulter an meiner spürte; aber ich spürte noch mehr. Und plötzlich fühlte ich es ganz deutlich: Dies hier war meine Heimat, hier gehörte ich hin. Bald würde ich fortziehen, zurück in die Welt des Verstandes, der Wirklichkeit. Nüchtern, sachlich, unsentimental; ja, das waren Eigenschaften, die in der heutigen Zeit positiv besetzt waren. Gut, ich konnte mit diesen Eigenschaften etwas anfangen, konnte sie wie aus einer Schublade hervorziehen, sobald ich sie brauchte; ich hatte gelernt mich ihrer zu bedienen. Aber sie berührten mich nicht. Sie hatten mit mir selbst, mit meinem Sein, kaum etwas zu tun. Ich kam aus der Wüste. Und die Wüste, schillernd wie ein Schmetterlingsflügel und bedrohlich wie der Tag des Jüngsten Gerichtes, schenkte mir Stolz und bewahrte meine Seele vor Wertvorstellungen, die mir nicht entsprachen.

Der intensive Duft des grünen Tees durchzog die armselige Hütte, vermischt mit dem Geruch der Holzkohle. Das Feuer glühte rot wie Rubin. Wie üblich lockerten sich die Zungen nach dem ersten Glas Tee. Jugurtha erzählte, wie er den Befehl der algerischen Verwaltung habe umgehen wollen, seine Sippe in einem Registrierungslager zu versammeln. Doch die Algerier hätten einen Lastwagen mit bewaffneten Polizisten geschickt. Jugurtha sei gewaltsam dazu gezwungen worden, sein Lager zu räumen. Und bei der Verwaltung in Tam habe man ihm mitgeteilt, dass das Gebiet, in dem seine Tiere seit jeher weideten, vor kurzem zur Sperrzone bestimmt worden sei.

»Das ist die übliche Ausrede«, fügte Adon, der mir Jugurthas Worte übersetzt hatte, ungehalten hinzu. »Sperrzone. Militärgebiet. Die Algerier würden am liebsten die ganze Sahara zum Exerzierplatz erklären. Dazu kommt, dass sie uns Nomaden als nutzloses Überbleibsel im technischen Zeitalter betrachten. Außerdem räumten uns die

Franzosen zur Kolonialzeit Vorrechte ein, die wir jetzt teuer bezahlen müssen.«

Jugurtha, der wie fast alle Tuareg seiner Generation Französisch verstand, nickte und fügte eine Erklärung hinzu.

Adon dolmetschte: »Er sagt, dass zur Zeit des Algerienkrieges von französischer Seite die Idee vorgebracht worden sei, in den Saharagebieten unter französischer Schirmherrschaft einen eigenständigen Staat zu schaffen. Es sei darum gegangen, dass die Ölfelder, die Erdgasanlagen und die Uranlager nicht in die Hände des unabhängigen Algeriens fielen. Die O. C. R. S, die ›Organisation Commune des Régions Sahariennens‹, wäre der erste Nationalstaat der Tuareg gewesen. Leider sei das Vorhaben nicht verwirklicht worden. Und als Algerien seinen islamisch-arabischen Sozialistenstaat gegründet habe, seien die Tuareg in der Falle gesessen. Doch die Verlierer seien ja sowieso immer die Dummen.«

Jugurtha sprach weiter; ich bewunderte das Spiel seiner überlangen Hände, deren Schatten, auf den Lehmwänden vergrößert, seinen Worten eine besondere Betonung verlieh. Ein Zauber ging von diesem Bewegungsspiel aus; er wirkte wie ein Märchenerzähler, der seine Zuhörer in seinen Bann schlägt. Aber was er sagte, war bittere Wirklichkeit und Schmährede in einem.

Adon dolmetschte wie zuvor, während ich betroffen zuhörte. »Als unser letzter Amenokal starb, erklärte die Verwaltung, dass von nun an die Tuareg diszipliniert und ihre Weidewanderungen kontrolliert werden müssten. ›Ihre Freiheit‹, hieß es in einem offiziellen Protokoll, ›kommt uns teuer zu stehen. Ihr Elend gereicht uns zum Vorteil.‹«

Er schwieg eine Weile und betrachtete seine knochige Rechte, die er plötzlich zur Faust ballte. Es war, als schlössen sich seine Finger um einen Schwertgriff.

»Aber sollen wir zornig werden, weil junge Hunde uns mit ihren kleinen Zähnen beißen? Die Soldaten, die ihre Gewehre auf uns richten, wispern und erbleichen wie Räuber, die auf frischer Tat ertappt worden sind. Sie wissen, sie können uns das Leben nehmen, nicht aber unseren Stolz. Der Stolz ist alles. Er macht uns zu dem, was wir sind, und hält alle Furcht von uns fern. Wir saugten ihn mit der Muttermilch ein und er bleibt uns erhalten, bis zu der Zeit, da wir reif sind zu sterben.«

Während er sprach, schien es mir, als vergrößere sich seine Gestalt im Widerschein des Feuers. Sein Schatten, wie der eines Riesen, schien die ganze Hütte zu füllen. Dieser Mann war wahrhaftig ein König. Unwillkürlich musste ich an meinen Großvater denken. Auch er trug diesen Stolz in sich, einen Stolz, den Krankheit und Elend nicht zu brechen vermochten und der ihn bis in sein Grab begleiten würde. Und auch auf Adon traf das zu. Herdengefühle waren ihm verhasst; nie würde er sein Anderssein aufgeben um sich einem Zwang zu unterwerfen, der Übereinstimmung mit der Masse bedeutete. Solange es noch solche Männer gibt, dachte ich, ist unser Volk nicht verloren. Aber ich wusste ebenfalls, dass diese Männer ihre Kraft den Frauen verdankten. Ohne sie geschah nichts, war nichts möglich. Jugurtha sprach wie ein König, doch seine Augen waren mit dem Ausdruck eines Kindes auf Lamia gerichtet, als suche er bei ihr die Bestätigung seiner Worte. In ihren zerlumpten Schleier gewickelt, saß sie mit gekreuzten Beinen ihm gegenüber. Die Flammen beleuchteten ihr Gesicht von unten, hoben die spitzen Wangenknochen, die ovale Stirnfläche deutlich hervor. Sie schwieg; doch manchmal nickte sie vor sich hin.

Plötzlich seufzte Jugurtha tief und heiser. Es war der Klagelaut eines Mannes, der es nicht gewohnt ist zu klagen. »Es heißt, dass das Ende des Menschenlebens Kummer sei. Die Kraft ziehe sich aus uns zurück wie der Saft aus einem Baum, wenn das Wasser versiegt. Unsere Augen haben genug gesehen. Unsere Zunge ist stumm. Wer aber vermag an unserer Statt zu sprechen?« Er verstummte und stützte den Kopf in seine Hand.

Als wolle sie ihm auf seine Frage antworten, hob sich Lamias Brust mit einem tiefen Atemzug. Sie senkte die Lider und es war, als zöge sich ein dunkler Vorhang vor ihre Augen. Meine Beine waren vom langen Sitzen eingeschlafen, ich lehnte mich fester an Adons

Schulter. Er packte wortlos meine Hand und presste sie und ließ sie auch nicht los, als er wissen musste, dass er mir damit wehtat. In seinem Schweigen spürte ich eine Trauer, die an Verzweiflung grenzen musste; und ich fühlte, wie ich eins mit diesem Schmerz wurde. Der Raum der Hütte schien in Stille zu versinken und sich auszudehnen, als sei alles weit weg. Nur die rubinroten Spiegelungen der verglimmenden Kohlen blitzten über unsere stummen Gestalten. Und in diese Stille hinein erhob sich Ataras Stimme wie ein abgehacktes Flüstern. »Ich werde sprechen«, sagte sie.

4

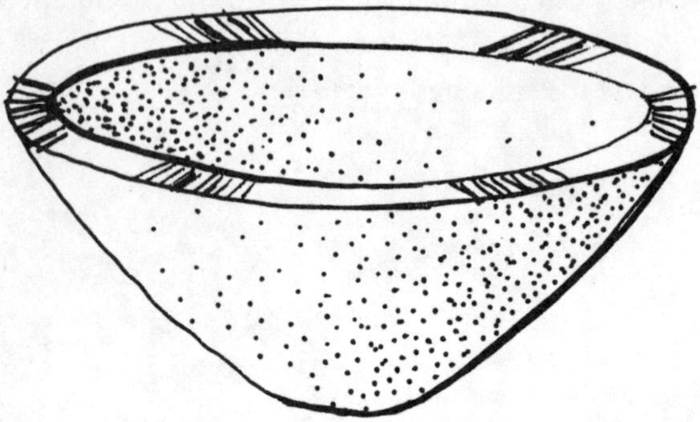

»Ich werde sprechen«, hatte Atara gesagt. Ihre Stimme hatte rau geklungen, denn sie war noch schüchtern und bemühte sich das zu verbergen.

Ein Wispern und Raunen, dem Rauschen im Röhricht ähnlich, begann darauf die Hütte zu erfüllen. Die Menschen bewegten sich auf ihren Plätzen. Ein Geruch nach getrocknetem Schweiß und staubigen Kleidern stieg mir in die Nase. Nach Art der Tuareg lehnten alle eng aneinander, saßen oder lagen rund um das Kohlenbecken. Die Pupillen der Männer glänzten zwischen den Falten ihres Scheschs; die Frauen, den Kopf unbedeckt, zeigten ihre gerade gezogenen Scheitel und ihre dicht geflochtenen Zöpfe. Ihre ernsten Gesichter waren hohlwangig, die Haut blass oder vergilbt, dunkle Schatten lagen unter ihren Augen. Trotz Armut und Hunger trugen sie ihre rhombenförmigen Anhänger, von ihnen »Chomeissa« genannt. Nur in letzter Not trennt sich eine Nomadin von ihrer Chomeissa. Sie gilt als das Lächeln einer schönen Frau und ist Symbol ihrer Weiblichkeit und ihrer Würde in einem. Unwillkürlich berührten meine Finger den Silberschmuck an meinem Hals. Ob die Frau, die ihn mir überlassen hatte, wohl noch lebte?

Das Gemurmel war wieder verstummt. Die Augen aller Anwesenden – der jungen und alten, der Frauen und Männer – waren Atara mit der gleichen ehrfürchtigen Erwartung und Spannung zugewandt. Selbst der kleine Junge hustete jetzt nicht mehr, vermutlich war er eingeschlafen. Als ein anderes Kind zu plappern anfing, brachte es seine Mutter mit einigen Worten zum Schweigen.

Mit untergeschlagenen Beinen, die Hände im Schoß, saß Atara neben der Glut. Ihr Aussehen hatte sich erstaunlich verändert. Sie glich jetzt einer Wüstenprinzessin, hoch gewachsen, biegsam und schlank, mit der samtweichen Haut und den langen Zöpfen eines Mädchens und den funkelnden Augen einer wissenden Frau.

Immer noch herrschte Stille. Als Lamia schwerfällig die Stellung wechselte, war das Knistern ihres indigogetränkten Schleiers deutlich hörbar. Ihre fiebrig glänzenden Augen wanderten über die Anwesenden und blieben dann auf Atara haften, während ein Lächeln ihre verkrusteten Lippen hob.

»Sprich, o Geist der Leere«, brach ihre dunkle Stimme das Schweigen. »Sprich für uns und unser Volk.«

Wieder spürte ich eine Gänsehaut. Die Kälte kroch vom Boden in meine Beine hinauf – bis in meinen Magen. Ich riss mich aus meiner Erstarrung und berührte Adons Arm.

»Warum geben sie ihr diesen Namen?«, hauchte ich.

Ebenso flüsternd antwortete er mir: »Weil sie jahrelang schwieg. In dieser Zeit, sagen die Leute, sei ihr Geist so weit in die Leere vorgedrungen, dass ihm die Wahrheit begegnet sei. Erst dann, heißt es, sei sie zu uns zurückgekommen.«

»Wieso wissen die Menschen über sie Bescheid?«, fragte ich erstaunt.

Ich erriet sein warmes, schelmisches Lächeln unter dem Gesichtsschleier. »Hast du noch immer nicht gemerkt, dass wir Ihaggaren stets über alles unterrichtet sind?«

Atara hatte sich nicht gerührt, doch ich spürte jene Spannung, die ich schon mehrmals an ihr beobachtet hatte. Die mandelförmigen Augen waren leicht zusammengezogen. Ein hochmütiger, fast gebieterischer Zug erschien auf ihrem Gesicht. Immer, wenn ich diesen Ausdruck an ihr sah, dachte ich an eine Katze, die ihre Kräfte einschätzt und sammelt, bevor sie zum Sprung ansetzt.

Als sie zu sprechen begann, merkte ich, wie wenig ihre Stimme mit der von Lamia gemein hatte. Keine Klangfülle, kaum ein Ausdruck. Ein monotones Flüstern, das aber trotzdem alle Zuhörer in seinen Bann schlug. Unmerklich begannen sich ihre Schultern zu bewegen, doch es war nicht mehr das unkontrollierte Wippen von einst, sondern ein rhythmisches Mitschwingen des Körpers. Wie stets gebrauchte sie sehr einfache Worte, Worte, die schon ein Kind kannte und die vielleicht gerade deswegen die Kraft ihrer Vision zur Entfaltung brachten.

»Die Zeiten sind vorbei, da wir mit dem Vieh wanderten, Fleisch zu essen und Milch zu trinken hatten. Wir lebten davon, dass unsere Herden wuchsen, gründeten keine Städte und bauten auch keine Brunnen; die Tiere wussten, wo es Wasser gab. Wir waren auch nicht gewohnt Land zu bebauen und Bäume zu pflanzen. Die Bäume wuchsen von selbst. Wenn das Gras abgeweidet war, zogen wir dorthin, wo es welches gab. Unsere Großeltern wählten den Ort hier, weil eine Quelle da war. Jetzt ist hier kein Wasser mehr, alles ist vertrocknet. Es duftet nicht mehr nach Gräsern und Wasser; es stinkt nach Öl und Teer ...«

Ein schriller Pfeifton, der in Getöse überging, hub an, übertönte ihre Worte, erfüllte die Stille der Nacht mit Heulen und Gebrüll. Der Lärm verwandelte sich in gellendes Zischen, in ohrenbetäubendes Donnern, das selbst den Boden unter mir zum Beben brachte. Der kleine Junge, jäh aus dem Schlaf gerissen, stieß einen dünnen, entsetzten Angstlaut aus, bevor er zu schreien begann und dabei mit geschlossenen Fäusten und strampelnden Beinchen um sich warf. Seine Mutter wiegte ihn auf ihren Knien, drückte ihn an sich mit kummervollem Gesicht. Und darunter, darüber, durch unser Blut, unsere Schädel und unsere Eingeweide hindurch toste das unerträgliche Pfeifen und Dröhnen.

»Die letzte Maschine nach Algier!«, schrie Adon mir ins Ohr. »Sie startet dreimal die Woche, um acht.«

Ich schätzte, dass das Flugzeug in etwa dreihundert Metern Entfernung an der Siedlung vorbeidonnerte, doch ich hatte das Gefühl, dass die Maschine in der Dunkelheit direkt auf uns zuraste, und zog unwillkürlich den Kopf ein. Das markerschütternde Zischen ging in ein tiefes Brummen über, als das Flugzeug vom Boden abhob und den Aufstieg begann. Allmählich verebbte der Lärm; zurück blieb ein dumpfes Grollen, das, wie vom Himmel aufgesogen, nur langsam nachließ. In der wieder einkehrenden Stille war das Husten des Kleinen deutlich zu hören. Sein röchelndes Luftholen bedrückte meine eigenen Lungen. Nach einer Weile stieß er einige kleine Seufzer aus und schwieg; vermutlich war er wieder eingeschlafen.

Da erst sprach Atara weiter. Ihre Stimme klang jetzt heftiger, fast überstürzt, so als wollten sich sämtliche Worte im gleichen Atemzug aus ihrer Kehle lösen.

»Die Menschen der ›Ziffern und des Siebes‹ erfüllen die Wüste mit Lärm und Gestank. Sie schreien den Namen ihres Gottes in die Stille hinaus, bis unsere Ohren dröhnen. Sie tragen jedes Lebewesen in ihre Bücher ein. Sie zählen die Frauen, die Männer und die Säuglinge an der Brust ihrer Mutter; sie zählen die Kamelstuten und die Kamelfüllen, die Ziegen und die Esel. Das Zusammensein von Mann und Frau ist Schande in ihren Augen. Sie trennen die Gattin vom Gatten, die Mutter von ihrem Sohn, die Schwester vom Bruder, die Freundin vom Freund. Unser ganzes Leben sperren sie ein wie Dattelkerne in einer Blechbüchse.«

Ihre raue Stimme, fast so rau wie die eines Mannes, stockte. Ein Seufzer, ein Röcheln fast, hob ihre Brust. Sie senkte den Kopf, schloss, wie von Müdigkeit überwältigt, die Lider.

Alle in der Hütte blieben still, bis sich mit wehklagendem Laut eine Stimme erhob. »Sag uns, Geist der Leere, wie sollen wir uns schützen?«

Ich blickte auf die Frau, die so gesprochen hatte. Es war eine von Lamias Kusinen, deren Name mir entfallen war. In ihren großen dunklen Augen flackerten Mutlosigkeit und Angst.

Atara hob jäh den Kopf; es war, als würde sie mit heftiger, fast trotziger Bewegung ihre eigene Müdigkeit von sich stoßen.

»Schwester«, sprach sie. »Horche in dich hinein. Der Wind kennt keine Grenzen, er weht, wie es ihm beliebt. So weht dein Geist. Denke, dass er frei ist, und er wird die Freiheit nie verlieren.«

Schon seit einigen Minuten fühlte ich, wie Adon sich gewaltsam beherrschte. Ich spürte, wie etwas in ihm wuchs; und diesmal war es keine Verzweiflung, sondern Wut.

Als hätte ein Mann gesprochen, fuhr er Atara an: »Das sind Worte! Nichts als Worte! Die Algerier machen mit uns, was ihnen passt, zwingen uns Stiefel an die Füße, drücken uns den Koran in die Hand und den Kopf in den Staub. Und wir? Wir sitzen da, weinen uns die Augen aus und reden von Freiheit!«

Ich hatte ihn lange nicht so aufgewühlt gesehen. Ataras Worte mussten jenes Gefühl in seinem Herzen berührt haben, das er mit seinem Bewusstsein zu verdrängen suchte. Irgendwie hing das alles mit mir zusammen und mit seinen Lebensvorstellungen, mit seinen Träumen. Aber er wollte sich nicht damit auseinander setzen, aus Angst zu weinen, zu toben oder alles kurz und klein zu schlagen. Vielleicht fühlte er, dass seine Hände in Wirklichkeit gebunden waren, sein Weg vorgeschrieben, sein Wille im Voraus begrenzt. Ich verstand nur zu gut, dass dies ihn rasend machte. Wahrscheinlich hätte ich genau so reagiert. Aber er sollte doch wissen, zum Donnerwetter, wie empfindlich Atara war, und sie nicht so anschreien! Immerhin gab sie den Menschen Mut. Und er, was hatte er ihnen zu bieten? Seine Unrast, seine Zweifel, sein Gefühl, dass alles umsonst war und nichts einen Sinn mehr hatte?

Doch Ataras Antlitz blieb heiter. Die Augen ins Leere gerichtet, wie in einem Traum gefangen, erwiderte sie ruhig: »Warum quälst du dich mit Fragen? Horche auf deine Pflicht!«

Er antwortete mit einem spöttischen Auflachen und mit einer

wegwerfenden Handbewegung. Doch sein Hohn glitt an ihr ab wie Regentropfen an einem Kristall.

»Die Pflicht«, fuhr sie fort, »ist wie eine Musik, die aus der Seele klingt.«

Sie beugte sich vor, schnürte langsam das Bündel auf, das vor ihren Knien auf dem Boden lag. Die Indigofarbe des knisternden Stoffes ließ lila Spuren auf ihren Handflächen zurück, als sie ihn aufschlug. Behutsam entnahm sie der Hülle Tamars Instrument – den Imsad.

Ich spürte, wie mein Atem stockte. Eine Leichtigkeit breitete sich in meinem Kopf aus; die Worte, die Tamar damals zu mir gesprochen hatte, hallten darin wie in einer Muschel wider: »Bring Atara diese Geige. Sag ihr, dass ich sie als kleines Mädchen gebaut habe. Mit ihr schicke ich ihr meine Lebenskraft. Ich bin am Ende meines Pfades und brauche sie jetzt nicht mehr.«

Ich hatte diesen Auftrag erfüllt. Und der Klang des Imsad hatte Atara aus ihrer Starre zu neuem Leben erweckt, ihr die Gabe verliehen anderen zu helfen und sie zu trösten. Ich sah, wie ein Lächeln, dem eines glücklichen Kindes ähnlich, ihre ernsten Züge verklärte. Sie rieb die Saite mit einem Stück Harz ein, stellte den hölzernen Steg unter die Saiten und legte sich darauf den Imsad in den angewinkelten Unterarm. Behutsam, fast wie eine Liebkosung, führten ihre Finger den Bogen über die Saite. Der schwingende, zarte und sehr hohe Ton, dem Zirpen einer Grille gleich, jagte nicht nur mir einen Schauer über den Rücken. Es war eine Musik, so alt wie unser Volk; sie kam aus dem Anfang, aus den Tiefen des Blutes. Ein Netz aus Tönen, in sich geschlossen, von allem Äußeren gelöst. Darüber hinaus gab es nichts mehr, weder die Hütte mit ihrem Schmutz und ihren krankheitserregenden Keimen noch den Gestank nach Teer, noch den Zerfall einer seit Jahrtausenden bestehenden Lebensform. Die Kulturepoche, der unser Volk angehörte, war zu Ende. Es gab keinen Platz mehr für unsere Art zu leben. Die kristallklaren Töne, die Atara dem Imsad entlockte, mochten die letzten sein, die unter dem Himmel des Hoggars erklangen. Die Stimme der Geige, diese windgeborene Süße, würde erlöschen wie ein Traum, aus dem man in die Wirklichkeit hinein erwachte.

Bei diesen Gedanken wurden meine Augen feucht; ein Schluchzen, das ich mühevoll zu unterdrücken versuchte, stieg mir in die Kehle. Zuerst hatte ich das Gefühl, dass Atara improvisierte, dass sie ihre Musik wie ein sich sofort verflüchtigendes Kunstwerk aus dem Grund ihres Selbst entstehen ließ. Doch ich hatte mich getäuscht, denn plötzlich erhob sich eine brüchige Stimme. Staunend merkte ich, dass es die Stimme Jugurthas war. Er saß im Halbdunkel, den schwarzen Gesichtsschleier bis knapp unter die Augen gezogen. Seine Stimme klang hinter dem Stoff gedämpft; dennoch war sie deutlich zu hören. Er folgte nicht dem Rhythmus des Instruments und ich hatte auch nicht den Eindruck, dass Atara ihr Spiel seinen Worten anpasste, und trotzdem war aus beiden eine Einheit, eine Harmonie zu spüren. Er sang eine ganze Weile, gleichsam ins Zeitlose hinein, während seine überschlanken Hände entspannt auf seinen Knien lagen. Neben mir atmete Adon gepresst. Seine Augen blickten an mir vorbei; sie sahen auch nicht auf seine Schwester oder den Sänger. Sie blickten ins Leere. Ich spürte, dass er weit weg von mir war, weit weg von allem, hoch in die Lüfte getragen, bis zu den Sternen, höher noch und weiter bis zu jenem Keim der Unendlichkeit, in dem es nichts zu begreifen, sondern alles zu fühlen gab.

5

»Was für eine erstaunliche Stimme dein Onkel hat!«, sagte ich später in der Nacht zu Adon. »Was war das für ein Lied, das er gesungen hat?«

Wir lagen, in eine Decke eingewickelt, im Sand, der langsam unter uns erkaltete. Mitternacht war längst vorüber. Auf der Rückfahrt war Atara, den Kopf an meiner Schulter, im Wagen eingeschlafen. Ich hatte den Arm um sie gelegt, um sie vor den Stößen zu schützen, doch sie schlief tief und erwachte erst, als Adon vor dem Haus meiner Großeltern angehalten und ich sie sanft geschüttelt hatte. Chittou hatte uns kommen hören, denn, kaum hatte Adon den Wagen geparkt, war er am Tor. Er hatte Atara behutsam gestützt und ins Haus geführt. Adon hatte den Motor sofort wieder gestartet und wir waren zu den Burgruinen am Stadtrand gefahren. Das war unser Zufluchtsort, unser heimliches Reich; hier störte uns niemand. Es war eine stille, mondlose Nacht. Das verfallene Lehmgebäude lag in tiefster Finsternis. Doch Adon schien sich in der Nacht mit Katzenaugen zu bewegen. Er hatte mich unter den Überresten des Torbogens hindurch über Schuttmassen und Geröll in den mir inzwischen vertrauten Innenhof geleitet. Nun lagen wir eng aneinander geschmiegt und wärmten uns gegenseitig. Die Sterne schütteten ihr blaues Licht über uns; wenn man lange genug hinsah, fühlte man sich von ihnen angezogen wie von einem Strudel.

»Es ist ein sehr altes Lied«, sagte Adon nach einer Weile des Schweigens. »Meine Mutter hat es mir beigebracht, aber ich erinnere mich nur noch an wenige Strophen.«

»Kannst du mir die Worte übersetzen?«

»Das Lied erzählt von König Akkar; wie er ein Zauberschwert schmiedete und seine Feinde besiegte. Wie er an der Spitze seiner Krieger bis zu den Mondbergen vorstieß und seiner Gattin Hinani einen Ring mitbrachte, der seine Trägerin unverwundbar machte. Aber Hinani wurde von Räubern entführt. Diese nahmen ihr den Ring ab. Weil sie jedoch glaubten, er sei wertlos, warfen sie ihn fort. Durch List gelang es Hinani zu fliehen, doch sie verletzte sich an einer Dorne und starb. Der König hetzte die Räuber durch die ›Wüste des Durstes und des Schreckens‹ und tötete sie mit seinem Zauberschwert. Dann zog er sich in die Einsamkeit zurück und beweinte Hinani sieben Jahre lang.«

»Gibt es noch viele solche Balladen?«

»Eine ganze Menge. Es kommt ja oft vor, dass aus wirklichen Geschehnissen Märchen werden. Man feiert die Abenteuer der Helden, besingt die Taten der Großen. Das alles gehört zu unserer Geschichte. Meine Mutter kannte viele Lieder und Sagen. Heute sind sie nur noch einigen alten Männern und Frauen bekannt. Sterben sie, stirbt auch die Seele unseres Volkes. Wer sind wir? Woher kommen wir? Wen interessiert das schon! Ein paar Volkskundler vielleicht? Sie schürfen nur an der Oberfläche. Klar können sie Wissen über uns zusammentragen. Aber von unseren Gedanken und unseren Gefühlen haben sie keine Ahnung. Was nützt es, wenn sie beschreiben, WIE wir unsere Sandalen herstellen, und nicht erklären können, WARUM?«

Ich nickte; was er sagte, stimmte. Beobachten und Fotografieren ist einfach, ging es mir durch den Kopf. Nüchterne Darstellungen gibt es massenweise. Teilnahme aber ist weniger bequem, sie verlangt, dass man sein Herz, sein Wesen einsetzt. Den tieferen Sinn der Dinge zu erfassen ist keine Sache des Verstandes, sondern des Mitempfindens, und das bringen nur die wenigsten fertig. »Und wie steht es mit dir?«, fragte ich.

Er verzog das Gesicht. »Ach, du weißt ja, wie Jungen sind. Jetzt tut es mir Leid, dass ich nicht öfter bei meiner Mutter war, nicht besser zugehört habe. Aber ich hatte anderes im Kopf. Atara weiß unvergleichbar mehr als ich. Doch was nützt das? Es ist zu spät, unsere Zeit ist abgelaufen, da ist nichts mehr zu ändern.«

»Das glaube ich nicht«, sagte ich, laut überlegend. »Atara könnte ein Buch schreiben.«

Er richtete sich auf, als wäre er gestochen worden. »Atara? Wie kommst du darauf?«

Ich setzte mich ebenfalls auf. In der Dunkelheit starrten wir uns an. Jeder sah die Augen des anderen glitzern.

»Ich denke an meine Mutter, die seit Jahren ein Tagebuch führt. Sie sagt, seit sie einmal angefangen habe, habe sie nicht mehr aufhören können ...»

Ich stockte und zog mit den Fingern Kreise in den Sand. »Sie schildert darin ganz genau, wie es war, als sie vor zwanzig Jahren nach Tam kam. Ich wusste nichts von diesen Tagebüchern und fand sie zufällig. Sie gab sie mir zu lesen. Ich kann dir heute noch nicht sagen, was ich dabei empfand. Herzklopfen, Freude, Schmerz. Es war, als würde ich alles miterleben ...«

Ich fuhr zusammen; ganz in der Nähe war eine Blechbüchse gegen einen Stein gerollt. Ich blickte in die Richtung des Geräusches. Zwei glühende Punkte leuchteten in der Finsternis.

»Keine Angst«, murmelte Adon. Er pfiff kurz und schrill durch die Finger. Die glühenden Punkte verschwanden. Die Hunde, die in den Ruinen hausten, hatten schlechte Erfahrungen mit Menschen gemacht und trauten sich selten heran.

»Erinnerst du dich an unsere erste Begegnung?« Adon lehnte sein Gesicht an meine Schulter. »Du sagtest mir, du wollest die Wüste kennen lernen.«

»Ja, das sagte ich damals. Das war der Anfang. Deswegen bin ich hierhergekommen. Wegen der Tagebücher meiner Mutter. Und wegen der Dinge, die sie über meinen Vater geschrieben hat. Und dann habe ich dich getroffen. Du warst überraschend für mich, ich war nicht vorbereitet auf so eine Begegnung, irgendwie war ich hilflos. Du hast mir von der Macht des Wortes erzählt. Ich weiß noch genau, was du gesagt hast: ›Ich glaube, dass Worte magisch sind.‹ Und du hast auch gesagt, dass sich alle Duckmäuser vor der Macht des Wortes fürchten würden, deswegen solle Atara schweigen. Jetzt schweigt sie nicht mehr. Sie redet. Und wie! Ich bin überzeugt, dass sie fähig ist ein Buch zu schreiben. Natürlich nicht heute und auch nicht morgen, aber in ein paar Jahren, wenn wir das hier hinter uns haben. Sie hat die traditionelle Tuareg-Kultur noch gekannt, sie hat sie noch mitempfunden! Sie hat alles eingeatmet, eingesogen, was sie gesehen und gehört hat. Sie würde manchem Volkskundler das Maul stopfen!«

Er fuhr fort mich in der Dunkelheit anzustarren. »Aber sie ging ja nie zur Schule …«

»… und?«, fiel ich ihm ins Wort. »Sie kann lesen und schreiben, das genügt. Du hast mir erzählt, dass deine Mutter Lieder und Verse verfasst hat. Diese Gabe hat man oder man hat sie nicht. Atara liegt sie im Blut.«

Wir schwiegen beide. Plötzlich lachte er auf, wobei er wie ein Schuljunge die Hand vor den Mund presste.

»Was ist denn daran so komisch?«, fragte ich.

Er zog die Luft ein. »Ich lache nur, weil ich ein Esel bin. Ich suche, ich zweifle, in mir ist alles wirr. Du legst mir die Dinge zurecht und auf einmal wird alles logisch und klar, und du hast Recht; ja, sie brächte es fertig ein Buch zu schreiben …«

»Aber nicht hier«, entgegnete ich mit gespieltem Ernst. »Es gibt ja kein Papier.«

»Und erst recht keine Kugelschreiber«, ergänzte er.

Wir sahen einander an; ich merkte, dass ihn meine Idee nicht mehr losließ. Seine Brauen, die dunkel waren wie die seiner Schwester, zogen sich über den Augen zusammen.

»Es ist unwichtig, in welcher Sprache man lebt und denkt, man kann in eine andere Sprache hineinwachsen. Atara wird es schaffen. Sie wird die Erinnerungen festhalten, bevor sie vergessen sind, bevor die Wunden, die die Algerier unserer Kultur zugefügt haben und immer noch schlagen, vernarben und der Mantel des Vergessens sie zudeckt. Sie wird beschreiben, was die Quellen und Berge flüsterten, bevor die Bergbaugesellschaft Gruben sprengte und das Grundwasser abzapfte; bevor Kampfflugzeuge, mit Entwicklungsgeldern gekauft, über die militärischen Sperrgebiete donnerten. Sie wird verkünden, was ihr die Tiere erzählten, bevor ihre ausgestopften Köpfe irgendeine Hotelhalle schmückten; sie wird erzählen, wie es früher war; wie sich unser Leben veränderte und nur wenige es merkten. Und sie wird erzählen, warum es jetzt zu spät ist ...«

Er hatte vor sich hin geredet, als hätte er mich vergessen. Und ich hatte zugehört, von dem Klang seiner Stimme ebenso fasziniert wie vom Sinn seiner Worte. Immer wieder lernte ich an ihm neue Seiten kennen. In ihm war vielleicht schon das Vorgefühl des Abschieds. Aber davon sprachen wir nicht. Niemals.

»Dazu kommt noch«, fuhr er fort, »dass eine Frau wie Atara in der islamischen Gesellschaft kaum mehr als ein Fliegendreck gilt. Sie war verstoßen, unerwünscht, lebendig begraben. Erniedrigung war das einzige Gefühl, das sie kannte.«

»Das ist jetzt vorbei«, sagte ich. »Sie tut, was jeder Mensch, der etwas auf sich hält, tun sollte, nämlich Vorurteilen den Krieg erklären. Sie wird sich nicht mehr ducken, ganz egal, was passiert.«

»Ich will auch nicht mehr so weiterleben«, erwiderte er. »Und ich sage, was ich denke, und pfeife auf Scherereien. Vor kurzem kam einer dieser bärtigen Möchtegern-Heiligen, die neuerdings hier das große Wort führen, zu uns in die Tankstelle. ›Weißt du auch‹, säuselte er, ›dass man deine Schwester auf der Straße sieht – in Hosen?‹ Ich füllte seinen Benzinkanister und antwortete ihm: ›Ich weiß es nicht nur, es sind sogar meine Hosen, die sie trägt.‹ Den Mann haben wir als Kunden verloren.«

»Oh, Adon!«, seufzte ich, und musste trotzdem lächeln, »was soll nur aus uns werden, wenn du auch noch für Schlagzeilen sorgst?«

»Atara ist mutiger als ich«, sagte er finster.

»Sie ist deine Schwester.«

Er legte sich wieder auf den Rücken und starrte zu den Sternen empor. »Ich bin nicht mutig, ich habe nur ein lockeres Mundwerk. Ich rege mich über Dinge auf, die ich nicht ändern kann. Lauter vergeudete Energie. Wir sind im Augenblick, wie so viele, Spielball einer gesellschaftlichen Veränderung, und das raubt mir fast den Verstand. Es heißt, wir seien Algerier, alle miteinander. Aber uns will man umerziehen. Trauen wird man uns hierzulande nie, niemals. Die Algerier wollen auch nicht, dass man im Ausland erfährt, wie wir politisch und religiös unter Druck gesetzt werden. Sie sehen uns am liebsten als Touristenunterhaltung, in dekorativer Pose auf einem Kamel, wenn möglich bei Sonnenuntergang.« Er schüttelte wütend den Kopf. »Das macht uns alle kaputt, verstehst du? Viele von uns – ich inbegriffen – drehen durch. Ein paar verlieren jeden Sinn für Anstand und Ehre, rauben Wagen aus und Touristen oder werfen sich fünfmal am Tag in den Staub in Richtung Mekka, am liebsten dann, wenn algerisches Militär vorbeimarschiert oder ein paar Bärtige in Sichtweite sind. Dies muss gesagt werden, obwohl es mich schmerzt und ich mich deswegen schäme. Ja, Atara ist mutiger als ich. Sie hegt einen unglaublichen Groll. Sie ist wie ein verletztes Kind: Sie rächt sich für all das, was man ihr angetan hat.«

Ich drückte mein Gesicht auf seine Brust. »Und du?«, fragte ich leise.

»Bevor ich dich getroffen habe«, sagte er, »war ich voller Selbstmitleid. Ich hatte das Gefühl, dass ich zwischen zwei Stühlen saß. Das ist jetzt vorbei, ich setze mich auf keinen Stuhl mehr und erst recht nicht dazwischen. Ich stehe lieber …«

Sein Atem stockte. »Da, schau mal!«

Ich hob den Kopf. Am schwarzen Himmel löste sich eine Sternschnuppe, fegte mit ihrem Schweif wie ein feuriger Ball durch die Schleier der Milchstraße und verglühte.

»Ein böses Omen«, sagte Adon. »Das bedeutet, dass jemand sterben wird.«

Mir kam mein Großvater in den Sinn und ich wusste, dass auch Adon an ihn dachte. Doch wir wollten das Schicksal nicht herausfordern und schwiegen deshalb, wir verstanden uns auch so. Ich fühlte nur, wie Adons Arm mich fester an sich zog.

»Wie schnell die Zeit vergeht«, flüsterte er, dicht an meinem Ohr. »Ist dir nicht aufgefallen, dass wir nur selten einen ganzen Tag oder eine ganze Nacht zusammen sein können? Dabei wünsche ich mir so, dass ich morgens erwache, deinen Kopf neben dem meinen spüre und wir uns anlächeln. Aber bald wird es so sein, nicht wahr?«

Ein kalter Windhauch strich über mein Gesicht. Ich blieb ihm die Antwort schuldig.

Adon schien mein Schweigen nicht zu bemerken. »Wir verschwinden von hier und nehmen Atara mit«, fuhr er wie im Selbstgespräch fort. »Klar wird es in Brüssel schlechte Zeiten geben, aber doch nicht ständig. Ich werde schon weiterkommen. Wir Ihaggaren sind zäh, unsere Hirnmasse funktioniert auch nicht schlecht und mit einem Computer umzugehen ist keine Hexerei!«

»Nein, wahrhaftig nicht!« Ich entspannte mich allmählich, war verwirrt, müde und glücklich. Ich wollte gern alles glauben, nur schon, um mich auf unsere gemeinsame Zukunft freuen zu können.

»Wir dürfen unser Leben nicht so führen, wie andere es von uns erwarten«, sagte Adon. »Wir dürfen keine Angst haben, anders zu sein.«

Ich schlang die Arme um seinen Hals. Wir küssten uns lange mit verzweifelter Innigkeit. Ich drückte ihn an mich, ich wollte ihn nicht verlieren. Sein Herz schlug, als wäre es mein eigenes.

»Sag mir, dass das Schicksal es gut mit uns meint«, stöhnte Adon. »Ohne dich hat mein Leben keinen Sinn. Soll ich mich von einem Stück meiner selbst trennen?«

Seine Stimme klang gepresst, beinahe atemlos. Wir lagen Stirn an Stirn. Sein langes Haar klebte kühl wie Gras an meinen glühenden Wangen.

Ich konnte kaum sprechen. »Das verlangt keiner von dir. Nun beruhige dich.«

Er bot mir sein Gesicht, in dem keine Hoffnung war. »Werden wir uns niemals verlassen?«

»Niemals.«

Ich lächelte, aber der Schmerz blieb in meiner Brust. Er sah mir in die Augen und ich musste die meinen schließen.

6

Natürlich merkten die Schwestern, dass ich wieder einmal die halbe Nacht weggeblieben war. Doch ihr Feingefühl verbot es ihnen darüber ein Wort zu verlieren. Schlicht und menschlich, wie sie waren, gaben sie mir ihr Verständnis zu spüren. Sie ahnten, was sich in uns abspielte, und stellten nie eine Frage, die mich in Verlegenheit gebracht hätte. Obwohl es bereits tagte, als Adon mich zum Schwesternhaus zurückbrachte, stellte ich meinen Wecker auf die gewohnte Zeit. Knapp zwei Stunden später rasselte er und riss mich aus tiefstem Schlaf. Torkelnd stand ich auf, ließ in der Dusche des winzigen Waschraums den mageren eiskalten Wasserstrahl über mich rieseln. Zu wenig Schlaf bekam mir nicht.

Als die Schwestern erwachten und ihre Morgenandacht hielten, hantierte ich bereits in der Küche. Ich ließ die Wasserreserve in den dafür bestimmten Behälter einlaufen und deckte den Frühstückstisch. Dann lief ich zum Bäcker, dessen Geschäft ein paar Straßen weiter lag. Der alte Raschid, der vor dem ersten Hahnschrei am

Ofen stand, grinste mich mit seinen gelben Zahnstummeln an, griff in eines seiner selbst gezimmerten Holzregale und reichte mir ein wunderbar knuspriges »Pain français« über die Theke. Mochte die Kolonialzeit bei den Algeriern in mieser Erinnerung stehen, die Franzosen hatten ihnen immerhin das Brotbacken beigebracht! Aber in Tam gab es zeitweise kein Mehl und Raschid hatte seine Launen: Er verkaufte sein Brot nicht an Fremde, die ihm nicht passten. Mich mochte er zum Glück. Außerdem wusste er, dass das Brot für die Kleinen Schwestern bestimmt war, die in der Krankenstation viel Gutes leisteten.

An diesem Morgen zwinkerte er mir verschwörerisch zu. »Möchten Mademoiselle nicht einige Croissants? Sie sind noch warm, gerade frisch aus dem Ofen!«

Das Wasser lief mir im Mund zusammen. Doch Croissants waren ein Luxus, den ich mir mit unserem bescheidenen Haushaltsgeld eigentlich nicht leisten durfte. Aber an diesem Morgen konnte ich nicht widerstehen, nickte strahlend und kaufte fünf Croissants, die Raschid in ein Stück Zeitungspapier wickelte.

»Sag mal, Mädchen, hast du das große Los gezogen?«, rief Schwester Claire, halb erfreut, halb bestürzt, als ich die Croissants in den Brotkorb schüttelte.

Schwester Romana, die, um es deutlich zu sagen, zu Geiz neigte, wandte mir ihr blasses Antlitz zu. »Aber Samira! Du kannst doch das Geld nicht aus dem Fenster werfen!« Das Wort »Geld« klang in ihrem Mund beinahe feierlich.

Ich beruhigte sie. »Keine Sorge! Heute Abend spare ich die Tomatensauce und schneide nur Zwiebeln in die Nudeln.«

Schwester Laetizia zwinkerte mir hinter ihren Brillengläsern zu. »Das schmeckt sicherlich ausgezeichnet.«

»Ich glaube, auch wir können uns mal eine kleine Sünde leisten«, meinte Schwester Pia, die als Italienerin jede Abwechslung auf unserem dürftigen Speiseplan begrüßte.

Selbst Schwester Romana meckerte nicht mehr länger, als sie die lockeren, ofenwarmen Croissants auf der Zunge zergehen ließ.

Dafür, dass alle vier Kleinen Schwestern kaum schliefen und seit Tagen ohne Rast arbeiteten, sahen sie erstaunlich heiter aus. Die Müdigkeit gehörte zu ihrem Leben, war ihnen zur ständigen Begleiterin geworden. Ich bewunderte ihr hingebungsvolles Dasein, staunte darüber, wie sie verbissen und pflichtgetreu, doch im Herzen voller Güte, fremdes Leid linderten, ohne die eigenen Kräfte zu schonen oder mit Anerkennung zu rechnen. Meist arbeiteten sie Schicht und es war selten, dass sich alle vier beim Frühstück trafen.

»Wie geht es auf der Station?«, fragte ich.

»Besser, Gott sei Dank!«, antwortete Schwester Laetizia. »Wir arbeiten Hand in Hand und das zahlt sich aus.«

»Und die Grippe?«

»Die breitet sich weiter aus, bis sie vorbei ist. Das Einzige, was wir dabei tun können, ist sie zu bekämpfen. Wir versuchen, die Patienten immer wieder über einfache hygienische Maßnahmen aufzuklären.«

»Gestern sah ich einen Alten seine Lumpen untersuchen«, sagte Schwester Pia, »er schüttelte jede Falte seines Gewandes aus. ›Was suchen Sie?‹, fragte ich ihn. Er antwortete, dass er die Bakterien fangen wolle. Er stellte sich unter Bakterien Insekten vor, sicher hat er dabei an Flöhe gedacht.«

Die Schwestern lächelten, aber ohne Spott. Ich stand auf und setzte frisches Kaffeewasser auf. Ich hatte schon viele solche Geschichten gehört.

»Gestern Abend bin ich mit Adon und Atara nach Idelès gefahren«, sagte ich. »Jugurtha und seine Frau sind jetzt hier. Lamia hat die Grippe, glaube ich.«

»Ich werde ihr Aspirin besorgen«, antwortete Schwester Claire. »Bei vielen Nomaden wirkt Aspirin am besten. Wann gehst du wieder hin?«

»Ich muss Adon fragen. Wenn er den Wagen haben kann, vielleicht schon heute Abend.«

»Gut. Ich werde jemanden von der Krankenstation herschicken.« Sie blickte mich scharf an. »Und sonst, wie geht es ihnen?«

Ich schüttelte den Kopf. »Nicht gut, glaube ich. Die Stimmung war sehr niedergeschlagen. Aber dann spielte Atara den Imsad und Jugurtha sang dazu.«

Schwester Claire nickte. »Ich verstehe.«

Ich wartete, bis das Wasser kochte und wir uns Pulverkaffee in die Tassen gegeben hatten. Dann setzte ich mich und tippte mit der Fingerkuppe einige Krümel auf. Der Gedanke an Lamia und Jugurtha ließ mich nicht los.

»Was wird jetzt aus ihnen?«, seufzte ich.

Schwester Claire wusste sofort, auf wen ich anspielte. »Nichts.«

Ihre sachliche Antwort klang hart in meinen Ohren.

»Sie sind zu alt; sie werden sich nicht mehr anpassen.«

»Aber sie lieben das Leben!«

»Sie lieben das Leben, wie es früher war«, sagte Schwester Claire. »Die Tuareg ihrer Generation traten in unser Jahrhundert wie Menschen, die sich in der Tür geirrt haben. Sie lassen sich nicht dazu herab, den Boden zu bebauen. Sie sind schlechte Geschäftsleute, zum Feilschen sind sie viel zu stolz. So bleibt ihnen nur die Viehzucht. Aber was passiert, wenn die Wüste vollends austrocknet? Wenn die Herden immer kleiner werden? Das Land gehört ja nicht mehr den Tuareg, sondern dem algerischen oder dem nigrischen Staat. Und die Beamten verteilen die Parzellen zuerst an Bekannte oder an solche wie Moktar, die ihnen aus der Hand fressen und sich selbst noch für einen Fußtritt bedanken. In der Öffentlichkeit sprechen die Politiker zwar gerne über die Integration der Nomaden. In Wirklichkeit aber werden sie erst dann integriert sein, wenn die Älteren nicht mehr leben und es den Jungen damit nicht mehr möglich ist ihr Leben mit dem von früher zu vergleichen. Wie gesagt, das wird in einer Generation so weit sein. Aber weil ja alles schnell gehen muss, hilft man von oben her ein bisschen nach. Die Menschen sterben schneller, wenn sie verarmt und deprimiert sind!«

Ich konnte nicht mehr an mich halten und schlug mit der Faust auf den Tisch. »Zum Teufel noch mal ... Oh, entschuldigen Sie.«

»Ich verstehe dich ja«, sagte Schwester Claire und lächelte. »Aber es ist eine Tatsache, dass eine Gesellschaft nur so frei ist wie ihre Minderheiten. Denn wer diese unterdrückt, wird auch andere unterjochen wollen. Das ist ein uraltes Gesetz!«

Es war eine bittere Rede und sie kam aus einem Herzen voller Mitgefühl. Adon sagte dasselbe. Ich rieb meine brennenden Augen und trank einen Schluck Kaffee. Ich brauchte mehr Schlaf.

»Viele Europäer«, fuhr Schwester Laetizia fort, »sind, was die Wüste betrifft, noch immer in kindischen Träumen befangen. Sie sehen die Sahara entweder als exotischen Tummelplatz oder als romantisches Wunderland. Sie befürchten zwar, dass ihre Vorstellung nicht der Wirklichkeit entspricht, lassen aber trotzdem nicht davon ab. Touristenmentalität. Nur einige von ihnen verstehen, glaube ich, auch die Probleme der Gegenwart. Was aber zur Zeit hier vor sich geht, ist ein politisches Thema und bei Politik tragen viele Menschen Scheuklappen. Sie glauben, was in den Zeitungen steht und im Fernsehen gezeigt wird.«

»Journalisten reden zu viel«, warf Schwester Romana ein.

»Und meistens nur mit der Zunge«, seufzte Schwester Pia und verdrehte ihr dunklen Madonnenaugen.

Wir unterhielten uns noch eine Weile, dann standen die Schwestern auf, um wieder auf die Krankenstation zu gehen. Ich spülte das Frühstücksgeschirr in dem dafür vorgesehenen Plastikbecken. Im Nebenhof quietschte der Esel. Heute wird es ein heißer Tag, dachte ich, denn er Himmel war dunstig, die Sonne schien milchig weiß. Ich wollte zur Post, aber ich ging zuerst Atara holen.

So selbstsicher Atara vor ihrem eigenen Volk auftrat, so scheu zeigte sie sich den Algeriern gegenüber. Ich wusste, dass es ihr immer noch schwer fiel unverschleiert auf die Straße zu treten; aber mein Beispiel half ihr diese anerzogenen, widernatürlichen Hemmungen zu überwinden. Ich fand sie im Hof, wo sie im Schatten des Feigenbaumes »Le petit Prince« in französischer Sprache las, indem sie den Text mit der Übersetzung in Tifinagh verglich. Als ich das Tor öffnete, hob sie den Kopf und lächelte mich an. Ihr glattes Gesicht wirkte mädchenhaft und zeigte nicht die geringste Spur von Müdigkeit.

»Ich gehe zur Post«, sagte ich. »Kommst du mit?«

Ein Schatten glitt über ihr Gesicht. Sie zögerte. »Die ›Typen aus dem Norden‹ sind wieder da.«

Mit diesem Ausdruck pflegten die Saharabewohner das algerische Militär zu bezeichnen. Tatsächlich hatte auch ich das Gefühl, dass die Zahl der Uniformierten täglich zunahm. Dies hing mit den Vorbereitungen für die Paris-Dakar-Rallye zusammen. Alle verfügbaren Polizeikorps, die Sicherheitstruppen und die Gendarmerie waren aufgeboten worden. Nichts fürchteten die Tuareg mehr als die Polizeigewalt, richtete sie sich doch allzu häufig gegen sie. Aber selbst den Einwohnern von Tam waren die Uniformierten ein Dorn im Auge. Ich wusste von Schwester Claire, dass sich viele darüber beklagten, von den »Typen aus dem Norden« bespitzelt zu werden. Ihre berufsmäßige Unfreundlichkeit und ihre Allergie gegenüber Fotoapparaten brachte sogar die Touristen zur Weißglut. Mich ebenfalls, aber aus Gründen, die weder mit Nikon noch mit Kodak zu tun hatten. Ich war kein Kleinkind mehr ohne eine eigene Meinung. Einige Grundsätze standen für mich fest. Erstens: Willst du die Welt ändern, fange bei dir selbst an. Zweitens: Anerkenne nie eine Ordnung, die dich – egal unter welchem Vorwand – als Frau benachteiligt. Drittens: Kämpfe dagegen an, damit du dich nicht vor dir selbst schämen musst.

Diese Überlegungen versuchte ich Atara in schlichten Worten zu vermitteln. »Die Typen aus dem Norden«, erwiderte ich, »starren dich höchstens an. Was soll's? Stell dir vor, irgendein uniformierter Dummkopf kommt dir auf der Straße entgegen. Vor wem senkst du den Blick? Vor dem Dummkopf? Du mit deinem Superhirn? Das hätte gerade noch gefehlt! Vor dem Mann? Tu ihm bloß nicht den Gefallen, sonst fühlt er sich stärker und freut sich. Vor dem Uniformierten? Wieso? Du hast nichts gestohlen, niemanden ermordet, du hast die Straße nicht bei Rot überquert.«

Vielleicht bin ich jetzt zu weit gegangen, dachte ich. Gut möglich, dass ich zu viel von ihr verlange. Sie ist zart und empfindsam, keine Planierraupe wie ich. Sie jedoch hörte zu und ein zartes, kaum angedeutetes Lächeln umspielte ihre Lippen. »Sage mir das oft«, antwortete sie schließlich. »Sorge dafür, dass ich das nie vergesse.«

Sie erhob sich federnd. Sekundenlang blickten wir uns an. Sie war größer als ich und ihre Art, den Kopf hoch zu tragen, war genau die von Adon.

»Enda kmet!«, sagte sie energisch. Gehen wir.

Chittou, der sich im Haus befand, musste ihre Worte vernommen haben. Er trat aus der Tür, ein schwarz verschleierter Riese mit einem Teppichklopfer in der Hand, was seiner Erscheinung nicht den geringsten Abbruch tat. Seine Sandalen knirschten leise im Sand, während er langsam durch den Hof schritt und das Tor hinter uns schloss.

Es war schon ziemlich spät am Morgen, die Sonne schien heiß. In den kleinen Gässchen war alles friedlich, doch schon bald schlug uns der Verkehrslärm entgegen. Ich hatte das Gefühl, dass an jeder Straßenecke ein Presslufthammer ratterte. Auf der Hauptstraße herrschte wie immer das Gewühl von LKWs, Fahrrädern, Geländewagen und Fußgängern, die sich selbst vom wütendsten Hupen nicht aus der Ruhe bringen ließen. Die Tische der Cafés im spärlichen Schatten der Tamariskenbäume waren vorwiegend von Uniformierten besetzt. Sie saßen da, als hätten sie nichts zu tun – hatten sie offenbar auch nicht –, tranken Mineralwasser und Cola und begafften die Leute, die mit Körben beladen vom Markt kamen. Ein Bus voller Touristen stand vor dem Büro der Air Algérie. Die Paris-Dakar-Rallye würde erst in knapp drei Wochen hier vorbeibrausen, aber der Verkehr hatte bereits stark zugenommen und in der Luft lag mehr Hektik als sonst.

Das Postgebäude lag ganz in der Nähe. Atara ging ruhig neben mir her, die Stirn erhoben, mit leichtem, lautlosem Schritt. Gerade überquerten wir die Straße, als sie plötzlich meine Hand berührte. Ich hörte, wie sie kurz und heftig ausatmete. Sie starrte auf einen Mann, der uns mit dem gemessenen Schritt des Saharabewohners entgegenkam. Er war klein gewachsen und trug eine weiße Gandura über weißen Pluderhosen. Trotz der weiten Gewänder waren die

Umrisse seines Bauches, den er wie eine schwangere Frau vor sich her schob, deutlich sichtbar. Fettleibigkeit kennzeichnet im Süden den wohlhabenden Mann und mir war sofort klar, dass uns ein »hohes Tier« entgegenwatschelte. Sein pockennarbiges, rundes Gesicht war das eines übergewichtigen Halbwüchsigen. Diesen Eindruck versuchte er mit einem sorgfältig gestutzten Spitzbart wettzumachen. Er hielt einen etwa siebenjährigen Jungen an der Hand, ein hübsches, schwarz gelocktes Kind in blauem Trainingsanzug; alles an diesem Jungen, die cremefarbene Haut, die etwas hervorquellenden Augen, die weichen Gliedmaßen, zeigten, dass er verwöhnt und verhätschelt war. Der Kleine sagte gerade etwas zu dem Mann – offenbar war er der Vater – und dieser nickte bejahend zu ihm hinunter. So kam es, dass er uns erst im letzten Augenblick sah, erst als wir, von der Menschenmasse in seine Richtung geschoben, praktisch Nase an Nase standen. Seine dunklen Augen glitten nur leicht über mich hin und hefteten sich dann auf Atara. Ich konnte sehen, wie sein Atem stockte, wie sich sein ebenmäßiges Gesicht dunkler färbte. Er war offensichtlich über alle Massen empört und schockiert, aber eine Lähmung schien ihm den Mund zu verschließen.

Der Kleine jedoch strahlte zu Atara hoch und krähte mit fröhlicher Kinderstimme: »Mama! Mama Atara!«

Unwillkürlich sah ich zu Atara hinüber, sah wie ihr Ausdruck zwischen Bestürzung, Trauer und Rührung wechselte. Schon schwebte ihre ausgestreckte Hand über den windzerzausten Locken, als der Mann das Kind brüsk an sich zog. Diese heftige Bewegung ließ den Kleinen stolpern und sich erschrocken an die Hand des Vaters klammern. Der stieß mit wutverzerrtem Gesicht etwas auf Arabisch hervor.

Erneut sah ich zu Atara: Sie reckte sich, bis sie den gedrungenen Mann fast um Haupteslänge überragte, und schaute auf ihn hinunter. Ihr Blick zeugte von einer Verachtung, die bis zum Ekel ging. So betrachtete man ein elendes Insekt, das man zerquetscht und schon im gleichen Moment vergessen hat. Die Wimpern des Mannes zuckten. Sekundenlang sahen sich die beiden schweigend an wie in einem Kampf. In den Augen des Mannes stand Bestürzung und Haß. Doch nach einigen Augenblicken war es ihm gelungen diese Empfindungen zu zügeln; sein Gesicht erstarrte zur Maske. Das verstörte Kind hinter sich herziehend, setzte er sich wieder in Bewegung und watschelte hochmütig an uns vorbei. Der Kleine aber wandte sich mehrmals um. Sein herzförmiges Gesichtchen war verkrampft. Er stolperte über die eigenen Füße, wobei ihn sein Vater immer wieder am Arm hochriss. Dann wurden die beiden von der Menge verschluckt.

Mein Blick kehrte zu Atara zurück. Ich sah das Elend auf ihrem Gesicht und den Schmerz in ihren Augen.

»Armer Unschuldiger!«, stieß sie hervor. »Er kann ja nichts dafür!«

Sie hat Recht, dachte ich. Was soll dieser Hass? Ich konnte keinen Sinn darin erkennen.

Trotz meiner inneren Bewegung bemühte ich mich um einen nachlässigen Ton. »War das dein ehemaliger Mann?«

Sie nickte nur. Ihr Ausdruck hatte sich verändert; ihr kühner, kämpferischer Blick war erloschen. Sie stand ganz still, den Kopf gesenkt, und ließ die Schultern hängen.

»Komisch«, sagte ich betont gleichgültig, »ich hatte ihn mir anders vorgestellt.«

Sie sprach wie in einem Traum weiter, ohne auf mich zu achten: »Aziz ist gewachsen. So ein hübsches Kind! Und so lieb! Er …, er ist der Jüngste seiner ersten Frau, weißt du … Ich spielte mit ihm … Ich sang ihm Lieder vor. Er brachte mir kleine Geschenke … einen hübschen Stein, eine Süßigkeit … eine Blume. Ein Kind, noch voller Güte … Er weiß noch nicht, dass er eines Tages ein Mann sein wird … das Recht hat seine Frau einzusperren, solange sie lebt … Sie einzusperren in der Dunkelheit des Hauses … auf dem Hof, zwischen hohen Mauern, ohne Fenster. Mauern, gespickt mit Scherben …«

Sie griff sich an die Stirn. Wie immer, wenn sie sich an ihre Vergangenheit erinnerte, wenn sie das Grauen und die Auflehnung packten, veränderte sich ihre Stimme, wurde sie wie Eis, dass es mir kalt über den Rücken lief. Ich sah ihre Augen flackern, ihre Hände zuckten wie wild hin und her, während sie sprach. Um Himmels willen!, dachte ich verzweifelt. Hoffentlich kriegt sie keinen ihrer Anfälle. Nicht hier! Nicht mitten auf der Straße!

Ihre Lippen waren weiß, ihre Augen glänzten fiebrig.

»Aziz … Er hat mich nicht vergessen. Auch nicht mit der neuen Frau. Er hat mich Mama genannt, wie früher. Er wollte mich umarmen, wie früher … Mein kleiner Liebling, mein einziger Sonnenschein! Aber sein Vater, Hadj El Kadir hat gesagt … Nein … Ich sei nicht mehr seine Mama. Ich sei ganz nackt. Er dürfe nicht mit einer Frau reden, die nackt auf die Straße geht.«

Ich starrte sie an und traute meinen Ohren nicht. »Was hat er gesagt?«

Sie knetete ihre schlanken Finger, dass ich die Gelenke knacken hörte. »Die Algerier sagen, eine Frau ohne Haik, ohne Schleier, ist eine nackte Frau!«

Einen Atemzug lang stand ich wie betäubt, dann stieg die Wut in mir hoch: Es war wie ein Blitz, der in meinem Kopf explodierte. »Und das lässt du dir gefallen? Diese idiotische, besessene, hirnverbrannte Rückständigkeit? Sind die Männer jemals nackt auf der Straße? Da soll mir noch einer mit Kultur und Tradition kommen. Es geht ja nur um die Angst! Die Angst vor den Frauen, vor ihrer Klugheit, ihrer Vernunft, ihrer Fähigkeit zu lieben und Kindern das Leben zu schenken. Alle diese Kerle sind sexgestört, krank, reif für die Klapsmühle! Ihr Besitzertrieb ist ein Minderwertigkeitskomplex, der bornierteste der Welt! Sie sind Diebe. Sie stehlen den Frauen ihre Augen, ihr Lachen, nehmen ihnen das Sonnenlicht, die frische Luft, die Gesundheit, die Freiheit, die Lebensfreude. Nun weine nicht, Atara … Bitte nicht hier! Du bist tausendmal stärker als dieser unterentwickelte Fettkloß! Verflucht und zugenäht! Der soll mir noch mal vor die Augen treten! Ich werde seiner zarten Seele einen Schock versetzen, dass er vor Schreck seine Unterhose verliert!« Falls er überhaupt eine trägt, dachte ich grimmig für mich, worauf ich tief Luft holte und mich besser fühlte.

Auch Atara schien irgendwie beruhigt. Mein Redeschwall hatte sie abgelenkt. Doch sie schien immer noch verstört. Ich sah, wie ihre Haut von einem leichten Schweißfilm überzogen war. Plötzlich fühlte ich mich fast ebenso elend. Zutiefst spürte ich ihre Empfindungen. Ich hatte das Gefühl, als wäre ich es, die gedemütigt worden war, die sich gegen diese heimtückischen Drohungen aufzulehnen versuchte. Je mehr ich darüber nachdachte, umso mehr erschien mir die Herrschsucht eines Geschlechtes über das andere als die Wurzel vielen Übels auf Erden. Im Familienkreis fängt alles an, dachte ich. Die einen befehlen, die anderen gehorchen. Hierzulande wurde den Frauen der Gehorsam seit Generationen eingebläut. Die Mädchen werden bis zehn in die Schule geschickt, dann sperrt man sie im Haus ein und »gibt« sie schnell jemandem zur Frau, bevor ihr Ich gefestigt ist und sie sich eine eigene Meinung bilden können. Und der Zwang der Tradition sorgt dafür, dass alles bestens funktioniert. Was aber würde geschehen, überlegte ich, wenn eine Frau lernt ihren Zorn in Einsicht zu verwandeln? Wenn sie sich gegen ihre Unterdrückung auflehnt? Was kann der Mann dagegensetzen? Er kann sie natürlich verprügeln. Aber was passiert, wenn sich ALLE Frauen zu wehren beginnen? Keime würden sprießen, sie würden mächtige Wurzeln schlagen und mit der Zeit würden die Bäume der Freiheit in den Himmel wachsen. Das ist natürlich nicht von heute auf morgen möglich, musste ich mir eingestehen. Aber die Bäume wachsen. Und wenn ihre Zeit gekommen ist, tragen sie Früchte …

Ich dachte in diesem Augenblick nicht klar und logisch. Ich war zu verwirrt, spürte zutiefst in mir Ataras Demütigung und Schmerz. Doch ich durfte mich nicht gehen lassen; es waren für sie Augenblicke der Qual, der Verwirrung; Augenblicke, in denen sie sich an mich klammerte wie ein Kind an seine Mutter. Mein Motto: Willst du die Welt ändern, fange bei dir selbst an, kam mir in den Sinn. Zuerst hatte ich vorgehabt sie ins Schwesternhaus mitzunehmen, damit sie sich beruhigen konnte. Aber das wäre falsch gewesen: Sie durfte sich jetzt nicht verkriechen. Sie musste hinein ins Gewühl, musste ihren Schmerz in Kampfbereitschaft wandeln. Dieses Vorgehen mochte zwar etwas brutal sein, aber ich war zu aufgewühlt um lange darüber nachzudenken.

Ich fasste Atara ruhig am Arm. »Komm, wir brauchen jetzt beide einen Kaffee.«

Auf der anderen Straßenseite standen die Tische eines Cafés unter den Tamriskenbäumen. Ich steuerte darauf zu. Sie folgte mir willenlos, wie mir schien. Auf einmal aber merkte sie, wo ich sie hinführte, und blieb stehen.

»Nein … Ich kann nicht! Ich bin noch nie …« Sie schluckte. »Sieh nur die vielen Männer, wie sie uns anstarren!«

»Das ist normal!«, fauchte ich zurück. »Für sie sind wir ja nackt!«

Sie stutzte. Unsere Blicke kreuzten sich und mit Erleichterung sah ich den Spott der Tuareg in ihren Augen aufblitzen. Ich drückte ihre Hand und sagte, jedes Wort höhnisch betonend: »Nun komm schon! Wir verzichten doch nicht auf einen Kaffee, nur weil da zufällig ein paar Typen sitzen und glotzen!«

7

»Ich war noch nie … in einem Café«, sagte Atara, kaum hatten wir uns an einen der Tische gesetzt.

»Dann ist es höchste Zeit, dass du das jetzt nachholst.«

»Eine anständige Frau geht nicht in ein Café.«

Ich grinste sie an. »Und wer bestimmt, was anständig ist?«

Ich streckte meine Beine unter den Tisch und schob die Hände in die Hosentaschen. Die Touristen, die sich zu viert oder fünft um die Tischchen drängten und ihre Postkarten schrieben, hatten uns mit ihren Blicken kaum gestreift, wenn sie uns überhaupt zur Kenntnis genommen hatten. Aber die Algerier kamen aus dem Glotzen nicht heraus. Die Augen fielen ihnen fast aus den Höhlen, so starrten sie uns an. Der Kellner kam; seine Blicke streiften uns und seine Missbilligung stand ihm ins Gesicht geschrieben.

Ich bestellte zwei Kaffees. Hätte er unsere Bestellung nicht angenommen, wäre ich aufgestanden und hätte mir den Kaffee selbst an der Theke geholt. Ich lächelte Atara zu; sie erwiderte scheu mein

Lächeln. Ihr Ausdruck hatte etwas Zurückhaltendes, Befangenes an sich. Sie saß aufrecht, die Arme und Beine angewinkelt, wie eine Dame im Korsett aus dem neunzehnten Jahrhundert. Es musste schwer für sie sein, den fremden Blicken preisgegeben hier zu sitzen. Aber es war notwendig, dass sie über ihren Schatten sprang. Gewissensbisse hatte sie keine; ich sah es in ihrem Blick. Er war leuchtend und, wie mir schien, triumphierend. Wir teilten das gleiche Hochgefühl; die Freiheit, zu tun, was für Männer selbstverständlich war. Wir fühlten das Blau des Himmels in den Augen, das Stimmengewirr im Ohr und genossen die herbe Süße des Kaffees auf der Zunge.

Ich lächelte Atara an. »Nun, wie schmeckt dir dein erster Kaffee draußen?«

Sie verzog leicht das Gesicht. »Er ist sehr stark.«

»Nimm noch etwas Zucker.«

Ich wickelte mein Stück Zucker aus dem Papier, gab es in ihre Tasse, rührte um und schob ihr die Tasse wieder hin.

»Oh«, seufzte sie, »tut das gut!«

»In einigen Jahrhunderten«, sagte ich, »werden die Sitten, die heute herrschen, unseren Nachfahren schwachsinnig vorkommen. Sie werden sich an die Stirn tippen, wenn man ihnen erzählt, dass sich Frauen auf der Straße in Bettlaken wickelten und die Algerierinnen ein Spitzentuch über der Nase festhielten. Sie werden nicht verstehen, dass vernünftige Menschen das mit sich machen ließen. Das verstehe ja nicht einmal ich!«

Atara schüttelte sanft den Kopf. »Du bist frei. Du warst es schon immer. Die Frauen hier, sie sind wie … zahme Haustiere. Nicht unglücklich … Und manchmal sogar glücklich. Sie wissen nicht, was Freiheit ist.«

Ich fröstelte, denn sie sprach die Wahrheit. Solche Frauen kannten keinen freien Willen. Sie wussten nicht, was eine freie Entscheidung ist. Man »nahm« sie, man »gab« sie – wie Zwergkaninchen. Und welch eine Würdelosigkeit, dass sie niemals ihre eigenen Urteils- und Denkfähigkeiten, ihre Vorstellungen von Schönheit, ihre Kreativität außerhalb ihrer vier Wände verwirklichen konnten! Mochte das Haus auch ihr Reich sein, die weite, farbenprächtige, aufregende Welt blieb ihnen auf Lebenszeit verschlossen.

›Sie wissen nicht, was Freiheit ist‹, hatte Atara gesagt. Aber manche wissen es doch, dachte ich, und leiden umso mehr. Sie wissen, dass sie um ihr Leben betrogen werden, dass die Gesetze, die ihnen den hellen Tag, das Sonnenlicht stehlen, grausam und entartet sind, dass die Männer, die ihnen das Ausgehen verbieten, uns Menschen auf die Stufe des Pavianrudels zurückversetzen. Denn dort, wo eingesperrte Frauen leben, verkümmert auch das menschliche Herz. Es gibt kein Mitgefühl mehr, keine Nachsicht, kein Vergeben, weil alle diese Eigenschaften, die den Menschen besser machen, als »weibische Schwächen« angesehen werden. Aber wie sollen sich die Frauen wehren, wenn sie in Abhängigkeit gehalten werden? Wenn ihre schlimmsten Feinde die Menschen sind, die sie lieben: ihre Väter, ihre Männer, die Brüder? Wenn sogar die eigene Mutter vergisst, worunter sie in ihrer Jugend selbst gelitten hat, und ihre Töchter zu blinder Anpassung dressiert? Wenn den weiblichen Familienmitgliedern nur die Fortpflanzung als Sinn des Daseins zugestanden wird?

Mir kam in den Sinn, dass mich nicht so sehr eine räumliche, sondern eine zeitliche Entfernung von diesen Menschen trennte. Zwischen uns lagen Jahrhunderte. Dieser Zeitsprung mochte für mich eine interessante Erfahrung sein, solange er mich nicht in seinen Strudel riss. Dann aber würde ich mich zur Wehr setzen …

Auch Atara hat in dieser Versklavung gelebt und ist fast daran zerbrochen, überlegte ich weiter. Jetzt aber ist sie frei und sie wird lernen ihre Freiheit zu leben; das wenigstens hatte ich fertig gebracht.

Ich trank einen Schluck Kaffee, wobei ich Atara über den Tisch hinweg ansah. Erst als meine Zähne gegen den Rand der Tasse schlugen, merkte ich, wie aufgewühlt ich war.

»Keine Angst!«, stieß ich, fast als Antwort auf meine eigenen Gedanken, hervor. »Du hast das alles längst hinter dir …«

Lächelnd erwiderte sie meinen Blick. Der Stolz, das Frohlocken dieses Lächelns erschütterte mich.

»Ich habe keine Angst«, sagte sie mit ihrer tiefen Stimme. »Ich bin jetzt eine andere.«

Ihre Augen sahen durch mich hindurch; ich war nicht sicher, ob sie mich überhaupt wahrnahm.

»Bevor ich dich traf, wollte ich keine Frau mehr sein, sondern ein Stein. Ich wollte keine Augen mehr haben, keine Ohren, keinen Mund. Wenn ich schrie, hörte es niemand. Ich schrie in mich hinein, ohne Stimme, ohne Worte …«

Ich musste leer schlucken. »Warst du böse?«

»Ja«, hauchte sie. »Ich hasste alle Menschen. Ich hasste mich selbst. Ich war voller Bosheit und Wut.«

Ein Schauer lief über ihren Körper. Sie blickte vor sich hin, als starre sie in einen dunklen Wirbel. Doch als sie mich wieder ansah, geschah dies mit der gleichen offenen Wärme wie zuvor.

»Du brachtest mir mein Leben zurück …«

Ich lachte etwas verlegen. »Wegen dir hatte ich manche schlaflose Nacht, weißt du! Ich wollte dir helfen und wusste nicht wie. Es war so schwer an dich heranzukommen …«

»Ich war weit weg«, sagte sie schlicht. »Ich war hoch oben, bei den Sieben Schwestern.«

Ich dachte an Jugurthas Worte und an das Gefühl, das ich dabei empfunden hatte. Jetzt, wo sie davon sprach, spürte ich es wieder, dieses seltsame Prickeln. »Was meinst du damit?«

Sie lächelte. »Wir glauben, dass unsere Ahnen von Alkyone stammen, von der hellsten der Sieben Schwestern. Wir nennen sie die ›Große Mutter‹ oder auch ›Die Friedliche‹ …«

Ich erinnerte mich, dass die Tuareg das Sternbild der Pleiaden die »Sieben Schwestern« nannten. Der Name Alkyone war bereits den Griechen im Altertum bekannt. Ich hatte das irgendwann mal in der Schule gelernt und natürlich vergessen; nun kam es mir wieder in den Sinn. Ich starrte Atara an. Woher nahm sie ihre Weisheit? Sie hatte einen Mund, der Geheimnisse bewahren konnte. Geheimnisse, die Zeiten entstammten, in denen die Kontinente noch nicht ihre endgültige Formen gefunden hatten, als Inseln aus den Ozeanen stiegen und wieder verschwanden. Es waren Geheimnisse, die den Ursprung des Lebens in sich trugen.

»Unsere Vorfahren glaubten«, fuhr Atara fort, »dass die Sieben Schwestern Kranke heilen konnten. In einer mondlosen Nacht, wenn die ›Große Mutter‹ leuchtete, verließen die Kranken das Lager. Sie legten sich abseits der Zelte auf eine Matte aus Grasfasern und überließen sich dem heilenden Sternenlicht. Bei Tagesanbruch kehrten sie gesund ins Lager zurück.«

»Warum glaubte man früher daran und heute nicht mehr?«, fragte ich und dachte, nicht ohne Ironie, bei der jetzigen Grippewelle wäre das die beste Lösung – und die günstigste dazu.

Meine Zweifel waren ihrer Klarsicht nicht entgangen. Ernst und etwas traurig erwiderte sie: »Früher glaubten wir daran. Was wir glaubten, geschah auch. Heute sind Worte nur noch Worte, Gesten nur noch Gesten. Die Fäden zur unsichtbaren Welt sind zerrissen.«

Wie immer, wenn mir etwas rätselhaft vorkam, suchte ich nach einer vernünftigen Erklärung. Der modernen Wissenschaft war das Wirken der psychischen Kräfte auf den menschlichen Organismus längst bekannt. Vermutlich sind wir alle fähig, dachte ich, diesen Vorgang der Selbstheilung in uns auszulösen. Aber heute funktioniert das kaum noch, weil uns der Glaube fehlt und wir lieber Pillen schlucken.

Weil Ataras Denken und Fühlen so lange allen äußeren Einflüssen entzogen war, hatte sie sich diesen Glauben bewahren können. Jetzt wurde mir klar, warum die Tuareg sie verehrten: Sie trug in sich die Gaben der Vorfahren und würde dafür kämpfen, dass der Stolz vergangener Zeiten erhalten blieb; dass die Dunkelheit, die unser Volk von allen Seiten zu umschließen drohte, nicht alles begrub, bis unsere Kultur stark genug war zu überleben. Sie verstand es, Zweifel und Verwirrung zu bannen. Ihr Lächeln war Hoffnung, ihre Worte Trost, das Spiel auf dem Imsad eine Wohltat und ein Versprechen …

Und so nickte ich nur, während sie weitersprach und dabei ihre Worte mit den Gebärden ihrer Hände untermalte. Das Spiel ihrer schlanken Arme, ihrer wunderschönen Hände erinnerte mich an das einer Tänzerin. Es war, als wolle sie die Welt umarmen.

»Wir sind Kinder der ›Großen Mutter‹, das älteste Volk dieser Erde. Wir wissen es nicht, aber unser Blut weiß es. Ich wurde gefangen, wie eine wehrlose Taube in einen Käfig gesperrt. Doch mein Geist wanderte. Ich ging zu den Sieben Schwestern; ich brachte keinen Traum zurück, sondern eine Erinnerung. Jetzt ist das Schloss gebrochen, die Gitterstäbe auseinander gebogen, die Taube ist frei!«

Ich starrte sie an, fasziniert und ergriffen. Wenn sie ihre Empfindungen in Gleichnissen und Bildern zum Ausdruck brachte, fühlte ich mich neben ihr wie ein Holzklotz. Doch ein Gedanke quälte mich unablässig. Und ich brachte es nicht fertig, ihn ihr zu verheimlichen.

»Aber was geschieht, wenn du hier bleiben musst? Wenn ich ohne dich abreise?«

Ein Schatten kroch über ihre Wange, als lächle sie. »Du warst doch dabei, als mir die heilige Schlange die Zukunft zeigte. Ich fürchte mich nicht, durch die Flammen zu gehen. Es gibt keinen anderen Weg …«

Ein Windstoß bewegte die Blätter über uns. Da war es wieder, dieses beunruhigende Gefühl; in meinem Geist kreiste etwas, wofür ich keinen Namen fand. Ataras Vision in den Burgruinen, als sie den Geist der Erdschlange angerufen hatte, zuckte wie ein Feuerschein in mir auf. Die geheimnisvollen Worte, die sie in ihrer Trance gesprochen hatte, hallten in meiner Erinnerung wider. Damals wie heute ergaben sie für mich keinen Sinn. Und ebenso wenig war mir klar, was ich in jener Nacht WIRKLICH gesehen hatte. Ein Trugbild? Ich wollte es noch so gerne glauben, aber es gelang mir trotzdem nicht ganz …

In diesem Moment empfand ich eine derart wilde Angst, dass ich sie mit allen Mitteln zu unterdrücken suchte. Aber ich konnte mich nicht dagegen wehren und ich wusste, dass sie etwas mit Adon zu tun hatte.

Ich versuchte zu sprechen, doch sogar meine Stimme kam mir

schwach vor. »Adon … Was wird aus ihm? Hast du die Schlange seinetwegen nicht befragt …? Oder hat sie dir keine Antwort gegeben?«

Sie schwieg, als lausche sie in sich hinein. Ich spürte meine Halsader pochen. Die Angst, die wie ein Blitz aus heiterem Himmel in mein Herz gefahren war, hatte mein Innerstes aufgewühlt. Ataras Augen ließen nicht von mir ab; sie hatten einen Ausdruck angenommen, den ich nicht deuten konnte. Es war, als versuche sie mir etwas zu erklären, was ich nicht zu hören gewillt war.

Schließlich hob ein tiefer Seufzer ihre Brust. Ihre Stimme tönte, als sie wieder sprach, so rau wie die einer alten Frau. »Adon kennt seinen Weg bereits. Der Pfad ist gewählt. Seine Füße haben ihn schon betreten. Aber seine Kraft reicht nicht aus, seine Zweifel zu bekämpfen. Er benötigt dazu noch deine Kraft. Verweigere sie ihm nicht, wenn er dich darum bittet.«

Abermals schwiegen wir. Ich starrte sie an. Plötzlich hörte ich es klirren. Als würde ich aus einem Traum erwachen, starrte ich auf die Scherben der Kaffeetasse, die vor meinen Füßen auf dem Steinboden lagen. Ich hatte die Tasse mit dem Ärmel vom Tisch gestoßen.

Der Kellner eilte mürrisch herbei und fegte die Scherben zusammen, während ich mich entschuldigte.

Meine Hände zitterten. Ich kramte einige Münzen aus der Hosentasche, legte sie auf den Tisch und stand auf. Mir war, als müsse ich mich übergeben. Atara schwieg noch immer. Ich spürte, wie ihr Mitleid in mich drang, durch die Poren meiner nass geschwitzten Haut.

8

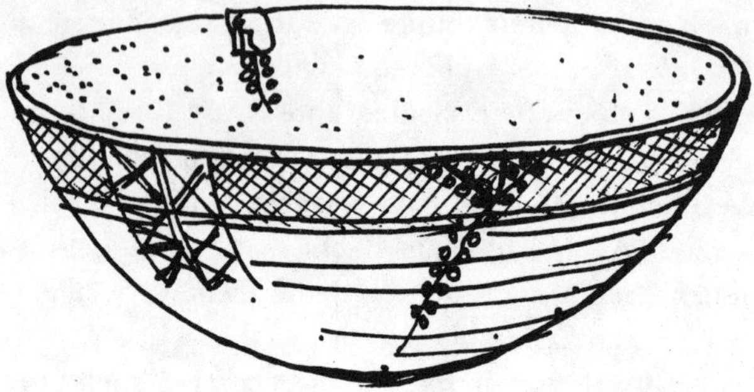

Dieser Tag, der wie alle anderen begonnen hatte und mich wie kein anderer verwirrte, hielt noch eine weitere Überraschung für mich bereit. Als ich etwas später mit Atara das Postfach der Kleinen Schwestern leerte, fiel mir ein Brief in die Hände, der an mich adressiert war. Der Brief kam aus Brüssel, aber die Schrift war nicht die meiner Mutter. Und auch als ich den Absender sah, begriff ich nicht sofort. Michel Gallois. Wer, zum Kuckuck, mochte das sein? Ich starrte eine ganze Weile auf diesen Namen, bis mir endlich ein Licht aufging. Michi, natürlich! Aber woher kannte der meine Adresse? Und wie kam er überhaupt dazu, mir zu schreiben?

Michi war mit mir in die Schule gegangen und später hatte ich mir eingebildet, dass ich in ihn verliebt sei. Michi hatte mir damals imponiert, weil er wild und unbeeinflussbar gewesen war, ein Rabauke, der kaltschnäuzig all das getan hatte, wozu ich selbst Lust gehabt hätte, mich aber nicht getraute. Er hatte es fertig gebracht die ganze Klasse zu unterhalten. Sobald er sich im Unterricht gemeldet hatte, war das Gekicher losgegangen. Er hatte es genossen die Aufmerksamkeit auf sich zu ziehen, hatte die Lehrer mit Sprüchen und gezielt dummen Fragen provoziert, bis er zweimal durchs Abitur geflogen war und schließlich eine Lehre als Automechaniker begonnen hatte. Später hatte mir Michi viel von seinen Nöten und Ängsten anvertraut; von den übergroßen Erwartungen, die der Vater an ihn gestellt, von der stillen Ablehnung, die er in seiner Familie erfahren hatte. Ich hatte erfahren, dass er zärtlich und voller Verständnis sein konnte, und dies hatte mich eine Zeit lang an ihn gebunden.

Michi war scharf auf Motorräder gewesen; ich hatte seine Leidenschaft nicht geteilt, aber bekanntlich neigt jede verliebte Maid zur Duldsamkeit; so hatte ich geduldig zugehört, während er stundenlang über Reibungskoeffizienten und Ölthermometer gefachsimpelt hatte, und darauf gewartet, dass er mich küsste. Aber als wir an der Nordseeküste nur mit knapper Not einen selbst verschuldeten Motorradunfall hatten verhindern können, war mir klar geworden, dass ich Schluss machen musste.

Ich steckte die Briefe für die Schwestern in meinen Korb, den ich am Arm trug. Unter Ataras aufmerksamem Blick riss ich den Umschlag auf; ein dünnes Blatt Papier fiel heraus. Unwillkürlich lächelte ich. Michi war zu allem Übel auch noch Legastheniker und seine Rechtschreibung hatte unseren Sprachlehrer nicht selten an den Rand des Wahnsinns gebracht. Ich las Michis Brief.

Liebe Samira,
um es gleich vorwegzunehmen, deine Mutter war nicht erfreut, als ich bei ihr anrief. Deine Adresse habe ich buchstäblich aus ihr herausquetschen müssen. Der Adresse nach scheinst du in einem Kloster zu leben. Wie du dazu kommst, ist mir schleierhaft. Die große Erleuchtung im Wüstensand? Ist ja egal, das ist schließlich dein Bier. Du weißt ja, meine Ansicht war schon immer: Let it be!

Ich wollte dir nur kurz mitteilen, dass ich endlich meine Rennlizenz habe und an der Paris-Dakar-Rallye teilnehme. Die Yamaha-Vertretung in Brüssel stellt mir eine Maschine zur Verfügung, eine

Yamaha XT 500 mit Eigenbautank, Spezial-Stoßdämpfern und Telegabeln, einer offenen Auspuffanlage und besonders grobstolligen Reifen, ein richtiges Schmuckstück! In drei Wochen geht es los: zuerst nach Paris, wo sich alle Teilnehmer versammeln. Dann quer durch Frankreich nach Marseille. Dort schiffen wir uns nach Algier ein. Danach – Start frei zum großen Abenteuer!

Klar, dass ich ohne Illusionen losfahre. Ich bin ein Saharaneuling. Unter die ersten zehn zu kommen, wage ich nicht einmal zu träumen. Aber ich garantiere dir, dass ich, wann immer es geht, voll Stoff gebe und alles daransetzen werde um nicht aus der Wertung zu fallen.

Vielleicht wirst du diesen Brief gar nicht lesen. Für dich war unsere Trennung wohl endgültiger als für mich. Let it be! Ich übernachte mit den anderen Teilnehmern auf dem Zeltplatz. Männerbesuche sind in deinem Kloster wohl nicht gestattet. Deswegen – und falls deine Nonnen dir Ausgang gewähren – komm und frage nach mir. Es ist eine Ewigkeit her, seit wir uns zum letzten Mal sahen. Ein Treffen in der Wüste? Could be a great fun!

Bis dahin – ein Kuss von Michi.

Ich lächelte ungläubig, zerriss den Brief und suchte einen Papierkorb. Da keiner in Sichtweite war, stopfte ich die Schnitzel wieder in den Umschlag. Michi, hier. Das fehlte mir gerade noch! Atara hatte wortlos zugeschaut. Ich schuldete ihr keine Erklärung. Trotzdem sagte ich: »Ein Schulfreund von mir nimmt an der Rallye teil. Er will, dass ich ihn treffe, aber ich habe keine Lust ihn zu sehen.«

Sie hielt den Kopf leicht schräg. Es war, als horche sie in sich hinein. Leise und wie zu sich selbst, obwohl ihre Worte mir galten, fragte sie: »Warum hast du Angst vor ihm? Spürst du nicht, dass das Schicksal ihn ruft?«

Ich schüttelte verärgert den Kopf. Ich war viel zu durcheinander um ihren Worten Beachtung zu schenken. »Angst? Vor Michi?«, fragte ich gereizt. »Wie käme ich dazu? Ich will ihn nicht mehr sehen, das ist alles!«

Ich spürte, wie ich rot wurde, was meinen Unwillen noch verstärkte. Atara schwieg; ihre Lippen lächelten etwas wehmütig. Auf einmal warf ich einen Blick auf ihre Arme und sah, dass sie eine Gänsehaut bekommen hatte.

In mieser Stimmung kehrte ich zum Schwesternhaus zurück. Feinfühlig, wie sie war, musste Atara gespürt haben, dass Michis Brief mir zu denken gab. Der Lebensabschnitt, in dem er für mich eine Rolle gespielt hatte, war abgeschlossen. Als Schülerin hatte ich sein wildes Verlangen nach Selbstbehauptung geteilt, mit Genugtuung falsche Dinge gesagt und getan und mir eingeredet, dass wir das Gleiche empfanden. Aber Michi war noch mit zwanzig ein Kindskopf, während ich es nie gewesen war. Hier lag der große Unterschied. Lichtjahre trennten uns. Ich hatte nicht die geringste Lust ihn zu sehen. Was sollte ich ihm sagen? Höchstens, dass ich die Rallye Paris-Dakar als hirnverbrannten Unsinn ansah und mit den Verrückten, die auf der Strecke blieben, nicht das geringste Mitleid empfand.

Den tieferen Grund meiner Unruhe hingegen vermochte ich nicht zu herauszufinden. Er hing weniger mit Michi als mit diesem seltsamen Vorgefühl zusammen, diesem Kribbeln der Kopfhaut, diesem Druck auf den Magen. War es Angst? Ich fühlte genau, dass ich mich verändert hatte, ohne sagen zu können, in welcher Beziehung. Vielleicht war ich weniger naiv, nicht mehr so empfindlich, hatte diese Ungeduld, die nur Zeit und Kraft vergeudete, etwas abgelegt. War der Grund vielleicht, dass ich gelernt hatte mein Leben besser zu organisieren? Und störte mich Michi genau deswegen? Ich hatte ihn nicht vorausgesehen, nicht mit eingeplant. Doch da war – unausgesprochen – noch ein anderer Gedanke. Ein Gedanke, der mit Atara zusammenhing. Was genau hatte sie über ihn gesagt? Ich hatte nicht gut zugehört, ich wusste es nicht mehr und darüber ärgerte ich mich!

Am Nachmittag fegte ich in den Zimmern der Schwestern gerade den Sand zusammen, den der Wind mit konstanter Bosheit hereintrug, als es klopfte. Ich lehnte meinen Besen an die Wand und ging an die Tür. Vor mir stand ein großer, dunkelhäutiger junger Mann mit schmalem Gesicht und mandelförmigen Augen. Er trug Jeans und darüber einen Ärztekittel.

»Guten Tag!« Sein Lächeln hatte etwas in sich Ruhendes, nahezu Liebevolles. Er strich mit den Fingern über die Innenseite meiner Hand und duzte mich in der zwanglosen Art der Wüstenbewohner. Sein Französisch war perfekt.

»Ich bin Mano ag Hawak und arbeite als Praktikant in der Krankenstation. Schwester Claire sagte, ich solle dir Aspirin bringen. Hast du Fieber?«

»Ich nicht, aber Lamia, eine Verwandte von mir. Ich glaube, sie hat die Grippe.«

»Das Aspirin wird ihr gut tun«, sagte er. »Wohnt sie hier in Tam?«

»Nein, in einer Siedlung beim Flugplatz. Sobald Adon den Wagen haben kann, fahren wir hin. Adon ist mein Cousin«, setzte ich erklärend hinzu.

»Ich weiß«, erwiderte er lächelnd.

Ich lächelte zurück. Mir gefiel seine ruhige Art. »Komm herein!«, sagte ich. »Du nimmst doch sicher einen Kaffee?«

»Gerne. Aber ich habe nur einen Augenblick Zeit.« Er folgte mir in die Küche und ich setzte Wasser auf.

»Wie sieht es denn auf der Krankenstation aus?«

»Überfüllt. Wir arbeiten hart. Täglich werden etwa fünfzehn neue Grippefälle gemeldet. Wir wissen nicht, wohin mit den Kranken. Die Todesrate bleibt konstant, aber leider sterben die Kinder am schnellsten.«

»Und warum das?«, fragte ich erschüttert.

»Es ist vor allem eine Folge der Armut. Die Kleinen liegen bei eisiger Kälte nackt auf Strohmatten und sie hungern, was die Abwehrkräfte weiter schwächt. Medikamente sind viel zu teuer. Früher hatten wir unsere traditionelle Medizin. Heute kennen die Frauen die Kräuter und die Rinden nicht mehr, die ihre Großmütter noch brauchten; es gibt zu wenig Wasser, die Bäume und Sträucher sind längst verdorrt.«

Ich holte zwei Tassen aus dem Schrank; es hätte nicht viel gefehlt und ich hätte sie fallen lassen. Die Welt ist ein Irrenhaus, dachte ich. Da fahren Idioten wie Michi teure Maschinen in den Dünen zu Schrott, während die Kinder in den umliegenden Dörfern an Elend und Unterernährung sterben!

»Wie lange bist du schon hier?«, fragte ich.

»Erst seit drei Tagen. Ich wohne bei einem Freund. Die Krankenstation braucht dringend Personal. Nicht wegen der Grippeepidemie, sondern wegen der Paris-Dakar-Rallye. Sobald der Zirkus losgeht, behandeln wir fast nur noch Gehirnerschütterungen und Knochenbrüche.«

»Wer sich den Schädel einschlägt, ist selber schuld«, sagte ich ohne Mitleid. »Was zahlt man dir denn dafür?«

Mano kicherte. »Nur ein Taschengeld. Aber ich lerne viel dabei und das ist mir die Sache wert.«

Ungestüm, wie ich war, fühlte ich mich von der Ruhe angezogen, die er ausstrahlte. Ich spürte die Zärtlichkeit, die sein Lächeln begleitete.

Während wir Kaffee tranken, erzählte er mir, dass er zu den Kel Dinnik gehöre, zu einem Stamm also aus der Gegend von Tahua im Norden der benachbarten Republik Niger. Seine Eltern seien in den siebziger Jahren, bei der ersten großen Dürre, ums Leben gekommen. Er selbst sei von einem Schweizer Ehepaar adoptiert worden. Beide hätten im Niger für ein karitatives Hilfswerk gearbeitet. Ihnen verdanke er, dass er in Abidjan habe Medizin studieren können.

»Vor einem Jahr sind meine Pflegeeltern wieder in die Schweiz zurückgekehrt«, fuhr er fort. »Sie wurden älter und die Aufgabe wuchs ihnen allmählich über den Kopf. Sie wollten, dass ich mit ihnen nach Lausanne komme. Aber ich habe Nein gesagt.«

»Warum?«

»Meine Wurzeln sind hier«, erwiderte er ruhig. »Ich konnte nicht davonlaufen.«

Ich nickte anerkennend. »Dazu gehört Mut!«

»Ach ja?«, erwiderte er lächelnd. »Darüber habe ich noch gar nicht nachgedacht!«

Ich senkte die Augen. Er hatte etwas von Schwester Claire an sich, die gleiche Aufrichtigkeit, den gleichen inneren Frieden. Etwas, was bewirkte, dass ich mir kindisch, kleinkariert und selbstsüchtig vorkam. Doch für Mano war das Thema abgeschlossen.

»Sag mir Bescheid, wenn du Lamia besuchst. Ich werde mitfahren und sehen, ob ich etwas für sie tun kann.«

»Sie kann sich keinen Arzt leisten.«

Er schüttelte den Kopf. »Ich nehme nichts für meine Arbeit. Und wenn, höchstens, was die Leute bereit sind mir zu geben.«

Ich starrte ihn an; ein Doktor ohne feste Honorare war mir noch nie begegnet. Er aber erzählte mit ruhiger Stimme von den Tuareg in den Sahelgebieten, von den schweren Zeiten, die ihnen bevorstünden. Die Wüste breite sich aus, ein paar hundert Meter jährlich. Grüne Zonen würden sich in karge Ebenen verwandeln. Dazu komme der »Harmattan«, der gefürchtete Sandwind, erzählte er mir, der nach der Regenzeit manchmal an hundert aufeinander folgenden Tagen wehe und Heuschrecken herantrage.

»Unsere Erde verändert sich; wir müssen mit dieser Tatsache leben«, sagte Mano, ohne ein Gefühl zu zeigen. »Die Dünen rücken vor, die Brunnen trocknen aus. Einen Großteil unserer Herden haben wir schon verloren. Die übrig gebliebenen Tiere bestehen nur noch aus Haut und Knochen. Die Menschen wandern nach Norden aus, aber keiner will sie.«

Ich nickte mit zugeschnürter Kehle. »Ich habe die Flüchtlinge gesehen. Schon am ersten Abend, als ich hier ankam. Ich war nicht darauf vorbereitet; es hat mir einen Schock versetzt.«

»Ach, bis nach Tam kommen nur wenige«, sagte Mano. »Die Algerier erwischen sie meistens schon vorher und schicken sie wieder über die Grenze zurück. Ihre eigenen Arbeitslosen geben ihnen genügend Probleme auf. Es ist überall das Gleiche: im Niger, in Mali, in Libyen und in Algerien. Ohne Entwicklungshilfe stünde es noch schlimmer um uns. Obwohl ein Großteil der Hilfssendungen unterschlagen wird. Vor kurzem erst wurden in Frankreich Zelte für die Flüchtlinge gesammelt. Trotz offizieller Zusicherung kamen sie nie an. Einige Monate später jedoch wurden genau diese Zelte auf dem Markt von Agades zum Kauf angeboten.« Mano verzog den Mund, als schmecke der Kaffee plötzlich bitter. »Die Wahrheit ist, dass wir den Regierungen ein Dorn im Auge sind. Wir sind ein freies Leben gewohnt; wir spielen nicht gerne die armen Opfer und Gehorsam gehörte erst recht nie zu unseren Tugenden.«

Trotz seiner Güte und Nachsicht blitzte in den Augen des jungen Mannes die uralte Verachtung der Nomaden gegen die Sesshaften auf, die sie bevormundeten.

»In der Republik Niger wurden unsere Stämme in Gruppen eingeteilt. Gruppe eins, zwei, drei ... Ich selbst gehöre zur zweiten Gruppe. Was nützt mir das ganze Geschwätz über nationale Versöhnung und die Wahrung der Menschenrechte, wenn ich kein Individuum mehr, sondern lediglich eine Nummer bin?«

»Die Leute der Ziffern und des Siebes«, murmelte ich halblaut.

Kleine Fältchen zeigten sich in Manos Augenwinkeln. »Ich sehe, du kennst unsere Art zu denken. Schwester Claire hat mir viel von dir erzählt. Du wirst natürlich nicht hier bleiben ...«

»Nein. Ich gehe bald nach Belgien zurück und nehme meine Kusine mit. Die ganze Stadt tratscht schon über sie, es ist nicht zum Aushalten!«

»Geklatscht wird immer.« Er lächelte.

»Sie kann nicht hier bleiben«, sagte ich aufgebracht. »Sie machen ihr das Leben zur Hölle. Adon geht auch, sobald er genügend Geld beisammen hat. Was soll er hier? Sein ganzes Leben lang an der Zapfsäule stehen?«

»Ich verstehe das«, erwiderte Mano ruhig. »Die geistige Knebelung ist das Bedrückendste. Polizei und Militär machen, was sie wollen, die Politiker bereichern sich auf Kosten der Armen, die Korruption scheint fast schon ehrenhaft zu sein und religiöse Fanatiker schreien uns die Ohren voll. Wir Nomaden stehen alledem hilflos gegenüber. Wir reden schlicht und ohne Arg, können mit rhetorischen Floskeln nichts anfangen. Die Mechanismen der Macht sind uns fremd; wir haben keine Ahnung, was hinter unserem Rücken geplant wird. Adon ist adliger Herkunft. Hier spielt das noch eine Rolle, obwohl die königliche Familie – theoretisch gesehen – nichts mehr zu sagen hat. Wir bräuchten dringend Menschen wie ihn. Als eigenständiges Volk sollten wir die Kontrolle über unsere Zukunft unter allen Umständen behalten. Denn wenn wir von der Freiheit reden, meinen wir die wirkliche Freiheit; jene, die uns seit Jahrtausenden vertraut ist. Etwas Greifbareres jedenfalls als die nebelhaften Versprechungen, die man uns vorheuchelt. Adon könnte da viel bewirken.«

»Das glaube ich kaum«, antwortete ich kühl.

Das Gespräch nahm eine Wendung, die mir nicht passte, und ich wollte lieber über etwas anderes reden. Aber Mano war noch nicht fertig mit dem Thema.

»Einer müsste sich für uns einsetzen. Einer, der das politische Ränkespiel durchschaut und sich nicht so leicht übers Ohr hauen lässt.«

»Aber nicht Adon!«

»Weißt du jemanden, der besser geeignet wäre?«

Ich werde noch verrückt!, dachte ich. Der redet ja genau wie Schwester Claire. Fehlte nur noch, dass er mir mit Moral kommt! Aber dann setze ich ihn vor die Tür, und zwar sofort!

»Es gibt Menschen, die stehen mit den Füßen auf der Erde«, entgegnete ich aufgebracht. »Glaubst du wirklich, dass jeder Lust dazu hat, sich sein Leben lang mit hoffnungslosen und deprimierenden Dingen auseinander zu setzen?«

»Was ist denn daran so schwer?«, erwiderte Mano unschuldig.

Ich öffnete vor Überraschung den Mund und schloss ihn wieder, ohne etwas zu sagen, innerlich aber tobte ich. Sein warmes Lächeln, der sanfte Schimmer in seinen Augen waren es, die meine Kratzbürstigkeit im Keim erstickten.

Er selbst schien in meinen Gedanken zu lesen, denn er sagte ruhig: »Wir sind Ihaggaren, alle miteinander! Wir haben Brüder und

Schwestern, Vettern und Freunde, diesseits und jenseits der Grenzen. Wir wollen ja nur Gerechtigkeit – und eine Möglichkeit zu leben, wie wir es für richtig befinden.«

Wir schauten uns schweigend an.

Dann zitierte er lächelnd: »Wir gehören zusammen wie Stoffe, die zu einem Mantel zusammengenäht wurden und bei dem sich der Ziegenhaarfaden nicht vom Kamelhaarfaden unterscheiden lässt.«

Mit diesen Worten verabschiedete er sich. Doch zuvor musste ich ihm noch versprechen, dass wir nicht ohne ihn nach Idelès fuhren.

Ich blieb verstört zurück. Er löste in mir die gleichen Empfindungen aus wie Schwester Claire; ich empfand gleichzeitig Unwille und Hochachtung. Und ich wurde den Verdacht nicht los, dass sie gemeinsam beschlossen hatten Adon zu ködern. Das fehlte mir gerade noch!, dachte ich wütend. Zum Glück hat Adon ein dickes Fell, das solltest du dir auch zulegen. Und was Mano betrifft ..., nimm ihn nicht allzu wichtig. Doch dies schien mir leichter gesagt als getan, denn der Mensch imponierte mir. Er war ganz anders als Adon, er hatte etwas Einfaches, Unkompliziertes an sich. Oder bildete ich mir das nur ein? Ihm gegenüber hatte ich die Selbstsichere gespielt. Wie aber verhielt ich mich, wenn unsere Pläne scheiterten?

»Quatsch!«, sagte ich laut vor mich hin, während ich die Tassen in die Spüle stellte. Bald sind wir in Belgien und haben das Theater hinter uns. Doch die Sorgen um Atara ließen mich nicht los. Ich fühlte instinktiv, dass ihr Schwierigkeiten bevorstanden. Je länger ich darüber nachdachte, desto klarer wurde mir, dass ich etwas in dieser Angelegenheit tun musste. Seit zwei Tagen war Moktar wieder in Tam. Monsieur le Député war viel beschäftigt, aber mir machte es nichts aus, im Vorzimmer zwei Stunden lang zu warten. Ob er mich frostig empfing, kümmerte mich ebenfalls nicht. Auf jeden Fall wollte ich mit ihm reden, bevor ihm unser Zusammentreffen mit Hadj El Kadir zu Ohren kam.

9

Gegen Abend stand ich in der Küche und kämpfte mit einem Büchsenöffner und einer Dose Tomatenmark, als ich es draußen an der Türe klopfen hörte. Ich wusste sofort, dass es Adon war. Mein Herz tat einen Sprung und mir wurde bewusst, dass ich mich schon den ganzen Tag nach ihm gesehnt hatte. Gleich darauf hörte ich seine Schritte im Flur; bevor ich ihm entgegenlaufen konnte, stand er in der Küche.

»Bist du alleine?«, fragte er überrascht.

»Ich weiß nicht, wann die Schwestern kommen. Auf der Krankenstation herrscht Hochbetrieb.«

Er schmunzelte: »Dann kann ich dich ja küssen.«

Er zog mich zu sich heran und ich hob mein Gesicht zu ihm empor, atmete den geliebten Geruch nach Sand und Holzkohle ein, der eng mit seiner Haut verbunden war, und eine Weile lang hörte die Welt auf, etwas anderes zu sein als er und ich.

Er löste sich von mir, warf sein langes Haar aus der Stirn und nahm mir lächelnd den Büchsenöffner aus der Hand. »Was willst du damit?«

»Die verflixte Büchse öffnen!«

Ich sah zu, wie schnell er mit seinen gelenkigen Fingern zu Rande kam.

»Du bist wirklich geschickt«, seufzte ich.

»Notgedrungen«, erwiderte er verschmitzt. »Stell dir mal vor, du hast mitten in der Wüste nur noch diese Büchse und du kriegst sie nicht auf!«

Ich versuchte zu lachen, doch es gelang mir nicht ganz. Und Adon war nicht umsonst Ataras Bruder, er merkte sofort, dass etwas nicht stimmte.

»Was ist los?«, fragte er stirnrunzelnd.

»Ich hatte einen schlechten Tag!«, seufzte ich und zog mir einen Stuhl heran.

Er setzte sich mir gegenüber, griff nach meinen Händen und streichelte sie mit einer Zärtlichkeit, die mir wehtat. »Ja? Erzähle.«

Ich begann der Reihe nach und erzählte ihm zuerst die Begegnung mit Hadj El Kadir und sein freches Benehmen Atara gegenüber. Während ich sprach, fühlte ich, wie seine Handflächen feucht wurden. Die Kränkung, die seiner Schwester zugefügt worden war, traf ihn mit ebensolcher Stärke.

»Ich werde den Kerl weich schlagen!«

»Was hast du davon«, seufzte ich niedergeschlagen, »außer noch mehr Scherereien?«

Er senkte den Kopf. »Du hast Recht. Ich kann weder ihm noch den Gleichgesinnten ihre fixen Ideen austreiben.«

»Atara muss um jeden Preis weg«, sagte ich. »Die Kerle behandeln sie, als hätte sie sämtliche Sünden der Welt auf sich geladen. Dieser Psychoterror macht sie kaputt! Morgen rede ich mit Moktar und wenn ich den halben Tag im Vorzimmer warten muss.«

»Er hat jetzt andere Dinge im Kopf ...«

»... ja, ich weiß!«, fuhr ich ihm wütend dazwischen. »Seine Scheißrallye ist ihm wichtiger! Aber ich werde ihn schon dazu bringen, mir drei Minuten seiner kostbaren Zeit zu widmen. Die Sache mit Atara ist doch schnell erledigt. Er braucht nur die Ausreisegenehmigung zu unterschreiben – fertig!«

Adon schüttelte den Kopf. »So einfach, wie du dir das vorstellst, ist es nicht. Moktar bewegt sich auf Messers Schneide. Hier spielt sich die Politik an allen möglichen Orten ab, in der Moschee, in den Hinterzimmern der Geschäfte, in den Höfen ebenso wie in der Präfektur und in den Hotelbars bei Kerzenlicht und Whisky. Wer oben sitzt, wird zum Schmarotzer, genießt hemmungslos, was ihm das Abendland an Bequemlichkeiten bietet: Klimaanlagen, Luxuswagen, Alkohol. Das Volk aber soll an den überlieferten Werten festhalten. Der Politiker tritt im Nadelstreifenanzug auf, der Arme in der traditionellen Djellabah. Unser viel gerühmtes Erziehungswesen ist eine einzige Pleite. Die Jungen kommen aus der Schule und finden keine Arbeit. In dieser hoffnungslosen Situation setzen viele Menschen ihre letzte Hoffnung auf die Scharia, die strengen islamischen Gesetze. Und so kommt es, dass sie in unserem Zeitalter des Fortschritts und der Befreiung aus lauter Lebensangst freiwillig ins Mittelalter zurückkrebsen! Freigeister werden als Störenfriede verfolgt. Sie werden zwar noch nicht ins Gefängnis gesteckt, aber ich bin sicher, das ist nur eine Frage der Zeit.«

Meine Hände lagen in den seinen; ich spürte, wie sie zitterten.

»Und was hat das alles mit Moktar und der Ausreisegenehmigung für Atara zu tun?«

Ein Funke blitzte in Adons Augen auf. »Er denkt zuerst einmal an seinen Vorteil!«, zischte er verächtlich. »Atara bürgt für seine Gesinnungstreue. Verstehst du jetzt endlich?«

Ich starrte ihn an. Langsam dämmerte es mir: Ataras Schicksal wies auf das Netz von Ränkespielen und Machenschaften, das hinter der politischen Bühne geknüpft wurde. Und zwar heimlich, unter dem Deckmantel der Moral! Die wenigen, die bestimmten, sprachen sich über alles Wichtige ab, bissen sich aber nach außen hin lieber die Zunge ab, statt ihre wahren Gefühle zu zeigen. Für sie waren die Menschen lediglich die Bauern auf einem Schachbrett, die man rücksichtslos hin und her schiebt oder um des eigenen Vorteils willen opfert. Ich bebte vor Wut, mein Herz klopfte, dass mir fast die Luft wegblieb. Jetzt begriff ich die Algerierinnen, die sich vor lauter Zorn und Schmerz die Haare ausrissen und das Gesicht blutig kratzten – bevor auch sie schwiegen und sich duckten. Aber ich war aus anderem Holz geschnitzt! Ich zerkratzte mir weder das Gesicht, noch hielt ich meine Wut zurück, und ich duckte mich vor keinem.

»Das kümmert mich alles nicht!«, fauchte ich, rot vor Zorn. »Ich renne Moktar die Bude ein!«

Das Grinsen erschien wieder auf Adons Gesicht. »Wir besitzen eine Chance: Moktar wird erfahren haben, was Atara für unser Volk bedeutet. Vielleicht ist ihm wohler, wenn sie nicht mehr da ist.«

»Wie meinst du das?«

»Die Kel Rela verehren sie. Du hast ja in Idelès selbst erlebt, wie sehr wir an die Magie der Worte glauben. Nicht umsonst bringen totalitäre Machthaber die Dichter als Erste zum Schweigen. Moktar weiß, dass Ataras Worte bereits von Mund zu Mund, von Stamm zu Stamm wandern; dass sie die Furcht zurückschlagen, neue Hoffnungen wecken und zum Widerstand aufrufen. Ich bin stolz auf Atara, stolz, dass sie meine Schwester ist. Selbst wenn sie manchmal Dinge sagt, die ich nicht hören will. Aber sie kann nicht anders und ich kann auch nicht anders. Es ist unendlich schwer zwei Wesensarten in sich zu vereinen ...« Er schwieg.

Ich schüttelte den Kopf, darüber wollte ich jetzt nicht nachdenken.

Doch Adon fuhr fort: »Sie gleicht immer mehr unserer Mutter, so wie ich sie in Erinnerung habe: der Tonfall, die Gesten, der Ausdruck. Es ist, als würde sie vor meinen Augen zu neuem Leben erwachen ...«

Sein in die Ferne schweifender Blick kehrte zu mir zurück. Das spöttische Grinsen kräuselte erneut seine Lippen. »Unter diesen Umständen ist Atara für Moktar zur unberechenbaren Figur auf dem Schachbrett geworden. Ihr gegenüber fühlt er sich machtlos. Sperrt er sie ein und sie stirbt, macht er aus ihr eine Märtyrerin des Widerstands. Es könnte sein, dass er sie als schlauer Politiker lieber gehen lässt.«

»Er ist ein schlauer Politiker«, sagte ich mit Nachdruck. »Und – er ist ein Kel Rela.«

»Die Frage ist nur«, erwiderte Adon düster, »ob er überhaupt noch die Wahl hat. Hadj El Kadir und seine Gesinnungsgenossen verstärken ihren Einfluss immer mehr, vor allem jetzt, wo sie politisch auf einen grünen Zweig gekommen sind.«

»Das werde ich erfahren, verlass dich drauf«, sagte ich. Allmählich beruhigte ich mich. Vielleicht war doch nicht alles so hoffnungslos, wie ich noch vor wenigen Minuten gedacht hatte. Moktar schwang große Reden, aber ich wusste genau, dass er den persönlichen Erfolg wichtiger nahm als sein politisches Bekenntnis. Aus Ehrgeiz hatte er gegen sich selbst gestimmt, sich seinem eigenen Volk entfremdet. Manos Worte kamen mir in den Sinn: ›Wir sind Ihaggaren, alle miteinander.‹ Dies war auch Moktars wunde Stelle, obwohl er es nicht wahrhaben wollte und sich damit selbst belog.

Aus meinen Überlegungen heraus erzählte ich Adon von Mano.

Adon hatte schon von ihm gehört. »Er ist erst seit drei Tagen hier, aber die Menschen schätzen ihn sehr. Wir können morgen Abend nach Idelès fahren. Brahim leiht mir den Wagen. Ich bin froh, dass Mano mitkommt. Lamia würde sich weigern von einem algerischen Arzt untersucht zu werden.«

»Den Tuareg im Süden geht es nicht besser als hier«, seufzte ich. »Mano hat mir einige schlimme Dinge erzählt.«

»Den Kel Dinnik geht es besonders arg«, sagte Adon und sah mich an. »Es ist eine wirre, aber leider typische Geschichte. Sie begann in den frühen siebziger Jahren, als die Republik Niger dank dem Uranabbau relativ wohlhabend wurde. Dann trat die erste große Dürre ein. Das Vieh verhungerte. Das Leben in der Wildnis war nicht mehr möglich und viele Tuareg sahen sich gezwungen sesshaft zu werden. Anfang der achtziger Jahre dann brachen die Weltmarktpreise für Uran zusammen. Gleichzeitig setzte eine neue, noch schlimmere Dürre ein. Die Tuareg, die als Erste davon betroffen waren, kamen bald dahinter, dass die für sie bestimmten Entwicklungsgelder vorwiegend von Politikern für eigene Interessen abgezweigt und Hilfsgüter veruntreut wurden. Immer häufiger kam es zu Auseinandersetzungen zwischen Militär oder Polizei und einzelnen Tuaregstämmen. Die Nomaden hatten keine Waffen, außer ihren Schwertern und Speeren. Es erstaunt deshalb nicht, dass sie sich interessiert zeigten, als ihnen El Gaddafi, der ewige Unruhestifter, moderne Waffen anbot. Der alte Traum eines Tuaregstaates flackerte wieder auf. Doch die Regierung setzte sofort Truppen ein; am brutalsten gingen sie gegen die Kel Dinnik vor, die besonders aktiv am Aufstand beteiligt gewesen waren. Weil Gaddafi ihnen Unterstützung angeboten hatte, flüchteten die Kel Dinnik über die libysche Grenze. Wie üblich jedoch erwiesen sich Gaddafis Versprechungen als leere Worte. Und kaum hatte der Staatsführer von Niger den Nomaden im Rahmen einer nationalen Versöhnung Straferlass versprochen, kamen die Kel Dinnik zurück – einfach nur deswegen, weil sie sich den Bauch mit etwas anderem als nur mit Wind und leeren Versprechungen füllen wollten. Aber ihre Weidegründe waren inzwischen zur Sperrzone erklärt worden. Man pferchte sie in Lager, klemmte die von internationaler Seite eingeleiteten Hilfsmaßnahmen ab und hoffte, dass sie bald verhungerten.«

Ich schwieg erschüttert; die Dämmerung nahm schnell zu; hinter dem feinmaschigen Fenstergitter leuchtete der kupferne Abendhimmel. Adons Gesicht war bereits in Schatten getaucht. Ich sah nur den leuchtenden Spalt seiner Augen.

»In den letzten zwanzig Jahren«, fuhr er mit dumpfer Stimme fort, »wandte sich das Glück langsam, aber stetig gegen uns. Wir werden aus dem Wege befördert; unsere Freunde werden gemaßregelt und abberufen. Der Islam erstickt unsere Kultur, die Armut nimmt uns die Freiheit. Setzen wir uns zur Wehr, werden wir zu Feinden erklärt. Die sesshaften Afrikaner fürchten uns; diese Furcht sitzt ihnen im Blut. Sie stammt aus jenen Zeiten, da unsere Krieger bis zu den Mondbergen im Osten und im Westen bis zur Atlantikküste vordrangen. Damals zitterten sie vor uns; heute sind sie an der Macht.

Sie rächen sich, indem sie uns belügen, betrügen und bestehlen. Wir ertragen viel, Samira, wir sind geduldig. Wir nehmen Beleidigungen hin und halten unseren Zorn zurück. Doch sie wollen uns vernichten und da hört jedes Abwarten auf. Viele von uns haben keine Geduld mehr ...«

Er stockte und ich fuhr zusammen; durch das offene Fenster drang ein lautes, kreischendes Geräusch in den Raum. Aus der glutroten Dämmerung stieg ein schwingender Ton auf. Die Stimme des Muezzins, durch Lautsprecher verstärkt, hallte über die Stadt; ich war diese Rufe zum Gebet gewöhnt und beachtete sie kaum noch; an diesem Abend jedoch kamen mir Tamars Worte in den Sinn: ›Die Menschen, die jetzt unsere Heimat bewohnen, bekämpfen die Geister der Vorzeit. Ihr Gott und ihre Gesetze ziehen die Söhne den Töchtern vor, was zu Gewalt und Zerstörung führt.‹

Die Töne wuchsen aus den Schatten empor, dröhnten und hallten aus der Ferne zurück. Von draußen strich ein kalter Luftzug über meine Stirn; ich spürte, wie ich fröstelte.

»Schließ bitte das Fenster«, sagte ich zu Adon.

Er stand auf. Seine hohe, schlanke Gestalt hob sich vor dem rötlichen Viereck des Himmels ab. Leise, kaum hörbar, stieß er hervor: »Ich glaube, dies ist das Ende.«

Das Ende des Tages?, dachte ich, oder das Ende des Volkes? Wozu diese lange Vergangenheit, wenn sie doch eines Tages in Vergessenheit gerät? Und wozu die Erfahrung von Jahrtausenden, wenn schließlich nur ein Wissen überlebt: dass die Menschen unbedeutend und selbst die Götter vergänglich sind? Das Viereck des Fensters nahm plötzlich eine stumpfgraue Farbe an. Und der Muezzin schwieg.

Erst später, als Adon gegangen war, fiel mir ein, dass ich ihm nichts von Michi gesagt hatte. Doch ich machte mir deswegen keine Gewissensbisse. Es schien mir so unwichtig zu sein.

10

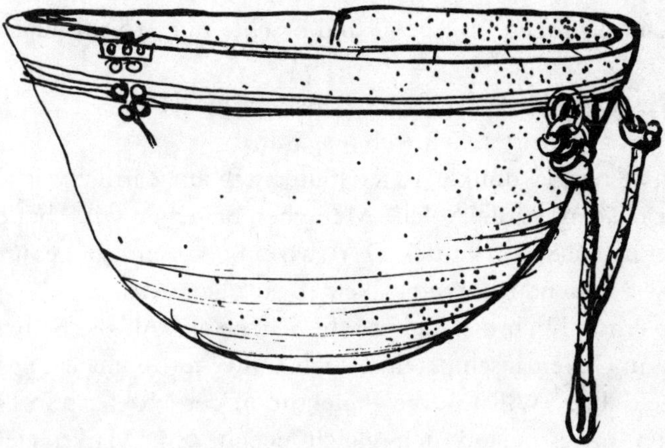

Die Begegnung mit Hadj El Kadir ging mir nicht aus dem Kopf. Ich fühlte instinktiv, dass etwas nicht stimmte. Je länger ich darüber nachdachte, desto klarer wurde mir, dass ich in dieser Angelegenheit nicht mehr warten konnte. In Tam sind die wichtigen Besuchsstunden morgens.

So beschloss ich, gleich nach dem Frühstück zu meinem Onkel zu gehen. Eigentlich hätte ich Schwester Claire fragen wollen, ob ich nicht voreilig handelte, aber ich hatte sie seit gestern nicht zu Gesicht bekommen.

Von Schwester Pia erfuhr ich, dass sie sich erst bei Tagesanbruch schlafen gelegt hatte. »Wir haben sie fast gewaltsam ins Bett schicken müssen«, sagte sie beim Morgenessen, »sie hat die ganze Nacht bei einer Wöchnerin gewacht. Das Baby ist jetzt geboren, ein gesundes Mädchen. Aber bei der Mutter sind starke Blutungen eingetreten. Sie ist eine Targia aus Mali, scheu, sehr stolz und schrecklich unterernährt. Ihr Mann weicht zwar nicht von ihrer Seite, aber er spricht nur die Sprache seines Stammes. Zum Glück kann Mano dolmetschen.«

»Er ist nicht als Geburtshelfer ausgebildet«, setzte Schwester Laetizia hinzu, »aber mit Spezialisten können wir hier sowieso nichts anfangen.«

»Mano kam gestern Abend und brachte mir Aspirin für Lamia«, sagte ich.

»Wie findest du ihn?«, fragte Schwester Pia lebhaft.

»Doch«, antwortete ich, »ich mag ihn.«

Schwester Pias dunkle Augen füllten sich mit Zärtlichkeit. »Wenn er nur bleiben würde! Solche Menschen brauchen wir. Aber er will wieder in den Süden zurück. Dort, wo er herkommt, gibt es im Umkreis von tausend Kilometern keinen einzigen Arzt.«

Ich erhob mich und räumte die Küche auf. Als die Schwestern sich zum Gehen anschickten, bat ich Schwester Romana um Haushaltsgeld. Die »Willaya«, die Präfektur, in der Moktar sein Hauptquartier hatte, befand sich gleich neben dem Markt, vielleicht konnte ich frisches Gemüse auftreiben. Schwester Romana tat zuerst, als hätte sie die Frage nicht gehört, entnahm dann ihrem Portemonnaie mit spitzen Fingern einige Scheine und mahnte mich dabei seufzend zur Sparsamkeit. Ich kannte dieses Lied inzwischen und stopfte das Geld in meine Hosentasche, ohne ihr etwas zu entgegnen. Dann wechselte ich mein T-Shirt, zog frische Socken an und machte mich auf den Weg zur Präfektur.

Der Morgen war heiß und windig; in großer Höhe segelten Wolken vorbei, weiß wie Flaum. In den sandigen Gassen lag ziemlich viel Abfall: zerbeulte Coladosen, Lumpenfetzen und dreckiges Klopapier. Meine Turnschuhe ließen bei jedem Schritt rötlichen Staub auffliegen. Einige Schulkinder kamen mir entgegen; wieder wurde mir beim Anblick der Mädchen das Herz schwer. Ihre unnatürliche Schüchternheit empörte mich, das tief in die Stirn gezogene Kopftuch, der Blick in einem Alter, wo jedes Kind neugierig die Welt erkundet. Was soll aus Menschen werden, dachte ich, denen schon im Kindesalter die Flügel gestutzt werden? Wie soll sich ihre Persönlichkeit formen? Ihre Intelligenz entwickeln? Um Allahs willen, nein! Man wollte gar keine starken Mädchen! Intelligent durften sie auch nicht sein, sonst ließen sie sich nicht bevormunden. Man wollte einfältige, gehorsame Hennen aus ihnen machen, gack, gack, gack! Also schnell in den Käfig, bevor sie zu flattern anfingen.

Mit diesen Gedanken beschäftigt, ging ich an einigen Holztüren vorbei, als irgendetwas – ein sechster Sinn – mich warnte. Es war, als streifte ein Luftzug meine Haut. Meine Nackenhaare sträubten sich. Unwillkürlich zog ich den Kopf ein. In diesem Moment sauste ein faustgroßer Stein haarscharf an meiner Schläfe vorbei und prallte an die Mauer und gleichzeitig schrie eine gellende Stimme ein arabisches Schimpfwort hinter mir her: »Bint el Kalb!«, Tochter einer Hündin!

Ich wirbelte herum und sah vor mir einen etwa vierzehnjährigen Jungen. Er trug einen blauen Trainingsanzug, sein Haar war kurz geschoren. Der Hass verwandelte sein hübsches, milchkaffeebraunes Gesicht in eine wütende Fratze.

»Hure!«, kreischte er. »Geh nach Hause und zieh dich an!«

Für den Bruchteil einer Sekunde stand ich wie erstarrt. In meinem Kopf drehte sich alles. Ein algerisches Mädchen würde sich jetzt ducken, die Arme schützend vors Gesicht halten, weglaufen, heulen. Und ich? Duckte ich mich vor diesem Gartenzwerg, machte ich mich mitschuldig an der Gewalt, die tausende und abertausende von Mädchen dieser Welt täglich knechtete. Mein Stolz, mein Selbstvertrauen wären nichts als Bluff, ich müsste mich vor mir selber schämen. Der Junge vor mir, ein hoch aufgeschossener, kräftiger Halbwüchsiger, machte mir keine Angst. Ich war fast zwanzig, spielte Volleyball und meine Muskeln waren gut trainiert.

Schon bückte er sich nach einem zweiten Stein, als ich mich auf ihn stürzte. Er starrte mich an, den Stein noch in der Hand, den Mund weit aufgerissen. Ich war wütend und glaubte gewichtslos zu sein, ich spürte den Boden kaum noch unter mir. Es kam zu einem kurzen, heftigen Handgemenge. Eine halbe Minute später war alles vorbei. Der Halbwüchsige rannte laut schreiend davon und hielt sich dabei mit beiden Händen die Nase. Blut tropfte zwischen seinen Fingern hindurch und hinterließ im Sand eine schwärzliche Spur.

Ich lehnte mich außer Atem an eine Wand. Meine Hand tat mir weh; auf meinem rechten Handrücken waren einige Wunden. Auch mein Schienbein schmerzte von einem Fußtritt, der mich fast in den Sand geworfen hätte. Ich versuchte ruhig zu atmen und allmählich klärte sich mein Bewusstsein. Ich sah ein paar kleine Mädchen in respektvoller Entfernung tuscheln und dachte: Hoffentlich vergessen sie das nie!

In diesem Moment kam ein alter Mann auf mich zu, der meinen Kampf aus einiger Entfernung beobachtet hatte. Er trug einen Burnus, einen Beduinenmantel mit Kapuze aus grober brauner Wolle. Sein sorgfältig geschlungener Schesch umrahmte ein ebenmäßiges Gesicht mit einem feinen Spitzbart und nachdenklichen Augen.

»Hat er dir wehgetan, Mademoiselle?«, erkundigte er sich mit sanfter Stimme auf Französisch.

Ein nervöses Kichern entfuhr mir: »Non, Monsieur! Ich bin es, die ihm wehgetan hat!«

Er senkte den Blick auf meine Hand; sie war angeschwollen und blutete. Der Mann schürzte die Lippen und ließ ein missbilligendes »Ts, ts« hören. Seine Hand tauchte in die Brusttasche seines Umhanges und brachte ein akkurat gefaltetes Taschentuch zum Vorschein.

»Darf ich dir das anbieten, Mademoiselle? Es ist sauber.«

»Merci, Monsieur«, stammelte ich gerührt. »Aber wie kann ich es Ihnen wieder zurückgeben?«

Ein feines Lächeln wurde unter seinem Spitzbart sichtbar. »Bring es Raschid, dem Bäcker, wenn du dein Brot holst. Er wird es mir geben. Mein Name ist Hocine ben Amrouche.«

Der Name sagte mir nichts, doch der Mann wusste offenbar, wer ich war. Ich erwiderte sein Lächeln. »Ich bringe es morgen hin.«

Ein Schatten glitt über das Gesicht des alten Mannes, sein Lächeln erstarb. »Wir leben in einer schlimmen Zeit, Mademoiselle. In meinem Land hätte früher keiner gewagt eine Frau anzugreifen – dazu noch eine Ausländerin. Der Fremde galt bei uns weder als Mann noch als Frau, er war Gast, und der Gast war heilig.« In singendem Tonfall zitierte er einen Spruch, er tönte wie ein Gedicht: »Friede sei dem Herdfeuer des Gastfreundes und Willkommen dem Reisenden, der ihm die Ehre erweist.«

Seine Nachsicht und Güte versöhnten mich mit einer Umgebung, die ich vor wenigen Sekunden noch verabscheut hatte. Die Verbitterung, die mich sekundenlang beherrscht hatte, schmolz. »Es tut mir Leid, was Sie eben mit ansehen mussten, war nicht schön. Aber er hat mich beleidigt und ich bin ein Hitzkopf.«

Er hob abwehrend die Hand. »Dich trifft keine Schuld. Es ist unsere Jugend, um die ich mich sorge. Viele sind dabei, den Verstand zu verlieren. Aber wir müssen auch dies verstehen. Unsere Wirtschaft steht vor dem Kollaps, es fehlt an allem und die Politiker denken nur an sich selbst. Unsere Jungen sehen keine Zukunft mehr für sich. So nutzen skrupellose Männer ihre Unreife und Unzufriedenheit aus um ihre eigenen Machtansprüche zu festigen. Sie missbrauchen die schlichten Worte unseres Heiligen Buches und vergessen die Mäßigung, nach der alle Menschen und Dinge zu trachten hätten. Als unsere Heimat 1962 nach langen Kämpfen ihre Unabhängigkeit gewann, umarmten sich die Menschen auf den Straßen. Heute stürzen Unwissenheit oder Halbwissen unser Volk ins Unglück. Ich bin zutiefst betrübt, dass im Namen Gottes zu Gewalttaten aufgerufen wird und alles in Chaos und Wirrnis auseinander bricht.« Er schöpfte mühsam Atem. Sein Bart zitterte leicht und Schwermut verdunkelte seine Augen.

Ich kam mir einfältig wie ein kleines Kind vor und suchte verzweifelt nach einer Antwort. »Es ist sicher nicht ganz so schlimm, wie Sie befürchten«, sagte ich töricht.

Doch er schüttelte den Kopf. »Ich bin alt, meine Tochter, und werde diese Veränderungen nicht mehr erleben. Doch ich weine um unsere Kinder und um die düstere Zukunft einer begabten Generation. Du aber gehe in Frieden. Übe Nachsicht, wenn du kannst. Denke daran, dass das Recht ohne Gnade nicht möglich ist und das Wissen mit Großmut beginnt.«

Zum Abschied legte er nach algerischer Tradition zuerst seine Hand an sein Herz, dann an seine Stirn und entfernte sich lautlos wie ein Schatten.

Ich folgte ihm mit den Blicken, bis er um die Ecke gebogen war. Ich zitterte immer noch, aber meine Wut war verflogen. Die Würde des alten Mannes, seine Weisheit, die sich aus der Tiefe der Zeiten nährte, hatten mich wie durch einen Zauber beruhigt. Idioten gibt es überall, dachte ich, und überall findet man redliche Menschen. Ich brachte Ordnung in mein zerzaustes Haar, wickelte das Taschentuch um meine Hand und setzte meinen Weg fort. Erhitzt und staubbedeckt, wie ich war, bot ich sicher keinen taufrischen Anblick, aber das kümmerte mich jetzt nicht.

In der Präfektur hatte ich Glück; ich war auf eine lange Wartezeit gefasst, aber es saßen überraschend wenige im Vorzimmer. Hinter dem Schreibtisch machte sich ein Beamter breit, der hochmütig aufblickte, als ich mich anmelden wollte, und sich gerade anschickte unhöflich zu werden.

Ich schnitt ihm das Wort ab: »Ich muss Monsieur le Député Moktar ag Amaya unbedingt in kürzester Zeit sprechen. Er ist«, setzte ich, jedes Wort betonend, hinzu, »mein Onkel.«

Der Vorzimmer-Mensch schrumpfte zusammen, erhob sich und eilte auf eine Tür zu um mich anzumelden. Wenige Minuten später trat er beflissen auf mich zu, wobei er die Menschen geflissentlich übersah, die vielleicht schon stundenlang warteten.

»Monsieur le Député erwartet Sie. Würden Sie mir die Ehre geben mir zu folgen?«

Unter anderen Umständen hätten mich seine Floskeln amüsiert, aber mir war nicht nach Lachen zumute. Ich durchquerte hinter ihm das Vorzimmer, an den Wartenden vorbei, die wie Hühner auf einer Stange nebeneinander saßen. Keiner muckste. In Algerien war man Bevorzugungen gewohnt.

Moktars Büro war nüchtern eingerichtet: ein großer Schreibtisch, ein Aktenschrank, zwei abgeschabte Ledersessel beherrschten den Raum. An der Decke summte wütend ein Ventilator. Moktar, der hinter seinem Schreibtisch thronte, schnellte bei meinem Anblick hoch, wie von einer Sprungfeder getrieben. Ich hatte ihn seit gut einem Monat nicht mehr gesehen und mir fiel auf, dass er zugenommen hatte. Sein ebenmäßiges Gesicht war voller geworden und er zeigte einen Ansatz zum Doppelkinn. Er trug, wie immer, einen perfekt geschnittenen Anzug und ein blütenweißes Hemd. Auf seiner Krawatte prangte, gut sichtbar, der Namenszug eines französischen Modeschöpfers.

»Samira, wie nett von dir, hier hereinzuschauen!« Er kam um den Schreibtisch herum und streckte mir seine schlanke Hand mit dem silbernen Siegelring entgegen.

Ich spürte sofort, dass seine Freude nur gespielt war. Er schien verärgert. Und da ich selbst in kämpferischer Stimmung war, sagte ich statt einer Begrüßung: »Du bist dicker geworden.«

Er strich über seinen Bauchansatz: »Fällt dir das auf?«

»Du kriegst sogar ein Doppelkinn.«

Er grinste gequält. »Ach ja, findest du? Wenn das Parlament in Algier zusammentritt, gibt es fast jeden Abend einen Empfang und da kann ich nicht immer kneifen.«

»Pass auf«, sagte ich. »Wer auf Staatskosten schlemmt, wird schnell leberkrank.«

Moktar verzog die Lippen wie bei einem mäßigen Witz.

»Wenn ich eine Zigarette anzünde, drohst du mir mit Lungenkrebs, wenn ich etwas esse, mit Leberleiden. Was kommt dir als Nächstes in den Sinn?«

»Vermutlich Nierensteine. Oder die Vorsteherdrüse.«

Seine schwarzen Augen funkelten mich an. »Du hast immer das letzte Wort, nicht wahr?«

»Immer.«

Ich wusste genau, wie viel ich mir bei ihm erlauben konnte, und ließ mich auch nicht beeindrucken, als er seine Manschette zurückschob und auf seine goldene Uhr schaute.

»Leider habe ich nur fünf Minuten Zeit. Du weißt, dass ich augenblicklich im Stress bin.«

»Das bist du immer. Oder wenigstens tust du so.«

Er überhörte die Bemerkung. »Möchtest du einen Kaffee?«

»Großartig!«, seufzte ich. Mir war immer noch leicht flau im Magen.

Moktar drückte auf einen Kopf. Der Vorzimmer-Mensch erschien. Ohne ihn auch nur eines Blickes zu würdigen, ließ Moktar träge einige Worte von den Lippen fallen.

Als wir wieder alleine waren, zog er eine Schachtel der scheußlich stinkenden algerischen Zigaretten aus der Tasche und hob fragend die Brauen. »Darf ich?«

»Von mir aus, solange du mich nicht küsst«, erwiderte ich achselzuckend.

Jetzt lächelte er; sein Lächeln war offen und unverkrampft, anders als die Grimasse, die er die meiste Zeit zur Schau trug. Ich hatte lange genug bei den Tuareg verbracht um zu wissen, dass diese Art von Sticheleien nicht nur geduldet, sondern sogar geschätzt war. Ich beobachtete ihn, während er sich eine Zigarette in den Mund schob und sein Feuerzeug betätigte. Obwohl er zugenommen hat, dachte ich, sieht er immer noch verflixt gut aus. Schade, dass wir immer aneinander geraten.

Moktar stieß den Rauch durch die Nase, lehnte sich zurück und erwiderte meinen Blick mit leicht gerunzelten Brauen. »Du wirkst ziemlich aufgeregt«, stellte er nach kurzem Schweigen fest. »Und was soll das Taschentuch? Hast du dich an der Hand verletzt?«

»Jemand hat mich gebissen oder gekratzt, ich weiß es nicht genau. Wahrscheinlich beides. Hoffentlich war er nicht tollwütig.«

Er starrte mich an. »Was redest du da …?«

Das Klopfen an der Tür ließ ihn verstummen. Der Vorzimmer-Mensch brachte ein Tablett mit zwei Tassen Kaffee. Er stellte die Tassen und die Zuckerdose auf Moktars Schreibtisch und verschwand.

Moktar beugte sich über den Tisch und hielt mir eine Tasse hin. »Nun erzähl mal, was wirklich geschehen ist.«

Ich ließ mir Zeit, füllte zuerst Zucker in meinen Kaffee, rührte bedächtig um und nahm einen Schluck. Der Kaffee war lauwarm und viel zu bitter. Ich verzog das Gesicht. Dann erzählte ich ihm, was ich heute Morgen erlebt hatte, wobei ich ihm keine Einzelheit ersparte. Befriedigt nahm ich seine Bestürzung wahr.

»Wo sagst du, ist das passiert?«

»In der kleinen Gasse, gleich hinter dem Gebäude der Air Algérie.«

»Wie sah der Junge aus?«

»Ich habe ihn mir nicht genauer angesehen. Aber jetzt hat er eine schiefe Nase.«

Moktar erhob sich; er wirkte erregt. Einige Sekunden lang wanderte er auf und ab, wobei er nervös an seiner Zigarette zog. Dann blieb er stehen und sah mich an. Sein Gesicht war gerötet und seine Stirnader pochte. Weil er ein Kel Rela war und ich zu seiner Familie gehörte, traf ihn die Kränkung ebenso wie mich.

»So etwas wäre früher undenkbar gewesen!«, zischte er.

»Das sagte auch der nette alte Herr, der mir sein Taschentuch gab. Wie hieß er noch? Ach ja, Hocine ben Amrouche.«

»Sidi Amrouche«, murmelte Moktar verblüfft.

Warum hatte er den arabischen Ausdruck für »Herr« gebraucht?

»Weißt du überhaupt, wer das ist?« Er sah mich an.

»Nein, keine Ahnung!«

»Er war zehn Jahre lang Bürgermeister von Tam.«

Ich schüttelte überrascht den Kopf.

»Er gilt als frommer Mann«, sagte Moktar nachdenklich. Er ließ sich schwerfällig in seinen Sessel zurückfallen und trank einen Schluck Kaffee.

»Oh, ist der scheußlich!« Moktar verzog das Gesicht. »Ali wird es nie lernen.« Zu mir gewandt, fuhr er fort: »Die Zeiten ändern sich. In letzter Zeit häufen sich solche Vorfälle. Ich habe dir immer gesagt, du sollst es nicht auf die Spitze treiben.«

»Ich treibe es nicht auf die Spitze. Ich lebe nur wie ein normaler Mensch.«

Heftig stellte er die Kaffeetasse auf die Untertasse zurück. »Was heißt normal? Du kannst Afrika nicht mit Europa vergleichen. Hier stößt du mit deinem Betragen viele Leute vor den Kopf. Du glaubst immer noch, dass unsere Kleider- und Verhaltensvorschriften die Frauen benachteiligen, und übersiehst dabei, dass sie in Wirklichkeit die weibliche Würde schützen.«

Diesen Kampf nahm ich gerne auf. »Und wie schützt sich die männliche Würde?«

»Mann und Frau sind nicht dasselbe!«

Ich hob die Brauen. »Ist dir das selbst aufgefallen oder hat es dir jemand gesagt?«

»Mir ist nicht nach Spaßen zumute.«

»Mir auch nicht«, entgegnete ich. »Aber ich möchte eines wissen: Warum werden immer nur den Frauen Einschränkungen auferlegt? Bei uns Ihaggaren waren Männer und Frauen gleichwertig, das hast du doch selbst miterlebt.«

»Das waren andere Zeiten.«

»Es will mir einfach nicht in den Kopf«, rief ich, »dass die Zukunft für die Frauen schlechter sein soll als ihre Vergangenheit. Man sagt doch immer, das menschliche Verhalten würde sich langsam zur Vernunft hin entwickeln.«

»Das hat nichts mit Vernunft zu tun, sondern mit Sittlichkeit.«

»Sittlichkeit ist ein dehnbarer Begriff.«

Moktar seufzte ungeduldig. »Samira, es gibt Dinge, die du nicht verstehst. Du bist nicht hier aufgewachsen. Die Gesetze und Gebote, die unser Leben bestimmen, gelten für alle Algerier, für Männer und Frauen, für Sesshafte und Nomaden. Ich gebe zu, dass wir Ihaggaren in anderen Traditionen lebten, aber …«

»… und warum hilfst du dann mit sie abzuschaffen?«, fiel ich ihm aufgebracht ins Wort. »Wir litten weder unter einem Sexspleen noch unter Neurosen. Das Zusammenleben von Mann und Frau war harmonisch und ausgeglichen. Wir machten aus den Frauen keine fremde Rasse und schützten sie nicht unsinnig vor dem Leben. Männer wiederum lebten ihre Gefühle unbefangen aus. Jeder, ob Mann oder Frau, konnte natürlich Zärtlichkeit schenken und empfangen. Machogehabe kam ebenso wenig auf wie der Gedanke,

Frauen Gewalt anzutun. Das gehörte sich einfach nicht. Weißt du, wie das früher vor sich ging, wenn sich zwei Tuaregstämme bekämpften?«

»Samira!« Moktar zog die Manschette zurück und warf einen Blick auf seine Uhr. »Draußen warten Menschen!«

»Lass sie noch etwas warten und hör mir zu! Wenn ein Tuareglager umzingelt wurde, zogen sich die Männer in die Berge zurück um von dort aus zu kämpfen. Und die Frauen blieben in der Zwischenzeit ungeschützt in den Zelten zurück. Niemand hätte gewagt sie zu belästigen. Es galt als ehrlos Frauen zu berauben oder sie sonstwie anzugreifen …«

»… ich habe nicht gesagt …«, versuchte mich Moktar zu unterbrechen, doch ich kam immer mehr in Fahrt und ließ ihn nicht ausreden.

»… wir Ihaggaren erzogen unser Kinder zur Verantwortung für eine erwachsene Welt. Kulturen, die die Geschlechter trennen, ziehen Versager groß, ängstliche Frauen und aggressive Männer. Deshalb auch herrscht an so vielen Orten auf der Welt Krieg und Unterdrückung!«

»In einem Augenblick führst du dich auf wie eine Geschichtslehrerin, im nächsten wie ein kleines Kind«, seufzte Moktar, als ich endlich eine Pause machte. »Das, was du ›harmonisches Zusammenleben‹ nennst, bewirkt in der Wirklichkeit, dass Disziplin und Pflichtbewusstsein nachlassen. Die Frauen vergessen ihre Aufgaben der Familie gegenüber und dringen in die Bereiche der Männer ein. Und das hat zur Folge, dass die Arbeitslosigkeit zunimmt. Es ist doch ganz einfach: Würde jeder Arbeitsplatz, der von einer Frau besetzt ist, von einem Mann übernommen, wäre das Problem aus der Welt geschafft.«

Ich starrte ihn an. »Das glaubst du wohl selbst nicht!«

Seine Wimpern zuckten. »Samira, ich denke an unser Wohl, an das Wohl unseres algerischen Volkes. Ob es uns passt oder nicht, wir gehören dazu. Oder willst du, dass wir in einem Reservat, in einer Art Wildpark leben, wie die Elefanten in Kenia, damit die Touristen zu ihren Folklorefotos kommen? Ziel muss es sein, unsere Eigenart so zu bewahren, dass sie zum Teil eines Ganzen wird. Wir haben uns die Regeln eines modernen Staates zu eigen zu machen und uns, wenn möglich, mit ihm zu identifizieren. Dass das gewisse Opfer kostet, ist klar; aber wir nehmen sie gerne und mit freudiger Bejahung in Kauf.«

»Amen«, sagte ich, worauf er wütend den Rauch durch die Nase stieß.

»Samira, wann hörst du endlich auf in den Wolken zu schweben? Das Leben, dem du nachtrauerst, ist unwiderruflich vorbei. Wir müssen uns der neuen Zeit stellen und anpassen.«

»Und mit einem Kopfsprung im Mittelalter landen!«

Moktar drückte die Zigarette so heftig aus, dass der Stummel zerbrach. »Es ist immer das Gleiche, wir reden im Kreis herum. Aber ich habe einen Fehler gemacht. Ich hätte dir schon längst sagen sollen, dass du einen schlechten Einfluss auf Atara ausübst. Du gehst wieder, aber sie bleibt hier und wird deinetwegen Schwierigkeiten bekommen.«

Endlich waren wir beim Thema; mein Herz hämmerte laut, doch ich versuchte mir nichts anmerken zu lassen und schlug einen versöhnlichen Ton an. »Du weißt genau, dass sie mit mir nach Belgien fährt. Und sie kann ja nicht in Brüssel ankommen, ohne Ahnung, wie man dort lebt. Ich habe ihr Lesen und Schreiben beigebracht; ihr Französisch ist so gut, dass sie damit überall durchkommt. Sie ist klug, sehr klug sogar. Ich bin gekommen um dich zu bitten ihre Ausreisegenehmigung zu unterschreiben. Meine Mutter schickte ihr das Geld. Ein Zimmer steht auch schon für sie bereit.«

Noch während ich sprach, merkte ich, dass etwas nicht in Ordnung war. Sein Gesicht wurde ausdruckslos, seine Augen blickten stumpf, fast abwesend. Er sah mich an und sah mich doch nicht.

»Das geht nicht«, sagte er kehlig. »Atara wird nicht ausreisen.«

Ich starrte ihn an und hörte das Blut in meinen Ohren rauschen. »Was hast du gesagt?«

Er schüttelte den Kopf. Ich sah die Ader auf seiner Stirn pochen.

»Ich habe gesagt, es geht nicht.« Ein Zucken ging über sein Gesicht. »Es tut mir Leid«, fügte er hinzu.

Ich holte tief Luft. Nimm dich zusammen!, redete ich mir zu, um mich zu beruhigen. Jedes Wort musst du jetzt abwägen, sonst ist alles verloren.

Als ich sprach, fiel mir auf, dass meine Stimme übertrieben sanft klang. »Wer hat das entschieden? Du selbst?«

»Du solltest inzwischen gemerkt haben, dass ich hier nicht der Einzige bin, der etwas zu sagen hat.« Seine Stimme klang gleichzeitig stockend und überstürzt, wie jemand, der etwas Beschämendes zu gestehen hat. »Ich habe zwar versucht für Atara ein gutes Wort einzulegen, aber das hat nichts genützt. Ihre Ausreise wurde nicht bewilligt.« Seine Hände fuhren über den Tisch, er tastete nach der Zigarettenschachtel.

Ich schwieg, sah ihn an und wartete.

»Du willst mit dem Kopf durch die Wand«, fuhr er ärgerlich fort. »Aber ich muss Rücksicht auf andere nehmen. Irgendwie stoßen wir alle an unsere Grenzen, das wirst selbst du noch einsehen müssen.«

Nervös schob er sich eine Zigarette zwischen die Lippen. Offenbar brachte ihn meine Ruhe mehr aus der Fassung, als wenn ich brüllte und tobte.

Endlich brach ich das Schweigen. »Hadj El Kadir hat dich unter Druck gesetzt, nicht wahr?«

Er wich meinem Blick aus. »Wenn du so direkt fragst … ja. Man kann es so formulieren. Auf der anderen Seite …«

Ungerührt sah ich zu, wie er auf seinem Schreibtisch herumwühlte und alle Papiere durcheinander brachte.

»Es liegt vor deiner Nase«, sagte ich.

Er hob den Blick. »Was denn?«

»Dein Feuerzeug. Das suchst du doch, oder?«

Er schnappte sich das Feuerzeug, zündete die Zigarette an und stieß den Rauch an die Decke.

»Samira, dass kein Missverständnis aufkommt: Ich habe mein Möglichstes getan, aber Hadj El Kadir beharrte auf seinem Standpunkt. Ich sagte dir ja schon, dass es um seine Ehre geht, um die Ehre seines Hauses und die seiner Sippe. Atara wurde verstoßen, weil sie unfruchtbar und geisteskrank war. Auslandaufenthalte gelten hier als Privileg. Hadj El Kadir ist ein rechtschaffener Mann. Erlaubt er seiner verstoßenen Frau zu verreisen, macht er sich in den Augen seiner Glaubensbrüder lächerlich. Kannst du dir nicht vorstellen, wie tief die Schmach einen Mann trifft, dessen Freunde und Brüder Allah reichlich mit Kindern gesegnet hat? Kommt dazu, dass sich Atara unverschleiert auf der Straße herumtreibt. Schlimmer noch; man erzählt sich, dass sie die Tuareg anstachelt sich gegen die herrschende Ordnung zu stellen. Ich hoffe, sie weiß nicht, was sie sagt, aber wenn sie so weitermacht, werde ich einschreiten müssen …«

Innerlich kochte ich vor Wut, aber ich beherrschte mich und fragte ruhig: »Ist das alles?«

Er hatte sich schon darauf vorbereitet, was er antworten würde, wenn ich Angst oder wenigstens Besorgnis zeigte; das merkte ich ihm an. Diese Antwort aber hatte er nicht erwartet. Er bekam den Rauch in den falschen Hals und musste husten.

Als er sich wieder beruhigt hatte, sagte er: »Ich rate dir diese Dinge nicht auf die leichte Schulter zu nehmen. Atara hat sich von Anbeginn über unsere Sitten hinweggesetzt. Sie hat ihre Gebete nicht verrichtet und Unheil über ein ehrbares Heim gebracht. Jeder weiß doch, was für eine Frau ihre Mutter war …«

»Lia?«, warf ich überrascht ein. »Was war denn mit ihr?«

Hämisch verzog er den Mund. »Ach, hat Adon dir das nicht erzählt? Lia lief ihrem Mann davon und lebte alleine in einem Zelt. Jeder Mann, der vorbeikam, konnte sie haben.«

»Solange er ihr gefiel, warum nicht?«, erwiderte ich ebenso höhnisch. Und da ich ein gutes Gedächtnis hatte, zitierte ich ihm Adons Worte: »Die Araber messen das Ansehen einer Frau an ihrer Keuschheit, die Tuareg an der Zahl ihrer Verehrer.«

»Die Tuareg sind eine schamlose Rasse!«, rief Moktar theatralisch, worauf ich mit den Schultern zuckte.

»Lia war niemandem Rechenschaft schuldig.«

»Sie war eine Hure!«

Sollte ich mich aufregen? Ich erwog dies eine gute Sekunde lang und kam zum Schluss, dass es sich nicht lohnte.

»Hör auf den Moralapostel zu spielen. Deine Frau erwartet ihr viertes Kind und du rennst jeder nach, die dir über den Weg läuft, mich inbegriffen.«

Wir schwiegen beide.

Moktar rutschte unbehaglich auf seinem Stuhl hin und her. »Ich glaube, wir weichen vom Thema ab. Was Atara betrifft, kann ich dir beim besten Willen nicht helfen. Und wenn ich dir jetzt sage, dass ich dabei auch an unser Volk denke, lachst du mich aus.«

»Ha, ha!«, sagte ich und wippte mit dem Fuß.

Moktar zog vernehmlich die Luft ein. »Du bist wirklich ein Kindskopf! Dabei solltest du gemerkt haben, dass die politischen Verhältnisse ungünstig für uns stehen. Wir wissen nicht, was uns die Zukunft bringt. Falls sich die Lage verschlimmert, kann ich als Abgeordneter unsere Sache vertreten. Es sei denn, ich verliere meinen Einfluss. Dann könnte es um uns sehr bald noch schlechter stehen.«

Jetzt hatte ich genug, die Geduld riss mir endgültig. Ich hatte schon zu viel Zeit mit ihm vertrödelt und die Sache war hoffnungslos.

Ich stand auf und lachte ihm ins Gesicht. »Du kennst doch unser Sprichwort: ›Küsse die Hand, die du nicht abhacken kannst.‹«

»Ja, natürlich«, erwiderte er verunsichert. »Aber ich sehe keinen Zusammenhang.«

»Du küsst die Hand nicht, du leckst sie sogar«, sagte ich eisig, drehte mich um und ging zur Tür.

Er sprang auf, holte mich ein und packte mich mit seiner schweißigen Hand am Arm. »Samira! Hast du denn keinen Verstand?« Sein Gesicht war knapp vor dem meinen.

Ich sah in seinen Augen das schlechte Gewissen und noch etwas anderes; etwas, was bewirkte, dass ich die Beherrschung verlor. Ich stampfte mit dem Fuß auf und brüllte: »Rühr mich nicht an, du Feigling!«

Er wich zurück, als hätte ich ihn geohrfeigt. Sein Gesicht war dunkelrot angelaufen, und obwohl er mich losgelassen hatte, fühlte ich immer noch die feuchte Stelle seiner Hand. Ich wusste, dass er mir nichts vorschwindelte. Er hatte sich entscheiden müssen, wohin er gehören wollte, und er hatte seine Wahl getroffen.

»Und ich habe geglaubt, dass ich dich kenne!«, stieß ich erbittert hervor.

Er schwieg. Als er wieder sprach, sah er zu Boden, und seine Stimme klang tonlos. »Ich habe dich mal gebeten mich nicht zu verachten.«

»Und ich, ich habe dir geantwortet, ich könne nicht aus meiner Haut.«

»Samira!« Seine Stimme verriet wirklichen Schmerz. »Es hat keinen Sinn. Ich kenne dich besser, als du meinst. Glaube mir, ich weiß, was du empfindest.«

Ich schüttelte den Kopf. »Nein, du kennst mich nicht. Du kennst ja nicht einmal dich selbst. Aber ich weiß jetzt, dass auf dich kein Verlass ist und dass wir ohne dich fertig werden müssen.«

Seine Augen fixierten mich düster. »Samira, sei vorsichtig. Du kannst hier deinen Willen nicht so einfach durchsetzen.«

Herausfordernd erwiderte ich seinen Blick. »Du tust, was du für richtig hältst, und ich, was ich für richtig halte.«

Sekundenlang starrten wir uns an wie zwei Kampfhähne.

Schließlich seufzte er. »Du hattest immer das letzte Wort. Doch diesmal wird es dir nicht gelingen.«

Ich zeigte grimmig meine Zähne. »Nein. Diesmal wird Atara das letzte Wort haben.«

Ich packte den Türknauf. Er streckte die Hand nach mir aus. Wollte er mir drohen oder mich besänftigen? Vielleicht wollte er mich auch nur zurückhalten.

Ich stieß seine Hand mit dem Ellbogen weg, ging hinaus und warf die Tür hinter mir ins Schloss. Da im Vorzimmer Durchzug herrschte, knallte die zuschlagende Tür wie ein Gewehrschuss. Der Vorzimmer-Mensch mit dem Namen Ali fuhr hinter seinem

Schreibtisch zusammen und alle Köpfe drehten sich gleichzeitig nach mir um. Ich stolzierte, das Kinn hoch erhoben, vorbei. Aus der Kühle des Vorzimmers trat ich hinaus in das grelle Sonnenlicht. Mir war, als umhüllte mich die Hitze wie ein Schleier, jener Schleier aus ungebleichter Wolle, den Atara nun bis an ihr Lebensende tragen sollte.

II

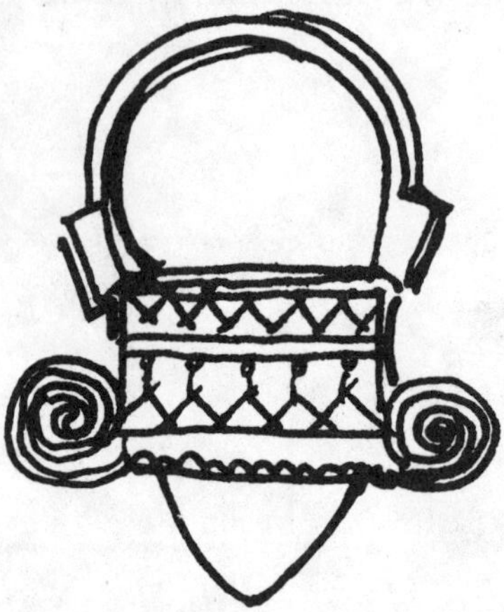

Geblendet blieb ich oben an der Treppe stehen. Ein heftiges Würgen quälte mich. Tränen verklebten meine Augen und ließen mich alles verschwommen sehen. Ich war verzweifelt. Aber Verzweiflung war etwas Gefährliches. Ich durfte sie gar nicht erst aufkommen lassen, sondern musste gegen dieses lähmende Gefühl ankämpfen, bevor es von mir Besitz ergriff. Nur nicht heulen!, redete ich mir zu. Du musst ganz ruhig bleiben. Überlegen, was es als Nächstes zu tun gilt, dann handeln. Der Kampf, auf den ich mich mit Moktar eingelassen hatte, war kein Kinderspiel. Aber ich war eine Kel Rela, eine »Tochter des Tobols« und trug in mir das Blut des ältesten Volkes dieser Erde. Ich katzbuckelte nicht vor »Monsieur le Député« und vor dem dickwanstigen Hadj erst recht nicht. Beide gehörten sie zu den einflussreichen Männern. Für mich war das ein Grund mehr ihnen eins auszuwischen, sonst bildeten die sich noch ein, ihnen würde die ganze Welt zu Füßen liegen!

Ich atmete ein paar Mal tief durch und fuhr mir mit dem Handrücken über die Augen. Mein Blick klärte sich; ich hörte auf, die Stufen doppelt zu sehen. Die Sache eilte. Im Glauben, dass Moktar etwas bewirken könnte, hatten wir schon zu viel Zeit verloren. Ich musste mit Adon reden, jetzt sofort, und zusammen mit ihm einen Plan aushecken. Aber wenn das alles nichts nützte? Ich versuchte diesen Gedanken einstweilen gar nicht aufkommen zu lassen.

Ich machte mich auf den Weg zu Adons Arbeitsplatz. Zu Fuß war es ziemlich weit bis dorthin, denn die Tankstelle lag am anderen Ende der Stadt. Gut fünfundvierzig Minuten später erreichte ich, mit Staub bedeckt und ziemlich erschöpft, die Nordausfahrt von Tam. Inzwischen hatte ich Zeit gehabt mich zu beruhigen. Probleme sind da um gelöst zu werden, pflegte meine Mutter zu sagen. Nun, wir würden ja sehen!

Vor der Tankstelle warteten bis weit in die Straße hinaus Autos, um Benzin zu tanken. Brahim, der schwarze Autoschlosser, stand an der Zapfsäule, die Zapfpistole in der Hand, und füllte einen Benzinkanister nach dem anderen. Mir fiel auf, dass es nur einheimische Wagen waren. Jeder Kunde drückte Brahim einige schmutzige Scheine in die Hand, die er in seiner Overalltasche verschwinden ließ. Rückgeld gab er nie heraus. Als er mich sah, schob er schnell den schmutzigen Schesch auf seinem kahl rasierten Schädel zurecht.

Sein Reklamegebiss funkelte mich an. »Bonjour, Mademoiselle! Ça me fait plaisir de te voir!«

Ich grüßte zurück: »Das Geschäft scheint ja zu laufen.«

Brahim grinste noch breiter. »Ach, das ist erst der Anfang! Sobald die Paris-Dakar-Rallye losgeht, kostet das Benzin nicht mehr drei Dinar pro Liter, sondern dreißig. Und weil die Bewohner von Tam das wissen, füllen sie ihre Kanister auf Vorrat. Nur die Touristen werden tief in die Tasche greifen!« Er schüttelte sich vor Lachen.

Die Algerier, die unser Gespräch mitverfolgt hatten, lachten mit und bestätigten Brahims Worte mit zufriedenem Kopfnicken. Ich lächelte ebenfalls, obwohl mir nicht nach Scherzen zumute war.

»Du willst sicher Adon sehen«, fuhr Brahim fort. »Er ist in der Werkstatt.«

Die Werkstatt nebenan war ein finsteres Loch. Im spärlichen Lichtstreifen, den die Sonne vom Eingang her auf den Boden zeichnete, stand Adon über einen vorsintflutlichen Renault gebeugt und drehte mit einem Schlüssel am Motorblock.

»Adon!«

Er hatte mich weder gesehen noch gehört und fuhr beim Klang meiner Stimme leicht zusammen. Behutsam richtete er sich auf und drehte sich zu mir um. Sein Overall war dreckig und seine Hände mit Öl verschmiert.

Kaum hatte er mir in die Augen gesehen, wusste er, dass etwas nicht stimmte. »Schwierigkeiten?«, fragte er knapp.

Ich seufzte hörbar. »Ich war soeben bei Moktar.«

Ich sah, wie sich seine Kiefermuskeln spannten. Mit der freien Hand strich er sich das Haar aus der Stirn, legte den Schlüssel weg und ließ die Motorhaube zufallen. Dann wischte er sich mit einem Lappen die schmierigen Finger. In einem Eimer stand etwas Wasser, daneben lag ein winziges, vertrocknetes Stück Seife. Mit der Gründlichkeit der Wüstenbewohner wusch sich Adon die Hände und trocknete sie an einem dreckigen Handtuchfetzen ab. Erst jetzt trat er zu mir und legte den Arm um meine Schultern. »Komm, du hast sicher Durst.«

Ich fuhr mir mit der Zunge über die Lippen. Sie schmeckten nach Staub und ich wurde gewahr, dass mein Gaumen ausgetrocknet war. Hinter dem Haus lag ein kleiner sandiger Hof. Unter einem Strohdach standen ein ehemals grüner Eisentisch und einige wackelige Stühle. In einer dunklen Ecke sah ich einen dickbäuchigen Kühlschrank wie aus einem amerikanischen Film der fünfziger Jahre. Adon entnahm dem Monstrum eine Flasche, stellte zwei Pappbecher auf den Tisch und goss mir Fanta ein.

Ich mochte Fanta nicht besonders, aber diesmal stürzte ich das Getränk hinunter und hielt ihm wortlos den Becher hin. Er füllte ihn und wieder trank ich gierig. Endlich fühlte ich mich besser. Adon hatte mich die ganze Zeit nicht aus den Augen gelassen und da er mich gut kannte, musste ich ihm nichts erklären.

»Er will also nicht, dass Atara geht«, stellte er nüchtern fest. »Hat er dir auch gesagt, warum?«

Allmählich konnte ich wieder sprechen. »Du hattest Recht, verdammt noch mal! Hadj El Kadir setzt ihn unter Druck.«

Vor Erregung drückte ich den Pappbecher zusammen, dass der letzte Rest Fanta hochspritzte.

Adon nickte finster.

»Ja, das habe ich befürchtet. Hadj El Kadir und seine Verbündeten pfeifen und Moktar tanzt. Sie haben das nötige Geld um seinen nächsten Wahlkampf zu finanzieren. Stellt er sich gegen sie, ist er erledigt.«

»Und was bedeutet das für uns?«, stöhnte ich. »Meinst du, wir sollten mit Hadj El Kadir reden?«

Er verzog seinen Mund. »Mit diesem Giftzahn voller Kleinlichkeit und Hass! Keinen Funken Gefühl hat der Mann im Leibe. Er will Atara quälen, sonst nichts. Mit ihm zu reden können wir uns sparen.«

»Atara sollte vorläufig nichts davon erfahren«, sagte ich. »Das wäre ein zu schwerer Schlag für sie. Sie hat genug durchgemacht.«

»Was hat Moktar sonst noch gesagt?«, fragte Adon beiläufig.

Fast hätte ich ihm erzählt, wie abfällig Moktar von Lia gesprochen hatte. Doch ich ließ es bleiben, denn uns war mitnichten gedient, wenn Adon Moktar ein paar Zähne einschlug. So sagte ich nur: »Ach, sein übliches Blabla, alles nur Theater.«

Er nickte düster und trank.

»Was ist mit deiner Hand?«, fragte er plötzlich.

Ich lachte mühsam. »Tam ist ein gefährliches Pflaster.«

Er sah mich fragend über den Rand des Bechers hinweg an und ich erzählte, wobei ich mich bemühte gleichgültig zu wirken. Ich wollte Adon nicht noch mehr aufstacheln; wir hatten Wichtigeres zu besprechen.

Doch Adons Gesicht versteinerte sich. »Ich werde herausfinden, wer das war, und ihm eine Lektion erteilen, dass ihm Hören und Sehen vergeht.«

»Ich habe ihm die Nase schon blutig geschlagen. Lass es gut sein«, fügte ich beschwichtigend hinzu. »Er ist ja fast noch ein Kind. Schuld sind die Erwachsenen, die ihn dazu verleiten.«

»In Afrika ist ein Junge mit zwölf schon ein Mann.«

»Was die Hormone betrifft, vielleicht. Der Verstand hinkt leider ein bisschen nach.«

Seine Augen blickten traurig. Auf einmal wirkte er nicht mehr zornig, sondern mutlos. »Wer mit politischen Ideen Erfolg haben will, umgarnt zuerst die Jugendlichen. Sie haben noch keine fest gefügte Meinung und lassen sich von Idealen am ehesten mitreißen. Dass sie nur als Kanonenfutter missbraucht werden, sehen sie nicht.«

Ich versuchte das Thema zu wechseln und erzählte ihm von Hocine ben Amrouche.«

»Er ist mit Hiram befreundet«, sagte Adon. »Man hört viel Gutes über ihn und das will etwas heißen. Denn hier in Algerien ist es leichter etwas zu scheinen als etwas zu sein. Aber Politik ist ein dreckiges Geschäft. Und Sidi Ben Amrouche ließ sich weder auf Intrigen noch auf sonstige Händel ein. Vielen Leuten passte das nicht und er musste zurücktreten.«

»Ich dachte, er könnte uns vielleicht helfen.«

Adon rieb sich nachdenklich das Kinn. »Das glaube ich kaum; er wurde abgeschoben und das traf ihn tief. Jetzt ist er müde und er hat ein Recht es zu sein.«

Ich fühlte mich benommen; die Verzweiflung, die ich überwunden glaubte, war wieder da. »Adon, was nun?«, stöhnte ich.

Sein Lächeln überraschte mich; ich selbst war den Tränen nahe.

»Es gibt vielleicht eine Möglichkeit. Habe ich dir nicht erzählt, wie ich als Junge mit Atara fliehen wollte?«

Ich starrte ihn fassungslos an. »Du meinst, du willst es noch einmal versuchen?«

»Warum nicht?«, entgegnete er lebhaft. »Hör zu, ich habe schon darüber nachgedacht. Wir können per Anhalter nach Algier fahren. Ich würde Atara als meine Frau ausgeben. Wenn sie sich verschleiert, stellt ihr niemand eine Frage. In Algier versuchen wir auf dem

Schwarzmarkt einen Reisepass für mich aufzutreiben. Einer genügt, denn Ehefrauen werden in den ihres Mannes eingetragen. Aber wir müssen sofort handeln, weil mein Aufgebot jeden Tag eintreffen kann. Und jetzt, wo die islamische Partei an die Macht gekommen ist, werden mehr Zöllner eingesetzt und die Kontrollen verschärft.«

»Und wie willst du den Pass und die Reise bezahlen?«, fragte ich.

»Ich werde meine beiden Meharis verkaufen. Beidj und Imulsan sind von edelster Zucht. Für beide finde ich sicher schnell einen Käufer.«

Mein Herz klopfte wild, aber diesmal vor Aufregung. Ich fand seine Idee gut. Doch wir mussten vorsichtig sein.

»Wenn du die Meharis verkaufst, wird sich das sofort herumsprechen.«

»Daran habe ich ebenfalls gedacht. Das Beste wäre, wenn ich die Tiere über die Grenze brächte. Aber dazu benötige ich einige Tage Zeit. Und das fällt natürlich auf, wenn ich gerade jetzt weggehe, wo in der Werkstatt Hochbetrieb herrscht. Aber dieses Risiko muss ich eingehen und Brahim wird schon eine Ausrede finden.«

Mir kam eine Idee. »Lass deine Kamele in Ruhe. Ich habe einen anderen Vorschlag. Du weißt, dass meine Mutter Atara die Ausreise bezahlen will. Ich telegrafiere ihr. Sie soll das Reisegeld für euch beide schicken und dazu noch so viel, wie ihr für den Reisepass braucht. Du fährst mit Atara nach Algier und siehst zu, dass du alle Formalitäten erledigst. Ich erwarte euch inzwischen in Brüssel. Von Algier aus fährt ein Schiff nach Marseille. Dann fahrt ihr weiter mit dem Zug.«

Adon blieb stumm und überlegte. Schließlich brach er mit einem Seufzer das Schweigen.

»Samira, ich weiß nicht, ob und wann ich deiner Mutter das Geld zurückzahlen kann.« Seine Stimme klang düster. »In Belgien bin ich nichts weiter als einer dieser Asylanten, die keiner will. Ich muss ganz von vorne anfangen. Und auch Atara wird euch zur Last fallen, wenigstens am Anfang, bis sie sich eingelebt hat.«

»Tu doch nicht so«, erwiderte ich leichthin, »man weiß nie, was das Leben bringt. Womöglich bist du es, der in zehn Jahren die ganze Familie – mich inbegriffen – am Hals hat!«

Jetzt lächelten wir beide, zwar nur schwach, aber immerhin fiel uns ein Stein vom Herzen – wir hatten uns entschieden.

Ich sah auf die Uhr. »Das Postamt hat leider schon geschlossen. Aber morgen früh gebe ich sofort das Telegramm auf. Und in einigen Tagen wird das Geld hier sein.«

Wir sahen uns an.

»Ich werde allen erzählen, dass ich bald abreise. Moktar wird denken, dass er das Spiel gewonnen hat. Sein Gesicht möchte ich sehen, wenn er die Wahrheit erfährt. Das erste Mal hat ihn meine Mutter reingelegt, das zweite Mal ich.«

»Politiker sind eine verschlagene Brut«, sagte Adon verächtlich. »Sie spielen mit gezinkten Karten und denken nur an ihren Vorteil. Aber manchmal verfangen sie sich in der Schlinge, die sie für andere ausgelegt haben.«

Was für ein Mann ist Moktar wirklich?, fragte ich mich. Ich glaubte ihn besser zu kennen als Adon, und doch kannte ich ihn nicht gut genug. Er hatte sein Gewissen zum Schweigen gebracht und sich denen angeschlossen, die im Namen Gottes Terror verbreiteten. Aber eines Tages würde auch er erkennen, dass sie seine Worte verdrehten, seiner Treue misstrauten, seine Redlichkeit missbrauchten; dass ihre ewigen Wahrheiten nur der eigenen Machtgier dienten. Aber ich beschäftigte mich jetzt mit anderen Fragen.

»Und Atara? Wann wollen wir ihr sagen, was wir vorhaben?«

»Sobald das Geld da ist.« Er lächelte mit einem Anflug von Zärtlichkeit. »Sie ist jederzeit bereit zu gehen.«

Das stimmte. Ihr Glaube gab ihr Vertrauen, sie war von ihrer Vision überzeugt. Sie glich einer Schwalbe, die wusste, dass sie bald vom Winter der Unterdrückung zur Sonne der Freiheit fliegt. Langsam beruhigte ich mich, mein Herz pochte nur noch vor meinem eigenen Schmerz.

»Meine Großeltern«, stieß ich hervor, »werden sehr einsam sein …«

»Ja, das werden sie …« Adons Lächeln war erloschen. Er seufzte. »Als Atara und ich in Not waren, kümmerten sie sich um uns, trösteten und beschützten uns. Jetzt, da sie uns bräuchten, verlassen wir sie. Es schmerzt mich zutiefst sie so zurücklassen zu müssen. Aber was können wir für sie tun?«

Ich schüttelte wortlos den Kopf. Auf diese Frage wusste ich keine Antwort.

»Hiram hat eine schreckliche Nacht hinter sich.« In Adons Augen stand Verzweiflung und Qual. »Ich hörte ihn stundenlang husten, mir schmerzte die eigene Brust.«

»Vielleicht kann Mano ihm helfen«, sagte ich dumpf.

Adon fiel das Reden schwer. »Er spuckt wieder Blut«, sagte er schließlich.

Ich sah auf den Eisentisch, drückte meine Fingerkuppen auf den grünen Lack und betrachtete die Abdrücke. Als ich wieder sprechen konnte, erwiderte ich: »Ich fühle, dass er nicht mehr lange leben wird. Ich bin traurig … Und gleichzeitig bin ich dankbar, dass ich ihn noch gekannt habe. Ich weiß jetzt, wer er ist, was er aus sich gemacht hat, und ich bin stolz seine Enkelin zu sein. Ich wünschte, er könnte auch stolz auf mich sein. Nur habe ich bisher noch nicht viel geleistet. Aber ich liebe ihn und vielleicht genügt das. Der Abschied wird uns schwer fallen …«

Adon griff nach meiner Hand, die auf der klebrigen Tischplatte lag. Als er sie an seine Brust drückte, spürte ich sein Herz hart und schnell schlagen. Unsere Augen begegneten sich und jeder sah im Blick des anderen den Widerschein seines eigenen Schmerzes.

»Er ist ein Kel Rela«, sagte er rau, aber mit Stolz in der Stimme. »Nur sein Körper ist krank. Sein Herz ist stark und so wird auch deines sein.«

12

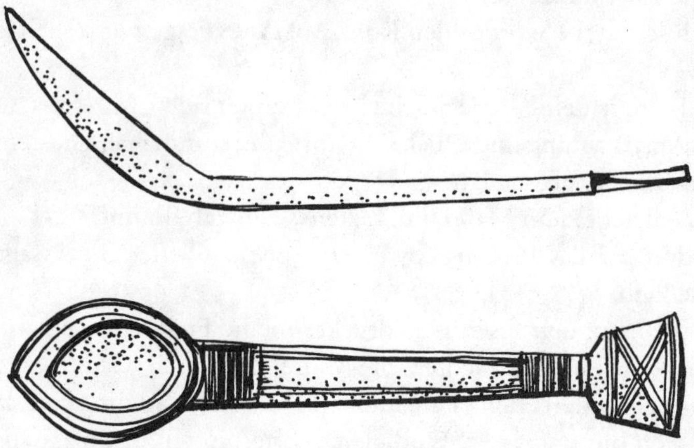

Als ich am Nachmittag zu meinen Großeltern ging, färbte die Sonne die Lehmmauern rosa. Die Hitze hatte nachgelassen und der Himmel war klar und fast grünlich blau. Ich setzte mich mit Atara in den Hof und wartete auf Mano. Ich hatte ihr von ihm erzählt und sein Kommen angekündigt. Sie überraschte mich einmal mehr, als sie sagte, dass sie schon viel von ihm gehört habe. Ich wusste immer noch nicht, wie sich die Wüstenbewohner gegenseitig informierten. Aber hier in Tam zählten Gerüchte mehr als Tatsachen und Tam war immer voller Gerüchte.

Selbst hier draußen waren Hirams Hustenanfälle, sein Keuchen und Röcheln, deutlich zu hören. Ich hatte ihn nun seit fast zwei Wochen nicht mehr zu Gesicht bekommen. Er ließ fast nur noch Tabelhuit zu sich, selbst Atara betrat nur sehr selten sein Zimmer.

Als sein Husten für eine Weile aussetzte, seufzte sie. »Als ich ihm heute Wasser brachte«, sagte sie leise, »sah ich den Schatten des Todes auf seiner Stirn.«

Unsere Blicke trafen sich.

Ich las in Ataras Augen den Schmerz und eine Gewissheit, die mir wehtat. Gleichwohl erwiderte ich: »Mano wird gleich hier sein. Er kann Hiram bestimmt helfen.«

Noch während ich sprach, kam ich mir kindisch vor; es war, als würde ich Trost in meinen eigenen Worten suchen. Atara entgegnete nichts; sie senkte nur den Blick auf ihre Hände, die auf ihren Knien ruhten. Ich fühlte mich in ihrer Gegenwart seltsam bedrückt. Das Gespräch mit Adon über die Flucht quälte mich. Es war nicht meine Art ihr etwas zu verheimlichen. Außerdem fürchtete ich ihren Instinkt, diesen warnenden sechsten Sinn, der bei ihr so ausgeprägt war wie bei einem Tier. Abermals ging ich in Gedanken den Plan durch, zu dem Adon und ich uns entschlossen hatten. Eine Portion Wagemut gehörte zwar dazu, aber ich konnte keine Schwachstelle darin entdecken. Sogar die Kleinen Schwestern wussten bei aller Gutgläubigkeit, dass in Algerien Bestechung Unmögliches möglich macht.

Mitten in diese Gedanken hinein wurde ans Tor geklopft. Ich erschrak. Chittou kam sofort aus dem Haus, schlüpfte in seine Sandalen, stapfte durch den Sand und öffnete. Es war Mano. Er trat ein, groß und ruhig, ein Lächeln in den Augen. Ich sah ihn überrascht an: Er trug die Kleidung der Tuareg. Sein weites hellblaues Übergewand, das die Leute im Süden »Tekamist« nannten, war in Brusthöhe mit einem umlaufenden weißen Stickmuster verziert. Ich wusste, dass diese Ornamente früher mit der Hand, heute mit der Nähmaschine gestickt wurden. Auch seine schwarze Pluderhose wies an den seitlichen Nähten eine weiße Zierstickerei auf. Mir fiel auf, dass die Tuareg aus der Sahelzone ihren Schesch anders knüpften als bei uns; durch geschickt gewundene Falten gaben sie ihm die Form eines geflügelten Helms.

Ich stand auf und ging ihm entgegen. Er begrüßte mich mit der Unbefangenheit, die mir an ihm so gefiel.

»Schön, dass du gekommen bist«, sagte ich, während ich seine feingliedrige Hand streifte. »Ich mache mir Sorgen um meinen Großvater.«

Wie um meinen Worten mehr Gewicht zu geben, drang Hirams trockenes Husten aus dem Haus. Manos mandelförmige Augen zogen sich leicht zusammen. Er wandte den Kopf und lauschte; bei dieser Bewegung erblickte er Atara, die in T-Shirt und zerknitterten Cordhosen unter dem Feigenbaum saß. Mit der fast scheuen Geste, die ich schon oft bei den Tuareg beobachtet hatte, zog er seinen Gesichtsschleier bis unter die Augen, bevor er sich ihr langsam näherte. Sie hielt ihm die Hand entgegen, wandte den Kopf jedoch leicht ab, aus Zurückhaltung oder Höflichkeit, ich wusste es nicht. Während beide mit verhaltener Stimme die Begrüßungsworte tauschten, trat meine Großmutter aus dem Haus. Ich starrte sie an und mir wurde schwer ums Herz. Ihr Gesicht wirkte abgezehrt und eingefallen; graue Strähnen, die mir früher nie aufgefallen waren, durchzogen ihr Haar. Zum ersten Mal sah ich sie in beinahe ungepflegter Kleidung: Ihr Schleier hing zerknittert herab, ihr Gewand war staubig und fleckig. Doch kaum hatte sie Mano erblickt, bemerkte ich an ihr eine Veränderung, die sich von innen her auf ihr Äußeres übertrug. Im Bruchteil einer Sekunde stand nicht mehr die alte, verbitterte Frau vor mir, die soeben aus der Tür getreten war, sondern eine Prinzessin aus dem Großen Zelt, stolz und eindrucksvoll. Ihre Handbewegungen, die Neigung ihres Kopfes, ihr halbes Lächeln flößten mir Scheu, ja Ehrfurcht ein. Mano trat auf sie zu und begrüßte sie ehrerbietig. Er erklärte, dass er ausgebildeter Arzt sei und jetzt sein praktisches Jahr absolviere. Es sei ihm eine Ehre ihrem erkrankten Gatten medizinisch beizustehen.

Tabelhuit neigte zustimmend den Kopf, wobei sie ihren Schleier leicht über die Stirn zog. Sie ging mit ihren lautlosen Schritten voraus. Mano ließ seine Sandalen von den Füßen gleiten und folgte ihr in respektvollem Abstand. Beide verschwanden im Haus.

Ich setzte mich wieder zu Atara. Sie zeichnete mit den Fingern Punkte und Kreise in den Sand. Als ich näher hinschaute, sah ich, dass es Zeichen der Tifinagh-Schrift waren. Ich blickte sie neugierig an. Doch sie schüttelte den Kopf, wich meinen Augen aus und verwischte die Zeichen.

Leise, kaum hörbar, flüsterte sie: »Zu spät ...«

Ich hätte gerne gewusst, ob sie diese Worte auf meinen Großvater bezog. Doch etwas auf ihrem Gesicht und in ihren Augen verbot mir jede Frage. Traumbefangen blickte sie ins Leere und schien mit ihren Gedanken so weit fort, dass sie nichts mehr in ihrer Umgebung wahrnehmen konnte. So versuchte ich meine Unruhe zu bekämpfen, schwieg und wartete; nach einer Weile trat Mano wieder nach draußen. Er war alleine und wirkte müde. Höflich bat er Chittou um etwas Wasser, um sich die Hände zu waschen. Chittou brachte ein Plastikbecken, ein Stück Seife und ein sauberes Handtuch. Mano setzte sich etwas abseits und wusch sich lange und gründlich die Hände. Dann erst kam er zu uns. Sein Antlitz war bis zu den Augen verhüllt.

Er blickte zuerst Atara, dann mich an und sagte: »Ich gab ihm eine Spritze um den Husten zu lindern.«

Meine Kehle wurde eng. Ich schluckte leer und fragte: »Kannst du nichts für ihn tun?«

»Nicht mehr, als ihm täglich die Spritze zu geben.«

Die sinkende Sonne überzog den Himmel mit rötlichem Glanz. Das Licht spiegelte sich in Ataras Pupillen und ließ sie wie goldene Käfer schillern. Mano wandte die Augen nicht von ihr ab; doch als ihre Blicke sich fanden, senkte er als erster die Lider.

Ich war es, die das Schweigen brach. »Wie lange ... wie lange wird er noch leben?«

»Er wird bald gehen. Er will es nicht anders«, erwiderte Mano dumpf. »Aber von jetzt an wird er viel schlafen.«

In diesem Augenblick kam Chittou aus der Tür. Gemessenen Schrittes schlurfte er auf uns zu und teilte mir mit seiner heiseren Stimme mit, dass mein Großvater mich zu sprechen wünsche. Ich sah überrascht zu Atara, bevor ich hastig aufsprang und ihm folgte. Vor der Tür zog ich meine Turnschuhe aus, betrat in Socken den düsteren, nach Gips riechenden Raum. Schwacher Lichtschein fiel durch die Tür an der gegenüberliegenden Wand, die in das karge Gemach meiner Großeltern führte. Schon beim Eintreten schlug mir

Gestank entgegen: süßlich, widerlich, kaum zu ertragen. Der Gestank eines alten, kranken Mannes. Mein Großvater lag, in eine dünne Decke gewickelt, auf seiner fleckigen Matratze am Boden. Sein pfeifender Atem schien den ganzen Raum zu erfüllen. Scheu trat ich näher und beugte mich zu ihm herab. Als ich sein Gesicht sah, erschrak ich. Der stolze Mann, den ich in Erinnerung hatte, war nunmehr ein Greis mit einem Antlitz, so abgezehrt, dass es keiner Gefühlsregung mehr fähig schien. Seine vergilbte Haut spannte sich über die Knochen wie rissiges Pergament. Die eingesunkenen Augen starrten in das Licht der Glühbirne und zwischen den weißen Bartstoppeln stand der verkrustete Mund leicht offen. Tabelhuit kauerte reglos neben ihm. Sie hatte ihren Schleier tief über ihre Stirn gezogen; ich sah nur den Umriss ihres Profils und den matten Schimmer der Augen im Schatten des Stoffes.

Erschüttert kniete ich nieder; mein Schatten schob sich vor das Licht.

Hiram hob mühsam den Kopf. »Bist du es, Samira?« Seine Stimme war nur ein Krächzen.

Ich nahm seine Hand, sie lag kraftlos und glühend heiß in der meinen.

»Ja, Großvater«, stieß ich hervor, wobei mir meine Stimme ebenso rau wie seine vorkam.

Er drückte sachte meine Hand. »Ich wollte dir danken … Du hast mir Mano geschickt. Er ist … ein redlicher Mann, er hat mir … keine Märchen erzählt.« Ein Anflug seines einstigen Spottes zuckte um seine Lippen. »Ich fragte ihn, ob ich bald sterben könne. Er sagte nur ›Ja‹ und ich sagte: ›Gut! Aber ich habe das Husten satt.‹ Daraufhin … stieß er mir eine Nadel in den Arm. Er sagte …, dass ich bald schlafen würde. Und bevor ich schlafe …, muss ich mit dir reden.«

Während er sprach, übersetzte Tabelhuit mit leiser, müder Stimme. Es wäre kaum nötig gewesen, ich verstand fast alles, was er sagte.

»Wir sind glücklich …, dass du zu uns gekommen bist«, fuhr Hiram stockend fort. »Grüße Eliane von mir. Sie ist … unsere liebe

Tochter. Sag Teyoub, meinem Enkelkind in der Fremde, er solle den Stolz der Ihaggaren bewahren. Er erlebte nicht mehr die früheren Zeiten. Unsere Macht ist gebrochen … unser Zauber erloschen. Was soll's! Sein Blut wird sich daran erinnern. Und noch etwas …«

Atemnot hinderte ihn daran weiterzusprechen; er holte tief und röchelnd Luft. Ich hielt seine Hand und streichelte sie, bis der Anfall vorbei war. Nach einer Weile bewegten sich die zitternden Lippen und seine Worte überstürzten sich. »Die Zeiten ändern sich … Schwarze Schatten … wehen über unser Land. Für unsere Frauen geht die Sonne unter. Aber die Sonne … ist das Leben und das Leben ist die Frau … Jetzt aber bricht dunkle Nacht herein … Es beginnt ein Zeitalter der Gewalt … nicht das des Lebens. Es wird lange dauern … sehr lange! Aber nichts ist endgültig, das Gute nicht und auch das Böse nicht. Eines Tages wird die Sonne wieder scheinen … Aber dann werden unsere Frauen wie Kinder sein. Sie werden vergessen haben …, was früher jede wusste. Du aber … du kannst uns helfen. Jetzt noch, heute noch! Die Zeit eilt … Das Böse ist ganz nahe … Es kreischt von den Türmen … es brüllt durch Lautsprecher bis hinauf in die Berge …«

Er sprach wie in Trance und ich dachte voller Ehrfurcht: Die Vision ist über ihn gekommen!

»Ja«, sprach ich erschauernd. »Und was soll ich tun?«

»Atara …«, flüsterte er. »Sie darf nicht hier bleiben. Sie muss weg … unter allen Umständen! Sie ist …« Seine Stimme versagte.

Ich spürte, wie er mir entglitt in die dunklen Gewässer des Schlafes, und beugte mich näher über ihn, so dass sein schwerer Atem mein Gesicht streifte.

»Ich bin da … Sprich!«

Die verklebten Augen öffneten sich. Ein Lächeln kräuselte seine bläulichen Lippen. »Atara ist … unser lebendes Gedächtnis.«

Ich drückte seine Hand noch fester. »Ich weiß … Sorge dich nicht. Wir lassen Atara nicht im Stich, das verspreche ich dir.«

Ein Beben ging durch seine magere Gestalt. Er keuchte und suchte nach Worten. »Adon …«, stieß er hervor.

Ich verbarg die Furcht, die mich überfiel, und antwortete ruhig: »Ja, was ist mit ihm?«

Seine Stimme war jetzt nur noch ein Röcheln. »Sage Adon ..., dass wir uns auf ihn verlassen.«

Die blinden Augen schlossen sich, sein Kopf fiel zur Seite; er atmete tief und regelmäßig. Da erst hob Tabelhuit den Kopf. Ihr Antlitz war ruhig und glatt wie eine Maske aus Elfenbein, doch auf ihren Schläfen klebten dicke Schweißtropfen.

»Jetzt schläft er«, flüsterte sie. »Endlich!«

Ich hielt die Hand meines Großvater immer noch fest in der meinen. Nach einer Weile legte ich sie behutsam auf die Matratze zurück. Die verkrümmten Finger lagen offen und entspannt wie die eines Kindes. Wortlos erhob ich mich und verließ den Raum. Als ich nach draußen trat, glühte die Sonne wie eine rote Kugel. Aus dem Feigenbaum erklang das erste, noch unsichere Zwitschern, mit dem ein Vogel das Nahen des Abends ankündigte. Atara saß an der gleichen Stelle, in der gleichen Haltung. Ihr goldüberzogenes Gesicht war unbeweglich, fast starr, während ein melancholisches Lächeln ihre Lippen hob. Mano saß dicht vor ihr, den Schleier bis an den Augenrand hochgezogen. Auch er rührte sich nicht; aber trotz meiner Verwirrung spürte ich, wie die Spannung, die von ihm ausging, mich beinahe körperlich berührte. Er schien, obwohl völlig regungslos, wie auf der Lauer. Das Knirschen meiner Turnschuhe im Sand riss ihn aus seiner Versunkenheit; er wandte sich mir, wie aus einem Traum erwachend, zu.

»Hat die Spritze gewirkt?« Seine sanfte Stimme klang erstickt.

Ich merkte, wie er sich gewaltsam zu beherrschen suchte.

»Ja«, erwiderte ich, »er ist gerade eingeschlafen.«

»Gut«, sagte Mano. »Jetzt wird er wenigstens nicht mehr leiden müssen.«

Wieder glitten seine Augen zu Atara hinüber. Sie blieb stumm. Ihr Antlitz war heiter, fast abwesend. Der sanfte Wind bewegte ein paar Strähnen in ihrem Haar, was sie noch statuenhafter erscheinen ließ. Ich setzte mich neben Mano.

Nach einer Weile des Schweigens sah Mano mich an. »Ich habe gehört, dass Atara ins Ausland geht.«

»Ja, das ist vorgesehen.« Und unwillkürlich fügte ich hinzu. »Mein Großvater will es so.«

Manos Lider zuckten; nach Art der Tuareg ruhten seine Hände auf den Knien, doch sie waren zu Fäusten geballt. Plötzlich, ohne sich mit den Händen abzustützen, erhob sich Atara. Mano starrte ihr unbeweglich nach, während sie langsam und aufrecht durch den Hof ging und im Haus verschwand.

Da erst kam wieder Leben in Mano. Er sackte leicht in sich zusammen und stieß hörbar den Atem aus. Als er mich ansah, wusste ich Bescheid: Er war Atara zum ersten Mal begegnet, aber ein Blick von ihr hatte genügt und er hatte sich in sie verliebt.

Ich zögerte eine Weile; ich wollte ihn weder kränken noch ihm wehtun. Doch das Vertrauensverhältnis zwischen uns half mir das zu sagen, was gesagt werden musste. »Es hat keinen Zweck, Mano. Sie muss raus aus Algerien.«

»Warum?«, stieß er hervor.

Ich schüttelte traurig den Kopf. »Sie hat es selbst so bestimmt.«

Er schwieg, hin und her gerissen zwischen Zurückhaltung und Mitteilungsbedürfnis. Doch unter gleichaltrigen Tuareg gibt es nichts, was nicht besprochen werden kann. Und so bekannte Mano nach einer Weile: »Seitdem ich sie gesehen habe, bin ich von der Liebe im Glanz ihrer Augen gefangen. Jetzt weiß ich, dass ich ohne sie nicht leben kann, und mein Herz zittert in meiner Brust ...«

Er hielt den Kopf gesenkt, doch ich sah, wie dunkle Röte seine Stirn überzog.

»Oh, Mano«, begann ich kläglich. »Es tut mir Leid ...«

Er hob die Hand. »Ich weiß, Samira. Du brauchst es nicht zu sagen. Sie ist für mich unerreichbar wie der Mond. Aber ich spüre sie in mir und es schmerzt. Und gegen diesen Schmerz ...« Er lächelte gequält unter dem Schleier, »... versagt jede ärztliche Hilfe.«

»Mano, begreife doch«, unterbrach ich ihn, abermals voller Mitleid. »Du wirst sie nicht halten können ...«

Er nickte mutlos. »Das hat sie mir gesagt und nun liebe ich sie noch mehr als zuvor. Aber sie hat noch etwas anderes gesagt …« Er stockte.

Ich hielt den Atem an. »Ja?«

»Sie sagte: Folge mir nicht, wenn ich durch die Flammen gehe.«

Ein schwacher, aber spitzer Schrei aus dem Baum, unter dem wir saßen, ließ mich zusammenzucken. Ich vermeinte in meinem Nacken einen Stich zu spüren und sah erschrocken nach oben. Doch ich erkannte nur den Vogel, der sich wie ein Schatten von den Zweigen erhob und hinter der Mauer verschwand. Im selben Augenblick öffnete sich knirschend das Tor und Adon trat in den Hof.

13

»Es tut mir Leid, dass ich so spät komme«, sagte Adon, ein wenig atemlos. »Aber der Landrover wollte nicht, seine Kupplung streikte.«

Er hatte keine Zeit gehabt sich umzuziehen, sondern lediglich das T-Shirt gewechselt. Dazu trug er Jeans und seine vergammelte Lederjacke.

Adon und Mano kannten sich nicht, doch beide hatten voneinander gehört. Ihre Begrüßung war unbefangen und herzlich, wobei Mano – wenigstens zu Beginn – etwas zurückhaltend war. Früher hätte ich solche Feinheiten nicht wahrgenommen, jetzt aber war ich empfänglich geworden für den subtilen Bereich des Unausgesprochenen. Adon gehörte zu den Kel Rela aus königlichem Geschlecht, Mano war ein Findelkind. Ohne etwas von seinem Selbstbewusstsein einzubüßen, zeigte er doch in seiner Haltung und in seiner Stimme, dass er dieser Tatsache Rechnung trug. Und auch Adon behielt dies im Sinn, obwohl er sich so zwanglos gab wie sonst. Aber ich wusste ebenfalls, dass die Ursprünge ihres Verhaltens weit tiefer reichten, als beide es wahrhaben wollten. Und dazu beeinflusste Atara Manos Verhalten. Inzwischen hatte er seinen Schleier bis zum Kinn hinuntergezogen, wie junge Männer unter sich es zu tun pflegten. Nichts in seinem dunklen schmalen Gesicht verriet, welche Gefühle Atara in ihm geweckt hatte. Und trotzdem spürte ich, dass er litt, so heftig er auch seine Gedanken gegen sie verschließen mochte.

Adon dankte Mano, dass er gekommen war, und erkundigte sich sofort nach Hiram. Mano berichtete ruhig. Während er sprach, las ich auf Adons Gesicht, wie sich das Gefühl der Ohnmacht in Gewissheit wandelte.

»Ich ahnte es bereits«, seufzte er schließlich. »Wird er noch lange leiden müssen?«

Mano schüttelte sanft den Kopf. »Nein. Dafür sorge ich …« Er brach ab und drehte den Kopf zum Haus.

Ich folgte seinem Blick und sah Atara im lila Abendlicht vor der Tür stehen. Sie hatte sich umgezogen und trug nun die Tracht der Tuaregfrauen. Ihr weites hellblaues Gewand ließ an den Seitenschlitzen ein dunkelblaues Gewand sichtbar werden. Ihr indigogetränkter Schleier, der »Aleschu«, fiel in Falten über ihre Schultern. Sie hatte sich ihr Brustgeschmeide umgehängt, das ich schon oft an ihr gesehen hatte: viereckig, etwa handtellergroß, aus massivem Silber. In den Schmuck waren die vier Balken eines Kreuzes eingraviert; in der Mitte erhob sich eine winzige Pyramide aus versteinertem Holz. Ataras Brauen waren schwarz geschminkt; die Augen glänzten wie Porzellan. Die Indigofarbe auf ihrem Mund ließ die Lippen wie violette Beeren schimmern. Sie schritt auf uns zu, so leichtfüßig, als schwebte sie. Das Lächeln, das einzig und allein ihr selbst gehörte, verklärte ihre Züge: ein nur zart angedeutetes Lächeln, traumbefangen und geheimnisvoll. Sie warf Adon einen raschen Blick zu und blieb dann vor Mano stehen. Er starrte sie an, wortlos und wie gelähmt. Einige Atemzüge lang sprachen ihre Augen zueinander.

Atara brach das Schweigen. »Gehen wir«, sagte sie. »Heute ist eine besondere Nacht.« Sie neigte den Kopf und schritt so nahe an Mano vorbei, dass ihr Schleier, von einem Lufthauch bewegt, ihn streifte und wieder zurückfiel.

So fuhren wir zum zweiten Mal über die holprige Piste nach Idelès. Der Landrover rumpelte und dröhnte. Wieder saß ich vorne, zwischen Atara und Adon, während Mano auf dem Hintersitz Platz genommen hatte. Atara schwieg, ihrer Gewohnheit entsprechend. Adon ließ die Piste nicht aus den Augen. Die inzwischen vertraut gewordene Landschaft der Wüste huschte an mir vorbei, ohne dass ich sie wahrnahm. Ich war viel zu aufgewühlt und beunruhigt; Hirams seltsame Botschaft an Adon ging mir nicht aus dem Sinn. Ich verstand nicht, was er damit gemeint hatte, aber ebenso wenig konnte ich ihn bitten es mir genauer zu erklären. Ich musste auf jeden Fall mit Adon darüber reden. Mir fiel auf, wie bedrückt er wirkte. Das Wissen um Hirams bevorstehendes Ende quälte ihn ebenso wie mich. Sicher machte ihm auch unser Plan Sorgen, der gewiss nicht so reibungslos durchzuführen war, wie wir uns das vorstellten. Und Manos Verwirrung war ihm ebenfalls nicht entgangen, vermutete ich. Aber mir war klar, dass er sich da nicht einmischen würde. Er war schließlich ein Targi; kein Araber, der seine Schwester mit Argusaugen bewachte.

Durch die schmutzige Windschutzscheibe sah ich die Sonne am Horizont versinken; sie hatte die Farbe von ins Schwärzliche spielendem Purpur. Eine Weile schwebte sie zwischen zwei hohen Felstürmen. Diese wirkten wie gigantische Torpfosten, und als die Sonne verschwunden war, blieb zwischen ihnen eine glühend rote Aura sichtbar, als lodere am Rande der Weltkugel ein Feuer.

Plötzlich streckte Adon den Arm aus. »Der Mond geht auf!«

Ich starrte aus dem staubigen Fenster; der Mond zeigte sich als kühn geschwungene Klinge, die aus der Dunkelheit emporglitt und die letzten purpurnen Lichtschleier durchschnitt.

Adon wandte kurz die Augen vom Weg und blickte zu mir. »Erinnerst du dich?«, fragte er gepresst.

Ich nickte. Ich wusste, dass er an jenen unvergesslichen Abend in

Jugurthas Lager dachte, als die Mädchen die Trommel schlugen und die Burschen ihre weißen Rennkamele tanzen ließen.

Rau flüsterte ich: »Damals war Vollmond.«

Er schwieg, während unsere Gedanken gemeinsam zurück in die Vergangenheit schwebten. Ich überließ mich den Stößen der Wellblechpiste und spürte in mir eine Wunde, die sich öffnete und zu bluten begann. Wir gedachten einer Zeit, von der nur ein Häuflein Asche zurückgeblieben war, nur ein Hauch des Wüstenwindes. Nichts von dem, was ich in Zukunft erleben würde, ließ sich damit vergleichen, was ich verloren hatte. Ich würde alles anders sehen und mit anderen Maßstäben messen.

Adons Blick streifte mich. Er kannte mich besser als ich mich selbst und er fühlte, dass ich unglücklich und entmutigt war. Er ließ das Steuer los und ergriff meine Hand. Unsere Finger schlangen sich eng ineinander. »Wir schaffen es schon«, stieß er leise hervor.

Ich nickte wortlos. Ja, ich wollte glauben, was er sagte. Reiß dich zusammen, dachte ich. Niemand legt uns Steine in den Weg. Schlau und stark, wie wir sind, werden wir unser Ziel erreichen.

Bald schien der Mond klar und rein. Er warf sein kühles blaues Licht über die Piste und wies uns den Weg, bis sich die ersten Lehmhütten in klaren Konturen vom Abendhimmel abhoben. Als Adon den Wagen anhielt und den Motor abstellte, war das Bellen der Hunde deutlich zu hören.

Wir stiegen aus. Es war eine milde Nacht; die Temperatur würde erst bei Vollmond sinken. Die Scheinwerfer, die die Piste des Flugplatzes erleuchteten, warfen ihr Licht bis zum Himmel. In der Ferne dröhnte ein Motor. Doch hier, in der Siedlung, war alles ruhig. Die Menschen hatten sich, wie üblich, frühzeitig in ihre Hütten zurückgezogen, niemand war zu sehen. Nach einer Weile jedoch wurden Stimmen laut; die Tuareg traten nach draußen und riefen die Hunde zurück. Die Tiere kläfften noch ein paar Mal und beruhigten sich dann. Einige Taschenlampen schienen auf.

Wie gewöhnlich kamen uns zuerst die Männer entgegen. Ihre dunklen Gestalten schienen über den weißen Sand zu schweben.

Jugurtha, ganz in Schwarz gekleidet, trat als einer der Ersten auf uns zu. Wir wechselten gerade die üblichen Begrüßungsworte, als uns ein heulender Düsenton unterbrach. Das Heulen steigerte sich zu einem ohrenbetäubenden Dröhnen; ein Flugzeug startete auf der nahen Piste. Ich sah den Schatten der Maschine hinter den Hügeln am Nachthimmel vorbeirasen. Sekundenlang wurde die Gruppe der Männer in ein Wechselspiel von grellem Licht und Dunkelheit getaucht. Das Donnern der startenden Maschine ließ den Boden erzittern. Sie raste auf uns zu, ein unwirklich riesiger, drohender Schatten mit rot flackernden Lichtern. Jugurtha wandte sich um, blickte dem Flugzeug entgegen; einen Atemzug lang sah ich seine verschleierte Gestalt, verlängert durch seinen Schatten, in mehrfacher Lebensgröße aufragen. Es war eine hochmütige Gestalt; mir kam sie vor wie ein Sinnbild der Herrscher, die in alten Zeiten hier gelebt und gekämpft hatten. Und für den Bruchteil einer Sekunde bewirkte eine optische Täuschung, dass die Schattenfigur das anrasende Flugzeug zu überragen schien. Es wirkte klein wie ein Vogel, den die Armbewegung des schwarzen Riesens zu verscheuchen vermochte. Und wirklich: Jugurtha hob den Arm, genau in jenem Augenblick, als das Flugzeug vom Boden abhob; doch schon im nächsten Moment sah es nicht mehr wie ein Vogel aus, sondern es war wieder eine von Menschen ersonnene Maschine, drohend wie eine Gewitterwolke, gewaltig wie ein Berg. Sie donnerte über unsere Köpfe hinweg, bohrte sich in den schwarzen Himmel und glitt gespenstisch an der Mondsichel vorbei.

Der Lärm legte sich und in der wieder einkehrenden Stille wandte sich Jugurtha zu uns, ein Mann aus Fleisch und Blut, mit müden und verbitterten Augen. Die sehnige Hand, die ich mit meinen Fingern streifte, schien mir ebenso abgemagert wie die meines Großvaters. Seine Hand schien mir schwach zu sein, was weniger mit der Muskelkraft als mit einer Art innerer Verzagtheit zusammenhing. Im gleichen Moment wusste ich: Auch dieser Mann ist am Ende seines Weges, das Leben bedeutet ihm kaum noch etwas; er sieht keine Zukunft mehr, für die es sich lohnen würde zu kämpfen.

Wird dies unser Schicksal sein?, überlegte ich verzweifelt – diese seelische Dürre? Dieses Ohnmachtsgefühl? Selbst bei Adon waren schon Ansätze dazu spürbar. Auch er hatte jede Hoffnung aufgegeben. Er musste mit der Welt fertig werden, wie sie war, und wer konnte sagen, ob er es überhaupt vermochte?

Mano hatte sich bis jetzt höflich im Hintergrund gehalten. Als Adon ihn nun als Arzt vorstellte, ging eine Bewegung durch die Gruppe der Männer. Sie wollten wissen, ob er Aspirin mitgebracht habe. Einer sagte, dass er unter starken Magenkrämpfen leide. Die Frau eines anderen hatte Fieber. Ein dritter wünschte, dass Mano seine Tochter untersuche.

»Ich kann hier nur medizinische Nothilfe leisten«, sagte Mano zu mir, während wir der Siedlung entgegengingen. »Die wirklich schweren Fälle gehören in die Krankenstation. Aber auch dort fehlt es an Medikamenten, an chirurgischen Instrumenten, an Verbandsstoff.«

»Ich finde es großartig, was du machst«, erwiderte ich mit aufrichtiger Bewunderung. »Ein anderer würde sagen: Gut, ich tu, was ich kann, aber zahlt gefälligst dafür!«

Er schüttelte den Kopf. Er wollte seinen Einsatz auf keinen Fall idealisieren. »Du siehst doch selbst, wie begrenzt meine Möglichkeiten sind! Außerdem bin ich als Gast hier. Sollten meine Ratschläge meinen Gastgebern nützlich sein, freut es mich.«

Ich schwieg und hing meinen Gedanken nach. Er irrte sich insofern, als er sich selbst unterschätzte. Er hatte ein Ziel im Leben, eine Aufgabe, die ihn erfüllte. Das Wissen, dass er gebraucht wurde, hielt die Hoffnungslosigkeit von ihm fern. Und was ist mit Adon?, schoss es mir durch den Kopf. Doch darüber wollte ich jetzt nicht nachdenken.

Wir zogen unsere Schuhe aus und traten hinter Jugurtha in die Hütte, die schwarze Dienerin hatte bereits das Feuer geschürt. Im Licht der Flammen lag Lamia auf einer Matte und stützte ihr Kinn mit der Hand. Ihre Haut sah fahl aus und ihre Augen waren von tiefen blauen Schatten umflort. Nur mit Mühe richtete sie sich auf und streckte uns ihre abgemagerte Hand entgegen; als ich die heiße Haut berührte, fühlte ich das Fieber in ihren Gelenken pochen. Mano ließ sich respektvoll neben ihr nieder; wir wandten höflich die Augen ab, während er sie mit seinem Stethoskop abhorchte und ihr leise einige Fragen stellte.

Nach einer Weile wandte er sich uns zu und lächelte uns mit den Augen an. »Die Krankheit ist schon am Abklingen. Mit etwas Aspirin und einigen Vorsichtsmaßnahmen wird sie bald wieder gesund sein.«

In der Zwischenzeit waren einige Tuareg, Männer und Frauen, in die Hütte eingetreten. Eine junge Frau hielt einen wimmernden Jungen im Arm. Als Letzte erschien eine Halbwüchsige, die ihren Schleier verschämt bis zum Kinn heruntergezogen hatte.

»Die Mädchen weigern sich oft, sich von Fremden untersuchen zu lassen«, erklärte uns Mano.

Seine Geduld und sein sanftes Zureden bewirkten, dass die junge Kranke allmählich so viel Vertrauen fasste, dass sie auf seine Fragen schüchtern einging.

»Sie leidet an Bronchitis«, sagte Mano. »Zum Glück ist sie schon dreizehn. Sie wird die Krankheit überstehen. Ein jüngeres Kind würde daran sterben.«

Das Kind, dessen Stöhnen die Hütte erfüllte, hatte eine tiefe Wunde am Bein, die sich entzündet hatte. Mano bestrich die Wunde mit einer Salbe und verband sie. So ging es weiter, eine gute Stunde lang befasste sich Mano mit Durchfall, einem Armbruch, mit einem jungen Mann, der an dieser gefährlichen Augenkrankheit litt, Trachom genannt, die zum Erblinden führt. Trotz der vielen Menschen, die kamen und gingen, herrschte in der Hütte jene Ruhe, die den Tuaregsiedlungen eigen ist. Alle warteten, ohne das leiseste Zeichen von Ungeduld. Keiner erhob die Stimme, keiner drängte sich vor. Sogar die Kinder blieben still. Lamia hatte ihrer Dienerin Anweisungen gegeben. Das Kohlenbecken warf einen rötlichen Schein auf Gewänder und Gesichter; und vor dem Hütteneingang schien der Mond, eine silberhelle, schräg geneigte Klinge, deren Spitze auf die schwarze Bergmasse zielte.

Atara saß stumm auf ihren untergeschlagenen Beinen, eine Gestalt, lieblich und hoheitsvoll wie die Frauenbilder auf den Felsmalereien, zu denen Adon mich einst geführt hatte. In ihren Augen flackerte das weiße Feuer des Mondes. Ihr lichtüberflutetes Gesicht war heiter wie das eines Kindes und stolz wie das Antlitz einer Königin. Wieder stiegen die Fragen in mir auf: Woher kommt Atara? Wer ist sie wirklich? Und während ich sie betrachtete, war mir plötzlich, als hätte ich sie schon früher gekannt. Ja, ich hatte sie schon mehrmals gesehen, vorher ... aber wo? Hier in Tam? Oder bereits in Belgien? Ich wusste es nicht, aber ich musste es herausfinden.

Inzwischen hatte Lamia den Tee gemischt und das Wasser zum Kochen gebracht. Ein Junge brachte ein Tablett mit frisch gespülten Gläsern. Doch Lamia ließ es sich nicht nehmen ihre Gäste eigenhändig zu bewirten. In weitem Strahl sprudelte der Tee aus der Kanne. Lamia reichte jedem das erste der drei Gläser, die dem Gast nach alter Sitte zustanden, und jeder schlürfte geräuschvoll das süße Getränk. Dabei wurden Neuigkeiten ausgetauscht; wir sprachen von Hiram. Mano gab zu, dass er ihm nicht helfen könne. Auch wenn er es nur andeutete, die Nachricht von Hirams baldigem Tod löste Bestürzung aus.

»Einst war er königlicher Ratgeber und Amrar, Anführer unserer drei mächtigsten Stämme«, sagte Jugurtha dumpf. »Nun ist seine Stimme verstummt, seine Augen sehen nur noch Dunkelheit. Sein Herz trauert um unser freies Leben, um unseren verlorenen Stolz ...«

Jäh hob Lamia den Kopf. Mit einer Stimme, kraftvoll und fast so gebieterisch wie einst, fiel sie Jugurtha ins Wort. »Retten lässt sich unsere Freiheit nicht mehr. Retten lässt sich nur unser Bild von ihr. Das ist es, was wir verteidigen müssen mit den Schwertern der Vergangenheit, mit der Beständigkeit der Erinnerung. Sollen unsere Nachkommen später sagen: Wir Ihaggaren waren zu klein für unser Schicksal? Ich, Lamia, sage euch: Wir selbst tragen die Schuld, wenn das Eisen unserer Schwerter verrostet.«

Ihren Worten folgte Schweigen. Nur die Kohlen knisterten und der verletzte kleine Junge stöhnte im Halbschlaf. Seine Mutter wiegte ihn um ihn zu beruhigen, als eine heisere, fast brüchige Stimme die Stille brach; es war die Stimme einer Greisin und sie kam aus dem Mund einer schönen jungen Frau.

»Seht nur, die Klinge des Mondes!«, sagte Atara mit dieser seltsamen Stimme, die nicht ihr, sondern einer anderen zu gehören schien. »Diese Klinge ist rein, wie unser Herz es sein sollte. Keine Furcht soll unseren Mut trüben. Unser Stolz soll wie unbefleckter Stahl sein.«

Während sie sprach, warf sie ihre Zurückhaltung von sich. Aufrecht saß sie am Eingang der Hütte. Die Helle des Mondes verwischte ihr Antlitz, seine Konturen wurden silbern wie eine Münze, fast durchscheinend.

Eine kurze Stille folgte. Dann erhob sich Lamias Stimme erneut, aber diesmal noch eindringlicher. »Ihr alle, die ihr hier zugegen seid, bereitet euch auf eine Wanderung vor. Atara wird euch geleiten. Folgt ihrem Geist, der die Jahre überflügelt …«

Atara bewegte sich jetzt leicht hin und her; es war die wippende Bewegung, die ihr eigen war und die den Rhythmus ihrer kontrollierten Trance bestimmte. »Folgt mir. Denkt an die Zeiten, da die Berge unsere Verbündeten waren, uns mit ihren Klippen und tiefen Tälern schützten.«

»Folgt ihr!«, sagte Lamia. »Denkt an die roten Zelte im Schatten der Dünen, an die weißen Meharis, tausende an der Zahl, sie bedeckten die Erde wie ein dahinwogender Fluss …«

Fasziniert und erschüttert zugleich lauschte ich diesem Zwiegespräch. Es war, als würden sich die beiden Frauen gegenseitig Botschaften übermitteln. Ich spürte fast körperlich, wie sich Lamias Kraft, von den Lichtstrahlen des Mondes weitergeleitet, im Herz der Jüngeren sammelte. Und Ataras Hände schienen die Worte wie Fäden aus der Luft zu greifen, um daraus die Zauberkraft zu weben, mit der sie uns bannte.

»Denkt an unsere Frauen, schöner als Blüten im feuchten Quellensand«, fuhr Atara fort. »Denkt an Dassine, die Unvergleichliche, die Herrscherin der roten Zelte. Sie ist nicht gestorben. Sie lebt weiter. Sie ist bei uns! Seht ihr sie?«

Eine andere Stimme erhob sich. Es war die Stimme eines Mannes, dunkel und tief. »Wir sehen sie, o Geist der Leere! Sie hat den Wuchs einer Antilope, sie ist schön wie der Morgenstern.«

Ein zustimmendes Murmeln folgte.

»Wir sehen sie, wir sehen sie!«, flüsterten die anderen.

Alle Augen waren Atara voller Ergriffenheit und Hingabe zugewandt. Alle, Männer und Frauen, waren bereit ihr in das Reich der Träume zu folgen. Auch ich fühlte die hypnotische Kraft ihrer Stimme; sie war wie ein Strudel, der mich mitriss, wie ein tiefer Wellengrund, in dem ich versank.

»Führe uns, meine Tochter!« Lamias Stimme klang jetzt erstickt, fast atemlos. »Zaudere nicht mehr. Geh! Leih uns deine Gespensteraugen!«

»Ich will euch von Dassine erzählen und von ihrem Bruder, dem blauhaarigen König.« Ataras Stimme, rau und zärtlich, heiser und weich, erfüllte die Nacht, stieg empor zum Himmel und seinen Gestirnen. »Schlanker war er als der Schild an den Flanken seines Mehari; er war sanft zu den Frauen, mildtätig zu den Armen, fürchterlich jedoch zu seinen Feinden ...«

»Mussa ag Amastane«, flüsterten die Zuhörer.

»Eben der«, sagte Atara.

Ich lehnte mich enger an Adon und dachte an die Ruinen, in denen wir oft die Nacht verbrachten. Einst hatte dort die Königsburg gestanden. Die gewaltigen Mauern und die hohen Torbögen erschienen mir in der Erinnerung plötzlich nicht mehr wie ein Trümmerfeld, sondern wie ein Bollwerk, das feuerrot glühend die Ebene krönte.

»In den weiten Tälern, in den tiefen Schluchten lebten die Ihaggaren seit Menschengedenken«, fuhr Atara fort. »Zu uns gehörten zahlreiche Stämme, aber nur ein König oder eine Königin führte das Volk. Sie leuchteten wie der junge Morgen und versanken in tiefer Nacht, wenn ihre Zeit gekommen war. Mussa ag Amastane war der

Letzte einer Ahnenreihe, die bis zu den Sternen reichte. Zur Zeit, da er lebte, hatten die Franzosen Algerien unterjocht und drangen unaufhörlich weiter nach Süden. Sie beachteten nicht die unsichtbaren Tore, die unser Land beschützten. Mächtige Sandstürme zogen auf, die Quellen versiegten. Die Felsen und Sandkörner flüsterten ihnen zu: ›Kehrt um, kehrt um! Hier lauert der Tod.‹ Aber die Franzosen ritten weiter, drangen in verbotenes Land ein, tränkten ihre Reittiere an Brunnen, an denen sie kein Recht besaßen …«

Sie machte eine kurze Pause, als müsste sie sich sammeln und wieder zu Atem kommen.

Adon schüttelte erstaunt den Kopf. »Ich frage mich, woher sie das alles weiß. Von meiner Mutter, vermutlich. Aber diese Dinge sind den wenigsten von uns bekannt.«

»Worum geht es eigentlich?«, wollte ich wissen.

»Sie erzählt eine geschichtliche Begebenheit: Algerien war seit 1830 französische Kolonie, doch der Ahaggar war nie unterworfen worden. Mussa ag Amastane und seine Vorgänger hatten es immer wieder verstanden das militärische Eindringen der Franzosen durch Verträge zu verhindern. Nur Händler und Durchreisende waren zugelassen. Wir vertrauten den Fremden, denn bei uns heißt es: ›Das gegebene Wort ist ein immer gültiges Siegel.‹ Mussa ag Amastane soll in einer berühmten Rede gesagt haben: ›Wer in Frieden kommt, soll in Frieden zurückkehren. Aber keine Soldaten! Zunächst sind es nur zwei, dann zehn, dann hundert. Wir wollen keine Soldaten. Wir werden nie Sklaven sein.‹«

»Hielten sich die Franzosen an diese Abmachung?«

»Ja, bis zu jenem unheilvollen Jahr 1879, als Major Flatters, der Kommandant der Distrikte Uargla und El Golea, den Auftrag erhielt, eine mögliche Linienführung für die geplante transsaharische Eisenbahnlinie zu erkunden. Ein Großteil seiner Mannschaft waren arabische Chaambas, Mitglieder eines Stammes, den wir als unsere Erbfeinde betrachteten. Etwa fünfzig als Kameltreiber getarnte Gewehrschützen begleiteten den Zug. Mussa ag Amastane fühlte sich verraten …«

Er hielt inne; Ataras heisere Stimme sprach an seiner Statt weiter.

»Wir hatten den Franzosen gesagt: Ihr dürft nicht durch das Land der Ihaggaren ziehen. So lautete der Vertrag. Keine Soldaten sollten südlich des Tademaits reiten. Die Franzosen hatten den Vertrag missachtet. Sie stellten sich gegen den Willen unseres Königs. Sie wollten der großen Südpiste entlang ihre Festungen bauen. Aber Festungen bedeuteten Krieg. Die Franzosen hatten uns versprochen: ›Keine Soldaten werden in das Land der Kel Rela dringen.‹ Wir ließen ihnen Boten zukommen. Wir teilten ihnen mit: ›Ihr könnt immer noch entkommen! Wenn ihr jetzt geht! Reitet sehr schnell! Sonst töten wir euch.‹ Die Franzosen missachteten die Warnung, sie ritten weiter … ins Herz unseres Landes, in unser eigenes Herz … Da schlugen wir zu wie der Sturmwind, der von Süden hereinbricht, wie die Heuschrecken, die den Himmel verdunkeln …« Sie schwieg abermals.

Die Stille war drückend. Ich sah, wie Jugurtha sinnend vor sich hin nickte.

Adon fuhr, zu mir gewandt, leise mit seinen Erklärungen fort: »Wir umkreisten den Heereszug der Franzosen, teilten ihn in zwei Teile. Den Major und seine Adjutanten lockten wir zu einer Wasserstelle, Wadi Inhohaoen genannt. Dort lag ein Teil unserer Krieger im Hinterhalt.«

Ataras Oberkörper bewegte sich leicht vor- und rückwärts. Ihre weit geöffneten Augen starrten den Mond an, der grell in die Hütte funkelte. »Der Major und seine Gefährten sind tot … Zweige werden über ihre Leichen gehäuft …, die Flammen züngeln, lodern in der Dämmerung … Die Flammen steigen bis zum Himmel. Die Soldaten fliehen … Aber wir wollen sie nicht entkommen lassen. Wir stoßen auf sie zu, wie Raubvögel … Hell blitzten die Wurfspeere …, wie rote Spiegel leuchten die Takubas! So viel Rauch …, so viele Schreie, so viele Tote … Soldaten sterben, von Speeren durchbohrt, deren Schaft im Sonnenlicht zittert … Blut spritzt auf die Felsen, tränkt die Erde … Wir aber freuen uns …, es ist das Blut unserer Feinde, das hier vergossen wird …« Sie verstummte abermals.

Alle hielten den Atem an. Meine Haut prickelte. Die Trance, in der sich Atara jetzt offensichtlich befand, hatte auch mich gepackt; Kopf, Herz, Knochen und Blut, dass es mir fast übel wurde.

Erst Adons nüchterne, fast unbeteiligte Stimme brachte mich halbwegs wieder zur Besinnung. »Wir hatten nur wenige am Leben gelassen. Bei Einbruch der Nacht zogen wir uns zurück, wobei wir die Packtiere, die Wasservorräte und die Lebensmittel der Feinde mitnahmen. Die Franzosen versuchten zu fliehen. Aber wir wollten nicht, dass es Überlebende gab ...«

Ataras abgehackte Stimme verwandelte sich in ein Keuchen: »Sie kamen an einen Ort ..., an dem eine Quelle entsprang. Lächelnde Frauen boten den Franzosen Datteln und kühles Wasser an. Die Soldaten fühlten sich gerettet. Aber die Datteln waren mit Bilsenkraut vergiftet. Und jetzt, wo sich die Soldaten vor Schmerzen krümmten, griffen wir noch einmal an! Wir zwangen die Überlebenden, auf einen Felsen zu steigen ... hoch ... noch höher! ›Welcher Tod ist euch lieber?‹, fragten wir. ›Wollt ihr unseren Schwertern entkommen? Dann springt! Springt in die gähnende Tiefe!‹ Die Soldaten flehten um ihr Leben und schrien laut, als ihre Knochen auf den Felsen zersplitterten! Einigen gelang die Flucht. Wir verspotteten sie und ließen sie gehen. Das Bilsenkraut würde seine Wirkung nicht verfehlen und ihnen den Atem nehmen. Und sollten sie es trotzdem schaffen, würde sie die Wüste in ihre tödliche Umklammerung locken ...«

»In tagelangem Fußmarsch«, fuhr Adon nach einer Weile leise fort, »schleppten sich die Überlebenden, ohne Wasser und Nahrung, durch die Einsamkeit. Man berichtet, dass die meisten an einer Vergiftung zugrunde gingen und dass sich die Soldaten, die überlebten, gegenseitig für einige Tropfen Wasser umbrachten. Man berichtet auch ...« Er schüttelte angewidert den Kopf. »Was soll's! Wenn ihr Leben in Gefahr ist, kehren die Menschen zu den Anfängen zurück. Nur sechs Männer, am Rande des Wahnsinns, erreichten schließlich den französischen Vorposten Uargla.«

Er schwieg.

Ich hörte das Geräusch meines eigenen Atems. Es war eine schreckliche Geschichte.

»Dies ist erst der Anfang«, nahm Adon nach einer Weile das Wort wieder auf. »Für die französische Kolonialmacht war dieser tragische Misserfolg ein schwerer Schlag. In einem Bericht von damals stand geschrieben: ›Wenn wir die Tuareg so behandelt hätten, wie es geboten schien, nämlich als gefährliche Feinde, dann wären sie uns, trotz ihrer Tapferkeit, mit ihren primitiven Waffen schnell unterlegen gewesen. Man muss also so rasch als möglich mit ihnen aufräumen und uns mit Gewalt den Weg durch ihr Gebiet öffnen, ehe sie Gelegenheit haben sich Feuerwaffen zu beschaffen‹ …«

Ich merkte plötzlich, dass er seine Ruhe verloren hatte. Seine Stimme klang jetzt abgehackt und fast ebenso heiser wie die seiner Schwester.

»Unsere Waffen aber waren die Schwerter, in deren Klingen sich der nächtliche Himmel spiegelte, die einzigen Waffen, die eines Kriegers würdig waren. Gewehre galten bei uns als die Waffen der Feiglinge, weil man damit aus dem Hinterhalt schießt. Ja, wir verachteten Feuerwaffen, aber wir sahen ein, dass wir sie brauchten. Ein paare Gewehre hatten wir bereits erbeutet, andere kauften wir. Bald waren wir hervorragende Schützen. Es folgten einige Jahre, in denen wir uns unbesiegbar glaubten. Wir wussten nicht, dass unsere Feinde noch schlimmere, noch wirkungsvollere Waffen entwickelt hatten …« Er holte hörbar Atem.

Wieder rieselte es mir kalt über den Rücken.

»Im Jahre 1902«, setzte Adon seine Erzählung nach einigen Momenten fort, »brach Leutnant Cotennest an der Spitze einer Schwadron von hundertunddreißig Mann in den Ahaggar auf. Jeder Soldat war mit einem Maschinengewehr und hundertzwanzig Patronen bewaffnet … Während des dreißigtägigen Ritts durch das Vorgebirge ließ Cotennest unsere Anbauzentren für Weizen und Hirse in Brand setzen. Wir beobachteten ihre Verwüstungen mit Zorn im Herzen und schworen Vergeltung. Mit zusammengebissenen Zähnen und traurig stand Mussa ag Amastane vor dem Unabwendbaren. Er sah kommen, was kommen musste, und vermochte nicht es zu ändern. Am 7. März, der als schwarzer Tag in unsere Geschichte eingehen sollte, stellten wir uns beim kleinen Dorf Tit, sechzig Kilometer von Tam entfernt, zum Kampf ...«

An seiner Statt ergriff jetzt Atara das Wort. Und während sie sprach, war mir, als dringe wie aus weiter, unwirklicher Ferne ein dumpfes Geräusch auf mich herab. Das Geräusch wurde lauter, ohrenbetäubend, tosend. Es erfüllte die Welt und meine Wahrnehmung. Ich wusste zwar, dass es nur ein Flugzeug war, die letzte Maschine, die an diesem Abend startete; aber in jenem seltsamen Zustand, in dem ich mich befand, war es, als wirbele das brüllende Geräusch Raum und Zeit zurück. Es war die Dunkelheit, die sich donnernd verschob wie ein riesiger Vorhang. Und dieser Vorhang teilte sich nun und gab eine Bühne von gigantischen Ausmaßen frei. Eine Bühne, auf die die glutheiße Sonne erbarmungslos brannte. Ich hörte eine Stimme sagen: »Heute wird es geschehen«, und vor meinen Augen belebte sich die Bühne der Vergangenheit.

»Am fernen, blaugoldenen Horizont zittert eine Linie, die rasch näher kommt. Hundert Tuaregkrieger haben im weichen Trab ihrer Meharis die Abhänge des Wadis Tit erklommen und rücken gegen den Feind vor. Die Franzosen haben sich auf einem Hügel verschanzt. Sie sehen die Gegner im Gegenlicht heranpreschen. Ihre weiten Gewänder flattern wie schwarze Flügel; kein Laut kommt über ihre Lippen, doch durch die Falten der blauschwarzen Gesichtsschleier hindurch glänzen die Augen kalt wie Lavasteine. Sie rücken vor, von Schilden aus Antilopenfell gedeckt. Sie nähern sich über Bodenwellen und Gräben hinweg und nur das dumpfe Stampfen der weichen Kamelsohlen bricht die unheimliche Stille. Auf ihren Speerspitzen und Gewehrläufen blitzt das Licht. Es ist, als trügen sie die Sonne selbst in den Kampf ... Dann, ein lang anhaltender, schriller Ruf. Der Schrei schwingt sich in den Himmel, kreist über den Bergzacken bis in die Unendlichkeit. Und jetzt! Der Knall eines Schusses, der wie Lachen von den Felsen widerhallt. Von allen Seiten setzt Gewehrfeuer ein, die Berge scheinen in Stücke zu explodieren.

Wurfspeere durchschneiden die Luft; die Meharis sinken in die Knie, stürzen schreiend zu Boden; ihr makellos weißes Fell färbt sich blutrot …«

Von weither drang Ataras röchelnde Stimme zu mir herüber. Sie schien mir das Echo zu sein, das in meinem eigenen Kopf wisperte und widerhallte.

»Weine, Ahaggar, lasse die Tränen fließen! Kugeln haben dein Herz durchbohrt. Im Gedenken der Berge wird deine offene Wunde weiter und weiter bluten. Schutzlos preisgegeben ist das Reich des Windes. Der Tod holt sich die seit Jahrtausenden unbesiegbaren Krieger, deren Blut die Erde wie Wasser trinkt … Tahat und Ilalam, die ehrwürdigen Gipfel, verhüllen sich in Wolkendunst; in das Fieber der Verwundeten kühlt strömender Regen, der, Tränen gleich, über die bleichen Gesichter der Frauen rinnt.

Euch Frauen vom Agdem-Tal, von den Tälern Tamar
und Ifedanionen,
von Timejjeruin und auch vom Ablen-Hochtal,
geb Kunde ich vom schrecklichen Tag.
Das Amessera-Tal kam ich herab,
den Arabern folgt ich.
Und als sie ihre Kamele hinknien ließen,
erschien ich vor ihren Augen.
Unsere Jünglinge sammelte ich da um mich,
die noch den Klang des Imsad im Ohr hatten.
›Vorwärts!‹, rief ich. ›Greift an!
Heil wird nur der diesem Kampf entkommen,
dem es vom Schicksal bestimmt ist;
und was auch geschehe, Freunde, unsere Schwestern
sollen nicht klagen.‹

Aufgeregt gab ich meiner Stute das Zeichen.
Sie bäumte sich auf und lief ins Tal.
Die Zügel hielt ich, ich ließ sie lang;

hinter den Kriegern zu bleiben, fürchtet' ich,
die sich da drängten im Ansturm gegen den Feind.
Kündet es ihnen dort unten, den jugendlichen Schönen,
jenen allen, die heiter den Imsad uns spielen,
und denen auch, die dunkel färben die Wimpern und
Brauen,
vom Tamartal denen und von Abronen!
Es fragen die Frauen: ›Wer sind sie,
die hinter den Felsen sich ducken beim Kampf,
sich niederkauern wie Zicklein,
und doch nicht krank sind oder verwundet?‹
›Elende, was werdet ihr denn berichten,
wenn wir uns wiedertreffen beim nächsten Ahal,
und eure Worte nicht sind eure Taten?‹
Zerbrechlich, ihr Männer, wie Glas ist das Leben.
Was auch geschieht, schnell geht es vorbei.
Und in der Wüste dienen die Leichen,
der Sonne und wilden Tieren zum Fraß.

Die Nacht ist da.
Der Sturm schluchzt in den Bergen.
Aufs lederne Zeltdach trommelt der Gewitterregen.
Die Frauen verbergen ihr Antlitz unter dem Schleier
und die tropfnassen Ziegen meckern im eiskalten
Regenguss.

Ich sag euch, Frauen, die ihr Verstand habt,
und euch auch, die ihr blau schminkt Wangen und
Mund:
Einen harten Kampf sah dieser Tag,
mit Wurfspeeren scharf und Gewehren der Feinde,
mit Schwertern, die schnell aus der Scheide fuhren.
Ich stürmte gegen Feinde, schlug um mich wie rasend,
vom Blut ward bedeckt ich wie von einem Schleier.

Es strömte mir über Schultern und Arme.
Nichts, o ihr Spielerinnen des Imsad,
wird man euch berichten von den Felsenverstecken,
in die ich da heimlich geflohen wäre!
Bin ich nicht dreimal gefallen?
Und musst ich nicht dreimal mich wieder erheben?
Hat man nicht auf ein Kamel mich geladen?
Mich festgebunden im Sattel mit Stricken?
Bei meinen Wunden, ihr Frauen,
Ihr sollt mich nicht anschauen als ehrlos.
Denn Niederlagen verzeiht man,
Unehre nie!»

Diese Verse, woher kannte ich sie? Ich wusste es nicht. Die rhythmischen Strophen begleiteten in meinen Gedanken Ataras heisere Stimme. Sie erklangen in meiner Erinnerung über die Jahre hinweg; mir schien, als habe dieses Gedicht etwas in mir geweckt, das lange verschüttet war; als sei aus dem Grunde der Zeiten etwas in mein Bewusstsein getreten, das tief in mir vergraben war, meinem Gedächtnis unerreichbar. Und auf einmal begann ich vor Erschütterung und Zärtlichkeit zu zittern, denn jetzt wusste ich, dass es mein Vater war, der mir diese Verse einst gesungen hatte.

Dann erst fühlte ich die plötzliche Stille um mich. Die Vision verblasste und erlosch, die Geräusche verschwanden in weiter Ferne. Ich tauchte aus den Welten der Träume empor wie ein Schwimmer, der, erschöpft und nach Atem ringend, aus tiefen Gewässern an die Oberfläche gelangte. Ich fand zurück zu dem, was wir Wirklichkeit nennen, zum sandigen Teppich, auf dem ich kauerte, zum Husten und Schnaufen, Seufzen und Spucken; zum Knistern der Glut, zum Geruch nach schmelzendem Fett, staubigen Kleidern und Tierfellen, zum Wind, der durch die Ritzen in die armselige Hütte wehte. Die Welt schnellte zurück an ihren Platz; um mich herum lagen Männer und Frauen, in Lumpen gehüllt; die Nachkommen der Helden von einst, elend, krank und verkommen. Und ich dachte: Bin ich eigentlich wirklich so anders als sie? Waren wir nicht Menschen desselben Weges, desselben Volkes, gleich vor dem Leben? Ich hatte kein Recht die Überlegene zu spielen. Durch Raum und Zeit würden wir gemeinsam weiterwandern, bis unser letzter Nachkomme die Stimme seines Blutes nicht mehr hörte und wir einander nicht mehr erkannten. So enden wir alle und damit mussten wir uns abfinden.

Adon hatte seinen Arm um meine Schultern gelegt. Ich fühlte seinen Atem, das Spiel seiner Muskeln. Glücklich aufseufzend lehnte ich mein Gesicht an seines. Ich wollte das Ende der Geschichte hören.

»Und dann?«, hauchte ich.

»Wir hatten schwere Verluste erlitten.« Adons Stimme klang ebenso leise wie meine. »Noch nie hatten so viele ihr Leben im Kampfe verloren. Hunderte hatten ihr Leben gelassen. Trauer und Wehklagen herrschten in den Zelten. Da berief Mussa ag Amastane die ›Djemaa‹, den großen Stammesrat ein. Die Amrar, die Anführer der bedeutendsten Stammesverbände, trafen einer nach dem andern in der Königsburg ein. Kein Mann war unter ihnen, der nicht den Verlust eines Bruders, eines Vaters oder eines Sohnes zu beklagen hatte. Ihre Herzen waren voll Kummer und Zorn. Die Versammlung fand im großen Innenhof im Freien statt. Die Teilnehmer am Stammesrat ließen sich auf Lederkissen und Teppichen nieder, während die Vasallenkrieger in dichten Reihen die Festungsmauern säumten. Die sinkende Sonne funkelte auf den Speerspitzen, auf den weißen, nachenförmigen Schilden, glühte auf dem schweren Silberschmuck, den die Krieger als Talismane zwischen den Wehrgehängen trugen. Die Stille war drückend. Hier waren, zusammen mit den Kriegern, tausende versammelt, doch nur das Scharren der Füße und dann und wann der Schrei eines angepflockten Mehari brachen das lastende Schweigen. Als alle eingetroffen waren, betrat der Amenokal das Rund und nahm mit untergeschlagenen Beinen auf einem kostbaren Teppich Platz. Sein königlicher Rang war einzig durch den Abstand zu erkennen, den selbst seine Brüder und engsten Ratgeber ihm gegenüber beim Niedersitzen einhielten. Mussa ag Amastane war mittelgroß, doch kräftig und geschmeidig wie ein Panther. Seine Hautfarbe war hell, seine Augen goldbraun wie die seiner schönen Schwester Dassine. Die Frauen wussten, dass sein Antlitz unter der Maske des Schleiers ausdrucksvoll und ebenmäßig war und dass sein lockiges Haar, das er seit dem Jünglingsalter nicht mehr geschnitten hatte, im wundervollen Schwarzblau reifer Trauben leuchtete. Der König war in knisternden Indigostoff gekleidet. Sein rotweiß gestreifter Überwurf wurde von einer über der Brust gekreuzten und in der Taille verknoteten weißen Schärpe in Falten gerafft. Sein Schwert in der purpurnen Scheide hatte er auf seine Knie gelegt. Seine Hände lagen ruhig darauf. Die Beratung begann. Sie dauerte Stunden. Als die Sonne sich dem Horizont näherte und die Mauern in glutrotes Licht tauchte, schworen die Stammesfürsten Vergeltung. Sie einigten sich auf den Krieg.«

Mir war kaum aufgefallen, dass Adon plötzlich schwieg und dass es Ataras tiefe Stimme war, die erneut die Hütte erfüllte.

»›Tod unseren Feinden!‹, riefen die Krieger. Sie hoben ihre kupferbeschlagenen Schilde, rissen ihre Schwerter aus der Scheide und hielten sie der Sonne entgegen. Die Klingen funkelten, wie in Blut getaucht, und die Männer stießen ihren Kriegsruf aus. Doch plötzlich senkte sich Schweigen über den Platz. Eine blau verschleierte Gestalt trat durch die Außentür, die in die Frauengemächer führte. Sie war hoch gewachsen, biegsam und schlank wie eine Palme. So viele Ketten und Anhänger aus massivem Silber bedeckten ihre Brust, dass sie im roten Sonnenschein wie eine Rüstung funkelten. Ein Murmeln erhob sich; eine Bewegung ging durch die Reihen und vor ihr tat sich eine Gasse auf. Gelassen schritt sie dem König entgegen. Ihr Schleier wehte im Wind wie schwarzblaue Schwingen und in ihren goldenen Augen spiegelte sich das sinkende Licht. Und so schritt sie weiter; ihr Schatten glitt neben ihr her über den Sand. Der Schatten kam näher, berührte, bedeckte ihren Bruder, den König. Es war, als hielt alles, die Menschen, die Luft, die ganze Erde, den Atem an; selbst die Sonne, glühend wie ein Flammenbusch, schien auf ihrer ewigen Bahn zu verweilen. Da erhob sich der Amenokal. Mochte er auch der König sein, der Held der Ihaggaren, vor Dassine neigte er das Haupt. Er sprach die Worte des Respektes und des Gehorsames, mit denen ein Bruder seine ältere Schwester zu begrüßen hatte, wenn diese ihm die Ehre erwies ihn aufzusuchen.«

»Seit jeher war es Brauch, dass die Mutter oder die ältere Schwester des Königs an der Djemaa teilnahm und das Vetorecht ausübte«, erklärte mir Adon, als Atara eine Atempause einlegte. »Dassine hatte es gleichwohl vorgezogen das Ende der Beratung in ihren Gemächern abzuwarten. Jetzt aber, wo die Entscheidung gefallen war, trat sie in Erscheinung.«

»In aller Eile wurden Kissen gebracht«, nahm Atara ihre Erzählung wieder auf. »Mussa ag Amastane überließ seiner Schwester den Ehrenplatz und bat sie das Wort zu ergreifen: ›Tragisches und Schändliches widerfuhr unseren Kriegern. Unsere Ehre steht auf dem Spiel. In der folgenschweren Entscheidung, die getroffen wurde, sei uns dein Rat willkommen.‹

›O mein Bruder, o meine Freunde‹, sprach Dassine. ›Die Feinde bedrohen unser Volk. Unsere Krieger haben wie Löwen gekämpft und mit ihrem Blut ihr junges Leben vergossen. Die Fremden besitzen die Übermacht der Waffen. Wir haben nichts als unsere Tapferkeit. Aber was wird aus unserem Volk, wenn Todeshagel die Blüte unserer jungen Männer niedermäht? Wir Frauen bleiben einsam, den Feinden ausgeliefert, unsere Kinder werden ohne Vater heranwachsen; kein Herzensfreund wird den Imsadspielerinnen lauschen. Ich, Dassine, sage euch, o mein Bruder und meine Freunde, wir wollen unser Freiheit, nicht aber unseren Untergang. Wir wollen nicht in unserem Zelte wehklagen und die Edelsten und Tapfersten unseres Volkes beweinen.‹«

Atara holte Atem.

»So sprach Dassine, doch die Krieger hatten ihre Ohren und Herzen der Vernunft verschlossen. Tumult brach los. Die Männer widersetzten sich Dassines vernünftigen Worten und forderten Vergeltung. Selbst der König weigerte sich diesmal, dem Rat seiner Schwester zu folgen.

›Wir wurden geschlagen, gedemütigt!‹, riefen die Krieger und die Amrar.

Darauf ergriff Mussa ag Amastane das Wort: ›Wir wollen lieber wie Männer sterben als wie Mäuse leben. Die Franzosen wollen den Krieg. Sie sollen ihn haben. Wir wollen gemeinsam reiten und dem Feind ins Angesicht blicken. Stehen wir alle zusammen und liefern wir den Feinden eine große Schlacht! Eine Schlacht, die unsere Ehre rettet und unsere Rache tilgt!‹

Ein Murren – ähnlich dem Knurren eines Raubtieres – fuhr aus den Reihen der Krieger. Sie schwenkten ihre Speere und Schwerter.

Der Amenokal befahl: ›Man schlage den Tobol, damit Furcht in die Herzen unserer Feinde einziehe!‹

Unter dem Jubel der Krieger trugen die zwei jüngsten Brüder des Königs die große Kriegstrommel herbei. Der Tobol war aus einem über tausendjährigen Baumstamm hergestellt und mit der Haut einer Antilope bespannt. Man erzählte sich, ein Zauberer habe den Tobol erschaffen und dabei die Lebenskraft verstorbener Krieger im Trommelfell eingefangen. Beide Schlegel waren dick wie Männerarme. Im Laufe der Zeit war der Tobol zum Sinnbild der königlichen Linie geworden. Der Amenokal war ›Sohn des Tobols‹; es hieß, aus den Schwingungen des Trommelfells nähme der Pfeil der Macht seinen Flug.

Die beiden jungen Männer stellten die Kriegstrommel vor den König auf den Boden. Jeder ergriff einen Schlegel und wartete auf das Zeichen des Herrschers.

Da erhob sich Dassine; rundum wurde es still. Und in diese Stille hinein sprach die Königsschwester: ›Wahrlich, Männer sind unbesonnen wie Kinder. Wenn der Letzte der Ihaggaren sein Leben gelassen hat, werden nur noch die Schatten der Toten unsere Heimat bevölkern. Ich, Dassine, werde dies zu verhindern wissen.‹ Sie zog ihren Schleier bis unter die Augen und wandte sich ab.

Und Mussa ag Amastane, der große König, rief voller Betroffenheit: ›O Dassine, meine Schwester, was hast du vor?‹

Sie richtete ihre goldglänzenden Augen auf ihn. ›Mein Bruder denkt an heute. Ich aber denke an morgen. Es wird keinen Krieg geben, weil Dassine es nicht will.‹

Und sie verließ die Versammlung so gelassen, wie sie gekommen war. Ihr über den Sand schleifender Schleier hinterließ eine Spur, die der einer Schlange glich …«

Ataras Stimme brach ab; sie rang nach Atem. In der Hütte herrschte Totenstille. Keiner rührte sich, keiner sprach, bis Adon seine Erklärungen leise wieder aufnahm.

»Die Franzosen hatten in der Gegend von In-Salah, etwa achthundert Kilometer nördlich von Tam, eine Festung errichtet, die von einem jungen französischen General, François Henri Laperrine, gehalten wurde. Dieser General – ein späterer Freund des berühmten Paters Charles de Foucauld – leitete das Militärkommando über die ›Territoires du Sud‹. Man wusste in den Zelten, dass er sich dem Feldzug von Cotennest aufs heftigste entgegengestellt hatte und Verhandlungen mit den Tuareg überzeugt befürwortete.

Eines Morgens wurde eine größere Gruppe von Meharisten gemeldet, die sich dem Stützpunkt näherten. Laperrine setzte seine Soldaten sofort in Alarmbereitschaft. Grenzenlos war jedoch die Überraschung der Franzosen, als sie feststellten, dass die Reitergruppe ausschließlich aus Frauen bestand. Einige hatten ihre Kinder dabei. Dienerinnen und Diener und ihr gesamter Hausrat, der samt ihren Zelten auf Esel geladen war, folgten dem Zug. Eine eindrucksvolle Schönheit, auf einem Rennkamel edelster Zucht, führte die Gruppe an. Laperrine gab, kaum hatte er die Frauen entdeckt, den Befehl das Haupttor zu öffnen. Vor den Augen der verblüfften Soldaten ritten die Frauen mit ihrem Gefolge in den Hof. Die Anführerin ließ ihre herrlich geschmückte Stute niederknien und schwang sich aus dem Sattel. Kein Blick schenkte sie den Soldaten, die auf den Mauern zwischen den Zinnen standen und ihre Gewehre auf sie gerichtet hielten. Laperrine trat ihr entgegen. Er wusste inzwischen, dass er hohen Besuch vor sich hatte. Als Mann von Welt begrüßte er Dassine mit ausgesuchter Höflichkeit und der gewinnenden Liebenswürdigkeit der Franzosen. Laperrine war ein schlanker Offizier mit einem Schnurrbart, der die Uniform der Meharisten mit ungezwungener Eleganz zu tragen wusste. Er geleitete Dassine in seine Diensträume, ließ Erfrischungen bringen. Er vergaß auch nicht anzuordnen, dass den Frauen und Kindern, die draußen warteten, ausreichend Wasser gebracht wurde. Laperrine war von Dassines Anmut ebenso angetan wie sie von seiner Liebenswürdigkeit. Er machte keinen Hehl aus seiner Bewunderung für die Tuareg und lobte auch ihre Tapferkeit. In dem Glauben, dass Dassine ihm eine Botschaft des Amenokals bringe, zeigte er sich befremdet darüber, dass Mussa ag Amastane seine Schwester und ihr Gefolge leichtfertig den Gefahren einer Reise durch feindliches Gebiet ausgesetzt hatte.

Doch Dassine widersprach lächelnd. ›Ich komme mit meinen Schwestern aus eigenem Willen. Wir begeben uns freiwillig in die Hände unseres Gegners, vertrauend auf sein Wort als Ehrenmann. Dies geschieht, weil unsere Männer beschlossen haben euch bewaffnet entgegenzuziehen. Doch besiegt ihr uns, da wir bisher unbesiegt waren, ist der Untergang unseres Volkes besiegelt. Solange aber ich, Dassine, mit meinen Schwestern in der Festung weile, werden die Ihaggaren nicht angreifen. Die Zeit heilt Wunden, lässt Tränen trocknen und heißes Blut kühlt ab.‹

Laperrine erkannte die Vorteile sofort, die er aus dem Angebot seines königlichen Gastes ziehen konnte. Der Dienerschaft wurde deshalb erlaubt ihre Zelte im Festungshof aufzuschlagen. Und Laperrine gab den Befehl die Tuaregfrauen als hoch geehrte Gäste zu behandeln und ihnen jeden Wunsch von den Augen abzulesen. Inzwischen war die Kunde von Dassines erstaunlichem Handeln bis in die entlegensten Zelte gedrungen. Abermals wurde der Stammesrat einberufen. Unter den Kriegern herrschte Verwirrung, Zweifel und Zorn.

Aber diesmal sprach der König das entscheidende Wort: ›O ihr Tapferen! Womit verdiente meine Schwester den Ruhm, der weit über die Grenzen unserer Heimat Beachtung findet? Ihre Klugheit allein ist es, die unseren Selbstbetrug entlarvt. Ihr Verstand erfasst Dinge, die unserer Einsicht verborgen bleiben. O ihr Tapferen! Diese schlechte Kunde ist in Wahrheit eine gute. Indem meine Schwester sich mit ihren Begleiterinnen in die Obhut des französischen Generals begeben hat, zeigt sie uns durch ihre weise Tat, dass dieser Mensch unser Vertrauen verdient. Dassines Klarsicht weist uns den Weg. Die Legende unserer Unbesiegbarkeit soll nicht zerstört werden: Sie ist es, die uns unbesiegbar macht.‹

Natürlich versuchten viele Amrar sich dieser Entscheidung zu widersetzen, doch der Amenokal brachte seine Ansicht schließlich durch. Denn Dassines Einfluss war so groß, dass keiner wagte sie als Verräterin hinzustellen. Im Januar 1904 brach Mussa ag Amastane mit seinen Kriegern nach In-Salah auf.«

Adon schwieg; es war Atara, die ihn ablöste. Und obwohl ihre Stimme vor Müdigkeit zitterte, beschworen ihre Worte weitere Gemälde voller Farben und Töne; Bilder, aus dem Nichts erschaffen, standen gegenwärtig vor mir.

»In-Salah! Die Sonne geht auf! Auf siebzig weißen Meharis tauchen siebzig blau verschleierte Krieger im Morgenlicht auf. Sie reiten auf die Festung zu wie Boten aus einer anderen Welt. Zur Stunde, da der Schatten eines Mannes doppelt so lang ist wie der Mann selbst, erreichen sie das Fort, und die Leibgarde teilt sich um den König voranreiten zu lassen. Sein Oberkörper schaukelt geschmeidig im Trab seines Reittieres und das Indigoblau seines Gewandes glänzt wie dunkler Stahl. Ein gewaltiger, silberbeschlagener Schild hängt an den Flanken seines Mehari. Hoch oben, zwischen den Zinnen, drängen sich die Soldaten; das Sonnenlicht blitzt auf dem Lauf ihrer Gewehre. Doch die Augen des Königs sind auf die Frau gerichtet, die neben dem Befehlshaber in seiner rotweißen Meharistenuniform vor dem offenen Festungstor steht. Ihr Antlitz schimmert seidengleich, während ihre Lippen ein Lächeln andeuten. Sie weiß, dass sie den Sieg errungen hat …«

Atara verstummte; mit ihrem Schweigen erlosch auch die Vision sofort.

»Wie politisch klarsichtig Dassines Entschluss gewesen war, zeigte sich recht bald«, hörte ich Adon sagen. »Nicht nur, dass Frieden geschlossen wurde, sondern zwischen Mussa ag Amastane und General Laperrine entwickelte sich eine Freundschaft, die viele Jahre währte. Die Beziehungen zwischen Tuareg und Franzosen erreichten einen Höhepunkt, als Mussa ag Amastane mit seinem Gefolge offiziell nach Frankreich reiste. Die französische Regierung empfing den Amenokal mit allen Ehren. Und für seine Bemühungen im Dienste des Friedens wurde er sogar mit dem höchsten französischen Orden ausgezeichnet, mit der Ehrenlegion. Laperrine jedoch verlor 1920 bei einem Flugzeugunfall in der Wüste das Leben. Er wurde in Tam beigesetzt. Als Mussa ag Amastane einige Jahre später starb, wurde er in der Nähe seines Freundes der Erde übergeben. Auf seinem Grab errichtete man eine Gedenkstätte. Der Volksmund erzählt, dass sich die beiden Freunde wieder trafen, hoch oben über den höchsten Bergspitzen, und auf Meharis, weiß wie das Morgenlicht, in alle Ewigkeit reiten …«

Er schwieg; und diesmal währte die Stille sehr lange. Atara atmete stoßweise. Ihr bleiches Antlitz, in Mondlicht gebadet, trug Spuren einer fast übermenschlichen Erschöpfung.

Endlich bewegte sich Lamia. Ihren Husten mit dem Handrücken erstickend, ergriff sie einen Wasserschlauch, der neben ihrem Lager lag, und füllte einen Becher. Mano beugte sich vor, nahm ihr den Becher behutsam aus der Hand und reichte ihn Atara. Ihre Finger berührten sich und damit fand Ataras entrückter Blick langsam in die Wirklichkeit zurück. Gierig trank sie; ihre feuchten Lippen glänzten, als sie mit stockender Stimme wieder zu sprechen anhub.

»Seht nur, der Mond, dessen vollkommenes Licht unsere Herzen erfreut. Sein Auge jedoch sieht vom Himmel tief hinunter und aus tausendmal tausend Jahren auf die Völker zurück, die auf unserem Erdenstern lebten und starben. Städte wurden erbaut um unseren Ruhm zu festigen; Waffen ersonnen um unsere Körper zu verteidigen. Wir alle aber werden zu Staub. Unsere Taten verwehen im Dunkel der Zeiten. Doch wir tragen etwas in uns, das stärker ist als Macht und Reichtum, stärker als Körperkraft und Kampfeswillen. Es ist der ewig lebende Geist.«

Ich vermeinte Ataras Stimme aus weiter Ferne zu hören. In dem Zustand, indem ich mich befand, war es mir, als würde ich mich gleichzeitig auf verschiedenen Ebenen bewegen. Vielleicht, dachte ich, gibt es wahrhaftig Augenblicke, wo Vergangenheit und Gegenwart verschmelzen, wenn die Macht des Wortes stark genug ist um sie zu verweben. Träumte ich? Wachte ich? In Adons Armen weinte ich vor Dankbarkeit, dass ich diesen Abend mit seinem Zauber hatte erleben können, aber nur wenig und fast schon im Halbschlaf.

Als Adon mich behutsam wachrüttelte, war das Feuer verglommen; nur noch wenige Kohlenstücke glühten wie einsame Rubine in der Asche. Die vielen Menschen, die in der Hütte gesessen hatten, waren alle gegangen. Lamia und Jugurtha schliefen, in Decken gewickelt. Ein eiskalter Wind wehte durch den Eingang. Adon legte den Finger auf seine Lippen und wies nach draußen. Im Osten brach das Grau der Dämmerung hervor und berührte mit silbernem Licht die fernen Tafelberge. Erst jetzt merkte ich, das Atara und Mano verschwunden waren.

14

Als Adon und ich mit steifen Beinen zum Wagen gingen, tauchten aus der Dämmerung zwei Gestalten auf. Atara ging voraus, ihren Schleier tief über die Stirn gezogen. Mano folgte ihr in einigen Schritten Entfernung und er trat fast ebenso lautlos und katzenhaft auf wie sie selbst.

Wir stiegen ein; Adon startete den Motor. Mano und Atara schwiegen, aber ich spürte, dass ihre Seelen verbunden waren. Adon stellte keine Frage; doch sein Ausdruck war finster und während der Fahrt sprach er nur das Nötigste. Als wir in Tam eintrafen, tauchte die Mondsichel hinter die Bergkuppen und der Himmel färbte sich gelb. Die schlafende Stadt mit ihren verkommenen Lehmbauten wirkte geisterhaft.

Mano wohnte bei einem Freund. Adon fuhr bis vor das Haus, dessen Adresse Mano ihm angegeben hatte. Mano dankte mit erstickter Stimme und stieg schwerfällig aus. Atara hatte die Scheibe aus Plexiglas zurückgeschoben. Mano lehnte sich ans offene Fenster. Atara saß ganz ruhig; ich sah nur ihr Profil zwischen den Falten des Schleiers, die gerade Nase, das schmale Kinn, den leicht vorspringenden, geschlossenen Mund. Sie wandte ihm den Kopf zu. Mano sprach zu ihr einige Worte auf Tamahaq; seine Stimme klang traurig und beinahe flehend. Doch Atara schwieg. Ihr Schweigen hatte etwas Endgültiges. Nach einer Weile schlug Mano mit der flachen Hand leicht gegen das Glas. Ich sah seine Augen feucht glänzen.

»Artufat«, bis später, murmelte er.

Adon und ich erwiderten seinen Gruß, während Atara stumm blieb. Mano wandte sich ab, ging schleppenden Schrittes über die Straße und stieß eine Tür auf.

Adon fuhr an; der Wagen ratterte die Hauptstraße hinauf, bog dann in eine Gasse ein und hielt vor dem Haus meiner Großeltern. Adon beugte sich vor um Atara die Tür zu öffnen. Sie raffte die Falten ihres Gewandes zusammen und stieg wortlos aus. Wie ein Schatten huschte sie auf das Tor zu, das Chittou offen gelassen hatte, und verschwand im Innern des Hofes. Adon stieß einen Seufzer aus und drehte den Zündschlüssel. Ich lehnte den Kopf an seine Schulter und richtete mich erst wieder auf, als der Landrover vor dem Schwesternhaus hielt. Adon stellte den Motor ab und schaltete die Scheinwerfer aus. Alles war still; nur der Motor ließ dann und wann ein leises Zischen hören, doch auch das ließ nach einer Weile nach. Benommen vor Müdigkeit, saßen wir da, eingehüllt in die Dunkelheit des Wagens. Wir sprachen ganz leise, ohne uns zu berühren, den Blick geradeaus gerichtet.

»Mano hat sie gebeten zu bleiben«, sagte Adon. »Aber sie will weg.«

»Gestern Abend«, sagte ich, »rief Hiram mich zu sich. Er hatte keine Schmerzen mehr und war bei klarem Verstand. Er wünsche, das Atara Algerien verlasse, sagte er mir. Ich versprach sie nicht im Stich zu lassen ...«

Adon war darüber nicht erstaunt. »Hiram hat die Dinge immer nüchtern beurteilt. Wenn er nicht mehr am Leben ist und Tabelhuit etwas zustößt, verliert Atara ihre wichtigsten Beschützer. Dieser Gedanke hat ihn wahrscheinlich schon wochenlang geplagt. Er weiß ja, dass ich ins Ausland will. Was hat er sonst noch gesagt?«

Ich kaute an meinen Nägeln, eine Unsitte, die mich immer dann befiel, wenn ich bedrückt oder traurig war. »Ich soll dir sagen, dass er sich auf dich verlasse.«

Ich hörte, wie sein Atem stockte. «Das verstehe ich nicht. Was meinte er damit?«

Ich schüttelte den Kopf, zum Zeichen, dass ich es auch nicht wusste.

»Wahrscheinlich hatte er Angst, dass ich mit dir verschwinde und Atara ihrem Schicksal überlasse.« Adon sprach, als denke er laut. »Er sollte mich doch kennen und sich deswegen keine Sorgen machen.«

Ich schwieg. Ich war nicht sicher, ob Hiram wirklich das gemeint hatte, aber ich war zu müde und zu verwirrt um mir nachträglich den Kopf darüber zu zerbrechen. Doch für Adon bestätigten die Worte meines Großvaters, dass wir die richtige Entscheidung getroffen hatten.

»Es ist logisch und vernünftig, dass sie von hier fortkommt, ja, es ist das einzig Richtige. Ich bin froh, dass Hiram seine Zustimmung gegeben hat.«

»Wir können jetzt nicht mehr länger warten«, meinte ich. »Atara muss wissen, was wir vorhaben.«

Adon nickte. »Ich werde mit ihr reden. Heute Morgen noch.«

»Und Mano?« Ich stellte die Frage wie beiläufig, obwohl mir eine innere Stimme flüsterte, dass sein Schicksal mit dem unsrigen verknüpft war. Ich wunderte mich über die Auflehnung, die dieser Gedanke in mir auslöste. Warum nur?, dachte ich und wusste keine Antwort.

Adon seufzte, während gleichzeitig ein leichtes Lächeln seine Mundwinkel hob. »Wir sagen, jeder Atemzug fern von der Geliebten gleiche einem Jahrhundert an Qualen.«

Ich lächelte ebenfalls, wenn auch nur halb. »Das kann ich gut nachfühlen!«

»Wenn es um die Liebe geht, werden wir schnell unsachlich.«

Adons Lächeln verschwand. »Atara hat so viel durchgemacht und Mano hatte auch kein leichtes Leben. Ich bin froh, dass sie sich gefunden haben, aber zugleich bin ich traurig. Ich weiß ja, wie sehr das Wissen um den baldigen Abschied das Glück des Zusammenseins trübt.«

Ich wollte den Gedanken, den er damit ansprach, gar nicht erst aufkommen lassen. »Aber wir«, sagte ich rasch, »wir bleiben immer zusammen.«

Er legte die Hand in meinen Nacken und zog mich an sich.

»Zweifelst du daran?«

Ich drückte wortlos die Stirn an seine Schulter. Eine Weile rührten wir uns nicht. In einer halben Stunde wird es bereits Tag sein, dachte ich, und die Schwestern wollen ihr Frühstück, und vorher brauche ich eine Dusche, sonst schlafe ich im Stehen ein. Wir küssten uns ein letztes Mal und ich sagte: »Die Post öffnet um sieben. Ich gebe als Erstes das Telegramm auf.«

Er streckte den Arm aus und öffnete mir die Wagentür. »Wir sehen uns ja heute Abend, dann können wir alles weitere besprechen.«

Ich stieg aus und schloss leise die Wagentür. Adon setzte den Motor in Gang und fuhr so behutsam als möglich an. Gerade als der Landrover zu rollen begann, hob ein ohrenbetäubendes Knarren und Quietschen an. Die Stimme des Muezzins, auf Tonband aufgenommen, dröhnte über die Stadt. Es war die Stunde des »El Subh«, des ersten Morgengebetes.

In meinem Zimmer zog ich meine sandigen Kleider aus, ging im Trainingsanzug in den Waschraum und stellte mich schlotternd unter den dünnen Wasserstrahl der Dusche. Nach einigen Minuten begann das Blut in meinen Adern zu kreisen; ich fühlte, wie das kalte Wasser meine Müdigkeit fortspülte. Ich zog frische Wäsche an, schlüpfte in saubere Jeans und zog ein ehemals dunkelblaues T-Shirt über den Kopf. In diesem Moment hörte ich es in der Küche rumoren; Töpfe klapperten und Schranktüren wurden aufgestoßen. Ich fuhr rasch mit dem Kamm durch meine nasse Mähne und trat in die Küche. Schwester Claire setzte gerade Kaffeewasser auf. Sie wirkte munter und ausgeschlafen und ich kam mir neben ihr richtig verkatert vor. Sie sah mich an und die kleinen Lachfalten um ihre Augen vertieften sich. »Gut geschlafen?«, neckte sie mich.

Ich fühlte, wie ich rot wurde. »Eigentlich … nicht sehr viel. Wir waren in Idelès und haben dort die Nacht verbracht. Mano hat uns begleitet.«

»Ja, ich weiß. Wie geht es Lamia?«

»Besser, zum Glück.« Ich schluckte befangen. »Aber mein Großvater … Ich dachte immer, er käme wieder auf die Beine, aber ich glaube … er schafft es nicht. Mano wird ihm Spritzen geben, damit er nicht mehr hustet. Er sagte, mehr könne er nicht für ihn tun.«

Schwester Claire seufzte. »Ja. Bei vielen Menschen kommt ein Augenblick, wo sie apathisch werden. Meist ist der Auslöser ihre Gewissheit, dass es mit ihnen zu Ende geht. Das ist das Tragische: Sie geben den Kampf auf, fügen sich in ihr Schicksal wie in etwas Naturgegebenes.«

Ich holte Tassen und Teller aus dem Schrank und stellte sie auf den Tisch. Ich war froh, dass ich mit ihr reden konnte, solange die anderen noch nicht da waren. Während ich Wasser in den Reservebehälter laufen ließ und in einem Bottich Wasser für die Wäsche zur Seite stellte, erzählte ich, was seit gestern alles passiert war. Schwester Claire schlug in dieser Zeit die zwei letzten Eier, die noch im Haus waren, zu Rührei, ließ sie in der Pfanne brutzeln und setzte sie mir vor, obwohl ich mich vehement dagegen wehrte.

»Schweig und iss, Mädchen, du siehst erbärmlich aus und bei einem leeren Magen streikt auch das Gehirn. Ja, ich weiß, ich hätte anderes zu tun, aber wir müssen uns langsam wieder daran gewöhnen, selbst für uns zu sorgen.«

Sie setzte sich mir gegenüber und sah zufrieden zu, wie ich meine Rühreier hinunterwürgte.

»Ich muss schon sagen, ihr habt euch ganz gehörig in die Nesseln gesetzt. In dieser Beziehung habt ihr Recht, dass Ataras Chancen, Tam auf legalem Weg zu verlassen, praktisch auf null gesunken sind.

Ich hege den Verdacht, dass Hadj El Kadir sie als Vorwand benutzt um Moktars politische Treue auf die Probe zu stellen. Und Moktar will die Fäden der Macht natürlich nicht aus der Hand geben. Welcher Politiker täte das schon freiwillig? Versetz dich mal an seine Stelle! Politiker sind eigensüchtig, arglistig und rücksichtslos. Wären sie es nicht, würden sie vom Rest der Meute überholt und zertrampelt. Deswegen sind sie den normalen Menschen im Ränkeschmieden immer einige Nasenlängen voraus, das ist ihre Begabung. Du hast mich um meine Meinung gefragt.« Sie holte Luft und schaute mich an. »Also: Wenn ihr euer verrücktes Vorhaben in die Tat umsetzt, dürft ihr keine Zeit verlieren. Moktar hat einen langen Arm. Es genügt, dass er das Außenministerium in Algier benachrichtigt, und Adon kommt auf die schwarze Liste. Bestechung nützt dann nicht mehr viel; er kann ja nicht jedem algerischen Beamten ein paar Scheine zustecken, dazu müsste er Millionär sein.«

Das Wasser kochte. Schwester Claire füllte zwei Löffel Pulverkaffee in die Tassen, goss Wasser darüber und quetschte die Tube Kondensmilch aus.

»Könnten Atara und Adon nicht in der belgischen Botschaft um Asyl bitten?«, fragte ich.

»Das hängt davon ab, was Belgien augenblicklich von Algerien will«, erwiderte sie sarkastisch. »Wenn zwischen den beiden Ländern gerade Verhandlungen laufen, etwa über Firmenniederlassungen, über Bauvorhaben oder über die Ausfuhr von Gas- und sonstigen Rohstoffen, knallt die belgische Botschaft den beiden die Tür vor der Nase zu. Staatliche Interessen gehen vor, man will doch das hehre Gastland nicht verärgern.«

Ich schaute sie an.

»Das ist auf der ganzen Welt so, mein Kind.«

Ich spielte mit einem Stück Brot, steckte es dann aber schnell in den Mund, weil mir einfiel, dass die Schwestern jede Art von Verschwendung ablehnten.

»Adon wird schon etwas einfallen«, sagte ich. »Es gibt immer einen Weg.«

»Nun«, sagte die Schwester. »Langmut ist nicht immer eine Tugend und Gehorsam schuldet man Gott, nicht Cäsar. Zudem ärgert es mich selbst immer, wenn Gewalt, Arroganz und Dummheit es schaffen, die Gerechtigkeit mit Füßen zu treten. Sogar Jesus hat der Willkür der Staaten die Stirn geboten: Was nicht heißen soll, dass ich euer Unternehmen gutheiße«, setzte sie streng hinzu.

Vor lauter Aufregung hatte ich Magenkrämpfe. »Aber was machen wir, wenn uns keine andere Wahl bleibt?«

»Tut, was ihr für richtig haltet.« Schwester Claire trank ihren Kaffee aus, aber ihre Augen waren über den Rand der Tasse hinweg fest auf mich gerichtet. »Ich warne euch nur vor Unbesonnenheit. Ihr seid im Begriff euch auf ein gefährliches Spiel einzulassen.« Sie erhob sich, stellte ihr Geschirr in die Spüle und sagte über ihre Schultern: »Aber es steht auch geschrieben: ›Dein Glaube hat dir geholfen‹, was heißen will, dass man die Hoffnung nicht aufgeben soll.«

Kaum war Schwester Claire draußen, setzte ich mich an den Tisch um das Telegramm an meine Mutter aufzusetzen. Es war nicht einfach ihr unsere Lage in drei Sätzen zu schildern, aber schließlich hatte ich es geschafft! Ich nahm mir vor, ihr noch heute ausführlich zu schreiben.

Kurz vor sieben ging ich zur Post um das Telegramm an meine Mutter aufzugeben. Wie üblich war schon ganz Tam auf den Beinen und vor dem Postschalter staute sich eine endlose Schlange. Mir blieb nichts anderes übrig als mich anzustellen. Nach gut einer Stunde war ich endlich an der Reihe. Als ich etwas später das Postfach der Schwestern leerte, fühlte ich mich bedeutend besser. Ich wusste, die Überweisung meiner Mutter würde in einigen Tagen hier sein.

Wieder bei den Schwestern zurück, hatte ich ein schlechtes Gewissen, weil ich den Haushalt in letzter Zeit vernachlässigt hatte. Ein Berg schmutziger Wäsche wartete darauf, dass ich mich seiner annahm. Außer Schwester Pia, die Nachtdienst gehabt hatte, waren die Kleinen Schwestern schon an der Arbeit. Schwester Pia wegen brauchte ich keine Rücksicht zu nehmen, die schlief wie ein Stein, selbst wenn das Bett unter ihr zusammenkrachen würde. So brachte ich als Erstes die Küche in Ordnung, holte darauf den Bottich und bereitete die Waschlauge vor. Gerade stapfte ich, mit einem Stoß Bettwäsche bis ans Kinn beladen, durch den Hof, als an das Tor gehämmert wurde. Ich lud den Wäscheberg irgendwo ab und ging öffnen. Vor lauter Überraschung blieb mir die Luft weg.

»Adon!« Ich merkte sofort, dass etwas nicht in Ordnung war.

Seine Lippen waren blass, seine Wangen eingefallen. Im hellen Sonnenlicht sah er wie um Jahre gealtert aus.

»Adon!«, wiederholte ich erschrocken. »Was ist los?«

»Mein Aufgebot ist gekommen«, sagte er dumpf. »Heute morgen um sieben. Ich muss in vierundzwanzig Stunden einrücken.«

Sekundenlang standen wir wie erstarrt. Wir sahen uns an; beide waren wir wie vor den Kopf geschlagen, unfähig, einen klaren Gedanken zu fassen. Das Blut dröhnte und pochte in meinen Ohren; es war ein seltsam wirres Gefühl, als würde ich schwanken. Doch während er noch wie gelähmt dastand, fand ich mein Reaktionsvermögen wieder. Ich packte ihn am Arm und schloss das Tor hinter ihm.

»Komm!«

Ich nahm ihn mit in mein Zimmer; ich hoffte, dass Schwester Pia immer noch schlief. Und wenn sie es merkt, ist es mir auch egal, dachte ich. Doch es war nicht ihre Art, sich über solche Dinge aufzuregen. Ich hatte mein Bettzeug bereits zur dreckigen Wäsche getan. Wir setzten uns auf die Matratze und ich legte meinen Arm um seine Schulter.

»Es musste so kommen. Wir waren ja schon lange darauf gefasst.« Ich fühlte seine versteiften Nackenmuskeln unter meinem Arm.

»Das Aufgebot kam nicht mit der Post, sondern direkt von der Präfektur.«

Einen Moment lang verschlug es mir die Sprache. »Da hat unser lieber Onkel seine Hand im Spiel!«, zischte ich dann. »Glaubst du, dass er etwas ahnt?«

»Schon möglich«, erwiderte er finster. »Er kennt uns zu gut!«

»Hast du schon mit Atara gesprochen?«

Er nickte.

»Sie war dabei, als das Aufgebot eintraf. Ich wollte ja sowieso mit ihr reden. Jetzt weiß sie über alles Bescheid.«

»Und?«

»Sie sagte: ›Ich danke dir. Aber ich muss meinen Weg alleine gehen.‹«

Wieder lief mir dieses seltsame Prickeln über den Rücken. »Was soll das heißen?«

Er hob die Schultern. »Ich weiß nicht. Was sie sagt, klingt zwar sehr schön und edel, aber von praktischen Dingen hat sie keine Ahnung. Ich versicherte ihr, dass wir die Sache schon für sie in Ordnung brächten.«

»Und was sagte sie darauf?«

Wieder das Schulterzucken. »Nichts.«

In meinem Kopf breitete sich Leere aus. Hilflos und aufgeregt kaute ich an meinen Nägeln.

»Hast du das Telegramm aufgegeben?«, fragte Adon.

»Ja. Wenn wir nur etwas Zeit gewinnen könnten!«

Unsere Blicke trafen sich. Voller Qual warfen wir uns einander in die Arme. Unser Schmerz schüttelte uns mit einer Heftigkeit, die uns fast den Atem raubte. Alles, was wir bisher erlebt hatten, kam uns milde, ja nahezu kindisch vor im Vergleich zu der verzweifelten Ohnmacht, die uns jetzt überwältigte. Nach einer Weile löste er sich behutsam von mir. Beim Anblick seines müden Gesichtes und der dunklen Schatten unter seinen Augen überfiel mich noch tieferer Kummer und eine solche Zärtlichkeit, dass mir fast die Tränen kamen.

»Ich habe mir oft vorgestellt, wie es sein würde, wenn es so weit ist«, sagte er. »Eins steht für mich fest: Dem Aufgebot leiste ich keine Folge. Ich bin kein Algerier. Ich bin nur zufällig in Algerien geboren. Ich weiß genau, Moktar will mich in die Zange nehmen. Aber ich bin dickschädeliger als er und ebenso gerissen. Mein Entschluss steht fest. Wir halten uns an unseren Plan. Ich sage Brahim, dass ich einrücken muss, kassiere meinen Lohn und verschwinde von der Bildfläche.«

»Aber was geschieht, wenn die Überweisung kommt und du bist schon weg?«

Ich machte offenbar ein dummes Gesicht, denn er blinzelte verschmitzt und gab mir einen Kuss.

»Beruhige dich, ich bleibe ja in der Nähe!«

Ich erschrak noch mehr. »Aber wenn du nicht einrückst, hast du mit Sicherheit die Polizei auf dem Hals.«

»In den Burgruinen findet sie mich garantiert nicht.« Jetzt sah er beinahe übermütig aus. »Du weißt ja, ich war schon als Kind dort und kenne jeden Stein.«

Ich starrte ihn an. »Und da willst du die ganze Zeit warten?«

Er grinste. »Dein Zimmer wäre mir natürlich sympathischer. Aber mach das mal den Schwestern klar!«

Ich fand seine Idee mit der Ruine lange nicht so gut wie er. Ich wurde meine Besorgnis nicht los. »Solltest du nicht besser zu Freunden gehen?«

Adons Lächeln verschwand. »Das ist viel zu gefährlich. Nicht nur für mich, sondern auch für die Menschen, die mich aufnehmen würden. Ich komme jetzt mit dem algerischen Gesetz in Konflikt. Und in Tam haben die Mauern Augen und Ohren.«

Es stimmte; ich hatte das alles nicht bedacht.

»Glaube mir«, fuhr Adon eindringlich fort, »das ist vorläufig die beste Lösung. Ich nehme meinen Schlafsack und Essen mit. Wasser finde ich in den Gueltas. Mit ein paar Taschenbüchern lässt sich die Zeit schon totschlagen. Und abends kriege ich ja Besuch.«

»Von wem denn?«, stammelte ich töricht. Im Augenblick dachte er zu schnell für mich.

Er stupfte seinen Finger auf meine Nasenspitze. »Du lässt mich doch nicht im Stich, oder? Dann und wann hätte ich gerne frisches Brot und auch mal ein neues Taschenbuch. Aber warte, bis es dunkel ist. Kehre sofort um, wenn du das Gefühl hast, dass man dir folgt oder dass man dich beobachtet.«

Ich holte gepresst Luft. Es war ihm gelungen mich zu überzeugen; je mehr ich über diesen Plan nachdachte, desto ausführbarer kam er mir vor.

»Alles klar«, sagte ich. »Aber wie geht es weiter? Das kann ja nur eine vorübergehende Lösung sein.«

»Sobald die Überweisung eingetroffen ist, sagst du Atara Bescheid und bringst sie zu mir. Bei Tagesanbruch stellen wir uns an die Hauptstraße und halten den ersten Wagen an, der nach Norden fährt. Zum Glück findet nächste Woche die Rallye statt. Polizei und Militär haben alle Hände voll zu tun. Man wird erst nach mir fahnden, wenn der Zirkus vorbei ist.«

Ich nickte. Was blieb uns anderes übrig, als alles auf eine Karte zu setzen?

»Noch etwas«, fuhr Adon fort. »Es kann sein, dass Moktar dir Fragen stellt. Dann sagst du, ich sei nach Süden abgehauen. Moktar weiß schon lange, dass ich nicht zum Militär will. Die Hauptsache ist, dass er wegen Atara keinen Verdacht schöpft.«

»Keine Sorge! Ich werde ihm erzählen, wir hätten uns gestritten und ich sei froh, dass du weg seist.«

Er grinste abermals. »Je nachdrücklicher du ihm sagst, welch erbärmlicher Kerl ich sei, desto bereitwilliger wird er dir glauben. Damit bestärkst du ihn nämlich nur in seiner eigenen Meinung über mich.«

»So?« Ich verzog das Gesicht. »Was ich von ihm denke, sollte ihm inzwischen klar geworden sein. Ich werde ihm sagen, dass die Männer meiner Familie nichts taugen. Ich lüge ganz gut, wenn es darauf ankommt.«

»Lügen ist die hohe Schule der Politiker«, sagte Adon und setzte ein französisches Wortspiel hinzu: »Au parlement, on parle et on ment«, im Parlament wird geredet und gelogen.

Seine zur Schau getragene Unbekümmertheit wirkte beruhigend auf mich. Ich begann die Dinge weniger tragisch zu sehen und erzählte von meinem Gespräch mit Schwester Claire. »Sie befürchtet, dass Moktar euch in Algier Steine in den Weg legt. Von jetzt an werde ich mich oft mit Atara in der Stadt zeigen, damit dein Verschwinden nicht mit ihr in Verbindung gebracht wird.«

»Schwester Claire soll ruhig schlafen«, sagte Adon. »Wir werden in Algier sein, bevor Moktar seine parlamentarischen Hebel in Bewegung setzt.«

»Dienstag, Mittwoch, Donnerstag …« Ich zählte die Tage an den Fingern ab. »… Freitag! Wenn alles gut geht, ist das Geld am Samstag hier. Jeweils am Dienstag fliegt eine Maschine nach Brüssel. Ich werde meinen Platz noch heute reservieren. Sobald ich weg bin, soll Chittou jedem erzählen, dass Atara aus lauter Kummer krank geworden sei. Das wird Moktar zu Ohren kommen und ihr gewinnt wieder ein paar Tage Zeit.«

Adon pfiff durch die Zähne. »Weißt du was? Du solltest in die Politik einsteigen!«

»Nein, danke! Dazu bin ich mir zu gut. Aber wir dürfen nichts dem Zufall überlassen.« Ich seufzte beklommen. »Das Problem ist nur, es kommt immer anders, als man denkt.«

»Sieh mal, wir hatten bisher immer Glück«, tröstete mich Adon. »Warum sollte uns das Glück jetzt verlassen, gerade jetzt, wo wir darauf angewiesen sind?«

Ich rieb den Kopf an seiner Schulter. »Denkst du nie daran, dass etwas schief gehen könnte?«

Ich fühlte, wie sein Atem kurz aussetzte, doch als er antwortete, klang seine Stimme unverändert gleichmäßig. »Manchmal schon. Aber nicht allzu oft.«

Ich schwieg und auch er sprach nicht weiter. So saßen wir eine ganze Weile. Sein Haar lag auf meinem Gesicht; ich kämmte es mit den Fingern und atmete in ihm den Hauch der Erinnerungen.

»Ich muss jetzt weg«, hauchte er schließlich. »Ich habe noch eine Menge zu tun.«

Ich wollte mich an ihm festklammern und flehen: Bleib noch. Bitte, bleib! Ich bin so durcheinander! Aber ich beherrschte mich. Wir wussten beide, was auf dem Spiel stand. Höher würden die Einsätze nicht mehr steigen. Unsere Lage, dachte ich, war von Anfang an schwierig gewesen; doch jetzt hatte ich das Gefühl, dass wir auf etwas Schlimmes und Unausweichliches zusteuerten. Ich versuchte mich gegen die Angst zu wehren, ich durfte sie gar nicht erst aufkommen lassen. Wir hatten uns entschieden, es gab kein Zurück mehr. Wir mussten kühl denken, mehrere Dinge gleichzeitig überlegen, gefährliche Fehler vermeiden. Mit Heulen, Jammern und Zähneknirschen war uns nicht geholfen.

Und so befreite ich mich lächelnd aus Adons Umarmung, zog ihn an der Hand hoch und sagte leichthin: »Nun geh schon! Wir sehen uns ja heute Abend – in unserem Schloss.«

15

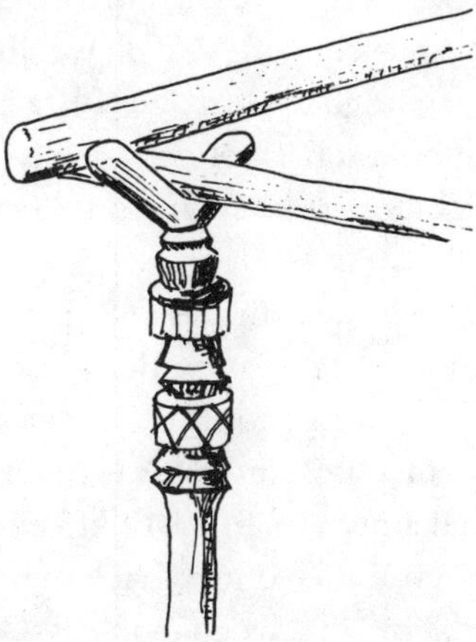

Mir fehlten etliche Stunden Schlaf; ich konnte vor Müdigkeit kaum denken. Dabei hatte ich heute noch einiges zu erledigen und brauchte einen klaren Kopf. Zu allem Überfluss lag der Wäscheberg immer noch da, wo ich ihn hingeschmissen hatte. Widerwillig tauchte ich die Wäsche in die Lauge, ließ sie einziehen und spülte sie, so gut unser beschränkter Wasservorrat es zuließ. Dann klatschte ich die Laken gegen den Bottich, wrang sie aus und hängte sie über die Leine. Erleichtert seufzte ich auf, wenigstens das war erledigt! Ich stellte das Frühstück für Schwester Pia auf den Tisch und begab mich zum Büro der Air Algérie. Mein Flugticket war »open«, theoretisch konnte ich fliegen, wann ich wollte.

Ich sagte dem Mann am Schalter, ich wollte am kommenden Dienstag abreisen. Der Beamte, der eine prachtvolle Elvis-Presley-Tolle spazieren führte, legte die Stirn in Falten. Die Maschine sei leider völlig ausgebucht.

Ich hatte in Algerien einiges gelernt und wollte meine Zeit nicht vertrödeln. »Sehen Sie noch mal auf der Liste nach«, sagte ich liebenswürdig, während ich, wie nebenbei, einen Schein über den Tisch schob.

Diesen Schein steckte der Presley-Fan mit einer ebenso beiläufigen wie geübten Geste ein, bevor er seine Liste hervorkramte und mir bekannt gab, dass – welch ein Zufall, welch ein Wunder – ausgerechnet am Dienstag noch ein einziger Platz zu haben sei.

»Aber seien Sie pünktlich zwei Stunden vor dem Abflug da«, mahnte er mich in schulmeisterlichem Ton. »Sie sehen ja, wir haben eine lange Warteliste.«

So, auch das hatte ich hinter mir! Das Nächste, das ich zu erledigen hatte, war der Brief an meine Mutter. Briefpapier und Kugelschreiber hatte ich vorsorglich mitgenommen. Ich setzte mich gleich gegenüber der Post in ein Café. Vor lauter Gähnen renkte ich mir fast den Kiefer aus. Ich bekämpfte meine Müdigkeit mit einem stark gesüßten, ekelhaft bitteren Kaffee und schrieb meiner Mutter, was vorgefallen war. Ich erklärte ihr, wozu wir das Geld brauchten, und teilte ihr meine voraussichtliche Ankunftszeit in Brüssel mit.

»Wahrscheinlich ist dies der letzte Brief vor meiner Abreise. Kommt etwas dazwischen, telegrafiere ich dir. Offen gestanden, ich bin ziemlich aus den Fugen. Adon stellt sich die Sache viel zu einfach vor. Wird er geschnappt, landet er im Knast. Und was wird aus Atara? Ich habe Hiram versprochen sie nicht im Stich zu lassen und werde bis zuletzt kämpfen, um ihn nicht zu enttäuschen. Aber wenn alles nichts nützt …«

Ich nagte an meinem Kugelschreiber und starrte, ohne sie richtig wahrzunehmen, zwei nordische Hünen in rotblauer Motorradkluft an, die ihre überlangen Beine weit von sich streckten und an einer Cola saugten. Sie starrten zurück. Ich blinzelte gereizt und schrieb meinen Satz zu Ende.

»… dann weiß ich nicht, wie es weitergeht. Zumindest heute nicht. Ich kann nicht mehr denken, ich bin viel zu müde. Hoffentlich fällt mir morgen etwas ein!«

Ich steckte den Brief in den Umschlag, klebte ihn zu und brachte ihn zur Post. Heute Abend ging ein Flugzeug; der Brief würde in zwei Tagen in Brüssel sein. Vor lauter Müdigkeit konnte ich mich kaum mehr auf den Beinen halten; sogar die Sorge um Adon empfand ich nur noch wie durch einen Nebel. Hassenswerte Schlafsucht! Es half alles nichts, ich brauchte ein paar Stunden Ruhe.

Schwester Pia war schon wieder an der Arbeit. Sie hatte ihr Bett sorgfältig neu bezogen, die dünne Decke akkurat in Falten gelegt und das schmutzige Geschirr in die Spüle gestellt. Ich ging in mein Zimmer und schloss die Fensterläden. Ich hatte noch die Kraft aus den Turnschuhen zu schlüpfen und die Jeans auszuziehen; in T-Shirt und Slip wickelte ich mich in meine Decke, legte mich auf die unbezogene Matratze und drehte das Gesicht zur Wand. Ich war gerade am Einduseln, als an das Tor geklopft wurde. Ich muss aufstehen, muss sehen, wer da ist, sagte eine müde Stimme in mir. Aber ich brachte es nicht fertig mich zu rühren. Während ich im Halbschlaf schwerfällig überlegte, ob ich aufstehen sollte, hörte das Klopfen auf. Ich warf mich auf die andere Seite und schloss die Augen. Die Welt rings um mich verschwamm, Gefühle und Gedanken lösten sich auf; nach wenigen Sekunden schlief ich tief und fest.

Ich wusste nicht, wie viel Zeit vergangen war, als sich etwas in meinem Unterbewusstsein zu regen begann. Wach auf, du hast zu tun, rief mir eine Stimme im Halbschlaf zu, während mich gleichzeitig die Sehnsucht nach Schlaf in das Nichts, in das wohltuende Vergessen zurückzog. Dazwischen drängten sich wirre Bilder und Empfindungen: Ich sah Adons verstörtes Gesicht vor mir und erinnerte mich an den Wutanfall, den Moktars Sturheit in mir ausgelöst hatte. Ich erinnerte mich an die verklebten Augen meines Großvaters und vermeinte noch den Druck seiner fieberheißen Hand zu spüren. Dann sah ich Atara aufrecht und stolz im Mondschein sitzen und Mano, der sie mit stiller Verzweiflung betrachtete. Auf einmal erschien die Frau wieder, von der ich schon mehrmals geträumt hatte; jene Frau, deren Antlitz sich verwandelte, wann immer ich sie ansah. Tief verschleiert stand sie vor einem roten Lehmtor. Im Traum rief ich ihr zu: »Nun sag mir doch endlich, wer bist du?« Da schlug sie den Schleier zurück. Ich sah in die kohlenschwarzen Augen, betrachtete die scharf gezeichneten Brauen und die wie eine Perlenkette blitzenden Zähne. Laut rief ich ihren Namen: »Tamar!«

In diesem Moment erwachte ich; meine eigene Stimme hatte mich aus dem Schlaf gerissen. Noch halb im Traum, setzte ich mich auf. Ich zitterte am ganzen Körper und hatte einen fahlen Geschmack im Mund. An den Schatten im Zimmer merkte ich, dass ziemlich viel Zeit vergangen sein musste. Ich sah auf die Uhr – ich hatte fast fünf Stunden geschlafen. Auch das Wetter hatte sich verändert; Windstöße rüttelten an den Läden. Ich muss die Wäsche von der Leine nehmen, dachte ich, sonst fliegt sie weg. Ächzend wickelte ich mich aus der Decke und stand auf. Der Schlaf hatte mir gut getan, ich konnte wieder vernünftig denken. Ich nahm mir vor zu meinen Großeltern zu gehen, sobald ich die Wäsche versorgt hatte. Ich wollte wissen, was mit Adon war. Vielleicht hatte er es sich inzwischen anders überlegt und ich konnte mit ihm reden. Ich taumelte in den Waschraum, schöpfte Wasser aus dem Reservebecken, wusch mich und putzte mir die Zähne. Das Plumpsklo stank entsetzlich, wie immer, wenn sich das Wetter änderte. Ich goss Wasser aus dem dafür bereitgestellten Kessel nach, wobei ich darauf achtete, dass noch etwas für die nächste Benutzerin übrig blieb.

Rasch zog ich mich an und ging in den Hof. Die Wäsche war pulvertrocken und mit einer feinen roten Staubschicht bedeckt. Der Wind hatte einen Kissenbezug in die Büsche geweht. Ich nahm die Wäsche ab und faltete sie zusammen. Dabei fiel mir ein, dass ich vor dem Einschlafen jemanden klopfen gehört hatte. Aber inzwischen waren fünf Stunden vergangen und keiner hatte sich gemeldet. Wird schon nicht so wichtig gewesen sein, dachte ich, während ich die Wäsche hineintrug. Der Wind wehte ziemlich heftig. Ich schloss überall die Läden, zog meinen Parka über das T-Shirt und machte mich auf den Weg zu meinen Großeltern.

Es war kalt geworden; Sandschwaden fegten durch die Straßen. Die vorbeifahrenden Wagen waren rot vor Staub und die spärlichen

Sonnenstrahlen spiegelten sich in den sandbedeckten Windschutzscheiben. Durch den Wind behindert, fuhren die Radfahrer in halsbrecherischem Zickzack über die Straßen; die Gewänder der Vorbeigehenden blähten sich wie Segel. Überall spürte ich den Sand, im Mund, in den Augen und in der Nase; er drang in die Kleider, kratzte auf der Haut und knirschte zwischen den Zähnen.

Ich war froh, als ich vor dem Haus meiner Großeltern stand. Doch das Tor war geschlossen. Ich klopfte und wartete. Im Hof rührte sich nichts. Der Wind zischte und röhrte und Chittou hatte das Klopfen vermutlich nicht gehört. Ich klopfte stärker. Vergeblich. Allmählich wurde ich unruhig und hämmerte an das Tor, bis mir die Fäuste wehtaten. Endlich vernahm ich ein Geräusch. Der Riegel wurde zurückgeschoben und das Tor, vom Wind aufgestoßen, knallte mir fast an den Kopf. Vor mir, im rötlichen Gegenlicht, stand Chittou. Seine heftig flatternde Gandura bildete einen überraschenden Gegensatz zu seiner eigenen Unbeweglichkeit. Er stand einfach da, als nähme er meine Gegenwart nicht einmal wahr. Verwirrt schlüpfte ich an ihm vorbei um den Windstößen zu entgehen. Endlich kam wieder Leben in ihn; er zog das Tor mit aller Kraft zu und schob den Riegel vor. Seine Haltung, sein dumpfes Schweigen entsprachen nicht seiner sonst üblichen Art. Panische Angst befiel mich. Etwas Grässliches war geschehen und ich dumme Kuh hatte geschlafen!

»Chittou!«, rief ich. »Was ist los? Wo ist Adon?«

Er schwieg; sein Kinn war auf die Brust gesunken; sein verschleiertes Gesicht starrte auf mich herab. Ich sah nur die Augen, die gerötet waren wie die eines Fieberkranken.

»Ist Adon etwas zugestoßen?«, schrie ich. »Willst du es mir nicht sagen?«

Ein fast röchelndes Stöhnen entrang sich seiner mächtigen Brust. »Dein Großvater ist gestorben«, stieß er kehlig hervor.

16

Sekundenlang stand ich da wie gelähmt, unfähig ein Wort über die Lippen zu bringen, geschweige denn einen klaren Gedanken zu fassen. Stumm und aufgewühlt starrte ich zu ihm empor. Auf einmal schüttelte er langsam, wie aus einem Traum erwachend, sein verhülltes Haupt. Er hob seine schwielige Hand und ließ sie in einer seltsam beschützenden Geste über meinem Haar schweben. Da erst vermochte ich mich aus meiner Erstarrung zu lösen.

Ich fühlte, wie ich zu zittern begann. »Wann … ist es geschehen?«, flüsterte ich mit rauer Kehle.

»Mano kam, als es windig wurde.« Chittou antwortete ohne recht zu begreifen, dass er sprach. »Er sagte, Sandsturm nicht gut für kranke Menschen – er helfe Hiram schlafen. Dein Großvater lag ganz still. Tabelhuit sagte: ›Sieh nur, er schläft schon.‹ Aber seine Augen standen halb offen. Mano zog Lid in die Höhe … berührte Auge mit Fingernagel und sagte: ›Jetzt hat er keine Schmerzen mehr. Es ist vorüber.‹ …«

Chittous heisere Stimme brach. Er holte tief Atem und fuhr fort: »Deine Großmutter schickte mich zu den ›Petites Sœurs‹ um es dir zu sagen. Ich klopfte lange. Aber es war niemand da.«

»Doch, ich war da«, erwiderte ich tonlos. »Aber ich habe geschlafen.«

Chittou seufzte schwer. »Mektoub«, sagte er, das arabische Wort für »es steht geschrieben«.

Ich holte gepresst Luft. »Kann ich ihn sehen?«

»Komm«, nickte Chittou.

Schwerfällig schlurfte er voraus. Ich folgte ihm. Vor der Haustür zog ich meine Turnschuhe aus. Der Sand hatte die Fersen meiner Socken rostrot gefärbt. Mit klopfendem Herzen trat ich in den fensterlosen Raum. Im Haus herrschte Stille. Chittou kratzte an die Tür, die in das Zimmer meiner Großeltern führte, und stieß sie behutsam auf. Im schwachen Licht der Glühbirne sah ich Tabelhuit und Atara neben dem Lager meines Großvaters am Boden kauern. Einzig Atara hob den Kopf, als ich eintrat. Tabelhuits Gesicht blieb unter dem Schleier verborgen.

Ich näherte mich auf Zehenspitzen und kniete neben dem Verstorbenen nieder. Man hatte Hiram gewaschen, ihn von Kopf bis Fuß mit weißem Quarzit, einem dichten, feinkörnigen Gestein, abgerieben und neu eingekleidet. Wie es der Brauch vorschrieb, war der ganze Leichnam mit einem weißen Leinentuch bedeckt. Das Gewebe schmiegte sich um das Antlitz des Verstorbenen; im Spiel von Licht und Schatten traten die Umrisse seiner Züge, wie mit einer Kalkschicht überzogen, hervor. Mein Großvater, den ich als hoch gewachsenen, eindrucksvollen Mann in Erinnerung hatte, kam mir plötzlich erstaunlich schmalknochig vor.

Tiefe Rührung ergriff mich; ich zitterte immer stärker. Zuerst versuchte ich mein Schluchzen zu beherrschen, aber dann vermochte ich nicht mehr die Tränen zurückzuhalten. Und obschon ich wusste, dass der Tod für ihn eine Erlösung bedeutete, gab ich mich völlig dem Schmerz hin, der mich erfüllte. Er, der Nomade, dessen Vorfahren dem Wind gefolgt waren, würde nun wandern, ohne Grenzen, durch Raum und Zeit. Das Gespräch mit meiner Mutter, damals in Belgien, kam mir in den Sinn. Ich erinnerte mich noch genau an ihre Worte: »Die Trennung zwischen Leben und Tod ist nur eine Illusion. Die Natur hat es so eingerichtet, dass alles, was existiert, als Teil des ewigen Geistes wieder geboren wird. Lebende und Tote nehmen an diesem Kreislauf teil, der alle Wesen an jedem Ort auf der Erde mit unsichtbaren Fäden verbindet.«

Ich fuhr mit dem Handrücken über mein verheultes Gesicht, suchte mein Taschentuch und putzte mir die Nase. Aufseufzend wandte ich die Augen von dem Verstorbenen ab und richtete sie auf Tabelhuit.

Sie saß noch immer wie in sich zusammengesunken, doch sie spürte meinen Blick und hob langsam den Kopf. In ihren geröteten Augen flackerte der Kummer, aber ihr Antlitz schien mir seltsam entspannt. Ihre Haut, von Tränen gereinigt, schimmerte bleich, straff und wie geläutert.

»Wir waren immer beisammen«, sagte sie stockend. »In guten wie in schlechten Zeiten. Die Jahre habe ich nicht gezählt; heute scheint mir, sie gingen schnell vorüber.«

Ich schluckte würgend. »Weiß Adon schon Bescheid?«

Ihre blassen Lippen zuckten. »Nein, er ging vorher weg.«

Ich knüllte mein Taschentuch zusammen und steckte es weg. »Ich werde es ihm sagen.«

Tabelhuit sprach kaum hörbar weiter. »Als am frühen Morgen sein Aufgebot kam, gebärdete er sich wie wahnsinnig. Ich konnte ihn nicht zur Vernunft bringen. Und morgen ist die Bestattung; alle werden sich fragen, warum er nicht zugegen ist.«

Ich schwieg beklommen. Wir hatten versucht das Unvorhergesehene einzuplanen. Und jetzt war etwas eingetreten, mit dem wir nicht gerechnet hatten.

Tabelhuit seufzte. »Für Hiram war die Geduld eine der wichtigsten Tugenden, aber die Jugend will nichts mehr davon wissen. Sie sieht den Morgen voller Verheißungen vor sich und denkt nicht an den Abend. Mit den Menschen ist es wie mit den Völkern: Der Morgen gehört der Jugend, der Abend dem Alter. Und dann kommt die Nacht.«

Ihre Stimme erlosch. Sie zog den Schleier über ihr Antlitz und begann stumm sich hin und her zu wiegen. Ich fing Ataras Blick auf. Sie gab mir ein Zeichen und erhob sich. Ich sah ein letztes Mal auf die weiße Gestalt meines Großvaters, dann auf Tabelhuit, ganz in Schwarz gehüllt; sie hatte ihr Selbst aufgegeben, wurde zu einer Erscheinung, von schattenhaftem Licht umgeben, sie wurde selbst zu einem Schatten. Noch lebend trat sie in die Vergangenheit zurück, sank und ließ sich sinken in die hereinbrechende Nacht, die unser Volk von allen Seiten umschloss …

Chittou hatte im Nebenraum Licht angezündet. Der Wind wehte Sandkörner durch die Ritzen der geschlossenen Tür. Atara warf ihren Schleier zurück. Wir setzten uns und ich betrachtete erstaunt ihr Gesicht: Die Veränderungen wurden von Tag zu Tag augenfälliger. Die stumme, eingeschüchterte junge Frau von einst war verschwunden. Ihr Antlitz hatte jetzt etwas Stolzes, ja nahezu Gebieterisches an sich. Sie glich immer mehr ihrem Bruder, in den Blicken, in der Art zu sprechen, in ihren sparsamen, präzisen Bewegungen.

»Adon ging also, bevor es geschah«, brach ich schließlich das Schweigen.

Sie nickte ruhig. »Das Schicksal wollte es so.«

»Findet die Bestattung wirklich schon morgen statt?«, fragte ich.

»Ja, morgen bei Sonnenaufgang. Die Nachricht wird sich schnell verbreiten. Viele Leute wissen es schon.«

Ich dachte mit leichtem Schaudern, dass das Klima hier wohl ein längeres Aufbahren des Verstorbenen unmöglich machte.

»An der Bestattung nehmen nur die Männer der Familie teil«, fuhr Atara fort. Sie legte eine kurze Pause ein und setzte hinzu: »Moktar kommt auch.«

Ich hob ruckartig den Kopf. In meinem Schmerz gefangen, hatte ich bisher ziemlich teilnahmslos zugehört. Doch bei diesen Worten ging es mir wie einem Tier, das Gefahr wittert: Meine Haut kribbelte und die Wurzeln meiner Nackenhaare sträubten sich. Etwas stimmt da nicht, fühlte ich instinktiv. Ich muss herausfinden, was es ist. Doch die ganze Stimmung, die Stille, die Nähe des Verstorbenen, all das zehrte an mir; ich konnte keinen klaren Gedanken fassen.

Ataras dunkle Stimme riss mich aus meiner Benommenheit. »Tabelhuit wollte nicht, dass Hiram auf dem Friedhof der Moslems beigesetzt wird. Man wird ihn nach alter Sitte der Erde übergeben. Sein Grab wird in Richtung Nord-Süd ausgehoben. Vier Männer werden ihn auf einer Bahre zu seiner Ruhestätte tragen. Der Verstorbene wird auf seiner rechten Seite im Grab liegen, damit sein Antlitz nach Osten blickt. Verschiedene Gräser werden über ihn gestreut. Steine schützen seinen Körper vor wilden Tieren.«

Ich konzentrierte mich auf das, was sie sagte, hauptsächlich um meine Erregung zu beruhigen und wieder zu Verstand zu kommen. »Und dann?«, fragte ich.

»Man befestigt einen Stoffstreifen an einem Holzstab und treibt ihn am Kopfende des Grabes in den Sand.«

»Warum?«

Die Glühbirne über Ataras Kopf ließ goldene Funken in ihren Augen aufsprühen. Ihr Gesicht hatte nichts Mädchenhaftes mehr an sich, sondern wirkte seltsam alterslos. »Früher wurden die Stoffstreifen an Bäumen befestigt. Der Baum mit seiner starken Lebenskraft ist ein Vermittler zwischen dem Diesseits und dem Jenseits; als Wohnsitz der Gottheit hilft er den Verstorbenen, ein ›Kel Es Suf‹, ein ›Wesen aus dem Nichts‹ zu werden, ein guter, Glück bringender Geist. Und solange sein Andenken bewahrt wird, beschützt der Geist seine Hinterbliebenen.«

Ich nickte, meine Kehle war wie zugeschnürt. »Mein Vater ist schon lange tot. Aber meine Mutter spricht von ihm, als sei er noch am Leben.«

Atara schaute mich zustimmend an. »Das ist gut so. Er ist bei ihr und beschützt sie.«

Mir kamen abermals die Tränen. »Ich werde meinen Großvater auch nie vergessen. Ich werde meinen Kindern von ihm erzählen und …«

Ich verstummte, denn draußen wurde an das Tor geklopft. Ich hörte Chittou durch den Hof stapfen und das Knirschen des Riegels. Schritte und gedämpfte Stimmen wurden laut. Als Chittou die Haustür öffnete, erschienen im Gegenlicht einige schwarz verhüllte Gestalten. Es waren vorwiegend ältere Frauen, entfernte Verwandte, die ich nie gesehen hatte. Sie kamen um Tabelhuit ihr Beileid auszusprechen. Atara und ich erhoben uns um die Besucherinnen willkommen zu heißen. Sie schlugen ihre von Sand überpuderten Schleier aus der Stirn. Obwohl vom Alter gezeichnet, bewahrten ihre Gesichter die scharfgeschnittenen Züge der Ihaggaren, die runden Wangenknochen, die hohe Stirn. Sie legten ihre mit Henna gefärbten Handflächen gegen die meinen, ihre schimmernden Augen musterten mich neugierig und voll Zuneigung. Während Atara ging um Tabelhuit ihren Besuch anzumelden, wisperten sie untereinander oder stießen Seufzer aus. Die an den Schleierzipfeln befestigten kupfernen Schlüssel klingelten bei jeder Bewegung wie Glöckchen. Der Geruch nach Talg und Staub erfüllte den Raum. In ihren Gewändern, die Schleier in Falten um sich geschlungen, erschienen sie mir wie Menschen aus einer anderen Welt, aus einer anderen Zeit. Ihre Augen, dunkel und kummervoll, schienen weit zurück in die alten Tage der Erde zu blicken. Ich empfand Scheu vor ihrer Weisheit und kannte ihre Seele nicht.

Nach einer Weile kam Atara zurück und lud die Frauen mit leisen Worten ein sich in das Zimmer des Verstorbenen zu begeben. Während sie sich unter Flüstern und Seufzen in den Raum schoben, gab ich Atara einen Wink.

»Ich gehe jetzt besser.«

»Du solltest etwas essen«, sagte sie mit einem Sinn für das Praktische, der mich überraschte. »Chittou hat Reis gekocht. Warte noch einen Augenblick.«

Ich stand auf und zog meinen Parka an. »Nein, ich muss weg.«

Die ganze Zeit hatte ich – mehr oder weniger bewusst – über Tabelhuits Worte nachgedacht. Man hatte Adon vierundzwanzig Stunden Zeit gegeben und die Frist war noch nicht abgelaufen. Jetzt war

Hiram gestorben und er wusste von nichts. Wenn Adon aber nicht zur Bestattung erschien, würde das Verdacht erregen. War er jedoch anwesend, wäre selbst Moktar ruhig.

»Ich weiß, wo Adon ist«, erklärte ich Atara.

Sie nickte stumm. Sie wusste es natürlich auch.

»Ich will ihm sagen, was passiert ist«, fuhr ich hastig fort. »Wenn Moktar morgen früh kommt, muss Adon unbedingt hier sein. Sonst sieht es für ihn schlimm aus.«

Ihre Augen verengten sich und glänzten. Sie hob warnend die Hand. »Horch nur, der Wind!«

Ich schüttelte den Kopf. »Mach dir keine Gedanken, ich kenne den Weg. Wenn ich mich beeile, schaffe ich es.«

Ich zog meinen Reißverschluss hoch, ging zur Tür und zwängte mich in meine Turnschuhe. Tief fliegende, rot gefärbte Wolken ballten sich am Himmel und über den Hof peitschten Garben von Sand.

Atara war mir gefolgt; ich vernahm hinter mir ihre stoßenden Atemzüge. »Gib Acht! Das Schicksal ist gegen euch«, sagte sie dumpf.

Ich fuhr herum und starrte sie an. Ihr Gesicht schimmerte im Halbdunkel, ein verschlossener Ausdruck lag darauf. Sie schien Angst zu haben und sie tat mir Leid.

«Du weißt doch«, flüsterte ich aufgewühlt, »dass wir dich nicht im Stich lassen.«

Ihre Augen waren unergründlich. Plötzlich hob ein tiefer Seufzer ihre Brust. »Du bist meine Schwester«, stieß sie hervor. »Aber sorge dich nicht um mich. Ich schütze mich selbst.«

Ich starrte sie an und traute meinen Ohren nicht. Es hatte sich wie eine Zurechtweisung angehört. Sie ließ mich spüren, dass sie nicht mehr die war, die ich noch immer glaubte vor mir zu haben. Und obgleich ihre Worte sanft und traurig klangen, fühlte ich mich gekränkt. Atara merkte es sofort; unvermittelt spürte ich ihre Hand auf der meinen. In den fast kindlich dünnen Fingern war eine erstaunliche Kraft spürbar, eine Art inneres Feuer. Trotzdem wurde ich vom Schmerz und vom Kummer ergriffen, den ihr Gesicht mit einem Schlag zeigte.

»Gehe lieber nicht hin«, sagte sie.

Ihr schmaler Kopf betonte diese Worte mit einer sanften, aber unerbittlichen Bewegung.

»Warum nicht?«, fragte ich fassunglos.

»Es ist gefährlich«, sagte sie. »Und es hat keinen Sinn.«

Ich entsann mich jener Nacht, wo sie im Schatten der Burgruinen die heilige Schlange angerufen hatte. Sie glaubte seitdem, ihre Zukunft im Sand gelesen zu haben; dies mochte ihr Zuversicht geben. Aber was hatte das mit Adon zu tun? Von Adon hatte sie nichts gesagt. Sie reagierte seltsam; sie stellte sich unserem Vorhaben nicht in den Weg, sie half uns aber auch nicht dabei. Sie fürchtete offenbar, wir schafften es nicht. Oder war da noch etwas anderes, etwas, was sie uns verheimlichte? Wieder überlief es mich. Aber was nun? Adon riskierte hinter Gittern zu landen, wenn er morgen früh nicht zur Bestattung erschien, denn er würde sofort unter Verdacht geraten vor dem Aufgebot geflohen zu sein. Die Folgen wollte ich mir lieber nicht ausmalen.

Eine Ungeduld, die an Panik grenzte, überfiel mich. Adon und ich beurteilten die Dinge nüchtern, aber Atara sah die Welt durch den Schleier ihrer Wachträume; sie war unfähig sachgemäß zu denken. Ich durfte mich nicht von ihr beeinflussen lassen. Mich quälte es, dass ich gezwungen war sie vor den Kopf zu stoßen, ausgerechnet heute, wo sie um meinen Großvater trauerte. Aber es half alles nichts; ich musste unter allen Umständen zu Adon, selbst wenn ich mich durch einen Wirbelsturm zu kämpfen hätte.

Während ich überlegte, ließ mich Atara nicht aus den Augen. Ihr Gesicht verzog sich; sie presste die Lippen zusammen, doch es gelang ihr nicht, ein leichtes Zittern zu verbergen. Und im selben Moment, als ich sie ansah, merkte ich, dass sie in meinen Gedanken las. Das belastete mich. Sie öffnete die Lippen, wollte etwas sagen, doch ich konnte, innerlich kochend vor Unruhe, nicht mehr warten und ließ sie gar nicht erst zu Wort kommen.

»Wir reden später darüber. Jetzt darf ich keine Zeit mehr verlieren.« Und ich lief hinaus, bevor sie mich zurückhalten konnte.

Es dunkelte bereits oder wenigstens schien es mir so, denn der Himmel hatte eine eigentümliche, kupferne Färbung angenommen. Der flache Kamm des Hadrian-Berges war völlig im rötlichen Nebel verschwunden. Die Luft knisterte und vibrierte; die Staubschleier, die über den Boden wehten, sahen aus wie Dunst, aber dort, wo die pulverfeinen Sandkörner die nackte Haut trafen, kratzten sie wie tausend Nadelstiche. Stoßweise wirbelte der Wind um die Ecken. Die Zweige der Tamariskenbäume bogen sich ächzend, die Gewänder der Eingeborenen flatterten, die Wagen krochen langsam und mit aufgeblendeten Scheinwerfern dahin. Auf der Hauptstraße war die Asphaltschicht bereits von einer feinen Sandschicht bedeckt, in der die Reifen ihre Spuren hinterließen. Blinzelnd und keuchend lief ich durch die verwinkelten Gassen. Einige schemenhafte Gestalten stemmten sich gegen den Wind. Ein aus dem Gleichgewicht gebrachter Radfahrer sauste mir blindlings entgegen, im letzten Moment konnte ich mich gerade noch mit einem Sprung in Sicherheit bringen. Bald kam ich am Hotel »Tahat« vorbei, in dem ich bei meiner Ankunft in Tam für kurze Zeit gewohnt hatte. Die Scheinwerfer, die das Portal erleuchteten, entfalteten einen gespenstischen Lichthof am Himmel. Der Parkplatz war voll besetzt, die staubbedeckten Wagen standen bis auf die Straße. Auch auf dem Campingplatz herrschte Hochbetrieb. Spärliches Licht leuchtete aus den Zelten und aus den Strohhütten, die extra für die Touristen aufgestellt waren. Das Brausen des Windes vermischte sich mit den heiseren Kehllauten eines »Rai«. Diese von der Stadtjugend heiß geliebten algerischen Schnulzen besangen Sex und Sehnsucht auf eine Weise, die keusche Ohren rot werden ließ. Gewisse Gruppen waren bestrebt diese für sie allzu freizügige Musik zu verbieten, aber die Anordnungen waren offenbar noch nicht bis in den tiefen Süden durchgesickert.

Als ich die letzten Häuser von Tam hinter mir gelassen hatte, erfasste mich der Sturm mit voller Wucht. Der Sand glich einem Sturzbach; Welle über Welle kam angerollt. In der Ferne waren die Umrisse des Ruinenfeldes zu erkennen und ich kämpfte mich gegen den Wind darauf zu. Der Sand drang mir in die Kehle, wehte bis in meinen BH, klebte auf der erhitzten Haut und juckte zum Verrücktwerden. Hustend und spuckend senkte ich den Kopf und stemmte mich gegen den Wind, zerrte mein zerknülltes Taschentuch hervor und band es mir vor Nase und Mund. Dann zog ich den Kragen meines Parkas so hoch, wie es ging, und stapfte weiter. Als ich nach einer Weile den Kopf hob um den Weg abzuschätzen, sah ich die Ruine nicht mehr. Nur immer geradeaus gehen, dachte ich, da kann ich sie nicht verfehlen. Mit aller Kraft kämpfte ich gegen den jetzt von der Seite stürmenden Wind. Ich konnte die eingeschlagene Richtung immer weniger einhalten. Auf einmal packte mich die Angst.

Ich blieb stehen und merkte voller Schreck, dass ich die Richtung verloren hatte. Die Gewalt des Sturmes warf mich fast zu Boden. Das Herz schlug mir bis zum Hals, meine Knie gaben nach. Die unheimliche rot glühende Dämmerung nahm ständig noch zu und im kalten Sturm kriegte ich kaum mehr Atem. Schlagartig wurde mir klar, dass das Weitergehen lebensgefährlich war. Unbeholfen machte ich kehrt, stapfte wieder zurück und versuchte meinen eigenen, schon fast verwischten Spuren zu folgen. Abermals kam ich von der Richtung ab. Meine Kehle brannte wie Feuer und Tränen liefen mir über die Wangen. Ich hatte kaum noch Speichel im Mund und mein ganzer Körper schien mit einer Sandkruste überzogen. Der Orkan zerrte an meinen Kräften. Jeder Schritt kostete mich unendliche Anstrengung und trotzdem musste ich weitergehen. Meinem Gefühl nach war ich auf dem richtigen Weg, aber der Sand nahm mir jede Sicht. Mir kamen sämtliche Schauermärchen in den Sinn, in denen von Verirrten die Rede war, die im Kreis herumliefen, bis sie starben.

Meine Angst wuchs, doch ich versuchte ruhig zu überlegen. Ich konnte nicht weit vom Stadtrand entfernt sein. Wäre es nicht vernünftiger, mich einfach hinzukauern und zu warten, bis das Unwetter vorbei war? Ich wusste von Adon, dass es Sandstürme gab, die nach nur ein bis zwei Stunden vorbei waren; andere jedoch dauerten einen Tag oder auch zwei, manche eine ganze Woche. Das Risiko konnte ich nicht eingehen: Ich musste weiter. Blindlings taumelte ich durch die Windböen. Allmählich glaubte ich weit vor mir ein rosa Licht zu erkennen. Atemlos, stöhnend vor Erschöpfung, stolperte ich darauf zu. Und plötzlich, als der Wind für einige Sekunden den Sandnebel teilte, sah ich wie ein Traumbild, hoch über meinem Kopf die Umrisse eines dunklen Bogens. Er wirkte wie eine Brücke zwischen Himmel und Erde. Was konnte das nur sein? Mein Herz schlug zum Ersticken. Auf einmal drang ein seltsames Klopfen durch das brausende Heulen. Ein klagender, rhythmischer Laut, wie ein fernes Echo pochend und vibrierend. Da wusste ich, wo ich war: Die Musik aus dem Campingplatz, vom Wind hergetragen, wehte bis zu mir hinüber. Das erleuchtete Portal des Hotels hatte mir als Orientierungshilfe gedient.

Mein Atem flog – ich war gerettet! Schon tauchten schemenhaft die roten Lehmmauern auf, die zuckenden Zweige der Tamarisken. Mit weichen Knien schleppte ich mich durch die Straße. Ich musste furchtbar aussehen. Mit dem Taschentuch vor dem Mund und dem hochgezogenen Parkakragen glich ich sicher einer, die es auf die Hotelkasse abgesehen hatte. Mir fehlte nur noch die Maschinenpistole.

Aber mir war nicht nach Witzen zumute. Ich dachte an Adon und Verzweiflung erfüllte mich. Dabei dachte ich nicht an den Sandsturm; Adon war hier geboren und hatte bestimmt einen Unterschlupf gefunden. Aber morgen wurde Hiram bestattet und Moktar würde erfahren, dass Adon geflohen war. Ich hatte die Gefahr nicht von ihm abwenden können. Atara hatte mich vergeblich gewarnt. »Das Schicksal ist gegen euch«, hatte sie gesagt. Ich erbebte vor Schreck, dass es wahr sein könnte.

17

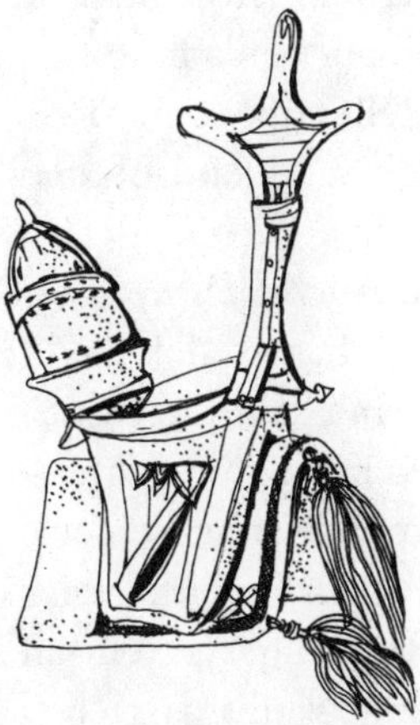

Als ich im Hause der Kleinen Schwestern eintraf, war es bereits dunkel. In der Küche brannte Licht. Ich ging auf Zehenspitzen durch den Gang und versuchte mich ungesehen in mein Zimmer zu schleichen, doch plötzlich ging die Küchentür auf. Ich fuhr zusammen. Schwester Claire erschien auf der Schwelle. Der Lichtschein aus der Küche blendete mich und ich blinzelte benommen.

Schwester Claire verzog keine Miene. »Du siehst ziemlich mitgenommen aus«, stellte sie fest. »Zum Glück läuft seit einer halben Stunde das Wasser wieder, komm nachher in die Küche, ich mache dir was zu essen.«

Ich eilte in mein Zimmer, riss mein sandiges Zeug vom Leib, stellte mich gute fünf Minuten unter die Dusche und wusch mich von Kopf bis Fuß. Meine Haut prickelte und spannte wie bei einem starken Sonnenbrand, meine aufgesprungenen Lippen taten höllisch weh. Ich rieb mir den letzten Rest Niveacreme ins Gesicht. Während ich in frische Kleider schlüpfte, hörte ich Schwester Claire in der Küche hantieren. Der Duft von Tomatensauce drang bis in mein Zimmer herauf. Das Wasser lief mir im Mund zusammen und ich merkte, dass ich vor Hunger fast umkam

Als ich die Küche betrat, füllte Schwester Claire gerade einen Berg Spaghetti in einen Teller. Mit dem Schöpflöffel gab sie einen großen Klecks Tomatensauce mit Thunfisch hinzu. Ich setzte mich und sie schob mir den Teller über den Tisch.

»Es tut mir Leid«, sagte ich kleinlaut, »dass ich heute Abend nicht kochen konnte.«

»Ob du es glaubst oder nicht, ich weiß, wie man Spaghetti macht.« Schwester Claire setzte sich, griff sich die Flasche Mineralwasser auf dem Tisch und füllte mein Glas. »Du hast einen schweren Tag hinter dir«, fuhr sie fort. »Mano hat es mir erzählt.«

»Mein Großvater wünschte zu sterben«, erwiderte ich gepresst. »Jetzt ist er glücklich, nur wir sind traurig.«

Die Schwester nickte ruhig. »Ja, Ich sah schon viele Menschen sterben. Ich habe immer geglaubt, dass ich nach einigen Jahren abgestumpft sein würde. Und in gewisser Weise bin ich das auch; man verliert die Angst vor dem Tod, man wird innerlich hart. Aber ich habe gemerkt, wäre ich sanft und weich geblieben, ich hätte in meiner Aufgabe versagt, wäre daran zerbrochen und damit nutzlos. Wir dürfen unsere eigenen Sorgen nicht so wichtig nehmen, damit wir unsere Fürsorge jenen widmen können, die darauf angewiesen sind.« Sie seufzte. »Zwei-, dreimal war auch ich nahe daran, alles aufzugeben. Am schwersten war für mich, in die Augen der Kranken zu blicken. Sie haben Augen wie Kinder, voller Zutrauen. Jetzt habe ich mich daran gewöhnt. Ich weiß, sie erwarten kein Mitleid, sondern Anteilnahme.«

Ich starrte auf den dampfenden Teller vor mir. »Als ich das letzte Mal mit meinem Großvater sprach, klammerte er sich an meiner Hand fest. Es schien ..., als spürte er in mir seine Mutter. Und dabei sehe ich ihn immer noch vor mir, so groß und so stark, wie er früher war.«

»Es gibt Tage«, sagte Schwester Claire, »an denen der Starke Schutz braucht wie der Schwache und umsorgt werden will. Und die Weisheit des Alters führt vor allem zur Erkenntnis: eines Tages gehen wir von dannen. Dieses Wissen macht uns hilflos wie Kinder und abhängig von der Güte der anderen.« Sie verstummte.

Draußen pfiff der Wind. Aber bei genauem Hinhören vernahm ich die fast unmerkliche Veränderung im Heulton des Sturmes, die sein Abflauen ankündigte. Morgen wird das Unwetter vorüber sein …

»Deine Spaghetti werden kalt«, brach Schwester Claire das Schweigen. »Es wird ja immer schlimmer mit dir, wenn du zusammenklappst, habe ich nicht einmal Zeit dir das Fieber zu messen. Und jetzt raus mit der Sprache: Wo kommst du her?«

Ich fühlte, wie mein heißes Gesicht noch mehr zu glühen begann, griff nach dem Glas und leerte es in einem Zug.

Schwester Claire goss mir nach, dabei zog sie fragend die Brauen hoch. »Nun?«

Es war nicht leicht ihr die Wahrheit zu sagen, aber ich hatte keine Wahl.

Schwester Claire nahm das Ganze erstaunlich gelassen. »Kein Wunder, dass du dich mit Adon gut verstehst. Ihr seid beide dreiste Draufgänger. Dabei war dein Vater ein so besonnener Mensch; eure Unverfrorenheit müsst ihr von irgendwelchen hitzköpfigen Ahnen geerbt haben. Lieber Jesus! Was nun? Natürlich wird Moktar sofort im Bilde sein. Er hat ja dafür gesorgt, dass das Aufgebot auf dem schnellsten Weg eintraf.«

Ich schluckte mühsam einen Bissen herunter.

»Deswegen wollte ich Adon ja zurückholen. Aber ich habe einen Fehler gemacht.«

»Den macht man in der Wüste bekanntlich nur einmal«, zitierte mich Schwester Claire trocken. »Du kannst Gott danken, dass du heil davongekommen bist.«

»Ich versuchte immer alle Möglichkeiten einzuplanen«, sagte ich kleinlaut. »Aber Atara hat mich vor dem Schicksal gewarnt. Und jetzt habe ich Angst.«

»Du kannst es auch Vorsehung nennen«, sagte Schwester Claire. »Oft ist die Wirklichkeit nicht im Äußerlichen zu erkennen. Du fragst dich: Worin liegt der Sinn des Ganzen? Aber vielleicht musst du dich mal fragen, ob dich nicht höhere Fügung lenkt.«

Worte!, dachte ich wegwerfend. Ich konnte mit Worten nichts anfangen, besonders nicht mit frommen Worten. Was ich brauchte, war eine vernünftige Lösung und die hatte Schwester Claire offenbar auch nicht zur Hand.

»Wie dem auch sei«, fuhr sie gleichmütig fort, »ihr habt euch in eine vertrackte Lage gebracht. Adon riskiert sogar das Gefängnis ... Aber er wird es überleben.«

Die Spaghetti rutschten mir von der Gabel. »Wie können Sie nur so grausam sein!«, rief ich fassungslos. »Und dabei sind Sie doch eine Ordensschwester!«

Ihre braunen Augen funkelten. »Muss ich deswegen gefühlsduselig werden? Nun hör mal zu, Mädchen! Jeder junge Mensch, der auf der Suche nach sich selbst ist, muss einige Prüfungen überstehen. Das Erwachsenwerden ist nicht nur Vergnügen. Adon ist zwar ein Dickschädel, aber niemals ein Feigling. Mach dir keine Sorge um ihn; er wird aus dieser Kraftprobe gestärkt hervorgehen.«

»Aber was soll nur aus ihm werden?«, jammerte ich, während ich die Spaghetti unbeholfen wieder aufrollte.

Sie stand auf und holte die Pfanne von der vorsintflutlichen Kochplatte.

»Jetzt mach um Himmels willen kein Drama aus der Sache. Auf irgendeine Weise wird er sich schon aus der Klemme ziehen. Noch etwas Tomatensauce?«

Ich hielt gedankenlos meinen Teller hin. Wie immer nahm das Gespräch mit ihr eine unvermutete Wendung. Ich bewunderte ihre Gelassenheit, die weder Furcht noch Überdruss aufkommen ließ. Sie nannte die Dinge beim Namen, schonte mich nicht, und gerade diese Offenheit war es, die ich brauchte. Wenn ich mit ihr sprach, kam mir alles nur halb so schlimm vor.

»Nun?«, fragte sie. »Wie schmecken dir die Spaghetti?«

Ich nickte anerkennend. »Gut. Meine sind immer zu pappig.«

Sie hatte es tatsächlich geschafft mich aufzuheitern. Aber eine Frage ließ mir keine Ruhe.

»Was machen wir, wenn Adon es nicht schafft? Wie kommt Atara dann aus Algerien heraus?«

Schwester Claire zog ihren Schemel heran. Ein seltsamer Ausdruck von Rührung breitete sich auf ihrem Gesicht aus. »Atara ist jetzt stark, stärker, als wir glauben. Ihre Wandlung ist ganz erstaunlich, ich hätte sie nicht für möglich gehalten. Bisher war ihr jedes Lebensglück versagt, jetzt aber steht sie am Anfang von etwas Neuem. Vielleicht muss sie eine Wahl treffen. Nun, wir werden sehen.«

Ob sie auch dort Bescheid wusste? Ich zögerte, aber schließlich konnte ich nicht gut die Ahnungslose spielen. »Übrigens ...«, begann ich vorsichtig. »Die Sache mit Mano ...«

Sie zeigte wieder ihr strahlendes, offenes Lächeln, das ihren herben Zügen einen besonderen Reiz verlieh. »Lieben heißt einander verstehen.«

»Dann wird Mano auch wählen müssen«, sagte ich.

»Er hat seine Wahl schon getroffen«, erwiderte die Schwester. Ein zarter Schatten verdunkelt ihre Augen. »Wahre Liebe«, sprach sie wie zu sich selbst, »verlangt nicht danach, einen Menschen einzumauern, sondern ihm die Freiheit zu schenken, die er braucht.«

In dieser Nacht schlief ich tief und fest, acht Stunden lang. Draußen heulte der Wind und rüttelte an den Läden, aber ich hörte ihn kaum. Als ich am nächsten Morgen erwachte, fiel mir zuerst die Stille auf. Der Sturm hatte sich gelegt. Aus der Ritze zwischen Mauer und Fensterladen fiel helles Licht in mein Zimmer. Ich erhob mich gähnend, stieß halb verschlafen die Läden auf und blinzelte verwirrt. Der Himmel strahlte in tiefem Blau. Die in der Luft schwebenden Staubteilchen reflektierten das Sonnenlicht; alles funkelte, blitzte, glühte. Vor lauter Helle wurde mir fast schwindlig.

Einige Atemzüge lang stand ich wie benommen, dann fiel mir der gestrige Tag wieder ein. Ich spürte einen Stich im Herzen. Wahrscheinlich hatte man meinen Großvater bereits zu Grabe getragen.

Mein zweiter Gedanke galt Adon. So viel war ohne sein Wissen geschehen. Aber das konnte ich ihm erst heute Abend erzählen. Ich sah vor mir einen endlos langen Tag, den ich irgendwie durchstehen musste. Bei meiner Großmutter wollte ich mich heute lieber nicht blicken lassen. Sicher kamen noch mehr Verwandte von überall her, um ihren Besuch abzustatten. Außerdem hatte ich keine Lust Moktar über den Weg zu laufen. Es gab nur eine Möglichkeit die Zeit totzuschlagen und gleichzeitig mein Gewissen zu entlasten: Ich musste hier bei den Kleinen Schwestern meinen Pflichten nachkommen, die ich tagelang vernachlässigt hatte. So zwang ich mich zu überlegen, was hier im Haus getan werden musste. Zuerst bereitete ich den Schwestern das Frühstück; natürlich war während des Essens vom Tod meines Großvaters die Rede. Doch aus ihren mitfühlenden Worten sprach deutlich der Gedanke: Das Leben geht weiter. Sie glaubten an die Pflicht, an die heilsame Macht der Gewohnheit, an den gesunden Menschenverstand. Sie hatten oft genug Schmerz und Trauer miterlebt um zu wissen, dass sich jeder über kurz oder lang von seinem Leid erholte. Als sie gegangen waren, stürzte ich mich in die Arbeit. Ich brachte die Küche in Ordnung und stellte eine Liste mit allen Lebensmitteln zusammen, die noch vorrätig waren. So wusste Schwester Romana, was zu kaufen war, wenn ich am nächsten Dienstag ging.

Ich fegte den Gang und die Zimmer und putzte das Plumpsklo, wobei ich mehrmals das Wort »Scheiße« wiederholte, was zu meiner augenblicklichen Gemütsverfassung am besten passte.

So ging der Tag vorbei. Die Sonne stieg; dem klaren Morgen folgte diesige Hitze und mit dem fortschreitenden Nachmittag kam die Kühle. Als die Sonne sank, leuchtete der Himmel fast grünlich, bis die Finsternis schnell und lautlos wie ein schwarzer Vorhang herabfiel. Ich hatte für Adon frisches Brot gekauft und eine Dose Aprikosenmarmelade; vorsorglich packte ich auch einen Büchsenöffner ein. Gerade als ich unten im Hof meinen sandigen Parka ausschüttelte, kamen Schwester Laetizia und Schwester Romana zurück. Im trüben Licht, das hinter mir aus dem Gang fiel, sah ich, wie mich

Schwester Laetizia durch ihre Brillengläser nachsichtig betrachtete, während Schwester Romana ein besorgtes Gesicht machte. Natürlich wussten beide Bescheid.

»Ich treffe mich mit Adon«, sagte ich. »Es kann spät werden. Das Essen habe ich vorgekocht, Sie brauchen es nur aufzuwärmen.« Ich sah, wie Schwester Laetizia schluckte.

Doch sie sagte nur: »In Ordnung, Samira. Grüß ihn tausendmal, von uns allen. Und … viel Glück für ihn!«

»Aber pass auch ein bisschen auf dich auf«, setzte Schwester Romana etwas missbilligend hinzu.

»Tu ich, tu ich bestimmt!«, versicherte ich und entfloh, bevor sie mir weitere Ermahnungen mit auf den Weg geben konnten.

Ich fürchtete mich nicht vor der Dunkelheit. Trotz der vielen Flüchtlinge und der Arbeitslosen war Tam nachts tausendmal sicherer als Brüssel, Berlin oder Zürich. Nur dem Militär ging man besser aus dem Weg und vor einer gewissen Sorte Touristen musste man sich ebenfalls in Acht nehmen; vor jenen nämlich, die an der Nadel hingen und kein Geld mehr für ihren nächsten Schuss Heroin besaßen.

Es war stockdunkel; die Händler hatten ihre Läden geschlossen. Umso klarer funkelten die Sterne. Der Wind ließ die Glühbirnen vor den Geschäften, die gleichzeitig als Stadtbeleuchtung dienten, auf und ab schaukeln; hinter den Mauern hörte ich Stimmen und Töpfeklappern. Ich ging am Hotel »Tahat« vorbei. Im Vorhof stand ein Bus. Soeben war eine Ladung Touristen eingetroffen. Zwei Angestellte mühten sich ab, einen riesigen Berg Gepäck in die Hotelhalle zu schleppen, während die Touristen aufgeregt schnatterten. Beim Näherkommen hörte ich, dass sie Spanisch sprachen. Fast alle hielten eine Zigarette in der Hand – was ebenfalls zu den spanischen Gepflogenheiten gehörte. Ich kam am hell erleuchteten Campingplatz vorbei, gerade als jemand im breitesten Norddeutsch brüllte: »Kann mir jemand sagen, wann aus diesem Scheißhahn endlich ein Tropfen Wasser fließt?«

Ich grinste in der Dunkelheit und ging weiter. Als ich die letzten

Häuser von Tam hinter mir gelassen hatte, wandte ich mich mehrmals argwöhnisch um. Doch außer den dunklen Umrissen eines Radfahrers, der bald hinter den Häusern verschwand, war niemand zu sehen. Etwas ruhiger ging ich weiter. Der vom Sturm frisch hingewehte Sand hatte auf dem Boden ein seltsames Wellenmuster geformt. Meine Füße versanken im Sand, was das Gehen erheblich erschwerte. Schon nach hundert Metern taten mir die Beinmuskeln weh. Der Schatten der Tafelberge zeichnete sich dunkel am Boden ab und über dem Hadriankamm flimmerten Sterne wie Diamantenstaub. Mit Mühe stapfte ich durch die mehlfeinen Sandverwehungen auf die Burgruine zu. Hinter ihr wurde nach und nach ein Lichtstreifen sichtbar, der sein mattes Leuchten immer heller und breiter entfaltete. Langsam erhob sich die gelbe Mondsichel über dem Horizont. Schräg geneigt und schwerfällig stieg sie über dem Ruinenfeld empor, als löste sie sich nur widerwillig vom finsteren Erdrand. Der Wind hatte nachgelassen; kein Lufthauch regte sich in der ungeheuren Weite. Es war so still, dass ich mich atmen hörte.

Auf einmal überfiel mich das beklemmende Gefühl, dass außer mir weit und breit kein menschliches Wesen zugegen war. Der graue durchscheinende Halbkreis der Luft hielt mich gefangen, der Mond starrte wie ein riesiges, nur halb sichtbares Katzenauge auf mich herab. Meine Knie gaben fast unter mir nach, als ich endlich das Ruinenfeld erreichte und unbeholfen über die Schuttmassen kletterte. Wie sollte ich ihn wieder finden, wenn sich Adon inzwischen hatte anderswo verstecken müssen? Am meisten fürchtete ich mich vor den streunenden Hunden. Ich bückte mich und hob einen Stein auf um mich gegen sie wehren zu können.

»Adon?«, rief ich unsicher. Das Geräusch meiner eigenen Stimme ließ mich zusammenfahren. Doch im selben Augenblick ertönte aus den Ruinen ein kurzer, schriller Pfiff. Schlagartig wich meine düstere Stimmung. Mit fliegendem Atem stapfte ich dem verfallenen Torbogen entgegen. Mein Herz klopfte, dass es fast wehtat.

»Adon?«, wiederholte ich. Da! Wieder ein Pfiff. Fast gleichzeitig sah ich zwischen den Mauerritzen den Schein eines Feuers; der schmale Widerschein am Boden wies mir den Weg. Plötzlich hob sich vor dem rötlichen Flackern ein schwarzer Schatten ab und Adons Stimme schallte zu mir herüber.

»Bleib, wo du bist! Ich hole dich!«

Behende kletterte er über die Steinbrocken. Als er mir die Hand reichte, sah ich seine weißen Zähne in der Dunkelheit blitzen. Einen Atemzug später lag ich in seinen Armen. Er drückte mich an sich, dass mir fast die Luft ausging. Ich atmete den Geruch nach Holzkohle, Minze und warmem Staub ein, der an seinen Kleidern haftete. Sein langes Haar hing über seine Stirn und fiel mir in die Augen.

»Endlich!«, stieß er hervor. »Dieser verdammte Sandsturm! Ich habe es fast nicht ausgehalten!«

»Ich wollte gestern kommen«, keuchte ich. »Aber ich fand den Weg nicht mehr und musste umkehren!«

»Und ich saß hier fest und konnte dir nicht helfen!« Adons Stimme überschlug sich fast. »Komm ans Feuer! Deine Hände sind ja eiskalt.«

Eng umschlungen stiegen wir über die Steine; Adon trug mich fast über die schwierigen Stellen hinweg. Das Feuer brannte unter einem Mauervorsprung, der eine Art Höhle bildete. Neben den Flammen sah ich Adons Schlafsack, eine Decke, eine Thermosflasche, eine Blechschüssel und eine der schön verzierten Ledertaschen, die die Tuareg mit sich führen. Ich gab ihm den Beutel mit dem frischen Brot und der Marmelade.

»Bei zunehmendem Mond flauen die Stürme bald ab«, sagte Adon, nachdem er sich bedankt hatte. »Heute Morgen sah ich wie eine Vogelscheuche aus. Bei Tagesanbruch bin ich zwei Stunden gelaufen um ein Wasserloch zu finden, wo ich mich waschen konnte. Keine Sorge!«, setzte er verschmitzt hinzu. »Mich hat kein Mensch gesehen.«

Ich ließ mich neben dem Feuer nieder und hielt die Hände über die wärmende Glut. Dann hob ich den Blick zu ihm empor. Mich schmerzte die Nachricht, die ich ihm beibringen musste. »Adon …«, stieß ich hervor. »Mein Großvater ist gestorben.« Ich sah im Licht der Flammen, wie sein Gesicht erstarrte.

»Wann?«, stieß er hervor.

»Kurz, nachdem du gegangen bist.«

Schwerfällig ließ er sich neben mir nieder. Das Feuer spiegelte sich wie zwei leuchtende Pünktchen in seinen Augen.

Schließlich seufzte er. »Er war für mich der Vater, den ich mir gewünscht hätte. Und auch ein Vorbild, obwohl ich es nicht immer wahrhaben wollte. Er hat mir so vieles beigebracht: Selbstvertrauen, Redlichkeit, den Mut, die Wahrheit zu sagen, selbst dann, wenn sie unbequem ist, und kein Unrecht zu dulden ...«

Er blinzelte und rieb sich mit müder Geste die Lider.

»Heute Morgen war also seine Bestattung. Es tut mir Leid, dass ich nicht dabei sein konnte. Ich hätte ihm diese letzte Ehre geschuldet. Aber er wird es verstehen ...«

»Ich habe nur Angst«, sagte ich, »dass Moktar jetzt Verdacht schöpft, deshalb wollte ich gestern so dringend zu dir.«

Adon nickte. »Ja, das ist vorauszusehen. Aber er wird nicht auf den Gedanken kommen mich hier zu suchen. Nur Verrückte verkriechen sich in alten Ruinen bei ausgehungerten Hunden.«

Er lachte, aber ohne Fröhlichkeit.

»Vielleicht bin ich tatsächlich nicht ganz normal.«

»Und die Hunde?«, fragte ich erschauernd.

»Das Feuer hält sie fern. Ich lasse es die ganze Nacht brennen.«

Ich streckte mich neben ihm auf der Decke aus. »Was soll nur aus uns werden?«, stöhnte ich.

Er nahm mich in die Arme. »Hab keine Angst, es wird alles gut.«

Der Mond schwebte immer höher; sein Licht war goldgetönt und um ihn herum strahlte eine kupferne Aura.

»In Europa ist der Mond viel kleiner«, sagte ich. »In der Sahara ist er am größten.« Ich seufzte. »Ich werde die Wüste vermissen.«

Ich hörte, wie er gepresst atmete. »Die Wüste stirbt, Samira. Genauer gesagt; sie stirbt dort, wo wir Menschen ihr etwas abgewinnen könnten: Sie stirbt als Naturwunder. Als lebensbedrohendes Prinzip hingegen entfaltet sie ihre ganze zerstörerische Kraft. Eines Tages werden Wanderdünen halb Afrika bedecken. Der Mensch, dieses mörderische kleine Insekt, hat die Wüste wie eine Termite durchlöchert und verunstaltet. Wer redet schon von den weggeworfenen Batterien im Dünger der Oasengärten? Wer stößt sich daran, dass wir keine Schilfhütten mehr errichten können, weil es kein Schilf mehr gibt? Dass die Salzkarawanen, die ›Azalais‹, schon bald nicht mehr durch die Sahara ziehen werden? Dass der Islam unsere Kultur auffrisst? Dass unser Vieh verhungert und uns gleichzeitig der Staat das Land verweigert, das wir benötigen würden, um überhaupt von der Viehzucht auf den Ackerbau umsteigen zu können?

»Wir sind zu spät geboren worden«, seufzte ich bitter. »Mindestens ein Jahrhundert zu spät.«

»Ein verlogenes Paradies«, sagte Adon bitter. »Ja, wir sind zu spät geboren um dafür zu kämpfen. Dabei gäbe es so viele Wege und Möglichkeiten um diese Entwicklung aufzuhalten ...«

»Welche denn?«

Er lehnte sein Gesicht an meine Schulter. »Ich mache mir schon lange Gedanken darüber; Industrialisierung, Massentourismus, Blech, Plastik, Phosphate und vor allem die afrikanische Bürokratie zerstören den Sahararaum sicherer und endgültiger als ein Erdbeben. Wäre ich Politiker wie Moktar, ich würde mich dafür einsetzen, dass die Felsmalereien geschützt werden, dass die Touristen sie nur in kleineren Gruppen und unter kundigen Führern besichtigen können. Ich würde veranlassen, dass kleine Deiche gebaut werden. Sie vermöchten das Wasser bei Regenfällen zu sammeln, damit die Wüste wieder grünt und das Vordringen der Dünen durch dichte Vegetationsgürtel verhindert wird. Ich würde unsere Sprache, unsere Schrift als Pflichtfach in der Schule einführen. Ich würde Betonbauten verbieten und die alten Handwerkstraditionen wieder fördern. Ich würde den Nomaden ihre Wanderwege wieder erschließen und dafür sorgen, dass allmählich erneut Karawanen den Lastwagenverkehr ablösen. Warum eine Lebensform aufgeben, die sich seit Jahrtausenden bewährt hat? Nur solange wir die Viehzucht nicht aus den

Händen geben, kann unser Volk überleben. Bei uns gibt es ein Sprichwort: ›Wenn du am Verdursten bist, schlachte dein Kamel und trink das Wasser aus seinem Magen. Und dann krieche in den Bauch des Kamels und warte.‹«

Ich verzog das Gesicht. »Das klingt hart.«

»Wir leben hier nicht in einer Gartenlandschaft«, sagte Adon. »Der Lebenskampf war für uns nie ein abstrakter Begriff. Aber wir haben gelernt aus dieser Not eine Tugend zu machen und so lautet ein anderes Sprichwort: ›Lieber frei sein als satt.‹«

Ich streichelte lächelnd sein Haar.

»Wie sehr du die Wüste liebst …«

»… sie ist meine Heimat«, fiel mir Adon ins Wort. »Ich habe nie gedacht, dass ich sie so lieben würde. Erst jetzt, wo ich im Begriff bin sie zu verlassen, kommt es mir zu Bewusstsein.«

»Aber du bist ja frei zu bleiben«, entfuhr es mir. »Ich zwinge dich nicht, mit mir zu kommen. Wenn erst mal Atara in Sicherheit ist …« Ich stockte mitten im Satz. Ich war selbst überrascht, dass ich solche Worte über die Lippen brachte, noch überraschter wahrscheinlich als er selbst.

»Du weißt doch«, erwiderte er, »dass ich nur mit dir glücklich sein kann.«

Ich küsste seine Schulter. Ich liebte ihn so. Aber liebte ich ihn richtig?

»Glaube ja nicht«, sagte Adon, »Algerien zu verlassen sei für mich ein Opfer. Ich will immer bei dir sein. Ich brauche dich so.«

Ich drückte mein Gesicht an seine Brust. »Ich höre dein Herz schlagen.«

»Bist du traurig?«, flüsterte er.

Ich schüttelte den Kopf.

»Dann lass uns fortgehen«, sagte Adon. »Versuchen wir es doch!«

Ich atmete den Geruch seiner Haut ein. »Ich brauche dich auch. Aber vielleicht gibt es Menschen, die dich nötiger haben als ich.«

Ich fühlte, wie er die Schultern zuckte. »Na und? Ich kann nicht für alle da sein.«

Ich schlang beide Arme um seinen Hals und schob alle Gedanken weit von mir. Ich wusste, es war etwas zwischen uns, etwas, was wir uns nicht eingestehen wollten und stets aus unserem Bewusstsein verdrängten. Schwester Claires Worte kamen mir in den Sinn: »Wahre Liebe sinnt nicht danach, einen Menschen einzusperren, sondern ihm die Freiheit zu lassen, die er braucht.« Mano hatte dies begriffen. Und was war mit mir?

Aber ich war nicht imstande mir darüber allzu viele Sorgen zu machen. Die Stunden, die uns blieben, waren gezählt. Die Liebe schenkte unserer Phantasie Flügel. Der Wind wurde zur Harfe, die Ruinen zum Obstgarten, der Himmel zum Baldachin, der Boden zum kostbaren Teppich, die Glasscherben zu glitzernden Edelsteinen. Wir lagen eng umschlungen, Stirn an Stirn. Meine Wimpern schlugen an Adons Wimpern, meine Brauen streichelten die seinen.

»Wärme mich«, hauchte ich, »mir ist kalt.«

Er schloss mich eng in seine Arme. »Schlaf ein wenig. Ich werde auf dich aufpassen.«

Ich, die ich mich sonst immer so stark fühlte, klammerte mich an ihn wie ein schutzbedürftiges Kind. »Ich will nicht, dass wir getrennt werden!«

»Wir werden nicht getrennt sein«, sagte Adon.

Ich schloss die Augen ganz fest. »Ich will nicht, dass der Tag kommt!«

»Wir wollen sehen«, flüsterte Adon, »ob wir die Zeit anhalten können.« Er küsste mich lange. »Schau nur!«, sagte er rau, als er die Lippen von den meinen löste. »Wir haben es geschafft. Auch der Mond steht still. Für immer!«

18

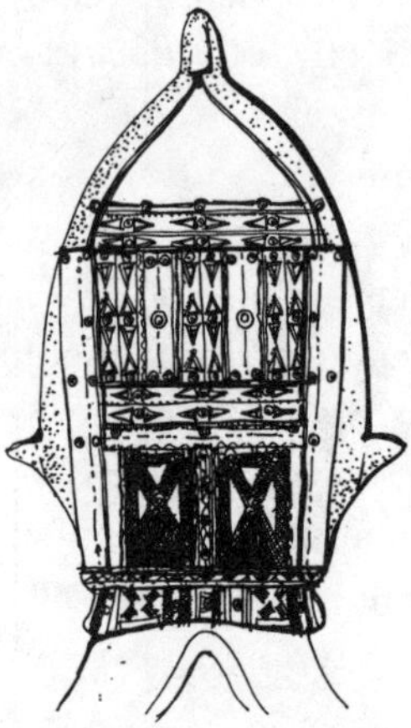

In Tam war die Paris-Dakar-Rallye inzwischen Tagesgespräch und die Nervosität nahm spürbar zu. Alle öffentlichen Gebäude wurden mit Flaggen geschmückt. Die Uniformierten beherrschten das Straßenbild.

Außer der Gendarmerie und der allgegenwärtigen Militärpolizei waren die Leute der »Daira«, der Grenzpolizei, sowie Einheiten der Sicherheitstruppen aufgeboten worden. Auch die Vorhut des Rallyetrosses war bereits eingetroffen: Franzosen, Italiener, Deutsche und Engländer brausten in Geländewagen durch die Stadt. Man sah sie in Designer-Klamotten – Pilotenbrille und Tropenhelm inbegriffen – wie über einen Laufsteg durch die Straßen stolzieren, von den Einheimischen ehrfürchtig begafft.

Beim Frühstück erzählten mir die Schwestern, die immer über alles unterrichtet waren, dass die Rallye die »Chebka« erreicht hatte. Diese Gegend hatte ihren Namen, »das Netz«, der zahlreichen Täler wegen erhalten, die die Wüste netzartig teilten.

Nicht ohne Schadenfreude meinten sie, dass bereits eine Anzahl zu Schrott gefahrener Maschinen die Asphaltstraße säumte.

»Wie werden die Wracks in der Wüste abtransportiert?«, fragte ich Schwester Pia.

Die dunklen Augen der Italienerin schauten mich belustigt an. »Bevor jemand dazu kommt, sie wegzuschaffen, werden sie von den Einheimischen ausgeschlachtet. Sie verwenden alles, was brauchbar ist, oder verkaufen es auf dem Markt. Der Rest verrostet und wird mit der Zeit vom Sand zugedeckt.«

»Es werden wohl noch einige auf der Strecke bleiben«, sagte Schwester Romana mit ihrer üblichen Gelassenheit. »Denn auf dem Tademait geht es erst richtig los.«

»Was ist der Tademait?«, wollte ich wissen.

Schwester Laetizia, die gerade ihre Wollsocken stopfte, hob den Kopf und schmunzelte. »Nun, für viele ist er das ›Ende der Welt‹ oder zumindest das Ende der Fahrt. Der Tademait ist ein ›Reg‹, eine Kieselwüste, deren schwarz oxydierte Oberfläche wie Kohle glänzt. Sie mündet in einen mehrere hundert Meter tiefen Abbruch. Die Straße, die sich von dieser Stelle aus ins Tal hinunterwindet, lehrt manchen kessen Wüstenfahrer das Gruseln.«

»Warum?«

Schwester Laetizia stieß bedächtig die Nadel in die zerschlissene Wolle. »Weil sich am Fuß des Tademaits der größte Autofriedhof der Sahara befindet. Dort liegen Dutzende von abgestürzten Wagen, Motorrädern und LKWs.«

»Und vermutlich auch einige menschliche Gebeine«, setzte Schwester Claire trocken hinzu.

»Gott mahnt die Menschen zur Vernunft«, sagte Schwester Romana mit einer für sie seltenen Ironie. »Aber oft hören sie Ihn nicht. Der Motor knattert zu laut!«

Schwester Claire erzählte, dass seit der ersten Rallye vor zehn Jahren schon über zwanzig Teilnehmer ihr Leben verloren hätten.

»Auch Einheimische fallen dem Wahnsinn zum Opfer. Im letzten Jahr wurde ein Kind überfahren, es war auf der Stelle tot.«

»Brot und Spiele«, seufzte Schwester Pia. »Die Menschheit hat sich seit Christus' Zeiten nicht sehr entwickelt.«

»Was sind zweitausend Jahre angesichts der Ewigkeit?«, entgegnete Schwester Laetizia. »Wir bräuchten das Doppelte um einen wirklichen Fortschritt zu erzielen!«

»Falls Gott nicht vorher die Geduld platzt und Er uns eine Sintflut schickt!« Mit diesen Worten setzte Schwester Claire dem Thema ein Ende.

Die Schwestern gingen an die Arbeit. Ich brachte schnellstens die Küche in Ordnung und machte mich auf den Weg zu meiner Großmutter. Die Sorge um Adon ließ mir keine Ruhe. Zwar vermutete ich, dass mein ehrenwerter Onkel zu beansprucht war, um seine Nase in unsere Angelegenheiten zu stecken oder uns gar bespitzeln zu lassen; trotzdem wollte ich wissen, wie er Adons Abwesenheit aufgenommen hatte.

Ich ging schnell durch das Gedränge, die hupenden Autos, die nervösen Radfahrer. Zwei blau verschleierte Tuareg verursachten einen Riesenstau, weil sie ihre mit Ballen bepackten Kamele, ungeachtet der Trillerpfeife eines Polizisten, seelenruhig über die Fahrbahn lenkten. Hinter ihnen kroch im Schrittempo ein zweistöckiger Bus mit Klimaanlage und WC, voll gepfropft mit englischen Touristen.

Auf mein Klopfen erschien Chittou am Tor. Im grellen Sonnenlicht fiel mir auf, dass er krank aussah. Seine rissige Haut, die ich zwischen den Falten des Scheschs sehen konnte, hatte eine graue Färbung angenommen und seine Augen waren blutunterlaufen.

Er streckte mir seine schwielige Hand entgegen; als unsere Handflächen sich streiften, merkte ich, dass er zitterte.

»Taslamaa«, wie geht es?, murmelte ich befangen. »Bist du krank?«

Chittou wiegte sein mächtiges, schwarz verschleiertes Haupt. »Ich nicht krank«, erwiderte er dumpf und hob die Hand an seine Brust. »Nur mein Herz krank.«

Ich nickte mit zugeschnürter Kehle. »Was macht meine Großmutter?«, fragte ich, während wir durch den Hof gingen.

»Sie schläft.« Er legte mit ausdrucksvoller Mimik beide Hände an seine Wange.

»Das tut ihr gut«, sagte ich. »Sie muss sehr müde sein!«

»Sehr müde!«, seufzte Chittou. »Sehr traurig!«

»Mein Großvater … wie war die Beerdigung?«

Chittou neigte den Kopf. »Deine Großmutter sagte, wo Grab geschaufelt werde: ›Dort, wo früher Wasser aus dem Boden floss und großer Baum stand.‹ Heute ist Baum verdorrt und Quelle ausgetrocknet, aber Tabelhuit sagte, diese Stelle sei gut. Moktar schimpfte mit ihr. ›Toter Mann muss auf Friedhof beerdigt werden‹, sagte er. Aber Tabelhuit sagte: ›Gott ist überall. Warum nur auf dem Friedhof oder in der Moschee?‹«

»Hat Moktar etwas über Adon gesagt?«

Chittou schnalzte missbilligend mit der Zunge. »Er sagte, Adon böse und undankbar. Müsse bestraft werden. Militärdienst gut für ihn.«

»Ich wollte Adon benachrichtigen. Aber ich konnte nicht, wegen des Sandsturms. Jetzt hoffe ich, dass Moktar ihn nicht von der Polizei suchen lässt.«

»Du keine Angst haben«, beruhigte mich Chittou in seiner schlichten Art. »Adon sehr klug, sehr schlau.«

In diesem Augenblick trat Atara aus der Tür. Sie trug ihr hellblaues Gewand. Ein dünner, ebenfalls blauer Musselinschal war um ihre Zöpfe geschlungen. Ihre Lippen waren blass. Unter ihren mandelförmigen Augen lagen Schatten.

»Du hattest Recht«, sagte ich schuldbewusst. »Ich konnte nicht zu Adon. Es war viel zu gefährlich.«

Sie schwieg, ließ sich anmutig auf die Kissen nieder und faltete ihre Hände auf den Knien. Ein Sonnenstrahl fiel auf die bestickte Ledertasche über ihrem Kopf. Die grün gestrichene Wand, die lebhaften Farben der Tasche und die junge Frau mit ihren taillenlangen, glänzenden Zöpfen erinnerten an ein Gemälde. Trotz meiner Unruhe nahm ich das zauberhafte Bild in mir auf, wurde nicht müde es zu betrachten.

Ich brach die Stille, indem ich auf die Tür deutete, hinter der meine Großmutter ruhte. »Wie geht es ihr?«

»Sie hat ihn geliebt«, sagte Atara leise. »Jetzt ist ihre Kraft erschöpft. Aber eines Tages wird sie wieder stark sein. Sie weiß ja, Hiram kehrt zu ihr zurück.«

Ich dachte an meine Mutter und fühlte meine Augen nass werden. Aber ich schluckte die Tränen hinunter. »Gestern Abend sah ich Adon«, fuhr ich fort. »Es sagt, du sollest dich bereithalten. Das Geld kann jeden Tag hier sein.«

Sie neigte leicht den Kopf; es war, als lausche sie. Doch es war nichts zu hören als das Schlurfen von Chittous Sandalen im Hof und das ferne Rasseln eines Baggers.

Schließlich seufzte sie. »Ich bin bereit.«

Ihre Stimme war nur ein Flüstern; es war, als spräche sie zu sich selber. Plötzlich wandten wir beide den Kopf: Schläge dröhnten ans Tor. Ich fing Ataras überraschten Blick auf. Bei den Tuareg war es Sitte, dass eine Witwe nach der Bestattung ihres Mannes drei Monate lang keine Besucher mehr empfing. Das Gleiche galt auch für den Mann, dessen Frau gestorben war, allerdings zog er sich aus praktischen Gründen nur drei Tage zurück.

Wir hörten, wie Chittou öffnen ging und jemand mit gedämpfter Stimme auf ihn einredete. Nach einigen Augenblicken kam Chittou zurück und richtete von der Türschwelle aus einige erregte Worte an Atara. Er sprach so schnell und keuchend, dass ich ihn nicht verstand. Ich sah Ataras Gesicht erstarren, doch sie machte ein zustimmendes Zeichen. Inzwischen war ich mit den Gepflogenheiten der Tuareg genug vertraut um zu ahnen, dass der Besucher, wer immer es auch war, nur schlechte Nachrichten bringen konnte. Mein Herz stockte. Etwas war geschehen! Es konnte nur eins sein und das war das Schlimmste, was es geben konnte auf dieser Welt.

In meiner Angst schrie ich Atara fast an. »Nun sag doch, was los ist! Ist Adon etwas zugestoßen?«

Doch sie schüttelte den Kopf. »Es ist Mano. Er will mit uns sprechen.«

In ihrer Stimme war ein seltsam schüchterner Klang, etwas Mädchenhaftes, und ihr Atem hatte sich beschleunigt. Ich indessen wurde schlagartig ruhig. Ich vermutete, dass Mano Atara unter irgendeinem Vorwand sehen wollte, und schickte mich an fortzugehen. Indessen stand Mano bereits in der Türöffnung. Er ließ seine Sandalen von den Füßen gleiten und trat ein. Auch heute trug er die Kleidung der Tuareg, das weiß bestickte Gewand und den helmartig geschlungenen Schesch. Doch seine Augen glänzten wie im Fieber, und als er meine Handfläche streifte, fiel mir auf, dass die seine schweißnass war.

»Ich weiß«, stieß er hervor, »dass ich die Höflichkeit verletze, aber ich wusste mir keinen Rat ...«

Seine Augen schweiften zu Atara hinüber, die ihn mit zurückhaltender Bewegung einlud Platz zu nehmen.

Mano ließ sich auf seinen gekreuzten Beinen nieder und wandte sich erneut an mich. »Ich ging zuerst zu den ›Petites Sœres‹, aber es war niemand zu Hause. Ich ... ich habe schlimme Nachrichten erhalten. Ich weiß ..., dass du Adon triffst. Du musst es ihm sagen!«

In ihm war eine tiefe Erregung zu spüren, mit Zorn und Schmerz vermischt, eine Erregung, die er nur unter Aufbietung aller Kräfte unter Kontrolle halten konnte. Das Geräusch seiner Atemstöße schien den ganzen Raum zu erfüllen. Inzwischen trug Chittou das mit glühenden Kohlen gefüllte Becken herein, dann die Teedose, den Wasserkessel und das Kupfertablett, worauf die mit einem Handtuch bedeckten Gläser standen. Doch während er den Tee zubereitete, waren seine Augen sorgenschwer auf Mano gerichtet. Wir warteten voller Unruhe, bis dieser seine Fassung zurückgewonnen hatte. Endlich hob Mano die Augen und sah Atara an; und die ganze Zeit, während er sprach, wandte er den Blick nicht von ihr ab, als würde er durch die Kraft, die ihrem Wesen innewohnte, gestärkt und ermutigt.

In der Frühe, erzählte Mano, sei ein Freund von ihm mit einem Lastwagen aus dem Air-Gebiet, in der Republik Niger, eingetroffen. Die Nachricht, die er gebracht habe, sei niederschmetternd. Sie beträfe seinen, Manos, Stamm, die Kel Dinnik, die auf Gaddafis Versprechungen reingefallen seien und seitdem in einem Lager in der Nähe der Ortschaft Tchin-Tarabene unter verheerenden Umständen zu überleben versuchen würden. Im weiten Umkreis seien seit Jahren keine Brunnen mehr ausgegraben worden. Es gäbe kaum Nahrung, keine Medikamente und nicht einmal Holz, um sich des Nachts vor der beißenden Kälte zu schützen. Die Not habe einige Junge zu einer Verzweiflungstat getrieben. Sie seien in eine Polizeikaserne eingedrungen, um die Öffentlichkeit auf ihre Lage aufmerksam zu machen und gegen die Unterschlagung von Hilfslieferungen zu protestieren. Dabei sei es zu einem Handgemenge gekommen. Während der Schlägerei habe einer der Jungen einem Polizisten das Gewehr aus der Hand gerissen und geschossen. Zwei Männer seien getötet worden. Die Jungen hätten sich die Waffen angeeignet, die sie noch gefunden hätten, und die Flucht ergriffen. Dabei hätten sie einen Beamten als Geisel mitgenommen.

»Die Regierung setzte sofort Panzereinheiten ein«, fuhr Mano nach einer Pause fort. »Unter den Nomaden brach Panik aus. Viele flohen in die Wüste. Die Regierung gab daraufhin den Befehl sämtliche Brunnen und Wasserlöcher zu besetzen. Wenn die Tuareg Wasser holen wollten, eröffneten die Soldaten das Feuer.«

Manos Stimme brach; seine Augen schauten Atara traurig an. Er holte tief Luft und sprach stockend weiter. »Das Lager wurde vom Militär umzingelt. Die Soldaten vergewaltigten die Frauen und zwangen alte Menschen sich nackt auszuziehen, eine Kränkung, die schlimmer ist als der Tod. Man sammelte die Kinder ein, folterte sie und tötete sie vor den Augen der Eltern, damit diese sagten, wo sich Aufständische versteckt hätten. Womit hätten wir uns wehren können? Mit Schwertern und Speeren? Die Soldaten setzten die Hütten in Brand, trieben die Menschen zusammen und schossen in die Menge. Über dreihundert Tuareg fielen dem Gemetzel zum Opfer, jene nicht mitgezählt, die verdursten mussten, weil die Soldaten ihnen den Zugang zu den Wasserlöchern und Brunnen verwehrten.«

Manos Gesichtsschleier war nass. Er zog ihn herunter, als würde ihn der Stoff beim Atmen behindern. Tränen klebten auf seinen Wangen. Atara rührte sich nicht, sprach kein Wort. Ihr Gesicht glänzte matt, wie eine Maske aus Elfenbein, hinter der nur die schwarzen Augen lebten. Mein eigenes Herz pochte schwer. Ich nahm das Entsetzen und die Ohnmacht wahr, die Mano erfüllten, und weinte mit ihm, ohne mich meiner Tränen zu schämen. Im Raum bewegte sich nur Chittou. Er bereitete den Tee, wiederholte mechanisch die vertrauten Gesten, doch in seinen Augen schimmerten ebenfalls Tränen.

»Die Regierung suchte zu verhindern, dass dieses Massaker bekannt wurde«, nahm Mano das Wort stockend wieder auf. »Die Menschenrechtskommission sollte sich nicht einmischen, an offizieller Stelle wusste man von nichts. In der Republik Niger leben über eine halbe Million Tuareg. Aber nur ein einziger Abgeordneter, Khamed Abdoulaye, entstammt unserem Volk. Er nahm es auf sich die Öffentlichkeit zu informieren und wurde sofort verhaftet.«

Manos Fäuste ballten sich, sein dunkles Gesicht war starr wie Stein. »Wir sind in Afrika die letzten freien Menschen, freie Könige auf einem versklavten Kontinent. Ideologien gleiten an uns ab wie das Wasser am Gefieder der Enten. Keiner Regierung passt das! So nimmt man uns jede Möglichkeit zu leben, wie wir es seit Jahrhunderten gewohnt sind. Wir sollen ausgerottet werden. Früher besangen wir die Liebe und die Tapferkeit, die blauen Berge und die weißen Meharis. Heute werden unsere Frauen geschändet, unsere Kinder ermordet. Unser Herz zerbricht und das Wehklagen ist unsere einzige Sprache. Bleibt uns denn überhaupt keine Hoffnung …?«

Er ließ den Satz in der Schwebe. Aus dem Zimmer nebenan drang ein Stöhnen, dann ein schleifendes Geräusch. Atara und ich zuckten zusammen. Obwohl Mano leise gesprochen hatte, musste ihn Tabelhuit gehört haben. Ich wischte hastig meine Tränen aus den Augen. Noch mal diese Aufregung, dachte ich, das verkraftet sie nicht. Gerade jetzt …

Schon ging die Tür auf; meine Großmutter erschien auf der Schwelle. Ihr Gewand hing zerknittert an ihrem abgemagerten Körper. Die Sonne, die aus der offenen Haustür in den Raum fiel, beleuchtete ihr eingefallenes Gesicht. Das Licht ließ ihre bernsteinfarbenen Augen fast durchsichtig erscheinen. Sie blinzelte benommen und schwankte leicht; ihre Hand tastete Halt suchend dem Türrahmen entlang. Mano hatte sich sofort erhoben. Er neigte den Kopf und hob ehrerbietig die Hand an seine Stirn. Er wollte sprechen, sich entschuldigen, doch sie kam ihm zuvor. Ihre Stimme klang schwach und gedämpft, aber sie hatte mehr Deutlichkeit und Klarheit, als hätte sie laut gesprochen.

»In meiner Jugendzeit erzählten die Alten, dass sich unsere Vorfahren immer wieder für verloren hielten, wenn Feinde sie bedrohten oder die Quellen versiegten. Aber in Zeiten der Not beschützten uns stets die wachsamen Geister. Als ich schlief, erschien mir Hiram im Traum. Er war nicht mehr der alte Mann der letzten Tage seines Lebens; er sah aus wie in glücklichen Zeiten, als er mich beim Ahal ›Gazellenauge‹ genannt hatte und wir nachts die Zeichen unserer Zuneigung mit den Fingern in unsere Handflächen geschrieben hatten. So trat er vor mich, groß und wunderschön, mit strahlenden Augen. Ich aber sprach zu ihm: ›Ich bin sehr betrübt. Ich sah dich als blinden alten Mann leiden und sterben. Beweise mir, dass dies nicht die Wahrheit ist.‹

Er antwortete lachend: ›Oh, Gazellenauge, warum grämst du dich? Wir sind jung und werden es sein, solange die Sterne kreisen. Gewiss, ich schien zu sterben, aber es war nur ein böser Traum. In Wirklichkeit leben wir ewig. Eines Tages, schon bald, werden wir wieder vereint sein.‹

›Aber was ist mit unserem Volk?‹, fragte ich. ›Es lebt in großer Not. Ich hörte, dass man auf Wehrlose schießt, dass Kinder verhungern, dass Frauen und alten Menschen die Achtung verweigert wird. Ich fürchte mich sehr und habe große Angst, denn unser Ende ist nahe.‹

Da erwiderte er: ›Oh, Gazellenauge, sage den unsrigen, sie dürften die Hoffnung nicht verlieren. Sage Adon, dass ich mich auf ihn verlasse. Sage ihm, ein Opfer bringe die Macht zurück. Und die Geister über den hohen Bergen und die Geister in der tiefen Erde würden mit verschlungenen Händen unser Volk vor dem Untergang bewahren …«

Tabelhuits Stimme brach; ihre Augen starrten in Richtung der Tür und fingen das Sonnenlicht auf, fast schienen sie es aufzusaugen. Ein Lächeln, von einem geheimnisvollen Glück gespeist, verklärte ihre Züge. Sie streckte die Hand aus … und plötzlich taumelte sie. Chittou erstickte einen Aufschrei und ließ die Kanne fallen. Der Tee ergoss sich über den Teppich. Schon sprang Mano vor. Er fing Tabelhuit mit seinen Armen auf und hob sie im selben Augenblick hoch, da ihr die Sinne schwanden. In ihre schwarzen Lumpen gehüllt, lag sie reglos in seinen Armen. Ihr Schleier schleifte über den Boden, als sich Mano umdrehte und sie behutsam auf ihr Lager zurücktrug.

19

Der Mond war zunehmend und zeigte sich früher. Heute Abend überzog ihn wie ein Netz ein Wolkenschleier, in dem sich die goldene Scheibe verfangen hatte. Mit fliegendem Atem lief ich dem Ruinenfeld entgegen. Der Sand glitzerte wie Wasser, inselgleich erhob sich daraus das verfallende Mauerwerk. Im Mondschein, der die Landschaft bis hin zum Kamm des Hadrian-Berges beleuchtete, war die ganze Freiheit und Weite des Raumes spürbar, die die Seele der Tuareg von Anbeginn geprägt hatte. Die Ruinen waren mir inzwischen vertraut; bald erspähte ich durch die Ritzen der Mauer das Feuer, das Adon ständig unterhielt. Außer Atem, von Seitenstechen geplagt, stolperte ich über die Schuttmassen, als ich Adon ganz aus der Nähe pfeifen hörte. Im gleichen Moment löste sich seine Gestalt aus der Dunkelheit. Er lief auf mich zu und streckte mir die Arme entgegen. Keuchend fiel ich gegen seine Brust. Er hörte mein Schluchzen, das plötzlich übermächtig in mir war und das ich nicht mehr zurückhalten konnte.

»Samira! Was ist los?« Seine Stimme hörte sich erschrocken und ebenso atemlos an wie meine. Ich hatte mich so verausgabt, dass ich ihm nicht gleich antworten konnte. Ich fror und schwitzte gleichzeitig und mir war sterbensübel. »Oh, Adon! Es ist ganz entsetzlich!«, stieß ich hervor. Ich fühlte, wie er die Luft anhielt.

»Hat Moktar dir etwas gesagt?«

Ich konnte nur schluchzend den Kopf schütteln. Er umfasste meine Schultern und führte mich behutsam über die schwierigen Stellen. Die Kraft seiner Arme beruhigte mich, und als ich neben dem Feuer kauerte, ließ mein Zittern allmählich nach. Adon füllte den Becher aus der Thermosflasche und reichte ihn mir. Dankbar trank ich den heißen, stark gezuckerten Kaffee. Adon saß mir gegenüber und wartete. Seine Augen schimmerten in der Dunkelheit. Als ich ihn so dasitzen sah, wollten mir erneut die Tränen kommen. Doch ich beherrschte mich.

Endlich war ich fähig zu berichten, was ich von Mano wusste. Und während ich sprach, fühlte ich das Entsetzen noch deutlicher in mir aufsteigen. Was im Nachbarstaat vorgefallen war, konnte sich eines Tages auch in Algerien ereignen.

Adon hörte zu; in seinem schmalen Gesicht war keine Gefühlsregung zu erkennen; wer ihn betrachtete, hätte meinen können, dass ihn das Ganze kalt ließ. Doch ich kannte ihn gut; er war so aufgewühlt, dass er kaum atmen konnte.

»Diese Halunken!«, brach es endlich aus ihm hervor. »Ich habe immer befürchtet, dass es eines Tages so weit kommen würde!« Er starrte reglos in die Flammen. Seine Augen schienen wie geblendet und seine Lippen bewegten sich nur mühsam. »Ich trug schon jahrelang diese Angst in mir, eigentlich seitdem ich alt genug bin um mir darüber Gedanken zu machen. Und ich dachte immer, wenn es eintrifft, wirst du keine Zeit haben es kommen zu sehen, darum denke lieber nicht daran. Aber ich wurde die Angst nie los …«

Ich streckte verzweifelt die Hand nach ihm aus. Er nahm sie. Seine Finger waren jetzt ebenso kalt wie meine.

Stockend sprach er weiter: »Wir sind Ihaggaren und Afrika ist unsere Heimat. Aber die Menschen, die hier an der Macht sind, bringen uns den Tod. Sie nennen uns ihre Brüder, aber sie belügen und betrügen uns, wo sie nur können. Und sie schränken unsere Freiheit immer mehr ein. Deshalb haben so viele von uns die französische Kolonialmacht unterstützt; was auch immer sie in Algerien angerichtet haben mag, sie hat uns wenigstens die geistige Freiheit gelassen. Aber für die so genannten ›unabhängigen‹ afrikanischen Staaten ist schon der Begriff eine Ketzerei, ein Greuel, den sie mit allen Mitteln im Keim zu ersticken suchen. Und wir begehen in ihren Augen den unverzeihlichen Frevel, dass wir Menschen sein wollen und keine Sklaven, nicht einmal die eines Gottes.«

Er ließ sich neben mir auf die Decke fallen und bettete den Kopf auf meine Knie. Ich beugte mich zu ihm hinunter, legte beide Arme um ihn und drückte mein Gesicht so fest an das seine, dass es schmerzte. Seine Haut fühlte sich kalt und hart an und ich schmeckte auf meinen Lippen das Salz seiner Tränen.

»Ich kann nicht mehr daran denken«, flüsterte er rau. »Aber gleichzeitig kann ich an nichts anderes mehr denken.«

»Man müsste die Medien einschalten«, sagte ich. »Heute wird doch schon jede Fernsehstation und Zeitungsredaktion informiert, wenn nur irgendjemandem irgendwo auf der Welt ein blaues Auge geschlagen wird. Wenn es gelänge, dass in allen wichtigen Ländern die Abendnachrichten über das Unrecht berichten, das den Tuareg täglich zugefügt wird, wäre die Sache schon halb gewonnen. Vorausgesetzt, die Öffentlichkeit lässt sich dafür gewinnen. Denn gewisse Politiker sind Spezialisten im Vertuschen von Greueltaten. Die Verbrecher, die an der Macht sitzen, treten auf internationalen Gipfeltreffen als ehrenwerte Diplomaten auf, lassen sich über Menschenrechte aus und füllen sich den Bauch mit Gänseleberpastete. Sie rechtfertigen ihre Politik des Schreckens mit der Phrase ›Gott ist auf unserer Seite‹. Der Herrgott, würde Schwester Claire sagen, habe Wichtigeres zu tun, als für diese menschlichen Streitereien auch nur eine Sekunde seiner Ewigkeit zu vergeuden!«

Er schwieg; ich hörte ihn tief und schwer atmen. Ich streichelte sein Haar, seine Wangen. Es wurde immer kälter. Der Mond verlor sein goldenes Licht und hing über uns, als wolle er auf uns herabstürzen. Eine Stille war um uns, dass ich glaubte, das Ruinenfeld habe sich von der Erde abgehoben und triebe mit uns in den ewigen Frieden des Alls.

Schließlich brach Adon das Schweigen. »Hiram sagte, er verlasse sich auf mich. Aber wie stellte er sich das vor? Ich gehe ja fort. Ich will raus aus diesem Land, die Wüste ist für mich ein Gefängnis! Ich werde nicht hier sein, wenn Kinder gefoltert und Frauen geschändet werden, wenn Männer verbluten und alte Menschen weinen …«

»… schweig!«, fiel ich ihm ins Wort. »Bitte, schweig! Ich kann es nicht mehr mit anhören!«

»Manchmal habe ich das Gefühl«, flüsterte ich, »dass wir schon längst gestorben sind. Oder hat die Zeit, die unsere Vernichtung bringt, uns noch einige Sekunden des Weiterlebens gelassen?« Er hob den Blick zu mir empor.

Ich sah sein verzweifeltes Gesicht im bleichen Licht des Mondes.

»Ich denke oft an das Zelt meiner Mutter. Je älter ich werde, desto farbiger und klarer erinnere ich mich. Ich sehe und spüre so viel Liebe um mich herum, aber vielleicht ist es nur ein trügerisches Sehnen nach der Kindheit, weil ich vor mir keine Zukunft mehr sehe.«

»Wir dürfen die Hoffnung nicht verlieren!«, widersprach ich. Es waren kindische Worte. Aber was sollte ich sagen? Mir fielen keine anderen ein.

Er nahm meine Hand und presste sie an seine Wange. »Oh, Samira! Wie ich dich liebe! Aber ich glaube an nichts mehr. Auch nicht an die Zukunft.«

Ich bin genauso unglücklich, hätte ich ihm am liebsten ehrlich geantwortet, und ich weiß mir auch keinen Rat. Laut sagte ich: »Sprich nicht mehr. Versuche nicht mehr zu denken …«

Wir hielten uns in den Armen und küssten einander die Tränen vom Gesicht. Der Mond entglitt seinem Wolkennetz und segelte stolz über das schwarze Meer des Himmels. Die Schatten der Ruinen dehnten sich über uns aus. Eine Innigkeit nahm uns gefangen, die Dunkelheit war unser Hort. Unser Fühlen und Denken wurden eins, wir vergaßen die Zeit, und Leben und Tod verloren in diesem Moment ihre Bedeutung. Der Wall zwischen Jetzt und Niemehr stürzte lautlos in sich zusammen; Friede zog in unsere Herzen ein.

Die erwartete Blechlawine der Paris-Dakar-Rallye löste in Tam Hektik aus. Es stank nach Dieselöl und warmem Teer. In aller Eile wurden die Straßen ausgebessert. Dampfwalzen mahlten Steine zu einer glatten Fläche, Lastwagen fuhren Fässer voll Asphalt heran. Flüchtlinge aus der Sahelzone, in ihre langen Gewänder gehüllt und tief verschleiert, besserten die Straßen aus, froh, für ein paar Wochen eine schlecht bezahlte Gelegenheitsarbeit ergattert zu haben. Sämtliche Hotels waren belegt. Die Klos der ganze Stadt schienen, dem Gestank nach zu urteilen, verstopft zu sein, die Stromversorgung brach immer häufiger zusammen. Das Wasser lief jetzt nur noch einmal am Tag, und zwar frühmorgens. Kakerlaken krabbelten in der Badewanne umher, Leitungsrohre platzten und keiner kümmerte sich um die Reparatur.

Horden von Berichterstattern und Kamerateams waren der Rallye vorausgeeilt, die Reporter belagerten das Postamt, die Bank und die Tankstellen von Tam. In den Cafés waren sämtliche Tische besetzt, Zigarettendunst erfüllte die Luft. Die Journalisten tranken Fanta, Cola und Unmengen von Mineralwasser. Die Fotografen beobachteten sich gegenseitig argwöhnisch. Sie schienen Angst zu haben, der eine könne ein Bild schießen, das dem anderen entging. Man sprach von den Teilnehmern, die im klimatisierten Landrover fuhren und an jeder Etappe mit kaltgestelltem Sekt und Kaviar tafelten. An der Rallye nahmen einige bekannte Filmstars teil, ja, sogar eine echte Prinzessin mit ihrem millionenschweren Angetrauten aus der Finanzwelt; die Namen wurden ehrfürchtig genannt. Diese Ehrfurcht verwandelte sich allerdings in Schadenfreude, als bekannt wurde, dass der extra für die Rallye ausgestattete Luxus-Geländewagen der Prinzessin in einer harmlosen Düne stecken geblieben war.

Die Journalisten verlangten einen Presseraum, von wo sie faxen und Telexe abschicken konnten. Die Touristen wollten die »Tänze der Tuareg« sehen, ein Lager besuchen und auf einem Kamel reiten. Die Einheimischen standen in Gruppen an den flaggengeschmückten Straßen und erzählten sich die neuesten Gerüchte und Geschichten: Zwei Verpflegungswagen hätten sich auf dem flachen Gelände des Tademaits mit Tempo 150 ein Rennen geliefert. Dabei habe ein Fahrer eine Bodenrille übersehen. Der Wagen habe sich dreimal überschlagen, der Fahrer sei sofort tot gewesen, sein Begleiter querschnittsgelähmt. Ein Hubschrauber habe ihn nach Algier zurückgeflogen. Und ein Dünenkamm habe einen Motorradfahrer meterhoch in die Luft geschleudert, die schwere Maschine sei auf ein Bein des Mannes gefallen und habe es vom Körper getrennt.

Die Schaulustigen kommentierten diese Unfälle mit wollüstigem Schauer. Und die Presseleute verstanden ihr Handwerk gut genug, um schon auf den Titelseiten der Illustrierten das Bedürfnis nach solchen Meldungen zu steigern. Sie wären enttäuscht, ja geradezu frustriert gewesen, wenn der Tod als Spielverderber sein Rendezvous verpasst und die kollektiven Katastrophenerwartungen nicht erfüllt hätte.

Auf der Krankenstation herrschte Hochbetrieb, die Schwestern hatten alle Hände voll zu tun; diesmal ging es um Hexenschüsse, Knochenbrüche, Prellungen, Hitzeschläge, Sonnenstiche und den berühmten »Tanz der Legionäre« – ein blumiger Begriff für Durchfall. Die Schwestern verrichteten ihre Arbeit wie gewohnt und ließen sich von der allgemeinen Hektik nicht anstecken. Sie behandelten Skorpionstiche und Bindehautentzündungen, verpassten Lumbagospritzen und verteilten Tabletten.

»Der Leichtsinn der Menschen ist kaum zu glauben«, sagte Schwester Claire am Nachmittag während ihrer Kaffeepause. »Sie reisen in die Sahara wie andere an die Côte d'Azur. Manche nehmen ein Sonnenbad bei 50 Grad Hitze und wundern sich, wenn ihre Haut kocht. Sie haben nicht einmal eine Sonnenbrille dabei, geschweige denn eine Kopfbedeckung. Sie verlangen Zäpfchen gegen

Hämorrhoiden und nach zwei Stunden Kamelritt klagen sie, sie hätten den ›Wolf‹.«

»Was ist das, ein ›Wolf‹?«, wollte ich wissen, während ich die Küche fegte.

Die Schwester verkniff sich ein Schmunzeln. »Nun, eine Entzündung zwischen den Gesäßhälften oder an den Lenden, die durch das Reiben schweißfeuchter Haut auf Leder oder rauhem Stoff erzeugt wird.«

»Zum Glück blieb mir das erspart«, brummte ich.

»Weil du ein dickes Fell hast, mein Kind.«

Als ich wieder alleine war, schnitt ich mir ein Stück trockenes Brot ab und verschlang es. Vor lauter Unruhe hatte ich abgenommen, meine Jeans waren mir um die Hüften zu weit und ich musste meinen Gürtel enger machen. Durch das Fenster drang das Brausen des Verkehrs, die Luft roch nach Holzkohle. Empfindlich, wie ich war, reizte mich jedes Geräusch. Plötzlich kam mir Michi in den Sinn. Bald würde er hier sein, falls er nicht vorher in einer Düne landete! Michi – der Name war mir fremd, ja nahezu unbekannt. Unsere beiden Welten hatten sich unwiderruflich voneinander entfernt. Und ich wusste, dass Michi auf der Strecke geblieben war, ebenso endgültig, als hätte er sich das Genick gebrochen.

In meinen Gedanken um Michi versunken, hörte ich es draußen ans Tor klopfen. Ich fuhr mir mit den Fingern durchs Haar, ging über den Hof und öffnete. Vor mir stand ein Algerier in einem zerknitterten, schlecht sitzenden Anzug. Nach der ersten Überraschung erkannte ich in ihm Moktars Vorzimmer-Mensch, Ali, wieder. Seine Augen blinzelten nervös, doch aus seiner Stimme sprach die Überheblichkeit algerischer Beamter.

Er nahm sich nicht einmal die Zeit mich zu grüßen, sondern herrschte mich an: »Sie müssen mitkommen!«

Ich hob das Kinn. »Ich muss überhaupt nichts!«

»Ah! Sie müssen nicht?« Ali sah plötzlich überrumpelt aus und verlor seine Überheblichkeit. »A… aber Monsieur le Député Moktar ag Amaya wünscht Sie dringend zu sprechen.«

Es gelang mir ein unbewegtes Gesicht zu wahren. Aber mein Herz schlug so laut, dass er es hören musste. »Ich bin sehr beschäftigt.«

Ali ließ die Arme hilflos baumeln. »Aber Monsieur le Déppté will Sie unbedingt sehen. Jetzt sofort!«

»Ich komme, wenn es mir passt!«, sagte ich und knallte ihm das Tor vor der Nase zu. Obwohl ich mir schon länger sicher war, dass mich Moktar zitieren würde, spürte ich ein Kribbeln im Magen. Am besten wird sein, wenn du gleich hingehst, dachte ich, dann hast du es hinter dir. Ich begab mich in mein Zimmer, zog eine saubere Bluse an, wechselte die Socken und machte mich auf den Weg zur Präfektur. In den Straßen herrschte ein schreckliches Gedränge. Die schläfrige Stimmung, die sonst um diese Zeit herrschte, war einer Betriebsamkeit gewichen, die wie eine Wolke aus Lärm, Benzindunst, Autogehupe und Stimmgewirr über Tam hing.

Auch in der Präfektur herrschte hektisches Kommen und Gehen. Die Ehrengäste erkannte man sofort: Sie trugen blank geputzte Schuhe, dunkle Nadelstreifenanzüge oder Burnusse aus bestem Wollstoff. Sie legten die Gesichter in feierliche Falten, stolzierten hochmütig auf und ab oder führten leise Gespräche, was sie nicht daran hinderte, mir schiefe Blicke zuzuwerfen. Ich war ein weibliches Wesen und allein. Das störte sie. Sie störten mich auch. Ich warf den Kopf hoch, äffte ihre Anmaßung nach und freute mich hämisch, als sich einer nach dem anderen verlegen abwandte.

Ali saß an seinem Schreibtisch und hämmerte wild auf einer vorsintflutlichen Schreibmaschine. Ich stellte mich vor ihn hin und räusperte mich. Er hob langsam den Kopf und schickte sich an unhöflich zu werden. Doch kaum hatte er mich erkannt, sprang er auf und raste davon um mich bei meinem Onkel anzumelden.

Die Luft in Moktars Büro stand wie ein Vorhang vor Rauch, auf seinem Schreibtisch sah ich schmutzige Kaffeetassen und Aschenbecher voller Kippen. ›Monsieur le Député‹ trug einen schicken grauen Anzug, ein hellblaues Hemd und machte ein finsteres Gesicht. Diesmal kam er mir nicht entgegen und er bot mir auch nichts zu trinken an; er nahm sich nicht einmal die Höflichkeit aufzustehen, sondern deutete nur mit der rechten Hand auf einen Stuhl, auf dem ich würdevoll Platz nahm.

»Dir ist wohl klar, dass du das Maß überschritten hast?«, schnauzte er mich ohne Umschweife an.

Ich machte ein dummes Gesicht. »Ich?«

»Tu nicht so einfältig!« Moktar zündete sich nervös eine Zigarette an. Diesmal ersparte ich ihm meine Bemerkung über Lungenkrebs.

»Du wolltest ja nie auf mich hören«, fuhr er aufgebracht fort. »Ich hoffe, du siehst eines Tages ein, welchen Schaden du angerichtet hast. Es wäre wahrhaftig gescheiter gewesen, du hättest dich hier nicht eingenistet – oder, noch besser, du hättest dich überhaupt nie blicken lassen.«

»Was ist denn los?«, fragte ich arglos. »Weswegen regst du dich so auf?«

»Wegen Adon natürlich!«, explodierte er. »Ich rede die ganze Zeit nur von ihm!«

Eigentlich war ich ebenfalls in kampflustiger Stimmung, aber ich wollte nicht die Beherrschung verlieren und etwas Falsches sagen. Lieber hielt ich den Mund.

»Die Angelegenheit geht mir furchtbar gegen den Strich«, sagte Moktar. »Ich hab schon den ganzen Rummel der Rallye am Hals und jetzt kommt noch diese peinliche Sache dazu! Sicher, er ist nicht der einzige Targi, der versucht sich vor dem Militärdienst zu drücken. Die Burschen glauben alle, wenn sie weit genug in die Wüste rennen, könnten sie ihrer Pflicht entgehen. Sie bilden sich ein, in zwei oder drei Jahren sei Gras über die Sache gewachsen, und tauchen dann wieder in Tam auf. Aber der algerische Staat lässt sich nicht hintergehen. Die Akten werden auf dem neuesten Stand gehalten. Früher oder später werden die Dienstverweigerer verhaftet. Und eines kann ich dir garantieren: Die algerische Militärpolizei geht nicht besonders zartfühlend mit ihnen um!«

Er blies mir Rauch ins Gesicht. Ich fuchtelte verärgert mit der Hand hin und her. Er durfte um keinen Preis merken, dass ich Angst hatte.

»Was geht mich das an?«, fragte ich.

»Es geht uns beide etwas an«, fauchte er. »Es ist unsere Familie, die Adon blamiert, unser Name, den er in den Dreck zieht! Du hast keine Ahnung von der hiesigen Mentalität, so gescheit du dir selber auch vorkommen magst. Ich habe versucht Adon den Vater zu ersetzen. Ich bin für sein Studium aufgekommen, ohne auch nur einen Funken Dankbarkeit von ihm zu erwarten. Ein Maulesel kann nicht dankbar sein. Ich habe Geduld gehabt, sehr viel Geduld. Aber jetzt ist das Maß voll. Ich will mich nicht vor allen lächerlich machen. Wo ist er?«

Diese Frage war so plötzlich gekommen, dass ich überrumpelt war und nur sagen konnte: »Wer?«

Moktar schlug mit der Faust auf den Tisch, dass sämtliche Tassen und Aschenbecher in die Luft flogen. »Jetzt ist Schluss mit den dummen Fragen! Spiel ja nicht den Unschuldsengel, das nehme ich dir nämlich nicht ab!«

»Dann lass es bleiben«, sagte ich.

Er beugte sich vor. Seine Augen blitzten mich an. »Du weißt genau, wo er ist. Und ich lasse dich hier erst hinaus, wenn du es mir gesagt hast.«

»Gut. Hast du einen Schlafsack in der Nähe? Und eine Zahnbürste brauche ich auch.«

Er stieß aufgebracht Luft durch die Nase. »Samira, ich warne dich! Er rennt in sein Unglück und du unterstützt ihn dabei. Wenn er auf seinem Entschluss beharrt, werde selbst ich nicht mehr in der Lage sein ein gutes Wort für ihn einzulegen.«

Ich riss die Augen so einfältig auf, wie ich nur konnte. »Aber ich weiß wirklich nicht, wo er ist! Wir hatten Streit miteinander und er hat gesagt, er wolle auf keinen Fall Militärdienst leisten, und ist mit einem Laster in Richtung Agadès weg!«

Moktar zog spöttisch die Brauen hoch. »Dann ist es also aus mit der großen Liebe?«

»In der Wüste macht man nur einmal einen Fehler«, sagte ich achselzuckend.

Moktar verzog keine Miene. »Gesetzt den Fall, ich glaube dir, woher weißt du, dass er in Agadès ist?«

Das war eine Fangfrage. Trotzdem wurden meine Handflächen feucht. Ich muss aufpassen, dachte ich. Ich lüge schlecht, wenn ich nervös bin. »Vielleicht ist er auch woanders«, entgegnete ich gleichgültig, »ich habe nur gesagt, dass er in diese Richtung gefahren ist.«

Moktar schob seine Manschette hoch und sah auf die Uhr.

»Zum letzten Mal, Samira! Willst du dir nicht die ganze Sache von der Seele reden?«

Ich nickte. »Doch ... Früher hast du meiner Mutter das Leben schwer gemacht. Ich habe es dir nicht nachgetragen und dich gebeten Atara aus Algerien ausreisen zu lassen. Aber du drückst lieber deinen Hintern in einen Ledersessel, als das Risiko einzugehen deinen so genannten Freunden zu missfallen. Jetzt versuchst du Adon in die Zange zu nehmen. Aber das wird dir nicht gelingen.«

Moktar drückte seine Zigarette aus, erhob sich und trat ans Fenster. Draußen wurde heftig gehupt und geschrien. Als sich der Lärm gelegt hatte, hörte ich, wie Moktar seufzte. Er wandte sich mir zu. Sein Ausdruck war nicht mehr wütend, sondern verbittert. Er rieb sich die Augen.

»Du hast ein großes Talent vom eigentlichen Thema abzukommen. Ich will Adon helfen, es tut mir Leid, dass du das nicht einsiehst. Aber die Militärpolizei wird ihm schon beibringen, wie man das Wort Strafe buchstabiert. Darin ist sie besonders gut ausgebildet.«

Mein Herz schlug stürmisch, doch ich blieb stumm. Unsere Augen trafen sich. Einige Atemzüge lang starrten wir einander an.

Moktar schlug als erster die Wimpern nieder. »Vielleicht überlegst du es dir noch«, meinte er. »Wende dich an meinen Sekretär. Er wird es mich wissen lassen. Was Atara betrifft; nun, eines Tages wirst du einsehen, dass ich Recht hatte. Sie wäre in Europa unglücklich.«

»Wie kannst du das beurteilen? Steckst du vielleicht in ihrer Haut?«

Er zog die modisch gepolsterten Schultern hoch. »Sie ist eine von uns. Sie gehört hierher.«

»Und wer sorgt für sie?«

»Darüber brauchst du dir keine Gedanken zu machen. Ich kümmere mich um ihren Unterhalt.«

»Der Mensch lebt nicht vom Brot allein. Und auch nicht vom Kuskus.«

»Deine Wortspiele kannst du dir sparen.«

Ich stand auf und ging zur Tür. Ich hatte schon die Hand auf der Klinke, als er sagte: »Übrigens – es tut mir Leid, dass Hiram gestorben ist. Friede seiner Seele! Auf seine Art war er ein redlicher Mann.«

Ich spürte ein Würgen in der Kehle. »Ich bin froh, dass du das anerkennst. Und was wird aus Tabelhuit?«

»Das Haus gehört mir«, sagte er. »Sie mag darin wohnen bis an ihr Lebensende. Chittou bleibt bei ihr und es wird ihr an nichts fehlen.«

»Ich danke dir«, sagte ich überrascht und bewegt. »Ich machte mir Sorgen um sie.«

»Dazu besteht keine Ursache.«

Seine Augen schimmerten warm. Unversehens hatte sein Gesicht einen Ausdruck, der mich an Adon erinnerte.

»Wollen wir uns nicht als Freunde verabschieden?« Seine Worte klangen seltsam wehmütig.

Ich schüttelte den Kopf. »Als Freunde, nein. Aber du bist ja mein Onkel, und damit kann ich mich abfinden.«

»Du hast immer das letzte Wort«, seufzte er.

Ich lächelte matt. »Das ist eine Begabung.«

Ich drückte auf die Klinke und ging. Ihm gegenüber empfand ich weder Zuneigung noch Widerwillen; er war mir gleichgültig. Aber er würde gut zu meiner Großmutter sein. Und deswegen brachte ich es nicht fertig ihn zu hassen.

20

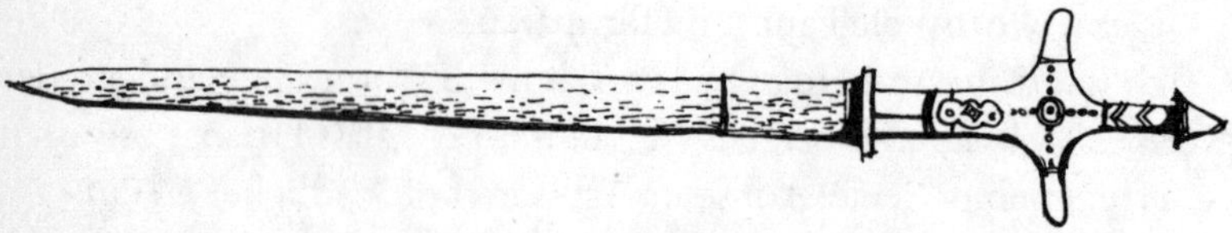

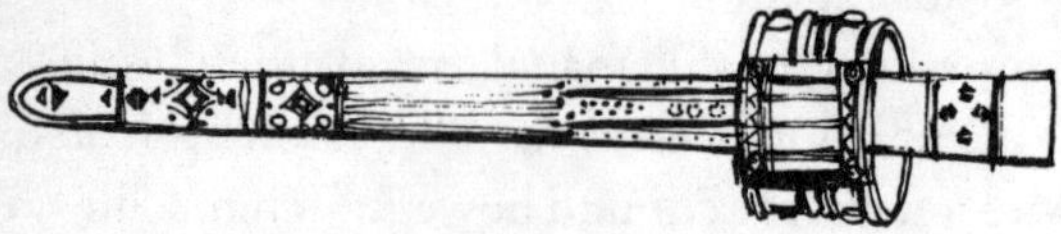

Ich verließ Moktar mit einem unbehaglichen Gefühl. Eigentlich war ich über den ruhigen Verlauf unseres Gesprächs überrascht; ich hatte mit mehr Gezeter gerechnet. Auf einmal kam mir der schreckliche Verdacht, dass Moktar mich hatte bespitzeln lassen und über alles genau orientiert war! Aber nein, redete ich mir ein, das ist unmöglich! Wozu dann dieses lächerliche Verhör, wenn er schon Bescheid weiß? Trotzdem wurde ich meine Angst nicht los. Es war Moktars Selbstsicherheit, die mich beunruhigte. Am liebsten wäre ich sofort losgerannt um Adon zu warnen. Aber tagsüber durfte ich kein Risiko eingehen.

Nimm dich zusammen!, ermahnte ich mich. Mal den Teufel nicht an die Wand, sonst drehst du noch durch!

Das Postamt hatte noch geöffnet, die Journalisten hatten das erzwungen. Ich wollte wissen, ob meine Überweisung eingetroffen war. Nach einer Stunde kam ich endlich an die Reihe. Der Beamte am Schalter schüttelte betrübt den Kopf. Ich hatte umsonst gewartet. Meine Unruhe wuchs. Diese Verspätung war zwar nicht unüblich, aber was machte ich, wenn das Geld nicht rechtzeitig eintraf?

Ich schob den Gedanken weit von mir; einen Nervenzusammenbruch konnte ich mir jetzt nicht leisten.

Wieder draußen, machte ich mich auf den Weg zu Atara. Tam brodelte wie ein Hexenkessel und überall standen Polizisten. Bereits fuhren die ersten Begleitfahrzeuge der Techniker und Mechaniker ein. Ihre Geländewagen, von denen die Namen der Sponsoren prangten, waren von Schaulustigen belagert. Die Männer in ihren makellosen Overalls unterhielten sich über die Köpfe der Einheimischen hinweg oder schoben sie beiseite, als seien sie Luft.

Es gehörte zu meinem Plan, dass Atara sich in dieser Zeit möglichst viel draußen zeigte. Zwischen ihr und Adons Verschwinden durfte keine Verbindung aufkommen. Ich wusste zwar, dass es für die scheue junge Frau eine starke Belastung sein würde sich unter die vielen Menschen zu mischen, doch sie musste sich ja an fremde Gesichter gewöhnen. Den Rallyezirkus hatte sie noch nie gesehen. Als verheiratete Frau war sie eingesperrt gewesen und später hatte sie ihre Apathie vom Rummel fern gehalten.

Auf dem Weg zu ihr überlegte ich, wie ich es ihr sagen sollte, denn ich war auf mühsames Zureden gefasst; umso mehr überraschte mich, wie bereitwillig sie auf meinen Vorschlag einging. Sie kam sofort mit, ohne an den Schleier zu denken. Sie trug ein Sweatshirt und meine alten Cordhosen, die langen Zöpfe wurden auf dem Rücken von einer Spange zusammengehalten.

Wie gewohnt, sprach sie wenig. Ihre Augen glitten gleichgültig über das Durcheinander hinweg. Eigentlich hatte ich ihr von meinem Gespräch mit Moktar erzählen wollen, zog es jedoch vor zu schweigen. Ich wollte sie nicht unnötig beunruhigen, denn das Schauspiel draußen war schon verwirrend genug.

Das Brüllen der Lautsprecher vermischte sich mit dem Dröhnen und Knattern der Motoren. In den Straßen waren fast ausschließlich Männer, Halbwüchsige und Kinder zu sehen. Einige tief verschleierte Frauen drückten sich scheu den Wänden entlang. Als die ersten Rennfahrer eintrafen, erreichte die allgemeine Aufregung ihren Höhepunkt. Wir sahen zu, wie die Etappensieger durch die Straßen brausten, an denen sich die Menschenmassen stauten, und in halsbrecherischer Geschwindigkeit über die frisch asphaltierte Hauptstraße dem Ziel entgegenrasten. Die Motorradfahrer auf ihren monströsen Wettbewerbsmaschinen wirkten wie Bewohner eines anderen Sterns, wie gepanzerte Rieseninsekten. Ihre Visiere waren vom Sand fast blindgeschmirgelt. Kaum waren sie durchs Ziel, nahmen sie ihre Helme ab, schnappten nach Luft, tranken gierig aus hingehaltenen Flaschen und zündeten sich eine Zigarette an. Die unzähligen Techniker und Mechaniker, die die Maschinen warteten, rannten geschäftig hin und her, die Pressefotografen richteten ihre Linsen nicht nur auf die Etappensieger und die Prominenz, sondern auch auf die »Eingeborenen in ihren malerischen Trachten«. Die ortsansässigen Obrigkeiten stellten sich mit geschwellter Brust in Pose und selbst die sonst so fotofeindlichen Uniformierten, die fast schon hysterisch reagierten, sobald ein Tourist seinen Fotoapparat auf irgendein Kamel richtete, grinsten jetzt geschmeichelt in die Kameras.

»Unsere Aufgabe liegt vorwiegend in der Förderung wirtschaftlicher Beziehungen und der Pflege gesellschaftlicher Kontakte«, hörte ich einen zappeligen Beamten wichtigtuerisch in das Mikrofon eines französischen Journalisten sprechen. Ein großer dünner Holländer und ein kleiner dicker Algerier, der sich als Direktor der ATA, der »Agence Touristique Algérienne«, vorstellte, fielen sich gegenseitig vor den Kameras in die Arme.

»Der Algerier ist ein wichtiger Mann«, sagte der Holländer wenig später zu einem Deutschen. »Er hatte mich zu sich eingeladen und mir sogar seine Frau vorgestellt. Wenn sie die Frau vorzeigen, bedeutet das, dass sie einem vertrauen.«

Die Kinder rannten zwischen den Beinen der Erwachsenen hindurch, die Polizisten traktierten ihre Trillenpfeifen und aus Lautsprechern dröhnten Mahnungen, die keiner zur Kenntnis nahm. Etappensieger bei den Motorradfahrern wurde ein Schwede. Er löste seinen Helm und strich sich durchs schweißverklebte Haar. Die Fotografen bannten sein erschöpftes Grinsen und seinen roten Kopf auf die Filme in ihren Kameras. Die Techniker seines Teams kamen angelaufen, rollten die schwere Maschine beiseite und nahmen sich sofort des Fahrzeuges an.

Einer nach dem anderen donnerten die Teilnehmer durchs Ziel. Ein ungläubiges Murmeln erhob sich, als einer der Piloten den Helm abnahm und das lange blonde Haar einer Frau zum Vorschein kam. Blitzlichter flammten auf. Die Frau lachte, kämmte ihr Haar mit zurückgeworfenem Kopf, eine Zigarette im Mundwinkel, während die Einheimischen sie anstarrten.

Atara und ich mussten husten; unsere Augen tränten und der Staub klebte uns am Gaumen. Ich verabscheute diesen kollektiven Wahnsinn, ich hatte die Nase jetzt schon voll, aber der Rummel kam mir auch gelegen; Moktar war viel zu beschäftigt um sich um Adon zu kümmern.

Ein lautes Knattern wurde über den Dächern laut. Alle schauten in die Luft. Ein weißer Hubschrauber erschien am Horizont, wurde größer und größer und donnerte in kurzer Entfernung über die Häuser hinweg. Ein Windstoß fuhr über die Köpfe der Menschenmasse und wirbelte eine riesige Sandwolke auf. Der Hubschrauber senkte sich auf die Ebene hinter dem Postamt, auf der früher der Kamelmarkt abgehalten worden war. Alle wollten der Landung beiwohnen und Atara und ich wurden von der plötzlich vorwärts stürmenden Menge von hinten gestoßen. Atara fiel gegen mich und ich verlor fast das Gleichgewicht. Jemand packte mich und hielt mich fest. Ich wandte mich um und sah Brahim mit seinem schief sitzenden gelben Schesch vor mir.

»Das sind mir Organisatoren!«, schrie er mir zu. »Im letzten Jahr ist der Hubschrauber mit dem Gründer des Rennens gegen eine Düne geprallt.« Ein breites Grinsen entblößte seine Zähne. »Von der Besatzung blieb nicht viel übrig. Aber das Rennen geht weiter! Umso besser für uns!«

Er warf einen Blick auf Atara, doch diese wandte den Kopf zur Seite. Mit der Feinfühligkeit der Saharabewohner merkte Brahim sofort, dass sie in Ruhe gelassen werden wollte, und wandte sich wieder mir zu.

»Adon n'aurait pas dû partir, Mademoiselle«, sagte er mit gesenkter Stimme zu mir. »Il aura des gros ennuis«, Adon hätte nicht gehen sollen, er wird Schwierigkeiten bekommen.

»Sie werden ihn nicht finden«, sagte ich.

Brahim seufzte. »Ici, les gens savent toujours tout«, hier wissen die Leute immer alles.

Mich überlief es kalt. Was meinte er damit? Gerade wollte ich ihn fragen, ob er etwas Genaueres erfahren hatte, als ohrenbetäubender Motorenlärm, von Applaus und Begeisterungsrufen noch verstärkt, wie eine Woge heranbrandete. Zwei Motorradfahrer rasten fast gleichzeitig die Straße entlang und fast gleichzeitig fuhren sie durchs Ziel. Beifall prasselte von allen Seiten, die Kinder kreischten vor Entzücken, alles drängte sich vor. Als ich mich nach Brahim umsah, war er verschwunden.

Mir wurde plötzlich übel. »Ich habe genug«, sagte ich zu Atara. »Gehen wir.«

Sie senkte bejahend den Kopf. Ich nahm ihre Hand, während wir uns einen Weg durch die Menge bahnten. Plötzlich versperrte uns eine größere Gruppe von Motorradfahrern den Weg. Die Maschinen waren rot vor Staub; Lack, Aluminium und Chrom waren kaum noch zu sehen. Daneben stand ein VW-Bus, beladen mit Benzinkanistern, Wasser und Verpflegung, Gepäck, Werkzeugen und Ersatzteilen. Die Fahrer hielten die Helme in der Hand und diskutierten untereinander mit matter Stimme. Sie beachteten die Horde wild schreiender kleiner Jungen kaum, die um Kugelschreiber und Kaugummi bettelten, eine Unsitte, die erst mit dem Tourismus nach Algerien gekommen war.

Atara und ich zwängten uns an dem lärmenden Knäuel vorbei, als mich jemand beim Namen rief. Erschrocken wandte ich mich um. Vor mir stand Michi.

Sekundenlang starrten wir uns an, bevor er einige Kinder beiseite schob und in seinen schweren Stiefeln auf mich zustapfte. Seine rotweiße Lederkluft, bis zur Taille offen, ließ ein tropfnasses T-Shirt sehen. Er war größer und breitschultriger als in meiner Erinnerung.

Das dunkle Haar klebte an seiner Stirn und er hatte einen Sonnenbrand erwischt; die Haut auf Nase und Wangen schälte sich.

»Hallo, Schätzchen!« Er strahlte übers ganze Gesicht. »Ein Wiedersehen am Ende der Welt! Unglaublich! Ich dachte immer, das klappt bestimmt nicht. Sag mal, hast du meinen Brief bekommen?«

»Doch, ja«, sagte ich spröde.

Er legte den Arm um meine Schultern und küsste mich ganz ungeniert auf die Wange. Er roch aus dem Mund; wahrscheinlich hatte er sich die Zähne nicht geputzt. Aber er benutzte immer noch das gleiche Rasierwasser; der schwache Duft weckte in mir für den Bruchteil einer Sekunde eine vertraute, leicht wehmütige Erinnerung, die jedoch sofort wieder verflog. Er betrachtete mich inzwischen prüfend, den Kopf zur Seite geneigt.

»Hübsch siehst du aus«, stellte er fest. »Deine Haut hat ein tolles Braun. Genau wie das der Eingeborenen.«

»Mein Vater war ja auch einer«, sagte ich.

»Ach ja, natürlich!« Er lachte. »Dein Vater war also einer dieser blau verschleierten Typen. Sehen aus wie wandelnde Totempfähle. Gefällt es dir hier so gut?«

»Es geht«, sagte ich. »Nächste Woche bin ich wieder in Brüssel.«

»Endlich!«, meinte er. »Ich würde ausflippen, wenn ich hier leben müsste. Keine Ersatzteile für die Maschine, kein Bier und keine Mädchen. Wo stecken die eigentlich? Im Harem? Sogar in Algier laufen sie wie die Schleiereulen umher, das nimmt einem ja den ganzen Spaß. Hier ist wenigstens eine, die normal aussieht.« Er grinste Atara unverfroren an. »Ciao, Bellissima!«

Ich warf ihr einen erschrockenen Blick zu. Takt und Feingefühl waren bei Michi klein geschrieben. Und ich hatte keine Zeit gehabt ihn zu warnen. Atara war diesen Ton nicht gewöhnt.

Sie stand jedoch ganz still; ihre Arme hingen gelöst an den Seiten herab. Sie hielt den Kopf leicht geneigt; ihre Augen waren auf Michi gerichtet. Ich wusste, dies war ihre Art, einen Menschen zu erfassen. Sie ließ den Verstand nicht auf Hochtouren laufen, nahm weniger seine Worte als sein Wesen zur Kenntnis. Sie befragte die Aura, die den Menschen umhüllt, lauschte auf die stillen Schwingungen, die von ihm ausgingen. Mir war dieses Verhalten vertraut, doch auf Michi musste es befremdend wirken.

»Wer ist sie?«, fragte er überrascht.

»Sie ist meine Kusine. Sie heißt Atara.«

Michi schnalzte mit der Zunge. »Hübscher Name!«

Ich drückte beruhigend Ataras Arm. »Das ist Michi«, sagte ich zu ihr. »Wir kennen uns gut. Wir sind zusammen zur Schule gegangen.«

Atara nickte, ernst und stumm. Ihre Augen waren groß geworden, ihre Lippen ganz weiß.

Michi starrte sie an, sichtlich von ihr eingenommen. »Und Französisch spricht sie auch noch! Großartig! Das muss gefeiert werden. Wollen wir nicht heute Abend ...« Er kam nicht weiter.

Atara hob die Hand, hielt sie dicht vor Michis Gesicht und bewegte sie hin und her, als wolle sie sein Antlitz in der Luft verwischen. »Das Tor!«, stieß sie hervor. »Das Tor ist schon offen!« Ihr Blick zuckte schwarz und geheimnisvoll zu mir hinüber. »Ich habe Angst ...«, flüsterte sie. Sie verschränkte fröstelnd die Arme auf der Brust, ich sah ihren Kiefer zittern. Auf einmal wandte sie sich ab und verschwand in der Menge.

»Atara!«, rief ich erschrocken. »Warte!«

Ich wollte hinter ihr herlaufen, doch Michi packte mich am Arm und hielt mich fest. »Nun lass sie doch, sie geht schon nicht verloren! Was ist überhaupt mit ihr? Die hat ja Augen wie eine Irre. Spinnt sie oder ist sie high?«

»Sie war lange krank«, sagte ich kühl und versuchte wegzukommen.

»Mit anderen Worten, sie hat einen Tick.«

Ich riss mich von ihm los. »Ich muss aufpassen, dass sie gut nach Hause kommt. Mit all diesen Kerlen hier ...«

»Die tun ihr nichts«, sagte Michi lachend. »Die sind viel zu kaputt. Und ich rede aus Erfahrung. Komm, mein Schätzchen, wir gehen jetzt in aller Ruhe etwas trinken.«

»Nein, ich muss weg!«

Er pflanzte sich vor mir auf und versperrte mir den Weg. »Allah gab die Zeit«, zitierte er feierlich, »von Eile hat er nichts gesagt. Du siehst, ich habe was dazugelernt.«

Ich stampfte mit dem Fuß. »Zuerst Atara!«

Er seufzte. »Du hattest schon immer einen ausgeprägten Familiensinn. Also gut, wenn nicht jetzt, dann heute Abend. Ich habe eine Vier-Stern-Unterkunft auf dem Campingplatz. Du kommst doch, oder?«

»Von mir aus«, sagte ich. Ich hätte ihm wer weiß was versprochen, nur um ihn loszuwerden.

Er grinste und hob zwei Finger an die Schläfe. »Bis nachher!«

Ich drehte mich um und rannte davon. Im Gedränge prallte ich fast mit einem Wagen zusammen, der zum Glück im Schritttempo dahergekrochen kam. Die Menge wogte heiter lärmend hierhin und dorthin. Der Geruch nach Hammelfett, schwitzenden Kleidern, Benzin und Auspuffgasen mischte sich mit dem Staub, der glitzernd in der Luft hing. Atemlos rannte ich weiter. Wo Atara nur stecken konnte? Ungehobelt, wie er war, musste Michi sie auf irgendeine Weise beleidigt haben. Aber sie hatte von einem Tor gesprochen, und zwar nicht das erste Mal. Trotzdem wurde ich auch jetzt nicht klug daraus. Und was sollte das mit Michi zu tun haben? Ich war zu aufgeregt um diesem Rätsel auf die Spur zu kommen.

Endlich erreichte ich das Haus meiner Großmutter. Das Tor war verriegelt. Ich klopfte lange; vergeblich, nichts rührte sich. Chittou musste irgendwo draußen sein und Tabelhuit ging nie selbst an die Tür. Doch wo war Atara? Wo mochte sie sein?

Wenn ihr nur nichts zugestoßen war! Ich holte ein paar Mal tief Luft. Nun werde nur nicht hysterisch!, dachte ich. Sie ist kein Säugling mehr. In Brüssel kannst du sie auch nicht auf Schritt und Tritt bewachen. Lass ihr die Eigenständigkeit! Eine Weile lehnte ich an der Wand, hörte das dumpfe Hämmern meines Herzens und dachte all die Dinge, die man denkt, wenn man sich zu beruhigen versucht. Dann ging ich niedergeschlagen den Weg zurück, den ich gekommen war.

21

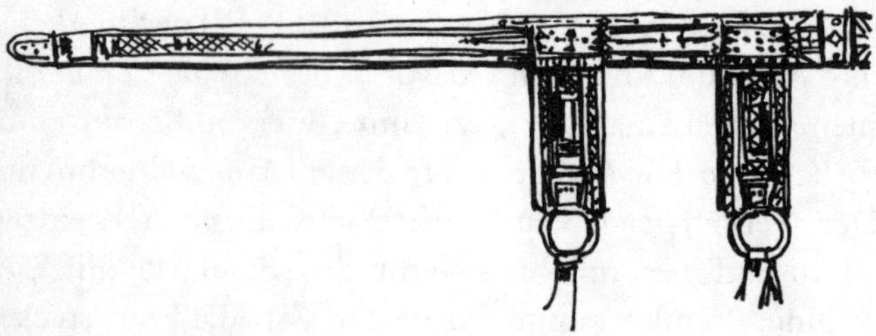

Ataras Verschwinden machte mich halb verrückt. Michi war wirklich ein Trampeltier! Er hatte sie wie irgendein Mädchen in Frankfurt oder Torremolinos behandelt und ihr damit natürlich Angst gemacht. Mir passte es überhaupt nicht, dass er hier war, und ich ärgerte mich, dass ich ihm versprochen hatte ihn zu besuchen. Aber ich hatte ihm einiges zu sagen, und sei es nur, um mir später nicht vorwerfen zu müssen, es nicht gesagt zu haben.

Tam kam mir wie ein Irrenhaus vor. Ich hatte solche Sehnsucht nach Adon! Aber es war noch zu hell. Ich musste warten. Jetzt war wirklich nicht der Augenblick ein Risiko einzugehen.

Die Straße, die zum Hotel »Tahat« und zum Campingplatz führte, war in einen riesigen Parkplatz verwandelt. Ich lief an hunderten von Fahrzeugen, Geländewagen, Bussen und Motorrädern vorbei. Die Fahrer hatten – wie an jedem Tag – mehr als 14 Stunden am Steuer oder Lenker gesessen und sechs- oder siebenhundert Kilometer windgepeitschte Einöde hinter sich gebracht. Doch damit war ihre Arbeit noch lange nicht beendet. Jetzt begannen der technische Dienst, die Wartung der Fahrzeuge, die Reparaturen und die Besprechung der folgenden Etappe. Da blieb kaum Zeit zum Schlafen.

Auf dem Campingplatz herrschte ein wildes Durcheinander, denn hier hatten sich die weniger begüterten und weniger berühmten Teilnehmer niedergelassen. Für viele war das Auto Fortbewegungsmittel und Schlafstätte in einem. Sie sahen weniger wie Filmstars aus, sondern wie Landstreicher. Nur die großen Autofirmen stellten ihren Stars leistungsfähige Werkteams zur Verfügung. Den Privatteilnehmern, die ihre Maschinen selbst warten mussten, stand die Erschöpfung ins Gesicht geschrieben. Einige saßen auf ihren Schlafsäcken und aßen lustlos Ölsardinen aus der Büchse und Brot. Andere machten sich an ihren Maschinen zu schaffen. Wie ein zäher, widerlicher Schleier hing der Benzingestank in der Abendluft.

Ich sah Michi schon von weitem, denn er winkte mir mit einem schmutzigen Lappen zu. In der anderen Hand hielt er eine Colabüchse. Ich schlenderte mürrisch heran. Seine Yamaha XT 500 war von einer schmierigen Schicht aus Öl und Staub bedeckt. Michi war über die Stoßdämpfer gebeugt.

»Und?«, fragte er zerstreut. »Hast du deine Kusine wieder gefunden?«

»Die wird schon nicht unter die Räder kommen!«

Michi nahm einen Schluck, stellte die Colabüchse auf den Sattel und betrachtete angewidert seine Maschine.

»Schwierigkeiten?«, fragte ich.

»Die hinteren Stoßdämpfer!«, schimpfte er. »Etwas mit ihrem Ölvorratsraum stimmt nicht. Verdammter Mist! Jetzt kann ich sehen, wie ich das bis morgen in Ordnung bringe.«

»Ich sehe, du bist beschäftigt«, sagte ich.

Er leerte seine Colabüchse und schmiss sie unter einen Oleanderstrauch, unter dem schon ein ganzer Berg lag. Plötzlich grinste er. »Du, willst du mal die Rangliste sehen? Weißt du, wo ich stehe?« Er zog einen Wisch aus der Brusttasche und hielt ihn mir unter die

Nase. »An fünfzehnter Stelle! Als wir starteten, waren wir hundertzehn. Jetzt sind noch vierundvierzig übrig. Kannst du dir das vorstellen? Die meisten haben schon schlappgemacht. Motorschaden, geplatzte Reifen, kaputte Stoßdämpfer, Federungsbrüche, Gehirnerschütterungen, gebrochene Knochen und eine Amputation, eine schlimme Sache. Ich habe eine Maschine gesehen, die hat einen Bocksprung gemacht, dass der Fahrer fünf Meter durch die Luft flog.«

»Lebt er noch?«

Michi verzog das Gesicht »So einigermaßen, er landete auf einem Dünenhang. Aber die Maschine ist nur noch ein Haufen Schrott. Eine weniger! Weißt du, ich setze alles dran, damit ich nicht aus der Wertung falle. Da sind einige tolle Typen dabei, knallharte Profis. Mensch, die sind zäh! Aber ich bin sicher, wenn meine Yamaha durchhält, kann ich noch etwas aufholen.«

»Ist das so wichtig für dich?«, fragte ich.

Er glotzte mich an. »Ob das wichtig ist? Mensch, Samira, versteh doch! Das ist das Herrliche an diesem Sport! Rennen gewinnen, das ist eine Wucht! Da fühlst du eine unheimliche Power. Da kannst du nicht widerstehen, da fühlst du dich so richtig stark, unschlagbar! Kannst du dir das nicht vorstellen?«

Ich schüttelte den Kopf. »Tut mir Leid, das ist zu hoch für mich.«

Er legte den Arm um meine Schultern, eine besitzergreifende Geste, die mich ärgerte. Ich schüttelte seinen Arm von mir ab. Er lachte und nahm es mir nicht übel.

»Komm, wir suchen uns einen Platz an der Bar. Ich will jetzt etwas Eisgekühltes. Dieses lauwarme Gesöff spült den Durst ja nicht weg. Hallo, Bruno! Etwas nicht in Ordnung?«

Der Angeredete, der vor seiner Maschine am Boden hockte, hob den Kopf. »Meine Lampenhalterung ist gebrochen!«

Michi schnalzte mit der Zunge. »Sieht aus wie ein abstraktes Kunstwerk!«

Bruno brummte etwas nicht gerade Nettes.

»Bruno liegt zwei Plätze hinter mir«, kommentierte Michi, »und ich habe Angst, dass er aufholt. Er ist wahnsinnig risikofreudig. Muss man auch sein, bei dem Rennen. Sonst bleibt man auf der Strecke.«

Im Hotel herrschte Hochbetrieb. Manche Zimmer waren doppelt belegt worden, was Anlass zu Auseinandersetzungen gab. Man hatte zusätzliche Betten und Zelte aufgestellt. Von neuem unter sich, wieder vereint in der nervösen Spannung kollegialer Konkurrenz, spielten sich die Rallyeteilnehmer auf, möglichst mit einem Drink in der Hand. Sie gaben ihre Erlebnisse zum Besten, die keiner hören wollte, weil jeder darauf wartete, die eigenen zu erzählen. Sie warfen sich mit wichtiger Miene kleine Brocken echter und falscher Informationen zu, trugen das mitgebrachte Bier und den Sekt auf ihr Zimmer und verteilten großzügig Trinkgelder. »Wasser« schien das meistgebrauchte Wort in Tam zu sein. Alle schrien nach Wasser, und da alle gleichzeitig die Hähne aufdrehten, waren die Pumpen hoffnungslos überlastet; die Rohre spuckten nur einige gelbe Tropfen in die halb verrosteten Badewannen.

Viele schoben sich beharrlich und mit Ellbogenarbeit an die Rezeption, jeder hatte irgendeine Forderung anzubringen. Die beiden Angestellten lächelten mit verkrampften Mundwinkeln und versprachen unermüdlich, dass »alles unverzüglich« erledigt würde. Im Gedränge zog ich Michi an die Bar; wir ergatterten zwei ausgebeulte Lederhocker.

»Ich nehme einen Fruchtsaft«, sagte ich.

»Kein Fruchtsaft mehr, Mademoiselle!«, seufzte der Kellner.

»Dann eine Cola.«

»Keine Cola mehr, Mademoiselle.«

Ich seufzte ebenfalls. »Dann einen Kaffee, bitte.«

»Kaffee gibt es nur am Morgen.«

Ich sah ergeben zum Kronleuchter empor. »Dann einen Pfefferminztee!«

Michi verlangte ein Bier, das ihm auch prompt gebracht wurde.

»Offiziell ist Alkohol verboten«, sagte er. »Aber wir kriegen in jedem Hotel, was wir wollen.« Er bot mir eine Zigarette an.

Ich schüttelte den Kopf.

»Rauchst du immer noch nicht?« Er knipste sein Feuerzeug an. »Du siehst anders aus«, stellte er fest.

»Wie denn?«

Er runzelte die Brauen. »Anders. Als würdest du Dinge bemerken, die andere nicht sehen. Früher warst du nicht so. Warum bist du eigentlich hier geblieben?«

»Es hat sich so ergeben«, sagte ich in unbestimmtem Ton.

Er zwinkerte mir zu. »Ich habe da meine Vermutungen. Kein vernünftiges Mädchen verkriecht sich in dieses Nest, wenn es anders geht.«

Ich zuckte mit den Schultern und schwieg.

Michi blies irritiert den Rauch durch die Nase. »Manchmal kannst du einem ganz schön auf den Geist gehen.«

»Ich weiß.«

Er hob sein Glas an die Lippen und schnitt eine Grimasse. »In Algerien ist es immer das Gleiche; das Bier ist teuer und schmeckt nicht.«

»Dann warte doch, bis du wieder in Belgien bist.«

Michi verschränkte die Arme auf der Theke und sah mich eindringlich an. »Früher war es eigentlich ganz schön mit uns. Das ist jetzt wohl vorbei.«

Ich nickte.

»Hast du einen anderen?«

»Ja.«

»Ist es ernst zwischen euch?«

»Wenn du es unbedingt wissen willst …«

»… sag lieber nichts!«, unterbrach er mich unerwartet heftig. »Ich will es gar nicht wissen. Spielt ja schließlich keine Rolle mehr. Ich habe inzwischen auch einige Mädchen kennen gelernt.«

»Dann ist das Thema also erledigt.«

Er nickte grimmig und schwieg. Der Kellner brachte meinen Pfefferminztee. Ich pustete in das heiße Getränk.

»Ich finde es falsch, was du machst«, sagte ich darauf.

Michi sah mich verblüfft an. »Was? Dieses Rennen? Das ist doch ein Superding! Dieses Gefühl, wenn du tausende von Kilometern hinter dir hast und ebenso viele vor dir liegen! Dieses Gefühl ist mehr wert als alles im Leben! Und wenn du als Erster durchs Ziel fährst, gehört dir die ganze Sahara, dann gehört dir die ganze Welt!«

»Du hast einen Knacks«, sagte ich.

Er lachte. »Und alle anderen, die mitmachen, auch?«

»Es ist doch pervers«, sagte ich. »Diese Maschinen, dieser Gestank, dieser Lärm. Es ist fast wie im Krieg, es gibt sogar Tote. Immer der Erste, Schnellste, Größte sein zu wollen, was für ein Schwachsinn! Schwester Laetizia hat schon Recht, wir sind immer noch mit den Affen verwandt!«

Er starrte mich an. »Sag mal, wovon redest du eigentlich?«

»Von Machtsucht, Gier und Profit. Von der Menschheit, die unseren Planeten zerstört. Vom Drang, immer stärkere, leistungsfähigere, teurere Maschinen zu bauen und sie in der Wüste zu Schrott zu fahren. Alles, was unsere Konsumgesellschaft an materiellem Überfluss produziert, wird hier schamlos zur Schau gestellt. Wir werfen den Afrikanern unsere Industrie-Exkremente vor die Füße und sie greifen begierig zu. Wir zeigen Menschen, die im Mittelalter stecken, wie unser Zivilisation die Natur erniedrigt und die Menschen missachtet. Wir bringen ihnen unsere Schadstoffe und unsere Neurosen. Und die Zuschauer machen fröhlich mit, amüsieren sich wie Kinder und merken nicht, dass man sie ausbeutet und verachtet. Sie sind es ja gewohnt. Inzwischen stirbt eine alte Kultur, die den Menschen als Mensch sah und Gottes Geist nicht an ein Gebäude fesselte, sondern ihm in voller Freiheit in der reinen Natur begegnete. Menschen, geschaffen für eine Zukunft, die wir nicht mehr erleben werden, wenigstens nicht mehr mit dem Bewusstsein dafür, weil es ihnen heute genommen wird. Die Wissenden sterben, die Unwissenden erobern und zerstören die Welt. Aber vielleicht haben wir bald keine Atomraketen mehr und knallen uns wie vor zehntausend Jahren die Schädel wieder mit Keulen ein.« Ich schüttelte angewidert den Kopf und trank einen Schluck Tee. Sand knirschte zwischen meinen Zähnen, und ich hatte zu viel geredet.

Michis Augen waren weit aufgerissen. Er starrte mich an, als sähe er ein Gespenst vor sich. »Mensch, Samira!«, stieß er hervor. »Was ist aus dir geworden? Du redest wie ein Buch, lauter überspanntes Zeug! Haben dir das deine Nonnen beigebracht?«

»Nicht nur die Nonnen.« Ich hob den Kopf und lächelte versöhnlich. Er konnte nicht aus seiner Haut und ich nicht aus meiner. »Um ganz ehrlich zu sein, ich hatte keine große Lust dich zu sehen. Jetzt bin ich froh, dass du da bist. Das soll nicht heißen, dass es anders wird mit uns. Es gibt keinen neuen Anfang. Ganz im Gegenteil. Aber es muss einen Sinn haben, dass wir uns hier treffen. Ich bin sicher, ganz und gar sicher, dass das kein Zufall ist.«

Michi trank sein Bier aus und wischte sich mit dem Handrücken den Schaum von den Lippen. »Darf ich auch mal was sagen? Du erinnerst mich an meinen Alten. Der schwingt auch immer große Reden und ich komme nie nach. Ich war ja schon immer unterbelichtet.« Es lag eine gewisse Bitterkeit in seiner Stimme. »Ich hoffe nur, dass du mir jetzt nicht böse bist.«

»Nein«, sagte ich und stieg vom Hocker.

Michi warf ein paar Münzen auf den Tisch. »Da fällt mir ein Stein vom Herzen! Hätte nie gedacht, dass du so kompliziert sein kannst. Das kommt wahrscheinlich davon, dass dein Vater Algerier war.«

»Er war kein Algerier.« Ich lächelte immer noch, ich fühlte fast so etwas wie Zärtlichkeit. »Er war ein Kel Rela!«

22

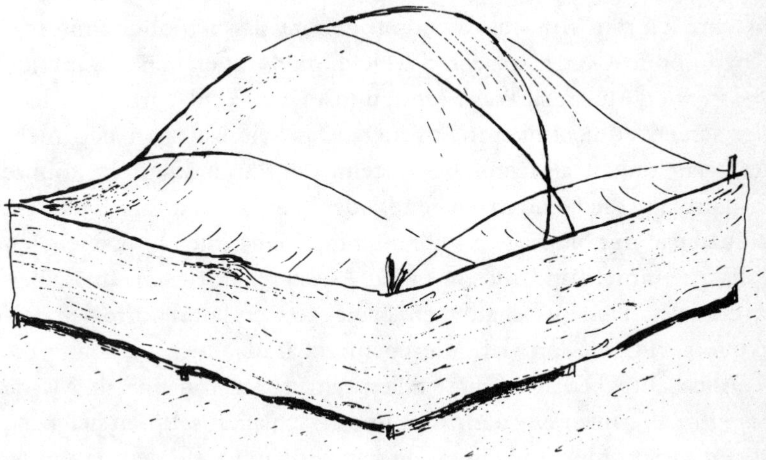

Es war schon spät, als ich mit fliegendem Atem dem Ruinenfeld entgegenlief. Der Sand glitzerte; jeder noch so kleine Kiesel warf einen spitzen Schatten. Der Lärm, der von Tam her über die Ebene schallte, wurde allmählich schwächer. Bald hörte ich nur noch das Geräusch meiner Atemstöße und das Knirschen des Sandes unter meinen Schuhen. Im Mondschein sahen die schwarzen Mauerreste wie in den Boden gekrallte Riesenhände aus. Die Dunkelheit schien diese Veränderung mitzuempfinden, denn sie war heute ganz anders, fast bedrohlich. Mein Sinn für Entfernungen täuschte mich; alles schien gleichzeitig nah und fern. Irgendwie fühlte ich mich in diesem Schattenreich gefangen, ich konnte mir selber nicht erklären, warum. Dieses Unbehagen war mir neu. Bisher war mir der Ort stets wohlgesinnt gewesen. Doch jetzt glaubte ich eine Warnung in der Luft zu spüren. Kein Windhauch wehte; fast übernatürliche Stille lastete auf der Wüste, während der Mond wie ein gespenstisches Auge auf mich herabstarrte. Schwerfällig lief ich weiter. Ich hatte Seitenstechen und fühlte mich elend.

Gleich wird mich Adon in die Arme nehmen, dachte ich, und mich mit seinem Atem wärmen, meine Ängste mit einigen vernünftigen Worten beruhigen. Ich werde ihm sagen, dass ich ihn bräuchte, machte ich mir Mut, dass er zu mir gehöre, dass ich ohne ihn nicht leben könne. Gleich war ich da! Doch die Ruinen verschwammen vor meinen Augen zu Trugbildern und aus den krallenartigen Schatten schien eisige Kälte zu strömen. Das Seitenstechen ließ nicht nach, auch nicht, als ich über die Steine der Ruine stieg. Ich stöhnte und drückte die Hand in die Seite, jeder Schritt wurde zur Qual. Auf einmal war mir, als bewege sich unter der Mauer die Dunkelheit. Ich fuhr zusammen und musste einen Aufschrei ersticken. Im selben Atemzug sah ich im Schatten ein blaues Gewand und hörte den vertrauten Pfiff, mit dem sich Adon bemerkbar machte.

Alle Schrecken, alle Angst fielen schlagartig von mir ab. Meine Seele, mein ganzer Körper, müde und zerschlagen, sehnten sich nach seiner Umarmung wie ein erschrockenes Kind nach dem Trost seiner Mutter. Schon kletterte er über die Schuttmassen; fast war es, als eile er mir über einen Abgrund entgegen. Kaum war er bei mir, warf ich meine Arme um seinen Hals. Er drückte mich an sich, dass es fast schmerzte, schmiegte sein kaltes Gesicht an meines. Seine Brust pochte mit meinem heftig schlagenden Herzen. Einige Augenblicke lang hielten wir uns, stumm und nach Atem ringend, umschlungen. Dann erst sahen wir uns an. Das Mondlicht in seinen Augen glitzerte wie Tränen.

»Was hast du?«, flüsterte er. »Ist dir nicht gut?«

Ich lehnte die Stirn an seine keuchende Brust. »Adon, ich weiß nicht, was los ist. Ich habe aus irgendeinem Grund ganz schreckliche Angst.«

Ich fühlte, wie sein Atem stockte. »Ja«, seufzte er. »Die Wüste spricht heute Nacht eine seltsame Sprache.«

Das Feuer brannte; das Licht unter dem Mauervorsprung leuchtete blutrot. Zermürbt und mit steifen Beinen ließ ich mich auf die

Decke nieder. Adon warf die Ärmel seiner Gandura, die er der Kälte wegen über seinen Jeans trug, über die Schulter. Er nahm einen Zweig und stocherte in der Glut. Die Flammen knisterten und eine kleine Funkengarbe stieg auf.

»Die Blechlawine scheint Tam mal wieder überrollt zu haben«, sagte er angewidert. »Ich hörte den Lärm bis hierher. Den Hubschrauber habe ich auch gesehen.«

Ich bebte vor Müdigkeit und Kälte und rückte näher ans Feuer. »Adon«, flüsterte ich. »Atara ist verschwunden.«

Er hob ruckartig den Kopf. »Verschwunden? Wie meinst du das?«

Ich erzählte ihm, was vorgefallen war. Von Michi hatte ich bisher nur wenig gesprochen, aber Adon wusste, dass er ein Schulfreund war. Vielleicht ahnte er noch mehr, aber er hatte mich nie danach gefragt.

»Er riss einige Witze, nichts Schlimmes. Im Grunde ist er kein übler Kerl. Aber Atara bekam wieder diesen merkwürdigen Blick. Sie starrte ihn an, drehte sich plötzlich um und rannte davon. Ich habe zu Hause nachgesehen, doch das Tor war geschlossen und keiner machte auf. Ich kam vor Sorgen fast um. Später bin ich noch mal hingegangen. Diesmal hat mir Chittou geöffnet. Er fiel aus allen Wolken, denn er hatte angenommen, dass Atara bei mir sei. Zusammen haben wir sie überall gesucht. Vergeblich. Sie ist weg!«

Adon runzelte die Brauen. »Das gefällt mir nicht. Irgend etwas muss sie aus der Fassung gebracht haben.«

Ich rieb meine starren Hände über dem Feuer. »Sie hat etwas Seltsames gesagt ...« Die Wärme schlug mir ins Gesicht, aber ich fror bis ins Mark, während ich stockend ihre Worte wiederholte.

»Das Tor ist schon offen«, Adon sah mich bestürzt an. »Was wollte sie damit sagen?«

»Wenn ich das wüsste!«, stöhnte ich. »Sie hat auch gesagt, dass sie Angst habe ...«

Er starrte mich an. »Angst? Wovor?«

Meine Zähne schlugen hart aufeinander; ich konnte nur den Kopf schütteln. Unsere Gesichter, von den Flammen angestrahlt, leuchteten wie rötliche Masken. Schließlich brach Adon mit einem Seufzer das Schweigen. »Atara spricht manchmal in Rätseln. Wir müssen versuchen …«

Er sprach den Satz nicht zu Ende, hob den Kopf und lauschte.

Ich hörte nichts, außer dem Hämmern meines Herzens. Doch Adons empfindliches Gehör musste ein Geräusch vernommen haben.

»Was ist?«, hauchte ich. »Die Hunde?«

Er verneinte und legte den Finger an die Lippen. Lautlos erhob er sich und spähte durch eine Ritze in der Mauer. Ich stand ebenfalls auf, stieg ihm mit zitternden Knien über das Geröll nach und blickte neben ihm in die Nacht hinaus.

»Siehst du etwas?«

»Scheinwerfer«, murmelte er.

Ich starrte mit nachtblinden Augen in die Dunkelheit. Eine Weile sah ich gar nichts, dann entdeckte ich in weiter Ferne zwei stecknadelgroße Lichtpunkte.

»Ein Geländewagen«, Adon schnalzte verärgert mit der Zunge. »Wahrscheinlich sind es Touristen. Es gibt immer wieder Idioten, die sich eine Rundfahrt bei Nacht leisten. Und sich dann wundern, wenn sie irgendwo stecken bleiben.«

Ich rieb meine schwitzenden Handflächen an den Nähten meiner Jeans ab. »Sie kommen in unsere Richtung.«

»Es ist besser, ich räume meine Sachen weg«, brummte Adon. »Beobachte sie inzwischen!«

Die Scheinwerfer wurden langsam größer und leuchteten im weiten Bogen über die Ebene. Allmählich hörte auch ich das Motorengeräusch. Der Wagen rollte stetig näher heran. Inzwischen faltete Adon die Decke zusammen, packte seinen Schlafsack ein und stopfte seine wenigen Sachen mitsamt dem Kochgeschirr in seine Reisetasche. Dann warf er Sand auf die Flammen, löschte mit einigen Fußtritten die Glut und zerstreute sie. Mit einem Mal umfing uns tiefste Dunkelheit. Ich fror und glühte zugleich; meine Zähne klapperten und an meiner Schläfe pochte eine Ader. Adon trat wieder neben mich; seine weichen Turnschuhe verursachten auf den Steinen nicht das geringste Geräusch.

»Sie fahren genau auf uns zu«, sagte ich leise.

»Hab keine Angst!«, hauchte er zurück. »Wir verstecken uns, bis sie wieder weg sind.«

Er umfasste meine Hand mit warmem festem Griff und duckte sich um durch die Ritze zu spähen. Im nächsten Augenblick fühlte ich, wie er erstarrte.

»Das sind keine Touristen! Das ist die Militärpolizei!«

Mein Herz tat einen Sprung in meiner Brust, dass ich zu ersticken glaubte. Wie in einem Alptraum rollte der Wagen heran. Ich hörte das Surren der dicken Reifen auf dem Sand.

»Hau ab!«, stieß ich hervor. »Mach, dass du wegkommst!«

Sekundenlang stand er wie versteinert.

»Verschwinde!«, stöhnte ich.

Sein Zögern dauerte nicht länger als einen Atemzug. Er drückte kurz meine Hand. »Ich gebe dir Nachricht!«, flüsterte er.

Schon war er geräuschlos wie ein Geist über die Schuttmassen gestiegen und in den Ruinen verschwunden. Er schien sich buchstäblich in Luft aufzulösen, gerade in dem Augenblick, als das Militärfahrzeug mit kreischenden Bremsen hielt. Männer, etwa acht an der Zahl, sprangen heraus und ließen starke Taschenlampen aufleuchten. Sie liefen in zwei Gruppen auf das Ruinenfeld zu – die einen eilten nach rechts, die anderen nach links. Ich hörte ihre Zurufe, die Befehle, das Prasseln der Kiesel unter ihren eisenbeschlagenen Stiefeln. Die Lichtkegel hüpften über die Schuttmassen, funkelten durch Ritzen und Spalten und warfen gespenstische Schatten über das alte Gemäuer. Ein zerfallener Torbogen erschien voll im Licht und verschwand im nächsten Moment wie das Bild in einem Alptraum.

Ich kauerte nieder, den Rücken an die Mauer gepresst. Die Schritte und Stimmen kamen näher. Ein Lichtstrahl tastete vor mir den Boden ab, zuckte und tanzte um mich herum. Schrei nicht!, dachte ich. Ich zog die Füße an, drehte den Kopf zur Seite. Das Licht kam näher. Ich duckte mich tiefer. Schrei nicht! Die Sekunden dehnten sich. Da – jetzt schien mir die Taschenlampe grell ins Gesicht. Gleichzeitig rief einer der Männer seinen Kollegen etwas auf Arabisch zu; es klang wie ein scharfes Bellen. Ein Lachen folgte. Meine Augen zuckten und blinzelten im Licht. Die Rufe gellten von Mann zu Mann. Die Soldaten kamen von allen Seiten angestapft. Ihre Gesichter und Oberkörper lagen im Schatten, so dass sie wie dunkle Klumpen wirkten und ich sie nur vom Gurt an abwärts sah. Sie waren mit Pistolen und Gewehren bewaffnet. Ihr Geruch nach Hammelfett, Schweiß und schmutziger Wäsche wehte mir in die Nase. Einer der Männer trat vor. Ich sah einen Gewehrlauf blitzen. Er fragte mich etwas auf Arabisch. Ich zog die Schultern hoch um ihm zu zeigen, dass ich nichts verstanden hatte. Der Soldat sagte etwas, das ein vielstimmiges Lachen auslöste. Eine Weile redeten und gestikulierten die Soldaten unter sich.

Dann verstummten sie und einer sagte in schleppendem Französisch: »Du … petite Mademoiselle. Wir suchen deinen Freund. Nicht dich. Wo ist er?«

Ich holte tief Luft. Nur nicht die Nerven verlieren! »Il est parti!«, stieß ich hervor, »er ist weg.«

»Er ist nicht weg«, sagte der Mann. »Er hat sich versteckt. Du triffst dich jeden Abend mit ihm. Wir wissen das.« Seine kehlige Stimme wurde drohend. »Er kann nicht weglaufen. Keine Felsen, keine Berge! Nur Sand! Wir fahren hinter ihm her … Er ist für uns wie ein Hase. Sofort gefangen!«

Ich konnte das Zittern nicht mehr unterdrücken. Der Mann sagte die Wahrheit. Auf der vom Mondlicht überfluteten Ebene zeichnete sich die Gestalt eines Menschen scharf wie ein Scherenschnitt ab. Aber Adon kannte das Gelände und war viel zu schlau, um diese Gefahr nicht vorauszusehen.

»Er ist weg«, wiederholte ich. »Schon lange!«

Abermals folgte ein kurzer, erregter Wortwechsel. Dann trat der Mann, der Französisch sprach, mit der Taschenlampe näher. Unwillkürlich presste ich mich an die Wand, den Arm zur Abwehr vorgehalten.

»Wir glauben dir nicht. Warum bist du hier, ganz allein?«

»Ich war müde und bin eingeschlafen.«

Der Soldat übersetzte meine Antwort. Das Lachen der Männer zitterte durch die Nacht. Die Taschenlampe bewegte sich. Ich wandte geblendet die Augen ab.

»Wir sind nett zu petite Mademoiselle«, sagte der Soldat, der offenbar die Truppe befehligte. »Wir wollen nur wissen, wo dein Freund ist.«

Ich bemühte mich ruhig und langsam zu sprechen. »Ich weiß es wirklich nicht. Wir haben uns verabschiedet. Schon vor zwei Stunden.«

Allmählich gewöhnte ich mich an das Licht. Ich sah die eckigen Gesichter der Männer, ihre harten Augen. Ihr Ausdruck war ungeduldig, grausam und auf eine ganz eigentümliche Weise belustigt. Einige zeigten grinsend ihre Zähne.

»Wir tun dir nichts«, wiederholte der Mann. »Aber wenn du uns nicht sagst, wo er ist, werden wir böse.«

Ich schüttelte den Kopf. »Ich weiß von nichts.«

Zwei Männer flüsterten miteinander und brachen in Lachen aus. Mich überlief es kalt.

»Es ist nicht schön, wenn petite Mademoiselle lügt«, sagte der Befehlshaber. »Wir haben viel Erfahrung. Wir wissen genau, wann jemand lügt und wann nicht.« Seine Stimme klang plötzlich schleppend, als würden ihm seine eigenen Worte Vergnügen bereiten.

Ich saß immer noch am Boden. Vor mir standen die Soldaten, hinter mir fühlte ich die Mauer und mir wurde bewusst, wie sehr ich in der Falle saß. Aber gerade dieses Wisssen gab mir Kraft und auf einmal riss mir die Geduld. Ich wollte nicht mehr im Dreck kauern und die Hosenbeine dieser Typen anglotzen. Ich stützte mich gegen die Wand und kam auf die Beine. Meine Knie zitterten, doch nun bemerkte ich, dass der Befehlshaber kleiner war als ich. Und da, ich weiß nicht warum, fasste ich neuen Mut. »Mein Freund ist weg«, sagte ich herausfordernd. »Weit weg! Sie finden ihn nie. Niemals!«

Er trat rasch einen Schritt auf mich zu und schlug mir ohne Warnung mit der flachen Hand auf den Mund. Meine Lippen platzten auf und begannen zu bluten. Ich prallte mit dem Hinterkopf an die Mauer; eine Sternengarbe explodierte vor meinen Augen. Ein anderer Soldat packte mich und hielt mir beide Hände auf dem Rücken fest. In weiter Ferne hörte ich Stimmen und Gelächter.

Das Kichern des Befehlshabers drang wie durch einen Nebel zu mir. »Petite Mademoiselle lügt. Aber jetzt wird sie die Wahrheit sagen.«

Seine Hand fuhr Besitz ergreifend über meine Brust. Ich kämpfte gegen meine Benommenheit an und rammte ihm mit aller Gewalt mein Knie in den Unterleib. Er stieß einen Grunzlaut aus und torkelte zurück. Ein zweiter Soldat zog mich an den Haaren und zerrte meinen Kopf nach hinten. Ich spürte seinen Atem auf meinem Gesicht, während ein dritter meine Bluse aufknöpfte.

»Feiglinge!«, kreischte ich. »Elende Feiglinge!«

Plötzlich fuhren die Soldaten herum: Irgendwo aus der Nacht schrie eine Stimme einige Worte auf Arabisch. Ich kannte diese Stimme. Sie klang wagemutig, befehlend. Oh, Adon!, dachte ich voller Verzweiflung. Warum machst du das nur? Die Hände der Soldaten ließen mich im selben Augenblick los. Ich fiel schlaff wie eine Stoffpuppe gegen die Mauer und sah, wie die Männer sich von mir abwandten. Nach wenigen Sekunden war ich allein und die Dunkelheit nahm zu. Die Strahlen der Taschenlampen glitten über das Gemäuer und strebten alle der blau funkelnden Gestalt entgegen, die wie aus ferner Vergangenheit aus dem dunklen Torbogen trat. Es war die Gestalt eines jungen Mannes mit wehendem Haar, der etwas in der Hand hielt, das ein Schwert sein konnte. Wieder rief er etwas auf Arabisch. Es waren Worte voller Verachtung und Zorn, die Worte eines Königs, der seine Knechte maßregelt. Seine weißen Zähne blitzten. Herausfordernd schwang er seine Waffe und erst jetzt sah ich, dass es nur ein Stock war. Sekundenlang herrschte Stille. Doch dann kam wieder Leben in die Soldaten. Sie begannen vorwärts zu stürmen; ich hörte ihre Stiefel auf den Steinen prasseln. Sie warfen sich auf Adon wie ein einziger Mann. Er wehrte sich, kämpfte und schlug um sich, doch nicht lange. Ein Kolbenschlag traf ihn an der Schulter, ein anderer am Kopf. Ich schloss die Augen. Als ich sie wieder öffnete, lag Adon im Geröll und versuchte sich hochzustemmen, doch die Soldaten hinderten ihn mit Fußtritten und Kolbenschlägen immer wieder daran.

»Adon!«, schrie ich. »Adon!«

Ich hörte meine eigene Stimme; sie klang wie die einer Kranken, so müde, schwach und rau.

Ich sah, wie Adon aufzustehen versuchte und immer wieder zurückfiel, während ihn die Männer mit ihren Stiefeln in den Magen traten. Jemand schrie, aber es war nicht Adon, sondern ich selbst, und ich schrie immer wieder seinen Namen. Doch er konnte mich nicht hören. Er lag jetzt regungslos am Boden. Schlurfend und scharrend sammelten sich die Männer um ihn. Ihr heiseres, erregtes Lachen drang zu mir herüber. Der Befehlshaber sagte etwas. Zwei Männer beugten sich zu Adon herunter, packten ihn unter den Armen und schleiften ihn, eine dunkle Blutspur im Sand zurücklassend, durch den Schutt.

Mir war schwindlig. Der Boden gab unter mir nach, die Ruinen drehten sich im Kreis. Der Himmel mitsamt dem kalten Mond stürzte mit seinem ganzen Gewicht auf mich nieder. Mir wurde schwarz vor den Augen und ich verlor die Besinnung.

Der Wind, der durch meine Haare fuhr, weckte mich. Mein Gesicht fühlte sich klebrig und kalt an, meine Lippen schmeckten nach Salz und Blut. Langsam schlug ich die Augen auf und sah, dass der Mond schon eine weite Strecke gewandert war. Was war geschehen? Warum lag ich hier? Mein Hinterkopf schmerzte. Als ich die Stelle befühlte, spürte ich unter dem Haar eine dicke Beule. Mit einem Mal kehrte meine Erinnerung zurück. Ich sah Adon in seinem blauen Gewand aus der Dunkelheit treten; sah, wie die Soldaten sich auf ihn stürzten, mit Kolbenschlägen und Fußtritten auf ihn einschlugen. Mir brach der Schweiß aus und mein Magen drehte sich. Ich lehnte mich gegen einen Stein und erbrach mich. Kaum konnte ich wieder richtig atmen, merkte ich, wie ich fror. Meine Zähne schlugen aufeinander und aus meinen Augen tropften Tränen. Nach einer Weile richtete ich mich schlotternd und nass geschwitzt auf.

In diesem Moment wurde ich mir unserer ausweglosen Lage voll bewusst: Adon hätte fliehen können, aber er hatte sich der Polizei gestellt um mich zu retten. Mir zuliebe hatte er sein Leben aufs Spiel gesetzt, seine Freiheit geopfert. Jetzt war er ein Gefangener und erst noch schwer verletzt. Alle unsere Pläne waren gescheitert; Atara würde nie aus Algerien hinauskommen und unser Traum eines gemeinsamen Lebens in Freiheit war aus. Willkür und Gewalt hatten ihr Ziel erreicht, das Böse das Gute besiegt.

Verzweiflung und Ohnmacht schüttelten meinen Körper, dass ich fast wahnsinnig wurde. Grimmig kämpfte ich gegen das Bedürfnis an mich auf den Boden zu werfen, zu heulen und zu toben. Es half alles nichts.

Nach einigen Minuten hatte ich mich so weit beruhigt, dass ich nachdenken konnte. Was tun? Zuerst musste ich meine Großmutter aufsuchen, darauf Atara wieder finden, bei Moktar vorsprechen und herausbekommen, was mit Adon geschehen war. Und dann würde ich abreisen müssen. Mein Flug war ja gebucht. Wieder traten mir Tränen in die Augen; aber ich konnte nicht weinen, die Tränen trockneten sofort. Schwerfällig stolperte ich über den Schuttberg. Mein Kopf schmerzte bei jedem Schritt, meine aufgeplatzten Lippen pochten und bittere Spucke floss mir im Mund zusammen. Ich hätte alles gegeben für einen Schluck Wasser, einen Mund voll heißen Tee, der mir den Geschmack nach Galle von der Zunge gespült hätte.

Mitternacht musste längst vorüber sein. Der Mond hing tief am Horizont und glänzte wie stumpfes Silber. Unweit vom Ruinenfeld sah ich die tiefen Spuren, die die Reifen des Militärfahrzeuges in den Sand gegraben hatten. Der Wagen hatte im Halbkreis gewendet und war in die Richtung von Tam gefahren. In meinem Kopf herrschte Kurzschluss. Stumpf schleppte ich mich weiter, den Blick auf die Reifenspuren geheftet. Ich war mit meiner Kraft und mit meinen

Nerven am Ende. Nach einer Weile gaben meine Beine nach. Ich fiel auf die Knie und kroch schluchzend und zähneklappernd weiter.

In diesem Moment hallte eine Stimme in meinem Gedächtnis wider. Es war Ataras Stimme und sie sprach von meinem Großvater: »Er ist ein ›Kel Es Souf‹ geworden, ein guter, Glück bringender Geist. Er wird dich beschützen, wenn du in Not bist.«

Ich dachte an meinen Großvater; ich sah ihn auf seinem Totenbett liegen, in ein weißes Tuch gehüllt; in meiner Erinnerung schien es mir, als strahle seine Gestalt ein schwaches Licht aus. Ich hatte sein Grab nicht gesehen, aber Tabelhuit hatte sicher eine gute Stelle für ihn ausgesucht. Ein hilfloses Schluchzen schüttelte meine Brust. Mir kam in den Sinn, dass ich mein Versprechen, das ich ihm gegeben hatte, nicht halten konnte. Ich würde gehen und Atara hier lassen. Würde er mir das je verzeihen?

»Großvater! Hilf mir!«, brach es aus mir heraus. »Lass mich nicht im Stich!«

Ein schwacher Wind hatte sich erhoben, blies über die Ebene und streichelte mein tränennasses Gesicht. Und mit dem Wind schien eine Stimme zu mir herüberzuwehen. Es war nicht die Stimme eines Lebenden; sie drang auch nicht an mein Gehör. Einzig mein Geist verstand, was sie sagte:

»Fürchte nichts! Ich bin bei dir!«

Da nahm ich meine letzten Kräfte zusammen und richtete mich auf. Ganz langsam kam ich auf die Beine, schlug hin, stand wieder auf und wanderte weiter. Der Mond schien nur noch schwach. Die Helligkeit nahm zu, der Himmel färbte sich bereits rot. In der Ferne vor mir sah ich die Umrisse eines Steines. Er hob sich schwarz von der perlmutterfarbenen Ebene ab. Ich hatte das Gefühl, dass ich diesen Stein niemals vorher gesehen hatte. Trotzdem wanderte ich weiter auf ihn zu; meine Augen waren unverwandt auf ihn gerichtet. Ich wusste, dass ich ihn um jeden Preis erreichen musste. Tränen und Schweiß ließen mich alles nur verschwommen sehen. Immer wider fuhr ich mir mit dem Handrücken über die Augen. Mein Blick klärte sich und ich erkannte den Stein deutlicher. Mit einem Mal sah ich, dass es gar kein Stein war: Im Sand saß regungslos eine menschliche Gestalt, eine Frau.

Mein Atem setzte aus. Vor Überraschung stolperte ich fast über die eigenen Füße. Keuchend stapfte ich der Frau entgegen. Sie saß auf ihren untergeschlagenen Beinen, hielt den schlanken Oberkörper sehr gerade, den Kopf sehr hoch. Ihr Haar fiel über ihre Hüften wie ein dunkel glänzender Umhang. Da erkannte ich sie. Zitternd rief ich ihren Namen: »Atara!«

Sehr wahrscheinlich wartete sie seit Stunden; doch sie rührte sich auch jetzt nicht. Ihre Hände lagen ruhig in ihrem Schoß gefaltet. Ihre Augen waren dunkel geschminkt, ihre Lippen schimmerten purpurfarben. Die Dämmerung überzog ihr Antlitz mit einem Hauch von rotem Gold. Nach alter Sitte hatte sie winzige gelbe und weiße Pünktchen auf Nasenwurzel, Kinn und Wangen gemalt.

Ich taumelte auf sie zu und ließ mich vor ihr auf dem Boden nieder. Mein Atem rasselte. Jedes Wort, das ich sprach, wurde zur Qual: »Adon ... Sie haben ihn zusammengeschlagen ... Verhaftet!«

Sie nickte. »Ja, ich weiß.«

Ich rang die Hände. »Aber was nun? Was soll nur aus uns werden?«

»Es musste sein«, erwiderte sie ruhig.

»Nein, das darf nicht sein!«, schrie ich. »Ich habe geglaubt, ich könne etwas tun! Aber alles ist anders gekommen. Diese Schweine haben Adon fast umgebracht! Oh, Atara! Es ist schrecklich. Und du ... du kannst nicht weg. Sie werden dich zerstören, wie sie Adon zerstört haben. Und ich muss nach Belgien zurück! Wie soll ich das aushalten? Wie soll ich nur weiterleben?« Ich wusste kaum noch, was ich sagte. Ich erhob mich. Die Tränen liefen warm und salzig über mein Gesicht.

Sie aber saß einfach vor mir, so schön, so gelassen, fast ungerührt. Ich konnte ihren Anblick nicht mehr ertragen. Das ganze Gewicht meines Schmerzes sank wie eine unerträgliche Last auf mich herab. Tränenüberströmt brach ich zusammen. Ihre Arme fingen mich auf und legten mich behutsam in den Sand; zarte, kühle Hände streichelten mein Gesicht und mein verklebtes Haar. Ich kroch näher zu ihr, drückte meinen Kopf in Ataras Schoß und umfasste schluchzend ihre Knie.

»Sei nicht traurig«, flüsterte sie. »Es geht vorüber. Alles wird gut …«

Der Klang ihrer leisen, rauen Stimme beruhigte mich. Mein Weinkrampf ließ allmählich nach.

»Ich … Ich habe dich überall gesucht …«, stammelte ich. »Wo bist du gewesen?«

»Bei Hiram«, erwiderte sie. »Ich habe ihn um Rat gefragt.«

Ich starrte verblüfft zu ihr empor. Sie gehörte zwar zu mir, sie war meine Schwester. Stets jedoch kam und ging sie wie ein Schatten im Mondlicht, immer blieb diese Fremdartigkeit, dieses Geheimnis.

Atara sprach ganz ruhig weiter: »Es ist nicht leicht den richtigen Weg zu erkennen. Ich hatte Angst. Da suchte ich Hirams Grab auf.«

»Wie bist du auf diesen Gedanken gekommen?«

»Das ist ein alter Brauch, schon mehrere tausend Jahre alt. Will eine Frau die Zukunft wissen, besucht sie das Grab eines Menschen, der ihr nahe stand. Sie schminkt sich Mund und Augen und löst ihr Haar. Dann legt sie sich auf das Grab und lauscht auf die Stimme des Verstorbenen.«

Ich schluckte. »Auch ich … auch ich rief Hiram zu Hilfe. Ich war so alleine, so verzweifelt! Da hörte ich ganz deutlich seine Stimme und fühlte mich besser.«

Atara nickte mir ruhig zu. »Siehst du? Du hast dich nicht umsonst an ihn gewandt.«

Meine Nase lief. Ich hatte kein Taschentuch bei mir und schnäuzte mich in den Ärmel. Atara begann flink und geschickt ihr Haar zu flechten, wobei sie das Ende des Zopfes zwischen die Lippen klemmte. Sie steckte die Zöpfe mit einer Spange fest, erhob sich, reichte mir beide Hände und zog mich hoch.

»Sieh nur, bald wird es Tag. Du darfst jetzt keine Angst mehr haben. Wer sieht die Zukunft, wenn nicht die Verstorbenen?«

Im Osten brach das Gold der Dämmerung hervor. Die Tafelberge färbten sich lila und am Himmel schwebten Wolken wie hellrote

Flügel. Schlotternd und mit heißen Wangen schleppte ich mich neben Atara durch den Sand. Ich war zu müde zum Denken, zu müde zum Gehen, zu müde um irgendetwas zu empfinden.

»Atara … Glaubst du, dass ich Adon bald wieder sehe?«

Sie wandte sich mir zu; ein leichtes Lächeln lag auf ihren Lippen. Ihr Gesicht mit den gelben und weißen Pünktchen war von jener überirdischen Schönheit, wie sie sonst nur in Träumen erscheint.

Leichtfüßig wie eine Fee ging sie an meiner Seite, doch ihre Hand hielt die meine mit festem Griff.

»Du wirst ihn sehen«, sagte sie. »Bald. Noch bevor die Sonne zum zweiten Mal sinkt.«

23

Im zunehmenden Licht wanderten wir zusammen Tam entgegen. Der Morgen kam fast ohne Übergang; zuerst färbte sich nur ein einziger Tafelberg lila, während das Gebirge ihm gegenüber noch dunkel und in Schatten getaucht blieb. Eine Felskuppe leuchtete mohnrot auf, dann eine andere. Die fernen Lehmmauern der Stadt schimmerten in zartem Rot. Und plötzlich schossen am Horizont die Strahlen der Sonne empor und tauchten die Wüste in gleißende Helle.

Schon bevor wir die ersten Häuser erreichten, hörten wir Stimmengewirr, Motorenlärm und Hupen. Die Rallyeteilnehmer machten sich bereit für den Start. Auch die Einwohner von Tam schienen nicht viel geschlafen zu haben; im Näherkommen sahen wir, dass dichte Menschentrauben die Straßen säumten. Keiner wollte sich den spannenden Augenblick des Starts entgehen lassen. Im Sonnenlicht blickte ich an mir herunter und erschrak: Mein Parka war staubig, meine Bluse zerrissen, mein Haar verklebt und ich stank nach allem Möglichen. Auf meinen geschwollenen Lippen hatte sich eine Kruste gebildet. Ich musste furchtbar aussehen! Zu meiner Überraschung wirkte Atara kaum anders als sonst. Ihr Haar war sorgfältig geflochten, nur die Schminke auf ihrem Gesicht war etwas verwischt und die Farbe der gelben Pünktchen in die Haut eingezogen. Ruhig, scheinbar unbeteiligt, ging sie neben mir her. Ihre Hand hatte die meine nicht losgelassen. Eine längst vergessene Vorahnung tauchte in meinem Bewusstsein auf: Einst hatte sie bei mir Schutz gesucht; jetzt war sie es, die mir Trost und Kraft schenkte.

Wir bahnten uns einen Weg durch die Menge. Einige neugierige Blicke streiften uns, doch die meisten Schaulustigen waren zu erregt um uns wirklich zu beachten. Die Zuschauer standen dicht gedrängt auf beiden Seiten der Hauptstraße. Ein Mann mit einer Fahne in der Hand wartete um das Startsignal geben zu können. Das Knattern der warm laufenden Motoren durchbohrte meinen Kopf wie heiße Blitze. Der Gestank nach Abgasen und Benzin drehte mir fast den Magen um.

Mein einziger Gedanke galt Adon. Atara hatte gesagt, dass ich ihn sehen würde. Aber wie ernst durfte ich das nehmen? Atara lebte in einer Traumwelt. Meine einzige Chance war Moktar. Ausgerechnet Moktar, der elende Schuft, der an allem Schuld trug! Ich knirschte vor Wut mit den Zähnen. »Küsse die Hand, die du nicht abhacken kannst!« Warte nur, dachte ich, du wirst mir schon sagen, wohin man Adon geschleppt hat, in welchem Gefängnis er jetzt steckt. Und ich werde erst abfliegen, sagte ich mir grimmig, nachdem ich ihn ein letztes Mal gesehen habe.

Die Zuschauerreihen wurden immer dichter. Mühsam, Schritt für Schritt zwängten wir uns durch das Gedränge. Der Wind blies uns Staub und Sand in die Augen. Auf einmal konnten wir nicht weiter; die Straße war gesperrt, die Fahrbahn wurde von Soldaten für die Rallye freigehalten. Und kaum sah ich die Uniformen, als die Erinnerungen an diese Nacht auf mich einstürmten. Wut und Verzweiflung stiegen in mir hoch und brachten mich fast zur Raserei. Gleichzeitig wurden mir zum ersten Mal in meinem Leben die

Grenzen meiner physischen Kräfte bewusst. Gegen rohe Gewalt war ich machtlos. Und nicht nur ich, sondern wir alle.

Ich hielt Ataras Hand fest; ihre Finger erwiderten meinen Druck, sie schien sich wieder mit mir zu vereinen. Ich suchte ihren Blick; ihre Augen schimmerten im Morgenlicht; ein kaum angedeutetes Lächeln schwebte auf ihren Lippen. Ihr Blick war ein Versprechen, ihr Lächeln eine Wohltat. Sie vermittelte mir den Gedanken: Sei ruhig! Gewalt wird schließlich nie siegen, Gewalt ist nichts gegen den Geist, denn der Geist ist stärker. Da wich der Schmerz von meiner Brust. Mein Zorn verflog. Ich atmete freier.

Die Zuschauermassen wurden unerträglich dicht. Und die Kinder schlüpften zwischen den Polizisten hindurch und rannten in alle Richtungen. Mir fiel ein kleiner Junge auf, der vor Vergnügen auf und ab hüpfte. Er trug einen blauen Trainer; seine blanken Augen leuchteten, seine Locken wehten im Wind. Ich hatte diesen Kleinen schon einmal gesehen, nur konnte ich mich im ersten Moment nicht erinnern, wo. Plötzlich erkannte ich ihn: Es war Aziz, Hadj El Kadirs Lieblingssohn. Mir kam der ganze Vorfall wieder in den Sinn, die Erniedrigung Ataras. Doch sie schaute in die andere Richtung. Sie hatte das Kind bis jetzt nicht bemerkt. Oder doch? Ihr Ausdruck war unergründlich. Ich selbst war zu müde um auch nur ein Wort darüber zu verlieren. Ich hoffte aber, dass Hadj mir nicht persönlich über den Weg lief. Ich würde ihm nämlich sagen, was ich von ihm hielt, und zwar so, dass es alle hören konnten.

Plötzlich heulten die Motoren unerträglich laut auf und kurz darauf krachte ein Pistolenschuss in den Lärm hinein – es war das Signal für den Start der Rallye. Unter dem Applaus und dem Gejohle der Zuschauer donnerte, kaum hatte der Starter die Fahne gesenkt, Wagen nach Wagen an uns vorbei. Staubwolken wirbelten auf und der Lärm dröhnte und krachte in meinem Trommelfell. Den Bruchteil einer Sekunde konnte ich die Gesichter der Piloten sehen; sie waren hart und gespannt, die Augen auf den Horizont gerichtet, ihren Illusionen und ihrer Selbsttäuschung hinterherjagend.

Ein Wagen nach dem anderen wurde ins Rennen geschickt. Als

alle gestartet waren, kamen die Motorradfahrer an die Reihe. Sie schienen mir mit ihren Maschinen wie verwachsen. Äußerlich zeigten sie sich hart wie Stahl, entsprechend bedrohlich wirkten sie; doch innen waren sie weich wie Schleim. Die Kinder drängten sich vor, kreischten vor Begeisterung und schluckten Staub. War dies die Zukunft, die sie anstrebten? Die Zivilisation, die sie jubelnd bejahten?

Ich wandte den Blick von der Menge und schaute zur Startlinie zurück. Und plötzlich sah ich Michi. Aber er war nicht mehr der Michi, den ich gestern auf dem Campingplatz besucht hatte. Er war eine Missgeburt aus einer entarteten Zukunftsvision, ein gepanzerter Krieger aus dem Chaos unserer Nachwelt, eine monströse Einheit aus Leder, Stahl und Chrom. Ich sah, wie er den Starter betätigte, den Kontaktschlüssel drehte und den Anlasser ankickte. Seine Maschine stampfte mit dumpfem Pochen wie ein Riesenherz. Die Fahne senkte sich, im gleichen Moment bediente Michi mit der rechten Hand den Gashebel am Lenker und ließ mit dem Fußhebel den Gang einrasten. Das Motorrad bäumte sich auf und preschte wie ein Ungeheuer los, das sich nach seiner Einkerkerung während der Nacht mit lautem Heulen aus den Fesseln befreite.

In diesem Augenblick lief ein kleiner blauer Schatten über die Fahrbahn; ein Kind hatte das Startsignal überhört und schnitt dem Motorrad den Weg ab. Wie ein Schrei brüllte die Menge auf, entsetzt und gellend, es war grauenhaft anzuhören. Im Bruchteil eines Atemzuges erkannte ich das Kind. Es war Aziz. Mein Blut erstarrte zu Eis. Da spürte ich dicht neben mir eine Bewegung – Atara hatte meine Hand losgelassen. Ich merkte es, weil über meine warme und feuchte Handfläche plötzlich kühler Wind strich. Ich sah, wie sich aus den Reihen der Zuschauer eine Gestalt löste und lautlos dem Motorrad entgegensprang. Atara erreichte Aziz einen Sekundenbruchteil vor der Maschine, riss ihn zurück und rollte mit ihm auf dem Asphalt zur Seite.

Bremsen kreischten. Das Motorrad schlingerte im Zickzack über die Straße, kam von der Fahrbahn ab und sauste direkt auf eine Wand zu. Die Menge stob auseinander. Ich hörte ein lautes Krachen, ein Splittern, ein Knirschen. Benzin lief aus dem Tank und mit dumpfem Knall schoss eine Flamme in die Höhe. In einem rot glühenden Bach floss das brennende Benzin über den Asphalt, ein Feuervorhang loderte an der Mauer hoch. Mit der Hitze, die sich ausbreitete, wehte stinkender schwarzer Rauch über die schreiende Menge. Michi war aus dem Sattel geschleudert worden; nun drehte er sich um und richtete sich taumelnd auf die Knie. Halb humpelnd, halb kriechend versuchte er sich vor dem Feuer in Sicherheit zu bringen. Männer mit Löschapparaten rannten herbei. Andere, in den weißen Overalls des Sanitätsdienstes, drängten sich um den Verunglückten, zerrten ihn aus der Gefahrenzone, stützten ihn und trugen ihn schließlich weg.

Doch da sah ich schon längst nicht mehr hin. Ich starrte auf Atara, die sich über das Kind geworfen, es mit ihrem Körper geschützt hatte. Staubbedeckt und zitternd kauerte sie auf dem Asphalt und hielt den wild schreienden Kleinen fest in ihre Arme gepresst. Blut floss aus einer tiefen Wunde, die quer über ihre Stirn bis zur Schläfe lief; ihr Gesicht war nass und rot und kaum erkennbar. Erbittert kämpfte ich mich durch die Menge der Schaulustigen hindurch, die mir den Weg zu ihr versperrten. Ich taumelte, wurde gegen eine Mauer gedrückt, krümmte und drehte mich, um dem Gewühl zu entkommen. Wie eine Wahnsinnige stieß ich die Menschen zur Seite, sie gar nicht sehend, überhaupt kein Gesicht wahrnehmend, zwängte mich zwischen den Polizisten hindurch, die Atara vor dem Ansturm der Menge schützten.

Endlich konnte ich den Kreis durchbrechen. Ich stand auf schwankenden Füßen vor ihr und starrte auf sie hinunter. Sie saß jetzt ganz still; ihre Wunde schien sie gar nicht zu spüren. Der Widerschein der Flammen huschte wie Wellen über ihr blutüberströmtes Gesicht. Worte kreisten in meinem Kopf, aber ich brachte keinen Ton über die Lippen. Ich konnte nicht glauben, was ich sah. Ein weiß gekleideter, bärtiger Mann kniete neben ihr am Boden. Sein Gewand aus feiner Wolle war verschmutzt und mit Ataras Blut befleckt.

Atara hatte Aziz losgelassen und mit einem Arm hielt der Mann das schluchzende Kind an seine Brust gepresst. Das tränennasse Gesicht des Mannes aber war über Ataras Hand gebeugt, die er mit Küssen bedeckte. Als er endlich den Kopf hob, erkannte ich ihn: Es war Hadj El Kadir.

24

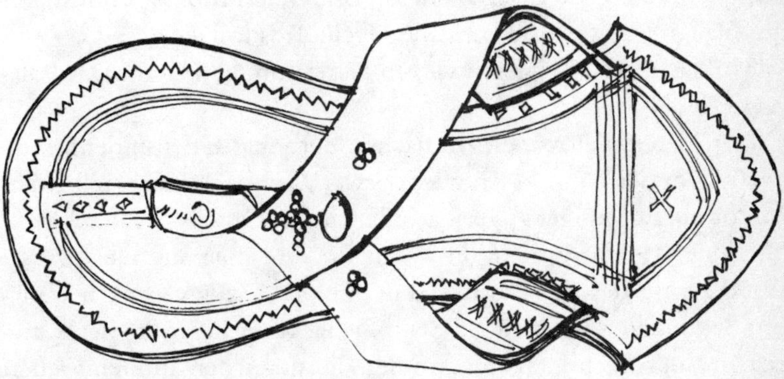

Die Wellblechpiste führte in gerader Linie auf einige hässliche, flache Betonbauten zu. Das Gelände war mit einem Zaun aus Stacheldraht abgesperrt. Im Sand standen einige Zelte. Schilder in arabischer Schrift, die ein Sperrgebiet anzeigten, hingen am Stacheldraht. Vor einer Schranke standen zwei Soldaten Wache. Der eine trat vor, das Gewehr im Anschlag.

Der Toyota-Landcruiser bremste und hielt. Moktar streckte den Kopf aus dem Fenster und sagte einige Worte auf Arabisch. Der Wachtposten salutierte und rief einen Befehl. Die Schranke hob sich; wir fuhren durch.

Ich starrte stumpfsinnig vor mich hin. Vor uns lag ein breites, freies Gelände. Da und dort wucherten dornige Krüppelsträucher. Der Sand war mit Unrat übersät: Büchsen, Plastiksäcke, leere Batterien, zerknüllte Zigarettenschachteln und Glasscherben. Soldaten in sandfarbener Uniform exerzierten auf einem Platz: Sie lagen auf dem Bauch, hielten das Gewehr über ihren Köpfen, sprangen auf, rannten im Kreis herum, legten sich wieder auf den Bauch. Vor ihnen stand ein Offizier, der Befehle bellte. Der Weg wurde gesäumt von blechbedeckten Militärbaracken. Ein Rattern und Dröhnen erfüllte die Luft. Einige Männer waren mit der Ausbesserung der Straße beschäftigt. Ein Soldat lenkte eine Teermaschine, aus der eine stinkende Dampfwolke quoll. Über allem lag brütende Hitze, ein dunstiger, gelbblauer Himmel und eine unendliche Trostlosigkeit.

Moktar, der bisher geschwiegen hatte, hob die Hand. »Das Polizeigebäude!«

Der Wagen hielt vor einem flachen Betonklotz, der in der Sonne kochte. Vor der Tür standen wieder zwei Wachen. Moktar stellte den Motor ab. Ein junger Algerier, offenbar ein Offizier, kam aus dem Gebäude. Moktar öffnete die Wagentür und stieg aus. Der heftige Wind zerzauste sein Haar und sein dunkler Anzug war nach wenigen Sekunden mit rostrotem Staub bedeckt. Er begrüßte den Offizier mit der flüchtigen Umarmung, die unter den Einheimischen üblich war.

Nachdem sie ein paar Worte gewechselt hatten, kam Moktar an die Wagentür zurück: »Der Korporal ist mein Freund. Deswegen wird er eine Ausnahme machen.«

Ich stieg mit steifen Beinen aus. Der Korporal begrüßte mich zurückhaltend in französischer Sprache. Seine dunklen Augen wichen den meinen aus. Wir betraten ein dürftig eingerichtetes Büro. An der Decke summte ein Ventilator. Gierig atmete ich die kühle Luft ein, den Mörtelgeruch, der mir um die Nase strich. Der Korporal war ein hoch gewachsener Mann mit dem typisch schrägen Profil der Algerier. Er richtete kaum ein Wort an mich, bot mir nur höflich einen Stuhl an, während er sich mit Moktar auf Arabisch unterhielt. Eine Ordonnanz brachte eine Flasche Cola und drei Gläser. Ich trank, weil ich vor Durst fast umgekommen wäre. Nach einer Weile stand der Korporal auf und verließ das Zimmer.

Moktar nahm einen Schluck und wandte sich an mich. »Man wird ihn ins Nebenzimmer bringen. Das Militärgefängnis ist kein Ort für junge Damen.«

Ich fuhr mit der Zunge über meine geschwollenen Lippen. »Ist er … schwer verletzt?«

»Offenbar nicht«, erwiderte Moktar achselzuckend, »sonst würde er nicht hergebracht.«

Ich senkte den Kopf. Moktar zündete sich eine Zigarette an. Wir schwiegen eine Weile.

»Eigentlich solltest du zufrieden sein«, unterbrach Moktar schließlich die Stille. »Du hast dein Ziel erreicht. Ataras Ausreisebewilligung ist bereits unterschrieben.«

»Wieso sollte ich zufrieden sein?«, erwiderte ich kalt. »Es ist einzig und allein ihr Verdienst.«

Moktar stieß den Rauch aus der Nase. »Schon möglich. Hadj El Kadir steht in ihrer Schuld; sie hat seinem Sohn das Leben gerettet. In den Augen der Menschen ist Atara eine Heldin. Und die Wünsche einer Heldin erfüllt man. Wir stehen kurz vor den Wahlen. Im Augenblick kann sich Hadj keinen politischen Fehler leisten.«

»Aber einen menschlichen Fehler konnte er sich seelenruhig gestatten.«

»Sei nicht frech, Samira!«, seufzte Moktar. »Du solltest dankbar sein. Eigentlich ist das Betreten der Sperrzone Unbefugten strengstens untersagt. Eine Erlaubnis zu ergattern war sogar für mich schwer. Aber mir lag daran, dir diesen Wunsch zu erfüllen.«

»Um dein schlechtes Gewissen zu beruhigen?«

Die Tür ging auf, bevor er antworten konnte. Der Korporal kam zurück, er war in Begleitung eines Uniformierten mit pockennarbigem Gesicht und lauernden kalten Augen. Der Korporal sprach einige Worte zu Moktar.

Dieser sah mich an. »Zehn Minuten!«, sagte er.

Ich stand mit Mühe auf, beinahe hätten meine Beine nachgegeben. Mit einem Gefühl der Unwirklichkeit folgte ich dem Korporal ins Nebenzimmer. Der Pockennarbige trat hinter uns ein und setzte sich breitbeinig auf einen Stuhl neben der Tür.

Ich fuhr erschrocken herum. »Wird der die ganze Zeit hier bleiben?«

»Er versteht kein Französisch«, sagte der Korporal gleichmütig, ging hinaus und schloss hinter sich die Tür.

Ich blieb mit dem Pockennarbigen allein. Ich hörte ihn atmen, sein nach Hammelfett riechender Atem und der Geruch seiner schweißgetränkten Uniform erfüllten die Luft. Nach wenigen Minuten ging die Tür auf. Adon humpelte herein.

Sein Gesicht war schrecklich zugerichtet, sein rechter Augenbrauenbogen so stark angeschwollen, dass er das Lid fast nicht heben konnte. Man hatte ihm die Haare geschoren und eine schlimme Kopfwunde dürftig zugenäht. Seine Lippen waren geplatzt und mit Blut verklebt. Er trug seine Jeans und sein T-Shirt, das braun war von getrocknetem Blut.

»Adon!«, flüsterte ich rau.

Er versuchte ein Lächeln anzudeuten, verzog dabei aber schmerzvoll das Gesicht. Ich lief ihm entgegen; da erst merkte ich, dass er Handschellen trug. Mit Mühe hob er die Arme, legte sie mir um den Hals und presste mich an sich. Er glühte vor Fieber, ich hörte sein Herz an meiner Wange hämmern. Ich zitterte am ganzen Körper, meine Beine gaben nach. Nur weil er mich festhielt, blieb ich stehen. Dieser Augenblick wird nie vergehen, niemals, dachte ich, er wird mich stets begleiten, er wird sogar meine letzte Erinnerung sein, wenn ich für immer die Augen schließe.

Endlich hob ich das Gesicht zu ihm empor. »Hast du … starke Schmerzen?«

»Es geht«, murmelte er. »Aber ich bin zäh – Unkraut vergeht nicht!«

»Adon«, flüsterte ich. »Atara darf ausreisen. Das Geld meiner Mutter ist gekommen. Moktar hat für sie einen Platz gebucht … Im gleichen Flugzeug, in dem ich …«

Er nickte. »Nachrichten verbreiten sich schnell. Ich sitze mit drei Typen in einer Zelle, die wissen alle schon Bescheid.«

»Sie hatte es vorausgesehen«, flüsterte ich. »Für sie gab es nur einen einzigen Weg. Den Weg durch die Flammen. Jetzt ist sie frei. Aber du … du bist gefangen!« Ich klammerte mich an seinen Hals und schluchzte heftig, dass ich kaum weitersprechen konnte. »Oh, Adon! Warum bist du nicht geflohen?«

»Glaubst du, ich hätte mit ansehen können, wie sie über dich herfallen?«, erwiderte er grimmig. Ein Hustenanfall schnitt ihm das Wort ab. Er krümmte sich schmerzvoll. »Ich … ich habe eine gebrochene Rippe. Wenn ich rede, tut sie teuflisch weh!« Mühsam holte er Luft.

Ich fühlte, wie sein Zwerchfell arbeitete.

»Wir haben nur wenig Zeit …«, fuhr er fort, als er wieder atmen konnte, »und ich habe dir noch viel zu sagen. Zuerst einmal bin ich froh, dass alles so gekommen ist.«

Ich starrte ihn entsetzt an.

Er drückte mich eng an sich und wiegte mich wie ein Kind. »Sei nicht traurig. Hör zu! Als du mir erzählt hast, was Mano über das Massaker in der Republik Niger berichtete …, da ist in mir der Entschluss gereift hier zu bleiben. Hiram hatte gesagt …, er verlasse sich auf mich. Jetzt weiß ich, was er damit gemeint hat, und auch, was Lamia von mir erwartet. Ich darf sie nicht enttäuschen.«

Ein neuer Hustenanfall entlockte ihm ein Stöhnen. »Ich liebe dich, Samira, und ich werde dich immer lieben. Aber ich will nicht in Sicherheit leben, während unser Volk an Armut und Unterernährung zugrunde geht. Ich muss hier bleiben, ich muss diese Last auf mich nehmen, selbst wenn das mein Unglück wird: Ich kann nicht weg. Ich müsste mich vor mir selber schämen.«

Er schaute mir in die Augen. »Verstehst du mich? Ich will kein Feigling sein.«

Tränen verstopften mir die Nase. Ich konnte nichts sagen, sondern nur mein Gesicht ganz fest an seinen Hals drücken. Ich spürte unter meinem Mund das hastige Pochen seiner Schlagader, während er stockend fortfuhr: »Ich werde zuerst den Militärdienst hinter mich bringen. Zwei lange Jahre lang. Gut! Ich werde es überstehen. Und dann werde ich die Laufbahn einschlagen, die mein Onkel für mich ausgewählt hat. Politik ist das dreckigste Geschäft der Welt, aber ich werde alle Kniffe, alle Tricks lernen, um an die Spitze zu kommen. Ich werde mit Mano zusammenarbeiten und mit allen anderen, die ähnlich denken. Wir werden unseren Unterdrückern die Stirn bieten. Und wir werden schließlich die Stärkeren sein.«

Das Sprechen bereitete ihm immer mehr Mühe. Ich hörte ihn keuchen und spürte seine Schmerzen wie Feuer in meiner eigenen Brust brennen. »Du sagst nichts?«, hauchte er. »Bist du mir böse?«

Statt einer Antwort schlang ich meine Arme um ihn, umklammerte seinen Oberkörper und presste ihn so fest an mich, wie ich konnte. Aber es würde nicht fest genug sein, nichts konnte fest genug sein. Auch für ihn gab es nur einen Weg.

Er hob die Arme, legte eine Hand auf meinen Kopf und streichelte sanft mein Haar. Ich wusste, dass auch er weinte. Seine Haut roch nach Schweiß und Blut und Tränen und die Nässe fiel auf meine Stirn.

»Sorge gut für Atara«, flüsterte er. »Sie ist wichtiger als ich. Sie ist die letzte Wissende, die weise Frau unseres Volkes. Sie ist die Hüterin der Blauen Berge, die Quelle der Erinnerung, der Stern, der nie erlöscht. Sie ist unser Gedächtnis.«

»Sie wird für den Rest ihres Lebens eine Narbe auf der Stirn tragen«, stieß ich hervor, »in Form einer Mondsichel ...«

»Das Zeichen des Schwertes«, sagte Adon. »Das Siegel der Vergenheit.«

»Mano hat ihr die Wunde genäht.« Die Zeit drängte, meine Worte überstürzten sich jetzt. »Sie steht noch unter Schock, aber es geht ihr schon besser. Schwester Claire pflegt sie.«

»Was sagen denn die ›Petites Sœurs‹?«

Ich lächelte matt. »Sie glauben noch an Wunder.«

Der Pockennarbige, der sich bis jetzt nicht gerührt hatte, scharrte mit den Füßen und räusperte sich. Schrecken erfüllte mich. Ich rang darum, die Fassung zu bewahren. Dieser letzte Augenblick durfte nicht verdorben, durfte nicht vertan werden. Und plötzlich war es, als würde ein Lichtstrahl in mir aufscheinen. Eine klare, ruhige Gewissheit erfüllte mein Herz. Ich hob beide Hände und legte sie auf seine Schultern.

»Ich komme wieder«, sagte ich. »Ich schwöre es dir. Wirst du auf mich warten?«

Seine Züge verkrampften sich; er erschauerte. Sein ganzer Körper schien unter den Schlägen seines Herzens zu dröhnen.

»Ich warte auf dich«, flüsterte er gegen meinen Mund. »Wenn es sein muss, mein Leben lang.«

Ein tiefer, befreiender Seufzer hob meine Brust. Mit jedem Atemzug, mit jedem Pulsschlag ging unsere Zeit zur Neige. Der Korporal hatte uns zehn Minuten gegeben und die waren sicher gleich um. Ich hätte ihm noch sagen wollen, dass Michi das Bein gebrochen habe, dass ihn der Hubschrauber nach Algier fliegen werde. Aber dazu blieb keine Zeit mehr. Ich wusste nicht, warum das Schicksal ausgerechnet Michi auserwählt hatte Atara jene Freiheit zurückzugeben, die ihr einst entrissen worden war. Aber eines Tages würde ich es wissen. Nichts war Zufall. Alles hatte einen Sinn, hier unten wie auch anderswo. Die Geister wachten über uns; sie reichten einander die Hände und bildeten eine Kette, von Anbeginn bis in die ferne Zukunft. Und mit einem Mal wusste ich, wer die blau verschleierte Frau war, die mir so oft im Traum begegnete. Sie war Dassine, sie war Tamar und sie war auch Atara. Und sie lebten alle in mir, denn ich war ein Teil von ihnen.

So, in Adons Armen für immer gefangen, das Gewicht seiner Handschellen auf meinem Nacken, sein tränenfeuchtes Gesicht an meines gedrückt, hatte ich eine Vision: Ich sah ein Flugzeug bei Tagesanbruch über die Piste rollen, an den Hütten der Nomaden vorbeirasen, sich mit Donnergetöse in den Himmel bohren. Es schwebte über scharlachroten Klippen, über Kegeln aus Basalt, über bronzenen Säulen und gewundenen Tälern. Tief unten kroch ein Militärfahrzeug über die Ebene. Junge Soldaten in Uniform schauten von der Ladebrücke hoch. Und ich wusste, dass auch seine Blicke nach oben gerichtet waren auf das Flugzeug, das immer höher stieg, der Morgensonne entgegenflog, bis es nur noch ein dunkler Punkt war und schließlich verschwand.

Die Abbildungen stammen aus dem Werk: *Soldini, Giovanna, M. et al: Tuareg, Leben in der Wüste. Völkerkundemuseum der Universität Zürich, 1983.* Zeichnungen: Gabriella Castiglioni-Sartori, Varese und *Giorgo Ape*, Mariano Comense.

Kapitel 1: Silberschmuck, »khamsa« genannt
Kapitel 2: Schmuckdose aus Haut für Parfum und Puder
Kapitel 3: Silberschmuck, »Agadez-Kreuz« genannt
Kapitel 4: Schüssel aus Tamariskenholz
Kapitel 5: Silberschmuck, »Agadez-Kreuz« genannt
Kapitel 6: Aus Wildgras und Lederstreifen geflochtene Windschutzmatte
Kapitel 7: Silberschmuck, »Agadez-Kreuz« genannt
Kapitel 8: Schüssel aus Tamariskenholz, mit Brandverzierung
Kapitel 9: Silberschmuck, »Agadez-Kreuz« genannt
Kapitel 10: Schüssel aus Tamariskenholz
Kapitel 11: Silberschmuck aus In Gall
Kapitel 12: Kochlöffel mit Brandverzierung
Kapitel 13: Silberschmuck aus Tahua
Kapitel 14: Verzierte Zeltpfosten
Kapitel 15: Verzierter Zeltpfosten mit Trägern
Kapitel 16: Silberschmuck aus Iferouane
Kapitel 17: Mehari-Sattel
Kapitel 18: Verzierte Rückenlehne eines Mehari-Sattels
Kapitel 19: Silberschmuck aus Agadez
Kapitel 20: Schwert mit verzierter Lederscheide
Kapitel 21: »Takuba«-Schwert mit Lederscheide
Kapitel 22: Tuareg-Zelt
Kapitel 23: Typisches Rundhaus des Tuareg aus Schilf und Gras
Kapitel 24: Ledersandale

Brigitte Blobel
Lockruf
UT 1053
Katharina möchte nichts lieber als mit ihrem Vater zusammen sein. Doch dieser ist tot. Sie setzt alles daran, ihm näher zu kommen.

Federica de Cesco
Samira I
Königin der roten Zelte
UT 1049
Mit 18 reist Samira zu den Tuareg. Die Schönheit der algerischen Wüste, aber auch die Probleme der Nomaden lassen sie nicht mehr los.

Federica de Cesco
Samira II
Erbin der Ihaggaren
UT 1055
Samira und Adon erleben, wie die Tuareg zur Sesshaftigkeit gezwungen werden. Ein schwerer Schlag für Adon. Wird er Algerien nun verlassen?

Engelmann/Fiechtner
Frei und gleich geboren
Lesebuch Menschenrechte
UT 1039
Vor 50 Jahren wurde die UNO-Menschenrechtskonvention verabschiedet. Aber immer noch sieht in vielen Ländern die Wirklichkeit düster aus.

Cornelia Franz
Nicht mit mir!
UT 1061
Jana ist sauer: Jahrelang hat der Vater schon eine Freundin und er hat ihr nie davon erzählt. Jetzt will er sogar zu dieser Gabi nach München ziehen.

Unni Lindell
Annas Kind
UT 1048
Anna, fast fünfzehn, ist schwanger. Sie und ihre Familie bewältigen, was zunächst eine Katastrophe scheint.